她对此一无所知

花潘 著

湖南文艺出版社
HUNAN LITERATURE AND ART PUBLISHING HOUSE

博集天卷
CS-BOOKY

·长沙·

图书在版编目（CIP）数据

她对此一无所知 / 花潘著 . -- 长沙：湖南文艺出版社，2025. 10. -- ISBN 978-7-5726-2632-6

I. I247.5

中国国家版本馆 CIP 数据核字第 2025LG1041 号

上架建议：悬疑小说

TA DUI CI YIWUSUOZHI

她对此一无所知

著　　者：花　潘
出 版 人：陈新文
责任编辑：张　璐
监　　制：邢越超
策划编辑：刘　筝
特约编辑：王玉晴
营销支持：周　茜
封面设计：梁秋晨
版式设计：潘雪琴
内文排版：百朗文化
出　　版：湖南文艺出版社
　　　　　（长沙市雨花区东二环一段 508 号　邮编：410014）
网　　址：www.hnwy.net
印　　刷：三河市兴博印务有限公司
经　　销：新华书店
开　　本：680 mm × 955 mm　1/16
字　　数：322 千字
印　　张：21
版　　次：2025 年 10 月第 1 版
印　　次：2025 年 10 月第 1 次印刷
书　　号：ISBN 978-7-5726-2632-6
定　　价：52.00 元

若有质量问题，请致电质量监督电话：010-59096394
团购电话：010-59320018

目 录
Contents

楔子

2005 年 6 月 8 日，东海伏季休渔期第三十九天。

深夜的港口，一条渔船悄悄动起来，在石滩老码头前减速停稳，随后，一束手电光从甲板打出，光线在空中画出圆圈。

不一会儿，几个人从黑黢黢的阴影里跑出来，一、二、三……四？开船的男人移动手电筒，让光线打在计划外的第四人身上。

他拖着一个硕大的行李箱，若不是手无缚鸡之力，就是箱子装得太沉，以至于拖不动，他咬紧牙关，一瘸一拐狼狈地移动着。

"忠哥。"

上船的人纷纷与拿着手电筒的男人打招呼，男人一边点头，一边把手电筒关了。

"哥，"第三个上船的男人是船老大的亲弟弟，他见哥哥脸色不悦，不满的眼神瞟向身后，便堆起笑脸说，"是谭艺华呀，没认出来？他碰到点事，来船上躲两天。"

"躲你个蛋！出门带脑子没有？不知道出来干什么的?!"开船的男人张口就骂，一点面子没给自家弟弟留。与此同时，他也看清楚了"第四人"脸上的伤，伤口集中在左半边脸，像是擦伤，不像是被人打的，他问那人："怎么搞成这样？"

"说来话长。"脸上受伤的男人口唇泛白，看起来像得了大病，身体像过了水的面条一样挺不起来，他哀求说，"阿忠，你让我在船上待几天，等你返航，我就下船。我可以帮你们起网、捡鱼，不闲着。"

听到这话，船上的人纷纷笑起来，脸上有伤的男人急了，扬起声音叫他们别看不上他，他能行。

起网、捡鱼，听起来确实是很容易的活，可瞅他提行李的那点力气，不免让人担心稍微大点的鱼蹦起来都能给他带海里去。

人跟人不一样啊，他们是风浪里讨生活的渔民，他不是。他甚至都不是本地人，长在内陆，半辈子没见过大海，据他说，他是十多年前偶然走到了这片海湾，被美景拖住脚步，从此有了第二故乡。

他是个画画的，画的什么船上的哥几个都不太清楚，他爱赌，他们相识于牌桌。论时间，也有七八年了，说起来，脚下这条渔船他也有份。当初，他们一起打牌，船老大提及没钱换船，他慷慨地借出二十万。明明只是赌钱的关系，却仿佛是过命的交情。

二十万，对他们这群渔民来说不是小数，画家说是借，但跟给没区别，好几年了，从不讨还。很奇怪，说他不爱财，他却纵情豪赌，上了牌桌就下不来。

他脸上的伤恐怕是赌博惹的祸吧，船老大撇撇嘴，不再追问，只是提醒他考虑清楚，上了船，把命交给大海，下了船，还得看躲不躲得掉海警找麻烦，一切顺利都好说，出了事，就各人各担，想好了还要留，那就把行李放到驾驶室后面的单间去，没想好心里怕，就一分钟之内下船，别耽误他们的正事。

"成，赶紧走吧，哪个是单间？"谭艺华瞪着无辜的大眼珠子，小心翼翼地说，"合适吗？不好意思啊，我确实有点不舒服，想躺会儿。"

甲板上的讥笑声又起来一遍，船老大指挥弟弟帮"投资人"运行李，他转身没走两步，身后传来弟弟的惊呼："乖乖！这么沉！装什么了？轮子怎么还是坏的？"他下意识扭头瞄了一眼那个半人高的黑箱子，听到谭艺华解释说，箱子里装了石头，给人刻印章用的。

近海捕鱼，一周一往返，但现下是特殊时期，一切都视具体情况而定。船在海上漂了两天，不见大块头和奇货，船老大不甘心，他走进驾驶室叫把船继续往前开。

画家那点劳力不堪使用，上船睡了半日，还得给他端菜送粉，第二天下午大概是觉得不好意思，起来帮忙干了点活，不过搬了几个箱子就出一头虚汗，夜里直喊肚子疼，问他究竟哪里疼，他才支支吾吾地说上船前被车撞了一下，右边肋骨疼得厉害，怕是骨头断了。

他这一喊，打乱了船老大的计划。看那画家脸孔煞白，额头冒汗，本该加速返航，但船老大不甘心，傍晚下令放下渔网后，就坐在甲板上，听起收音机。

说是收音机，但听的不是电台节目，而是存储卡里的各种戏曲、评书，海上的生活太枯燥，能娱乐的项目不多，弦下腔悲愤激越，他听得眯起眼睛。

晚上8点，要收网了，船老大把收音机放在口袋里，喇叭震得半截腹股沟又酥又麻，他一边摇头晃脑，一边想起自己的不如意，明明生了个男孩，却是个没出息的，整天跟女孩混在一起，将来肯定是指望不上的，背那么多债置办这艘大船，万一孩子不接，可怎么办？接了，但接不住，又怎么办？他越想越气，想起船舱里躺着的"废物"心里更气，那么个货，拿支笔在纸上涂涂，就有大把钞票赚，他妈的，这世道真他妈不公平。

正气着，一阵奇异的咕咕声不和谐地钻入戏曲曲调之中，渔民的本能令船老大瞬间警觉。

来货了！而且还是黄货！野生大黄鱼?！那可是奇货啊！而且听这动静，估计是碰到鱼群了。

"快起网！了不得了！"

船老大兴奋地叫起来，船员大黄动作很快，奔跑时人字拖飞出去一只，船老大的弟弟却磨磨蹭蹭，半天不现身，船老大气不打一处来，飙出一串脏话，好一会儿，才把弟弟叫出来。见到弟弟魂不守舍的样子，他顾不上骂，缓缓拉起的渔网中浮动着的一片金灿灿的光芒令所有人都呆住，这么多的黄货，上一次出现是在1974年，那时候，这一船人都只是孩子，以为海里的生物多到永远都捞不完。

"发财了！发财了！哎呀，这都多少年没见到大黄鱼群了，忠哥，我说今天日子好吧，农历五月初二，宜打鱼！忠哥，你说这鱼都是从哪儿冒出来的？"

"伏季休渔搞了十年了，等的不就是这一刻吗！"

"就是！可惜个头稍微小了点啊，再大一点就更好了。"

"马马虎虎吧，大部分够一斤了，哪能跟从前比呀，不错了！"

每个人的脸上都洋溢着兴奋，忙活了许久，一网鱼足足装了三十箱，粗略估计一下，至少有九百多斤，船老大迅速在脑子里盘算认识的批发商里谁最有实力一次性就拿下它们。

4

"那画家还睡着？这么大动静也不知道出来看一看，这人还真怪。"

听到这句嘟囔，船老大的弟弟哎呀一声，扭身迅速往回跑，没一会儿，他又脸色惨白地跑回来，求哥哥跟着过去看一眼。

"又怎么了?! 你下次再敢不打招呼就往船上带人，我连你一起踹下船。"

"哥，他好像……好像死了……"

弟弟不像是在开玩笑，阿忠瞠目结舌，视线越过弟弟的肩膀，看见了没有一丝生气的画家。

被惨白的节能灯照着，画家裸露出的皮肤染了淡淡的青紫色。

真死了，怎么会死了?!

无措令阿忠恼火，他给了弟弟小良一肘，把小良按在门框上，大声质问："怎么搞的?! 你不是一直在照顾他吗?!"

小良快吓哭了，他在惶恐中扭头看床上躺着的谭艺华，感觉谭艺华硬邦邦的，似乎死了很长时间。

"他说疼，我就给他喂了止疼药，然后他跟我说了一阵子胡话，就晕过去了。我是要跟你说的，但是收网了，我看见大黄鱼，就把他给忘了，哥，怎么办？现在我们要怎么办？"

阿忠稳住自己，在这条船上他是老大，凡事都得他拿主意。

不对，不是肋骨断了，他猜测画家的死因八成是上船之前被撞的缘故，那画家愚蠢，不知轻重，明明很不舒服还瞎逞能，结果把轻微撕裂的脏器给干爆了。

阿忠松开弟弟，焦灼得直挠头，此时再后悔自己允许他上船为时已晚。这是个大麻烦，人死在禁渔期非法捕捞的船上，要怎么处理？正常来说得报警，可一旦报警，不光鱼保不住，人也得搭进去。

想了半天，他问弟弟，说："他要上船的事，还有别的人知道吗？"

"应该没有。"

"什么叫应该?! 他怎么找到你的？有没有被人看见？"

"没有，他是一个人找来的，就一个人。"

答话间，小良已经听懂了哥哥问话的原因，这是要毁尸灭迹的意思啊。小良一把抓住哥哥，凑近了低声说话，但却不是规劝，而是告诉他一个秘密。

"哥，你知道他箱子里装的是什么吗？钱！除了两卷画，剩下的全是钱和金条！"

听了这话，阿忠的脑海里立刻浮现出画家上船时那拎不动箱子的窝囊样，仿佛被推了一针肾上腺素，阿忠的心脏蹦得像逃生的鱼，他问："你怎么知道的？"

"他昏过去之前让我看了，他说，箱子里的现钱分一半给我们，剩下的让我们送去给他女儿治病。哥，那才是真正的黄货！我们发财了！"

"他有老婆，有女儿？"

"不知道。他那样的人，有几个种也不稀奇。"

阿忠下意识用目光搜寻箱子，可狭小的房间里除了死人和一堆垃圾，什么也没有，小良按住他说："箱子锁起来了，刚刚我就是因为要藏箱子才耽误了去收网。"

兄弟俩对了眼神，彼此都了解了对方的意思，阿忠吞吞喉咙，像驱散尴尬那样故作随意地问："什么画？"

"他说叫什么八破图，说是留给他女儿的。我以为他胆子小，哪儿疼点就吓到说胡话，没想到真是在交代遗言。"

"你答应他了？"

小良一愣，半边脸不自觉地抽动，他说："不是，我也慌了，没太听清，他女儿叫什么、住哪里，他说了……还是没说，我都记不得了。"

阿忠梗着脖子，用余光瞄房内的尸体，表情不自然地说："你不是说他女儿要看病吗？还不就是那几家医院。"

"哥，你先别管那些，关键是要拿他怎么办？扔这里是不是太近了？而且，外面还有两个人怎么搞？要不要跟他们说？哥，钱财再多，几个人一分，可就没多少了。"

弟弟小良的话冰冷刺骨，阿忠听得毛骨悚然、心烦意乱，耳朵里总有人咿咿呀呀地在唱戏，他不胜其烦地嚷道："你把声音给老子关了！"

小良一怔，指指哥哥的裤兜，说："在你口袋里。"

阿忠一低头，这才又察觉出酥麻，他竖起耳朵一听，正唱的这出是《乌盆记》。

女念白：来了，干什么？

男念白：我告诉你说，来了两个投宿的，包袱挺大，里面尽是银子，你想个什么主意将他们害死，咱们可就发财了。

女念白：我有的是主意。

男念白：有什么主意？

女念白：有的是耗子药，下在酒里，喝下去不就死了吗！

男念白：好！你去办去！

女念白：交给你。

男念白：交给我吧。

第一篇章 打翻日子

01

麦禾离开婚礼现场时，气温明显下降了，她只穿一件衬衫裙，单薄了些。

刚刚放了场烟火，空气里有二氧化硫的味道，宾客就要散了，担心山里会起夜雾，麦禾走得很快。

"等等，等一下——"

听到呼唤，麦禾停下，警惕地回头看了一眼。

叫她的是个男人，他戴着一副黑框眼镜，穿着卡其色的风衣、白色的球鞋，个子不高，手里提着和麦禾手里一样的浅米色烫金的伴手礼盒。

麦禾认出他来，这人是丈夫仇然的领导，一个总喜欢在周末张罗团建的讨厌鬼，过去几年他们曾在不同场合见过几次，水上漂流、别墅派对、草坪聚会，诸如此类。还有一次比较正式的，是前年吧，仇然公司在年会搞温情活动，需要员工家属一起配合，作为优秀员工家属代表，麦禾被藏在后台的时候，和他认真聊过十几分钟。

"麦禾吧？我是崔峰，还记得吗？不会忘了吧？"他主动提及自己的名字，并附上爽朗的哈哈笑声。

"记得，你好。"

"仇然怎么没一块来？"

"他在家呢，陪女儿，我跟新娘是同事，他不熟，就没一块来。您是？"

"新郎是我表弟。"

"哦，这样啊，真巧。"

"刚刚你坐在 T 台下面那桌吧？射灯老是照着你们那桌，我一看，好像是熟人啊，哈哈。"

麦禾礼貌地微笑，因为崔峰的步伐较慢，她也不得不放缓步子。起风了，她觉得冷意抵达骨头。返程的车还没叫到，加价五块钱了，还没有司机接单，崔峰看出来她还没叫到车，主动说送她一程。

麦禾先是拒绝，但崔峰坚持，考虑到他毕竟是丈夫的领导，她张张嘴，真心话在齿间一滚，反着跑出来，说："那好吧。"

红色的车灯在不远处亮起来，崔峰快步走到车前，拉开副驾驶的车门，把座位上放着的小猪玩偶丢到后座，绅士地为麦禾遮挡门框，说："我女儿就喜欢看这部动画片。"

听到他也有个女儿，而且和她的甜歌一样喜欢《小猪佩奇》的动画片，麦禾心里漾起温柔，她整个人松弛下来，一边顺从地上车，一边很自然地回答："我女儿也喜欢，谢谢您，麻烦了。"

"我想想啊，你是住在蔚蓝海岸，对吧？"

"是，您记性真好。"

车子发动了，平稳驶出停车场，不一会儿就开始向下盘山，远光灯照出丛丛竹林，静得别有一番风韵。

崔峰一边驾车一边说他过几天还要再来参加另一场婚礼，并幽默地询问麦禾是否已经赶完了场子。麦禾笑起来，她摇摇头，分享起自己从中秋节至今已经赶了四场婚礼的经历。

从竹山公园开回市里，车程要五十分钟，麦禾在心里算了算，大概还能赶得上给女儿讲睡前故事。

半个小时过去了，闲聊几乎没断过，崔峰很善谈。起初，麦禾还紧绷着神经，想找个机会替仇然奉承奉承他，但崔峰什么都聊，从婚礼聊到婚姻，又从婚姻聊到家庭教育，就是不聊他的下属、她的丈夫。

"你是搞教育的吗？"

"没有，我做行政的，普通上班族。"

"我看你气质很好，以为你是做老师的，教语文、英语，或者美术、音乐。"

麦禾应付得倦了，想打哈欠，她怕不礼貌，偏头用手挡住自己，半忍着，打了个很不爽快的哈欠。

就在这时，她的左肩被崔峰摸了一把，不是碰，而是摸，是指尖做出揉捏的动作，麦禾心里一紧，赶紧把头转回去。

"冷不冷？你穿得挺少的。"

说话时，崔峰的手已经收了回去，脸上挂着温柔的浅笑，并不看麦禾，似乎刚才的一摸只是无心之举。

他在试探她？他怎么是这种人？

凝滞、沉默得只剩下车噪的狭小空间里，传来男人两声轻微的哼笑，麦禾听见了，上车前，她设想过好几种尴尬，但没往性骚扰上想过。

这样太奇怪了，他是什么身份？她又是什么身份？这人的癖好简直奇特。

上一次遭遇类似的情况已是好多年前了，当时，她在成人英语培训学校报了个班，跟一群看起来很上进的成年人一起上外教课，课程结束后有个风度翩翩的中年人也说顺路送她回家，结果，送到一半又改口说不如一起去蒸桑拿，那时候，她还没有谈恋爱，是用"父亲"来摆脱困境的，她说，不用了，她的父亲在小区门口等她。

想到这里，麦禾从腋下包里把手机拿了出来，她点亮手机屏幕，找到仇然的头像，发消息给他，说："就快到家了，你们在干什么？"

"麻烦一会儿把我放在东门口，仇然说在那里等我。"麦禾把手机翻过去，压在腿上。

崔峰没说话，她看着窗外，没看他的表情，车子在偏僻的路上疾驰，她希望他能就此闭嘴。

还好，崔峰真的沉默了十多分钟，也没有再动手动脚，麦禾稍稍放心，她再度点亮手机屏幕。

发出去的消息并没有得到回应，她想，自己还是走运，遇到的只是伪君子不是真流氓，否则狐假虎威的招数顶什么用？何况，她的丈夫还不搭理她，她只能一个人应对困境，就像她从来也没有过父亲一样。

车子驶入主城区后，路灯一下子亮了许多。

崔峰再度说起话来，这回话题终于来到了仇然身上。

"仇然最近头疼得厉害吧？他们的项目组要被砍掉了，他很后悔当初的选择吧？"

麦禾眉头一皱，转回身，盯住他。

崔峰脸上挂着了然的微笑，说："他不怎么跟你聊工作？你还不知道？"

"我不知道，那你们怎么办？"

崔峰夸张地挑动眉头，说："他不会对你说，是跟我一块去干新项目吧？"

麦禾是这么以为的，但她不记得仇然怎么说的了，或许只是她自己误会了。

"完了，你就当不知道吧。"崔峰假模假式地说，"当初，我给他升职加薪，让他留下来，他非要去跟一个没有前途的项目组。我问他，家里人怎么办？老婆孩子怎么办？他说都商量过了，你们都很支持他。"

要右拐了，崔峰打了转向灯，一边踩刹车，一边说："他不会跟你说的是公司非要调他走吧？委以重任？机不可失，时不再来？天将降大任于是人也？哎呀，他呀……我搞不懂他是怎么想的，反正，如果是我，肯定是不放心让这么漂亮的太太一个人走夜路的。"

晚上 10 点 07 分，麦禾一个人回到家里。

家里很安静，女儿的卧室门是关着的，主卧的门也关着，公公婆婆到了之后，仇然安排他们睡在主卧。

书房的门也是关着的，但灯光从门缝透出来，仇然住在那里面，麦禾缓缓走到门口，手抚上门把手。

并不是因为公婆来探访，仇然住在书房里很久了。

去年，她和仇然成了异地夫妻，新工作地太远，仇然每个月只能回来一次，但回家也仍旧忙，说是因为项目跟国外沟通有时差，怕打扰她和女儿休息，于是在书房里添了一张折叠床。

她早就感到了婚姻岌岌可危，她跟仇然谈过，问他是不是对她有什么不满。仇然让她不要胡思乱想，并请她体贴一点，体谅他三十五岁了，各个方面都在经历危机。

她曾偷偷查看过仇然的手机，翻相册、查社交软件，没有任何苗头显示仍然对婚姻有了二心，他虽然对她冷淡了，但也还坚持在每晚 8 点到 10 点开着视频与她们母女连线，平板电脑上，仍然一边跟她们说话，一边工作，她信了仍然的话，觉得是自己想多了。

可是，崔峰把一切戳破了，崔峰告诉她，仍然所在的项目组做的是下沉市场，压根不需要跟国外保持沟通，所以，他躲在书房里，就是厌恶她，不想面对她。

"仍然还好啦，正当年，回来找个位置问题不大，实在不行，我可以帮帮忙，别人的面子可以不给，你的面子不能不给呀，哈哈哈，其他人就不一定喽，尤其是 Fiona，三十岁了，单身未婚，谁敢要她？"

崔峰的话响在耳畔，麦禾质疑他为何要特别提一个叫 Fiona 的女人，是不是在暗示她和仍然关系不一般？

怒气催动麦禾发作，她紧握门把手用力推下去，但门是反锁的，锁舌遇阻，没能打开门，她的手因为过分用力而滑脱，虎口的位置被门把手狠狠戳了一下，痛得她差点飙泪。

这个时候只要门打开，仍然出现在门口，她一定会大声指责他的欺骗行为，可是，仍然好像睡熟了一样，不在乎门锁发出的不正常动静，门依然紧闭，薄薄的暖光在门缝后若隐若现。

那是什么？是阴影闪过？

有人在动？

麦禾搓揉虎口的动作瞬间停滞，她震惊了——仍然在门后？他不敢开门？他趴在门上听她的动静？

麦禾的手垂下来，又盯着白色的木门看了好一会儿，之后，她选择掉头离开，去卫生间收拾好自己，然后轻轻拧动儿童房的门锁，走到女儿的床边缓缓躺下。

她并不软弱，不破门而入不是因为害怕吵架，而是她突然冷静了。

夫妻之间很难藏住秘密，包括本性里的东西，能藏得住一年，藏不了两年，到了第三年已不想再遮遮掩掩。丈夫一身缺点，但早就不加掩饰，外派一年后竟有事瞒着她，她对此感到惶恐。这惶恐与爱情无关，她害怕的是失去对生活的掌控。

02

那一晚，麦禾失眠，一直熬到清晨才睡过去，睡也没睡踏实，眼动频繁，乱梦不断。婆婆做了一桌子早饭，等她等到耐心全无后，闯进房间将她推醒。

婆婆说早饭已经热了三次，催她起来把饭吃了，自己好去刷锅，马上又要开始做午饭了。

餐桌上放着一碗八宝粥，三块裹着蔬菜的鸡蛋卷饼，半根油条，一块腐乳，几根咸萝卜条，还有切好的蜜瓜。

"好丰盛。妈，辛苦了，你们来做客，还要叫你们做饭，真是不好意思，午饭我来做。"

"别别别，要是享福的话，我们俩就不来了。你们年轻人不会过日子，我们就是来见缝插针地给你们补补身体，中午喝茶树菇老鸭汤，还有香煎竹节虾，一早，你爸就去把菜买回来了，汤都炖上了。"

麦禾听到婆婆这样说，没再坚持。仇然仍躲在书房，不愿见她，她忍着情绪，若无其事地问婆婆，虾是不是在小区门口的海鲜档买的，她说那家店的东西挺新鲜。婆婆摆摆手表示看不上，公公则走过来说他一大早5点起来去的菜市场，抱怨他们不会过日子，小区门口的东西除了贵哪有好的。

麦禾笑笑，她知道这抱怨是针对她的，而不是"他们"，她埋头喝粥，不再没话找话。

不一会儿，甜歌从书房跑出来，手里拿着绘本，她跑过来说："妈妈，我还想吃蜜瓜。"

麦禾把女儿抱到腿上，叉了块蜜瓜喂给她。

这时，仇然终于露面了，他的状态看起来不错，最起码没有失眠。麦禾一直看着他，而他躲避着视线。

"爸爸，爸爸，"甜歌荡着双腿，兴奋地从麦禾腿上跳下去，说，"爷爷奶奶，甜歌给你们表演节目啦，你们快来看呀。"

小孩子可爱的声调总有治愈的能力，连麦禾都觉得心头的郁结散去，她饶有兴趣地等待着，充满爱意地注视着她生命的延续。

甜歌在众人面前站直了，她闭上眼睛，突然翻起了白眼。那是一个无比漫长的白眼，孩子的眼皮抽搐般抖动，黑眼珠被藏入眼皮深处，看到甜歌那双漂亮的眼睛只剩下一缕近乎雪白的微蓝，众人都在忍耐，等待这个动作的结束，很久才意识到甜歌所谓的表演仅此而已。

"甜歌！停下！"

仇然发出怒吼，甜歌被他吼得一哆嗦，眼珠子瞬间归了位。

"哎哟！丑死了！"麦禾的婆婆伸出手掌抚摸甜歌的上半张脸，强迫孙女把眼皮闭起来，"小姑娘学这个不好！甜歌听奶奶的话，咱以后不翻白眼，好不好？"

"就是，奶奶说得对，跟谁学的？以后不要这样，翻白眼伤眼睛，听爷爷的话，以后不学了。"

麦禾也觉得女儿的举止不雅，她正准备纠正女儿的行为，却听到甜歌嗲声嗲气地说："妈妈睡觉的时候就是这样的，我是跟妈妈学的。"

麦禾听得愣住，见公婆和仇然一齐看过来，她尴尬极了。

"甜歌，过来。"麦禾拉住女儿，解释道，"妈妈没有翻白眼，妈妈是在做梦。"

"做梦就会翻白眼？"甜歌认真地问。

"那不是翻白眼，那叫快速眼动期。"

她本可以不用解释得这么正经，但公公婆婆难得过来，她希望能给他们留下好印象，今早已经因为睡懒觉被旁敲侧击地念叨了，她不想他们再觉得她不端庄、举止粗陋，教坏小孩。

但麦禾没想到，最先给她脸色瞧的是仇然。

仇然对甜歌厉声呵斥，扬言下次再看见她这样就要打她手心，然后阴沉着脸快步走回书房，咔嗒一声，还把门给反锁了。

公公婆婆见苗头不对，连忙岔开话题，一个带着孙女去看鲜活的海鲜，一个问她是不是吃好了。麦禾忍着满肚子的怒气，狠狠地往嘴里塞了两块蜜瓜，站起来把餐桌收拾干净。

和仇然的对谈发生在他假期结束的前一天晚上。那天下午，公婆包完两百个饺子依依不舍地走了，临走时还拉着麦禾再次提及他们仇家几代单传，还得辛苦她再立功，如果有好消息，他们老两口随时过来帮忙。

晚上，麦禾提前将女儿哄睡着，在仇然准备钻入书房前叫住他。

"你打算什么时候回家？"

"你是说下次吗？我本来是打算11月底再回来的，这次不是待了好几天了吗，怎么了？有事吗？"

"仇然，你要骗我到什么时候？你的项目组这个月底就解散了，外地的办公室也要撤销，你为什么不肯回家？你不回家要去哪里？"

麦禾的质问让仇然变了脸色，他很困惑，不明白麦禾是怎么知道他工作上的事情的，他张张嘴要争辩，但最终还是放弃抵抗，嗫嗫地说了一句："对不起。"

"怎么回事？你爱上别人了？"麦禾的语气着急了。

"不不不，没有，没有的事。"

仇然的连声否认并没有安抚麦禾，她反而哭起来，喊："你为什么这么对我？我哪里做得不好？为什么你现在看都不看我?!"

说这些话时，麦禾双手捏成拳头，用力捶她紧致浑圆的大腿。

年少时的一场车祸让她不再完美，麦禾有长短腿的问题，需要在鞋子上做手脚才能遮掩缺陷，这是她的隐痛与软肋，也是必要时她用来自卫和攻击的利器。

她的身体虽然有缺陷，却有一张漂亮的脸蛋，她在赌丈夫还吃不吃她这一套。起先，仇然还板着脸，她看得心凉了半截，本来是假哭的，愣是弄成了真哭，好在，仇然终究还是被她打动了。

"你冷静一点，别这么激动嘛。"他一面紧张地说，一面重重叹了口气，冲她张开双臂。

"到底怎么了？有问题你就说呀，瞒着我干什么？"

"是我的问题……是我的……"

"那你到底是有什么问题？"

麦禾在仇然怀里，抬起眼皮，露出湿漉漉的眼睛。仇然也低头看她，麦禾觉得他的眼神有点怪，仇然的目光紧紧追着她，警惕地打量，这目光让麦禾有一种问题在她的感觉。

是她的问题吗？还是错觉呢？

"是工作上的问题，最近压力太大了。项目就要结束，如果不能在月底前找到愿意接收我的部门，搞不好就要失业了。"

"失业就失业呗，我们又不是穷得过不下去，我又不是不上班，我养你啊。"

"别这么说，我又不是吃软饭的。"

麦禾扑哧一笑，顺手揪了把仇然红红的耳朵。

那件事顺理成章地发生，但质量堪忧，事前事后洗漱清洁的时间比滚床单的时间都长，麦禾做完护肤出来，仇然背身睡着，微微打鼾，她躺下，盯着仇然的后脑勺看了许久，想了想，也朝床沿一侧翻过去。

麦禾觉得自己又度过了一场危机。

她在串人生的项链，危机就是一粒粒珠子。

母亲在少不更事时意外怀孕，她没有被堕掉，能健健康康地出生，这叫顺利度过出生危机。

缺失父亲的陪伴，母亲也要追逐自己的人生，她被外公外婆捡去养，这叫顺利度过抚育危机。

从小乱病不断，三不五时去医院报到，十六岁遭遇车祸，人生却意外被撞入正常轨道，这叫顺利度过成长危机。

现在，她拾起的是一粒叫"婚姻危机"的珠子，她希望自己还能有好运顺利度过。

想着想着，麦禾从床上爬起来，裹上厚厚的毛绒睡衣，轻轻地离开房间。

女儿睡得安稳，很乖，不踢被子，她摸摸女儿的后脖子，干爽而温热，她俯身亲亲女儿，从儿童房退出去，又来到书房。

麦禾打开电脑，在 IE 浏览器的地址栏熟练地输入一串网址，回车，"中国红十字基金会"红彤彤的网页显示在屏幕上。

她点击"捐赠"，页面跳入下一级，公益项目很多，但她并不挑选，只是随意点击，进入，然后捐赠，系统默认的支付金额是 28 元，她就按默认的来，录入信息，扫码，支付。

博爱卫生院站项目、博爱家园项目、社会救援力量保障提升计划、飞鸟计划……她面色紧绷，像个不带感情的机器人一样动作，在支付完第九笔爱心捐款后，她的眼睛明显亮了一瞬，表情也变得柔和了。关闭电脑前，她点开电脑管家软件，清除上网的记录。

如此，她才安心地回到卧室，蹑手蹑脚地走回床边，她缩起冰凉的腿脚，把自己塞回温暖的被窝。仇然翻身了，现在是平卧位，她冲仇然探过身，把脑袋悬在他脑袋的上方，阴森森地盯住他。

他睡得好安稳，呼吸平稳，眼皮下的眼珠动也不动。

当初，他们是在大学校园里遇上的。她上的学历进修班，仇然则是工作了几年后重新回到校园读研，她曾经因为腿部残疾被人轻视过，他也因为前途不明被人抛弃过，仿佛是在等待彼此那样，在适婚的年龄，他们互为彼此的救赎，她觉得，他们能白头偕老，余生平安。

这一天，麦禾睡前的愿望是希望在天上的长辈不要再生她的气了，她在很努力地赎罪，请他原谅她、放过她、保佑她吧。

03

第二天，仇然取消了回程的机票，申请好移动办公位，开车去公司了。出门时，他亲了女儿一大口，用很乖的语气对麦禾说："走了，上班去了。"

甜歌在蔚蓝海岸社区的快乐 ABC 幼儿园上学，校服是黄色的外套配绿色的裤子，外加一顶深咖啡色的渔夫帽。看到女儿进入幼儿园时是笑嘻嘻的，放学时还是笑嘻嘻的，麦禾觉得生活已重归正轨。

"妈妈，我们去捡树叶吧。"

"为什么要捡树叶？"

"老师说，下次的美术作业是树叶画，妈妈，树叶画怎么画呀？我帮你捡树叶，你帮我画树叶画，好不好呀？"

"原来是美术作业啊。"

"妈妈，你会不会画树叶画？"甜歌摇着麦禾的手，不住地问。

"什么时候要交呢？"麦禾问女儿。

"不知道，老师只说先捡树叶。"

"那说不定需要甜歌自己完成哟，说不定老师会让小朋友把树叶都带去学校做作业。"

见甜歌不开心地噘起嘴，麦禾摸摸她的头，她对女儿没有争名夺利的要求，她只希望女儿快乐。

"甜歌做的树叶画，不管老师怎么评，妈妈都会觉得是世界第一好看。"

甜歌停下脚步，卸下背上的小书包，把书包放在脚背上，撅着屁股拉开书包的拉链。麦禾好奇地看着她，等待着，不一会儿，甜歌从书包里拿出一张广告折页，举起来递给她。

"老师说爸爸妈妈要陪小宝贝去'熏熏'，妈妈，我们什么时候去'熏熏'？"

女儿递给她的是一张省博物馆本月的策展单，麦禾没兴趣细看，她看到女儿的幼儿园在公众号上发了文章，知道幼儿园正在大力组织美育活动，请了博物馆的老师来做公益讲座，但她对美育不感兴趣，甚至有些反感。小时候，家人为了培养她画画费了不少功夫，她也承受了太大的压力，结果不仅失败，而且惨烈，她本能地回避一切与美术、文艺有关的事情。

"妈妈，妈妈，老师说不会画画的小孩子一定要去'熏熏'哟，老师说大人不可以偷懒。"

麦禾停下脚步，俯身注视女儿的面庞，搜索女儿的眼底有无自尊受挫后的卑怯，她皱起眉头问："老师批评你了？"

"没有。"

"那你刚刚为什么那么说？"

"是妈妈说的呀，妈妈和美宝妈妈说我画画不好看，说我不喜欢画画。"

麦禾的第一反应是否认，可是转念想到美宝妈妈拉她团购培训机构的美术课时，她好像是那样拒绝的，这脱口而出的贬低，要不是被女儿提及，她压根没过脑子。

"宝宝听错了，妈妈说的不是宝宝。"麦禾非常愧疚，她问女儿，"那甜歌喜欢画画吗？想和美宝一起上培训班吗？"

甜歌认真思索后，咯咯笑着说："我喜欢过家家，想和美宝玩过家家，培训班里有过家家的玩具吗？我要给美宝炒菜、烤面包、做三明治。"

听见女儿的笑声像铃铛一样脆，麦禾的愧疚没那么深了，她说："你是肚子饿了吧，晚餐想吃什么？"

"爸爸喜欢吃肉，妈妈喜欢水果，甜歌喜欢大虎虾。"

"哈哈，那小火车开到哪里呀？"

"开到海港海鲜商行呀！"

仇然最爱卤味，买完虾之后，麦禾又去熟食店买了一对卤得酱红油润的猪蹄，店家操着一把银光闪闪的菜刀，几下就将一对猪蹄大卸十六块，麦禾特意交代，帮她放两包店里的秘制蘸料包，要最辣的。

当水果店的老板帮她切水果时，麦禾就想好了，晚餐做两道蒸菜，一道蒜蓉蒸虎虾，一道豆腐西蓝花蒸蛋，再做一道时蔬快炒，加上卤味和水果拼盘，算得上丰盛的一餐了。

过去近一年，仇然不在家，麦禾常为晚餐如何安排伤脑筋，菜做多了浪费，做少了看着可怜巴巴的。她在忙碌中看着餐桌逐渐摆满餐盘，内心感到踏实、满足。

仇然回家后，甜歌迎到门前给爸爸拿拖鞋。

"回来啦？饭菜马上就好。"麦禾背对他们，一边检查蒸箱，一边说话，她刻意不问仇然寻找新部门接收的进度，她能给他空间，说到就能做到。

"不着急，有什么要我帮忙的吗？"

"有呀，"麦禾戴上隔热手套，把仇然推出去，说，"帮我多吃一点就好啦。"

仇然很努力地吃，奈何他只有一个胃，足足吃了半个多小时，一桌子饭菜，除了虎虾，其余都剩下不少。饭后，仇然照例帮忙洗碗、擦盘子，不知为什么，他突然觉得后背发毛，下意识扭头向后瞟，只见麦禾垂着手一动不动地站在客厅中央，微微低头，背对着他。

仇然一下子紧张起来，手上的动作立刻放轻了，他原地静止等了好一会儿，麦禾不动，他也不动，仿佛忧心多制造出额外一分贝的噪声，就会让整个世界崩塌一般，他的肢体动作变得滑稽，像极了迪士尼知名动画片里那个以慢放模式生活、让人忍俊不禁的"闪电"，随着时间的拉长，他彻底入了戏，以至于麦禾突然转过身来，他来不及反应，被麦禾抓了个现行。

"干吗？想吓我呀？"

麦禾的娇嗔与盘子的碎裂声同时抵达，见仇然不小心摔了她最喜欢的樱桃盘子，麦禾心疼得叫起来。

"这个盘子是我之前去巴马的时候外婆买给我的。"

"你刚才怎么了？"

"我？我怎么了？我没怎么呀，你快让让……小心点，别踢到碎片……"

麦禾着急忙慌地收拾残局，生怕处理晚了，碎瓷片会割伤甜歌。她压根没有注意到仇然的脸色变得惨白如纸，收拾好地面后，她又跪在地上，用很厚的湿巾纸仔细擦了一遍客厅的地板，捶着腰从地上爬起来后，她指挥坐在沙发上发呆的仇然去倒垃圾。

仇然去了，但半天没回来，麦禾给他打电话，他说吃撑了，在外头散散步再回来。

听到电话里有烘焙店打广告的声音，麦禾交代仇然去买一包牛奶吐司，明天早上做三明治吃。

仇然买完吐司，并不往家走，他脚步一拐，走向另一个方向，直奔社区的房产中介而去。

起先，他只是站在店外看窗贴广告，心里默默计算，他发现房价好像从高位跌落了一点，但不是很确定，后来，有眼尖的销售看到他，主动出来搭话，问他是租房还是买房、卖房。

仇然问："我们小区的房子现在好出手吗？价格怎么样？"

销售一听就知道他是想卖房，很有经验地表示这个问题还是在他，看他是不是着急卖，销售给仇然点了一支烟，问："哥，你住哪一期？"

"二期，六年前交房的。我的房子是婚房，精装修，价格低了那肯定是不行。"

"我们可以给你一个建议的定价范围，具体的肯定还是你定。方不方便问一下，卖房是要置换还是……"销售眼巴巴地盯着他，意思是一进一出的生意他都想接过来。

"不置换，"仇然斩钉截铁地说，"就是卖房子。"

说话间，有个头戴红白色头盔的男人骑着摩托车过来了，他的车改装过，引擎声很大，很吸引人，他停好车后麻利地跑进门店，把提在手里的两个海鲜礼盒放进了店长办公室，然后摘掉头盔，臭屁地甩动长刘海，坐在办公桌边和女销售吹水①。

仇然认得他，他是开店的，海港海鲜商行，那家店麦禾常去光顾，以前也常指挥自己去光顾。小伙子油嘴滑舌，鸡贼得很，每次去买东西，都看到他拉着人聊天，恨不得把客人家祖宗十八代的老底都挖出来。

销售请仇然进店坐下聊，又说："哥，你什么时候方便，我去你家看看，咱们先把房源挂出来。"

仇然拒绝进店，说："你给我个名片，我想好了联系你。"

"行，我们加个微信，你有任何问题，随时跟我联系。"

"嗯，我大概也没那么快卖房子，你等我考虑清楚，我这个人考虑事情慢，但决定了就是决定了，你别催我，催我也没用。"

说完这话，仇然自己都愣了，他说的哪里是卖房子的事，说的是婚姻大事呀。

---

① 粤语，指闲聊。

仇然带着吐司回到家，麦禾打趣他是只蜗牛，散步一趟两个小时，也不嫌累。

仇然不搭腔，心事重重地捡衣服上的小白毛，麦禾又跟他说："你周末跟我们去省博物馆吗？甜歌说想去省博物馆接受'熏熏'。"

"什么？"仇然困惑地抬起头问。

麦禾大笑起来，说："是熏陶，你女儿让我们带她去接受熏陶。"

"哦，"仇然眨了眨眼，说，"这个周末我准备在公司加班，特殊时期，我得拿出态度，下次吧。"

麦禾心里是失望的，但见女儿比她更失望，她只能安慰女儿说这一回她俩先去探路，下次再带着爸爸一起去。

省博物馆搬到新区已经有一年了，据说占地面积比老博物馆大了四五倍，预约后前来参观的市民无一不赞叹它恢宏的气势。

被家长带来接受文艺熏陶的孩子们一个个争着抢着要和博物馆门前的雕塑合影，甜歌也要去，她喜欢那只带了一串小猪的"野猪妈妈"。"是野猪吧？"麦禾不太确定，女儿又问另外一个雕塑是什么，她看看说是大犀牛。其实，雕塑旁边立了介绍碑，麦禾多走两步看一看就能将准确信息告知女儿，但她一步也不愿多走。

博物馆里的人实在太多，麦禾担心挤到女儿，远远地避开人群，她猜那些被围住的展品才最值得一看，不过，她并不在乎，她在文艺方面没有积淀，也没有兴趣。女儿偶尔会被某件展品吸引，贴在玻璃上"哇啦哇啦"，麦禾能做的只是蹲下来，把铭牌上的介绍词念给女儿听，仅此而已。

"小朋友，手不要摸。"

被保安"温柔"提醒后，甜歌怯怯地缩手，麦禾见玻璃上果然留下了女儿的两个小掌印，一边道歉，一边掏出湿巾要擦，保安连忙劝阻，催促她离开。

正好也逛累了，麦禾牵着女儿走出展厅，去文创商店买了两盒文创食品，在休息区补充体力。糕点是传统糕点，麦禾觉得太甜了，吃两口就腻了，没想到甜歌好像很喜欢，一口气吃了三块。

"妈妈，那是什么呀？"

顺着甜歌指着的方向，麦禾看到一个头戴 VR 设备的小学生，她说："那是讲解器，戴上以后会有人给你讲文物的故事。"

"讲故事？那我也要！"

"你要那个呀……"

"我要听故事！我就要听故事！"

甜歌闹起来，麦禾很无奈，她四下环顾，发现举着小黄旗、佩戴话筒的义务解说员正领着一支学生队伍准备进展厅，麦禾连忙把桌上的物品胡乱塞进环保袋，抓起女儿的手，说："快点，跟上前面拿小黄旗的叔叔，他会讲故事。"

04

抱残守缺——步入展馆的瞬间，麦禾看到了高高挂起的海报上的这四个大字。

"……各位同学，我们所在的展厅今年将进行一系列的非遗珍品展出活动，现在大家看到的是中国八破图，八破图盛行于 20 世纪初期，是中国传统艺术珍品，曾经几近消失，如今，它是多地都在保护的非物质文化遗产，它还有个别称叫'锦灰堆'，在给大家讲解八破图的缘起、发展之前，我想先给大家讲一个发生在清朝军营里的故事……"

一进入展厅，麦禾就后悔了，墙壁上挂着的画实在是古怪，她穿梭在其中，被残破裹挟了。

画卷上，那些被火灼烧过的残片，勾起她的恐惧与不安。

麦禾感觉有人在往她后脖子吹冷气，她急停脚步，决定撤出去，但甜歌听到讲解员要讲故事，甩开她的手，往里直冲，麦禾不得不忍着不适，跟进展厅。

没关系的，这些都是画作，不是火灾现场。麦禾调整呼吸，给自己做积极的心理暗示，想让混乱的心绪尽快平复下来。

她从来没见过这样的画作，明明是国画，但又根本不像国画，它们表现的不是人物、风景、花鸟、山水，画面中央仿佛只是堆积了一堆破破烂烂的东西，这算什么画？文艺素养浅薄如她，也知道国画的精髓在写意不在写实，何况，即便是写实，也不必如此细致地描绘一堆破烂吧？

她看不懂，却也因此被吸引了。

"传说，在清朝，有一位日理万机的将军在抽烟袋时审阅文书，一不小心，把文书烧了个洞，将军担心把有破洞的文书呈献给皇帝不够恭敬，于是，就命人重新将文书誊抄一份再呈献给皇帝。可是啊，负责誊抄的文员也很小心谨慎，他以为破洞也是文书的一部分，于是苦心劳力，连焦痕也一并复制下来。皇帝看到后，夸赞文员恪尽职守，同时，也对这种带有焦痕的图像产生了兴趣，于是下令制作了更多焦痕图像。来，大家来看，我们眼前的这些画是不是有很多烧焦的元素？"

听到好听的故事，甜歌很兴奋，她挤在人群最前面听讲解员的解说。

"刚刚给大家讲的逸闻，并不代表八破图的起源，目前，美术界普遍认为画家钱选可能是八破图的创始人，相传有一幅失传的钱选画作，名字就叫《锦灰堆》，有人认为，这个画名来源于唐代诗人韦庄的诗作《秦妇吟》当中的一句：'内库烧为锦绣灰，天街踏尽公卿骨。'虽然画家钱选的画失传了，但'锦灰堆'却成了八破图的别称，在南方地区广为流传。八破图是革新性的艺术形式，运用的元素很多，除了烧焦的画作，还有虫蛀的书迹、破损的书页、残留的法帖、撕裂的信笺等等，在中国文化中，'八'是一个幸运数字，而'破'象征'不及完满'，暗示着事物的潜能韬晦……"

随着讲解员的讲解越来越深入，甜歌渐渐听不懂了，她着急地拉扯讲解员话筒上的传输线，说："叔叔，叔叔，你再讲个故事呗。"

展厅里爆发出笑声，麦禾赶紧从讲解员身边拉回女儿。

甜歌嘟着嘴问麦禾，说："叔叔怎么不讲故事了呀？他不讲故事，我听不懂了。"

"叔叔在说这些画卷上画的是烧过的画。"

"画好的画，为什么要烧掉呀？"

"因为……"

麦禾还没想好该怎么解释给女儿听，眼前突然飘起火苗，火顺着她的视线烧，她看向哪里，火就烧到哪里，当她看向女儿的脸时，火腾地裹住了甜歌的脑袋，她惊吓过度地盯着火焰中女儿的笑颜，终于反应过来是幻觉，于是慌张地低下头，闭上眼睛。

幻觉很真切，即使闭上眼睛火苗也还在烧，烧得她的眼皮像被太阳直射那样红晃晃的。

少女的笑声像棒针一样从左耳进入，穿过脑腔，又从右耳钻出，麦禾脚步不稳，往旁边一歪，碰到了两个勾着胳膊的初中女生。她眯着眼睛说不好意思，那两个女生并不在意她，她们自顾自地对话，其中一个笑嘻嘻地说，这不就是古代人的拼贴手账吗？另一个乐呵呵地回答说，对啊，一会儿要去买点贴纸，她的胶带和贴纸都用完了。

"妈妈，你怎么啦？"

被女儿拉扯后，麦禾试着睁开眼睛，还好火光消失了，她来不及稳住呼吸，紧抓女儿的手，疾步逃离。

"妈妈，你的手怎么'下雨'啦？"

浑身是汗的麦禾拖着女儿在人群中穿梭，像拽着一只娇弱的小羔羊。

原本计划在博物馆待上大半天，实际只待了小半天，听妈妈说要走，意犹未尽的甜歌很不满足，经过文创商店时，她又走不动路了，吵着要一只龙形毛绒玩偶。

售价198元的毛绒玩偶，放在平时，麦禾会果断拒绝，但这次她没犹豫，立刻扫码付钱，她甚至等不及店员给玩偶套上包装袋，一把夺过玩偶塞给甜歌，趁女儿高兴，火速离开博物馆。

出租车启动，加速，将博物馆远远甩在后头，麦禾乱跳的心脏渐渐平稳，她从环保袋里拿出剩下的半盒糖葫芦咬了一颗，甜味充盈了整个口腔，她觉得自己好了一些。

"妈妈，我还不想回家呢，可以去游乐园玩吗？"

"今天不去了吧，妈妈有点累了。回家去，爸爸要是也回来了，你跟爸爸下盘飞行棋。"

"不想和爸爸下棋，爸爸不喜欢甜歌。"

麦禾心里一惊，她诧异地看向女儿，半天接不上话。

不能小瞧小孩子，他们往往比大人更敏感。

"不是这样的，爸爸最喜欢甜歌了，爸爸……他只是工作压力太大，心情不好。"

甜歌不说话，把怀里的小龙抱得紧紧的，麦禾看着女儿，心疼得厉害。

确实，仇然越来越古怪了，他又搬去书房住了，理由是失眠，麦禾想问仇然是否寻找新部门的事不顺利，但又因为担忧关心被误会成变相施压，只能艰难地忍耐。

麦禾与交心的同事胡娇倾诉，聊到丈夫的古怪，胡娇毫不避讳地询问他们的夫妻生活，最后得出结论说，八成是 ED（勃起功能障碍），该去医院瞧瞧。

麦禾认真考虑过胡娇的建议，但女儿的直言快语，让她有了新的判断。

仇然不只是对她丧失了兴趣，他是对一切都不再有兴趣，连女儿都感觉到了他的冰冷和排斥。

或许是该去医院了，不挂男科，挂心理科，他需要去找个大夫，得到专业的判断。

还有她自己……她是不是也应该去看看医生？

这么多年了，她到处借光去照耀心中的阴影，她做善事，十几块、二十几块地捐款，一开始捐上一两笔就能得到安慰，现在捐十笔都难获松弛。负疚感太沉重，生活顺风顺水时还能得到片刻喘息的机会，最近的日子对麦禾来说简直如油煎火燎。

刚刚是怎么了？为什么会凭空看见火？她看到的究竟是真相还是幻境？

麦禾脸色凝重，半天缓不下来，女儿推着她，嘟囔说不想回家，还没玩够，她六神无主地说："那就去捡树叶，树叶画还没做吧？"

"好啊好啊，嘟嘟妈妈帮嘟嘟做了一只好漂亮的树叶大孔雀，都交给苹果老师了。妈妈，你会用树叶做什么小动物呀？妈妈，你一定要给我做很漂亮很漂亮的树叶画哟，你会吗？你一定要会呀！"

"我……"麦禾手心里的汗越出越多，她的眼神失了焦，发出呓语般的呢喃，"你放心，我会努力的，一定会好好去做的……"

蔚蓝海岸社区内的品牌文具店和海鲜商行分列社区商业街的一头一尾，文具店的店员听到小孩子说"树叶画"，信手指向麦禾身后，说："幼儿园交作业吧？第三个柜台，黄色小鸭子的那一包。最近卖了好多，没剩多少了。"

"有现成的？"

"模板，半成品。"

"好弄吗？"

"好弄，照着虚线把树叶剪好贴上去就行，孔雀、公鸡、金鱼……造型多得很。对了，家里有胶水吧？剪刀呢？"

麦禾取来红色的手提篮，把胶水、剪刀和黄色的模板工具包一齐丢进去。

收银台前放了两个手推车，上面满当当地垒着各种颜色、花样的胶带、卡片、贴纸，推车上立着小木牌，上面写着"手账品大促，3件八折，4件七折，5件六折，6件以上五折"，麦禾在心里计数，1、2、3、4、5、6，虽然不知道买了能做什么，但是她的手就跟不听使唤似的拿了一堆。

末了，麦禾把红色手提篮交给店员，说："结账。"

10月下旬，秋风起过一轮，南方的树也开始落叶了。

银杏的落叶是金黄色的，长得像小扇子；枫香的落叶是通红的，长得像五角星；鹅掌楸的落叶半绿半黄，长得像古人穿的马褂；无患子的树叶还未凋落，它们窄而长，还绿着。

走完一整条商业街，落叶装满一袋子，麦禾挺直弯着的腰，团起拳头在后腰眼上捶了捶，说："好了，足够了，妈妈要去买菜了，不捡了。"

05

海港海鲜商行的老板站在店外逗弄他养的虎皮鹦鹉，见到常客，他点头打了声招呼。

"来啦。"

"哎，蛏子新鲜吗？"

"嗯，早上刚到的。"

麦禾准备做一道蒜蓉粉丝蒸蛏子，再看看虾和鱼，这个海鲜档口是老店面了，开了快六年，开业时超级优惠的储值卡活动后来再也没有了。

店里除了卖生鲜海货，还卖海鲜熟食，不忙的时候也可以代客加工，生意蛮好的，老板常在店里，他不怎么爱说话，蛮内向的样子，不过，他有个活泼麻利的好"掌柜"，所以倒也不必事事亲力亲为。

"小朋友，有没有什么想吃的呀？刚做出来的虾饼，酥酥脆脆，香喷喷的。"

把刘海向后梳成辫子的掌柜笑眯眯地逗甜歌，他打开熟食柜的门，却只舍得用牙签扎了一小坨虾球递给甜歌，甜歌把牙签捏在指尖，目光灼灼地盯着金黄色的虾饼。

麦禾在挑蛏子，她叫甜歌过来她身边，甜歌舍不得挪步，望向美食垂涎，喂好鹦鹉的老板径直走过去，取了一张油纸包了两块虾饼和两块鱼饼，交到甜歌手上。

"拿着，吃吧。"

"谢谢海鱼叔叔。"

"嗯，真乖。"

麦禾目睹一切，感慨还是老板会做生意，要是老板也像掌柜一样抠抠搜搜，她八成不会成为常客。这老板不是第一次给甜歌好吃的了，而是每次见了都会给，女儿感受到偏爱，给老板起了昵称，亲昵地叫他"海鱼叔叔"，他很自然地接受，貌似还很喜欢，对此，麦禾的看法是女儿太可爱了，她的女儿魅力十足，人人都喜欢。

不过，这种事次数太多，麦禾也会不好意思，她凑上前，让掌柜把女儿手里的海鲜饼称个重，老板慷慨地将手一摆，转身钻进后厨。

"没事，小意思，喜欢吃的话下次多买点，多给我们宣传。"

"你们哪里还要宣传，住在这附近的还有哪个不知道你们店？"麦禾把挑选好的蛏子给掌柜递过去。

"八十八块六毛四，给八十八吧。"掌柜把二维码立牌推出去，笑着说："那也得宣传，现在不是流行网红店嘛，等成了网红店，住得远的人，会开两个小时车过来。"

"那我回去发朋友圈给你们宣传，"麦禾牵住女儿，再次说，"谢谢啦。"

掌柜把麦禾送到门口，看着这对母女的背影渐行渐远，也逗了逗挂在玉兰树下的鸟笼里的鹦鹉。

"宿译！"

听到店内的呼唤，扎辫子的男人大声回应，一边问怎么了，一边再次把视线抛向远处，最后望了麦禾母女一眼。

"叫我干吗？"

宿泽从后厨走出来，边走边说："尹老板催海胆，明天你去市场盯一下，新到的货先尽着他。"

"哦，行嘞。"宿译说。

这两个人是堂兄弟，刘海长得能扎辫子的是掌柜宿译，头发短一点的是老板宿泽，宿译比宿泽小两岁，来店里的时间也晚两年，但宿译觉得自己比堂哥会做生意，或者堂哥的心思并不在做生意这件事上，反正，店里其他的店员都说，要不是有他在，海港海鲜商行早已关门大吉。

"哥，要不然咱俩分分工？你负责接货，我守店怎么样？"

"为什么？"

"你的手也太松了，哄孩子也不用给那么多。"宿译还在心疼刚刚送出去的四块油炸海鲜饼，他不满地嘟囔，"那女的也是，就是嘴上客气，没见她当场买过熟货。"

"几块饼而已，别这么抠门。"

"做生意就是要精打细算，当初，我爸跟你爸要是不抠门，家里也换不上大渔船。"

宿泽听了不作声，宿译看看他，没再继续说。

宿泽是和家里闹矛盾跑出来的，在宿译看来，发生在堂哥身上的事是中式父子矛盾的典型案例——不被父亲认可的儿子的觉醒往往从自毁开始，一旦踏上这条错误的路，时间就是代价。

宿译觉得堂哥付出的代价太大了，他来的这四年常暗暗观察，堂哥总是心不在焉，他想，堂哥肯定早就后悔把自己摔成了破罐子。

"渔船贵吗？多少钱能买一艘渔船？"店员小侯好奇地问。

"多少钱的都有，海跟大马路一样，豪车能上路，小电驴也能上路。"

"那你们家以前是开豪车还是骑小电驴？"

"二十年前，上百万的船，你说是豪车还是电驴？"

"哇，宝马啊！厉害厉害！"

小侯的吹捧让宿译得意忘形，他斜睨哼笑，说："那真不是吹的，在海港渔村，提起我们姓宿的，谁不说是传奇？"

"好了，别说了，很闲吗？"宿泽打断他们，说，"闲的话，搞搞卫生。"

因为闲聊被安排清扫任务，小侯感觉受了无妄之灾，他郁闷地拿眼睛瞟宿译，宿译搡搡他，两个人不情不愿地去干活。

宿译一边擦柜台，一边想心事。家族里的同辈，除了他们两个，其他人都已彻底"上岸"，有在国外留学不再回国的，也有在大型企业上班的，还有不上班在家专门玩金融的，只有他们俩还在靠海生存，貌似上岸了，却又没那么彻底，开店六年，仍未暴富，在大家族群里，实属"败"类。

宿译反省自己不该哪壶不开提哪壶，于是，主动讨好宿泽，拣他可能感兴趣的八卦讲给他听。

"哥，你上午去哪儿了？"

"随便逛逛，干什么？"

"没什么。哥，刚刚那个女人，好像准备卖房子。"

"她跟你说的？"

"没有，我看见她老公在中介问蔚蓝海岸的房子现在都什么价、好不好卖之类的。"

"哦。"

宿泽应了一句，拿了烟盒和打火机，走到店外，抽出一支点燃，不抽，干看着。

微风将烟雾吹成薄而宽的一片，他偏头，朝蔚蓝海岸小区的东大门看过去。烟雾朦胧，他的眼神深邃，表情安然，看不出来在想什么。

听到麦禾提及去医院的事，仇然如临大敌，紧张地问她是不是有哪里不舒服。

"不是我，是你。"麦禾将仇然的反应理解为关心，心里很感动，她移动到仇然背后，一边帮他捏肩膀放松，一边说，"你心理负担不要太重，去看看嘛，至少开点药治疗失眠吧。"

仇然扭过头，伸出一根食指先指她，又指回自己，然后，他的嘴角牵出奇异的弧度，反问："你怀疑我有病？"

"你别这么敏感，现在每个人的压力都很大，不止你一个人，新闻上不都说了吗？每个人都或多或少有点病，你不要这么紧张，我陪你一块去看看。"

扑哧——麦禾听到了笑声，她觉得莫名其妙，不明白仇然笑什么。

仇然像是听到了十分荒唐的笑话，他眼皮一翻，叫麦禾看清楚他眼神里蕴藏的不屑，随后不耐烦地拨开麦禾的手，站起来，大声说："你放过我吧，好不好?!"

"仇然……"

麦禾试着拉住仇然，她拽住了仇然的衣服，温柔撒娇，但仇然用更大的力气将她甩开。

当他们沟通时，甜歌坐在沙发上看动画片，等到麦禾脸色阴沉地转过身时，发现甜歌已经没再看电视了，而是含着手指头正在看她。

麦禾紧急改变表情，面孔因此狠狠扭曲了一下，切换上假笑后，她坐上沙发，屁股还未坐实，女儿就钻到她怀里。

孩子怕了。

麦禾紧紧抱着女儿，目光发直。

怎么回事？生活真的在失控，惯用的伎俩对仇然失灵了，她有点接受不了现实，抱着女儿心不在焉，等到她放开手，看到胸口被女儿哭得潮成一片，才吓了一跳，一把又将女儿抱进怀里，心疼地安慰道："没事的，没事的，甜歌不怕，不怕啊。"

夜里，为了安抚女儿入眠，麦禾不厌其烦地把收纳在透明塑料桶里的毛绒玩偶拿了出来，围着女儿的小床排了一整圈，女儿平时最喜欢这么做，没想到，今夜看到这些玩偶，甜歌却吧嗒吧嗒掉起眼泪。

"这些玩偶都是爸爸帮我抓的……"

麦禾扭头看向房门外，仇然没过来，他又不是聋子，明明就听得见，却对女儿的悲伤置若罔闻，她感到愤怒，同时也惶恐。

她是个心底有秘密的女人，她的秘密是个标准答案，能回答令她感到无解的每个问题。

没品的司机过水坑不减速，街上那么多人，唯独她被浇成落汤鸡——都是因为她做了那样的事情。

买网红食品时，明明算好了肯定能轮得到自己，偏偏店员手抖打翻了盘子，两个小时的队伍白排——都是因为她做了那样的事情。

洗完床单就下雨、赶时间时遇到电梯故障，甚至是煮好的鸡蛋却粘壳，被迫剥得坑坑洼洼……

都是因为她做了那样的事情。被老天爷盖上了坏人的标签，就要走霉运，她在重病亟须被人照顾时，母亲都远远避开她，何况是丈夫呢？

麦禾拿纸巾给女儿擦泪，被情绪左右的她脸色很难看。甜歌已经是个会看人脸色的小孩了，她咬住嘴唇，忍着难过，忍着忍着，睡着了。

突兀降临的冷暴力像冰雹一样将麦禾打蒙了，她找不到理由去解释丈夫的行为，除了她的秘密。

可是，仇然怎么可能知道她的秘密呢？要是连他都知道她的秘密，她就真的完蛋了。

06

"喂，你好，我打电话给你是想要松节油，你知道怎么才能拿到松节油吗？"

"我当然知道呀，不过你说话好好笑呀，哈哈哈哈，你为什么像机器人呀？"

"我要松节油。"

"你要松节油呀？"

"是的，我要松节油。"

"哈哈哈哈，好好笑啊。"

…………

她又做了同样的一场梦，醒来时精神恍惚，梦里的笑声带不进现实，她的脸上愁云惨雾。

她从事自由职业，做独立设计，工作室就在家里，从卧室走到工作台只需要几步路，今年春天，她从巴马归来后，卧室的双层窗帘便只合拢白纱，否则，日夜难分，她的状态极差。

阳光让白纱变得朦胧，她起床后，认真收拾床铺，把被子叠成军训时那样的豆腐块，然后用手持的除螨仪一寸寸扫过铺了墨绿色床单的床铺，医生说这样做有助于她的身心修复，整理情绪的第一步是整理生活，打扫屋子，打扫自己。

床铺收拾好后，她去洗澡，换衣服，然后像上班族那样锁上卧室的门。这也是医生交代她做的，她只当自己是出门上班去了，和寻常的上班族一样，只不过她上班的路途更短些。

她的工作室是原木色系的，窗帘是同色系的亚麻款，两盆高大的绿植生机盎然，看似简单的空间暗含了许多元素，除了原木，还有不锈钢、微水泥、黄铜，它们巧妙地融合在一起，没有一样是突兀的。

放眼可见的艺术品只有一小部分是她自己的设计，大部分都是她买的别的新锐设计师的作品，她看到喜欢的东西总是忍不住"剁手"，做设计赚来的钱、得奖的奖金大部分也都回流到艺术品本身上，这就是她喜欢的生活方式。

早餐是冰箱里备好的三明治和水果，吃完早餐，她打开药盒服用氢溴酸西酞普兰[①]，最后端着热好的牛奶去往工作台。

工作台上有两样东西很显眼，其中一个是 2020 年全国青年文创设计大赛金奖的奖杯，奖杯旁摆放的就是她设计的大赛获奖作品，一款国风铁艺屏风，有日历展示和倒计时两种功能，屏风框架的左上和右下部位的翠鸟用的是掐丝珐琅的工艺。当时参赛是一时兴起，没想到那段经历却能在当下为追索一桩陈年隐秘的真相提供助力。

上周她顶着荣誉的光环去拜访了一位拓印大师，大师送了她一套小玩意，这几天她靠玩它们舒缓心情。

取一张宣纸盖在一块布满花纹的仿制古砖上，她将用白及泡好的中药水喷在纸面，砖上的图案立刻在纸上显现出来，她耐心地用排刷刷出画与砖之间的空气，再用拓包蘸取墨汁用力均匀地把砖上的纹路拓成画。

接近中午，她的手机闹钟响了一次，提醒她下午 2 点要去做心理咨询，她刚将闹钟摁掉，远方朋友的电话就追了过来。

"她去过博物馆了，周末带女儿一起去的。"

"嗯，那讲座没有白安排，还是你有办法。"

"不过，可能要辛苦你的朋友再多来两趟，幼儿园园长对讲座很满意，想再办两场。"

"可以，我来安排。是你跟着她的吗？她有没有去看金石拓印的展出？"

"不敢跟得太紧，她没有去看金石拓印，她好像对什么都不感兴趣，没有待很久就回家了。"

[①] 一种抗抑郁药。

"哦……好可惜……"

"吃过饭了吗？"

"还没，一会儿路上吃。"

"嗯，好，打电话来也是想提醒你别忘了今天有咨询。"

"不会忘的，我定了闹钟，你不用每一次都特意打电话来提醒我。你在做什么？"

"做了很多虾饼，还有鱼饼。"

"肯定很香呀，应该还是厴州的老味道吧。"

"嗯，一样的味道，但工艺改良了，即使凉掉也不会很油腻，而且还能保证酥脆度。"

"说得我都馋得流口水了。她来吃过吗？"

"她很谨慎，不爱吃外面的熟食，但她女儿很喜欢吃。"

"哦……我又做梦了，还是松节油。"

电话那头沉默了几秒，她想象他的表情，他对她是有愧疚心的，并且已经表达了出来，他请她退出，把自己照顾好，但她怎么可能退出？她现在比过去任何时候都要有决心、有斗志。

"好啦，我要出发去见咨询师喽，再见。"

"路上注意安全，空了的时候，我们再聊天。"

她把拓好的画夹住晾干，穿上厚厚的鹅绒外套，出门去了。

因为患上了抑郁症，她从 5 月开始接触心理咨询，不到半年的时间，已经换了三个心理咨询师，今天这个是第一次见面，如果这个还是不能让她满意地为她解梦，她就准备再找第五个。

去见咨询师的路上，她去吃了碗海鲜面，但连锁店里卖的海鲜面和当年在小渔港吃到的现捞现做的海鲜面没法比，她拍下照片发了朋友圈，说："不过聊以解馋罢了。"

这条朋友圈一发出去就被两个老朋友点了赞，阿昕还给她留言，说："你来呀！厴州欢迎你！来了，我做给你吃，比这个好吃一百倍。"

她笑起来，笑得非常开心。

新的咨询地点设在社区内，就快到时，她接到电话，对方说很抱歉，社区里有突发跳楼事件，咨询师被紧急拉去救火，建议本次咨询取消，另行再约。她想起刚刚过马路的时候确实听到了消防车的声音，说那行吧。放下电话，她茫然四顾，想想还是继续朝社区走去。

　　社区幼儿园斜对面的两层小楼是社区服务点，"心理卫生服务中心"占了其中几间房，玻璃门从外锁住，她被内里的装饰画吸引，贴着窗户看得仔细。

　　柔和的现代风景画，用色浪漫，一幅画的是紫色的沙漠，另一幅画的是绿色的沙漠，明明是沙漠，却生机盎然，她很喜欢这两幅画，这间心理咨询室的主人似乎在艺术品位上与她很合拍。

　　"你在看什么？"

　　身后传来男人说话的声音，耳熟，刚刚给她打电话的就是这个声儿。她扭头一看，是个戴眼镜的斯文男人，他穿着白大褂，手里提了串钥匙。

　　"你是刚刚取消咨询的岑小姐吧？"他问。

　　"嗯，你给我打电话的时候，我都快到了。"

　　"真是不好意思，要不你进去坐一会儿，休息一下。那边已经控制住了，说不定老师很快就能回来，今天下午的咨询都取消了，我可以帮你排时间。"

　　"发生什么了？我听到了消防车的声音。"

　　"婆媳吵架，儿媳妇把孙子拎到空调外机平台上了。"

　　她听了被吓一跳，还有这样的事？两个大人吵架拿小孩出气？

　　"请进，你喝什么？天冷，我给你泡茶吧。"

　　他粲然一笑的样子让她想起远方的朋友，她也冲他笑笑，但感怀的不是此刻，而是逝去的灿烂的过往。

　　他端茶来的时候，手里的杯子吸引了她，他给她准备的是客用的普通茶杯，素白的，平平无奇，但他自己用的杯子却布满拓印，那些拓印交叠在一起，组成了龙的形状。

　　注意到她的视线，他低头看看杯子，笑着说："很怪吧，这叫八破图。"

"不是拓印？"

听她这么说，他的眼睛亮起来，说："你懂啊？是拓印，是拓印而成的八破图，原稿模仿了六舟先生的《百岁图》，在同一张宣纸上反复墨拓而成。想要实现这种层层叠叠的效果，拓印前必须考虑好构图，先拓什么，再拓什么，一点点慢慢磨。"

"哦，你到底是干什么的？"

"我？暑假工啊。"他笑着说，"放假了，我爸爸让我来给他帮忙。"

"难怪，你是艺术生？"

"没有，我妈是美术老师，我从小就喜欢艺术，但学的是医。"

"杯子哪里买的？"

"西城，去旅游时买的，那里有个八破图的文创体验馆。你要是感兴趣，可以去看'抱残守缺'巡回展，下个月好像到我们这儿。"

"抱残守缺？"她愣了一下，眯起眼睛，问，"这不是贬义词吗？"

听到她这么说，男孩也笑着问："你是做什么的？语文老师吗？"

"不是啦。"

"抱残守缺的本意指的是保存虽然残缺但不忍遗弃的古物，后常用为贬义的守旧。不过，现在不都流行成语新解吗？我觉得'抱残守缺'也可以新解一下，现代人不是抱着老旧的不放，而是新奇的东西太多，根本不回头，有时候是需要慢下来的，就像做心理咨询一样，想要解决当下的问题总是要回溯过去，过去不会一无是处，没有过去就没有现在，更没有未来，不如把抱残守缺当作是从过去捡宝吧，好不好呢？"

男孩真是健谈，她觉得他很可爱。

"你来咨询什么？"男孩看看门外，视线飘得很远，他在观察有没有人回来。

"我来解梦。"

"解梦？"男孩收回视线，感兴趣地看向她，说，"我给你解呗。"

她听了哈哈笑出声，说："不用了，我还是先走吧，下次再约。"

"说说呗，我不计费，也不乱给意见，我可以只做你的听众。你肯定很想找人说说你的梦吧？不然也不会坚持过来碰运气了。"

男孩很聪明，说中了她的心事，她看着他，没有说话，脑子里盘旋的是她隔三岔五便会出现的梦境。

她梦到自己在一栋红房子里玩耍，房子有一整面墙铺满镜子，她怕，捂脸躲着走，可是，她走到哪里，墙上的镜子就长到哪里，镜子甚至还会拐弯，最后，镜子长满了整栋房子，包括脚下。她从指缝里察觉古怪，一放手，赫然发现她的脑袋被套上了大而丑陋的头套，活像一头霸王龙，她想要摘掉头套，却怎么都摘不掉……

07

麦禾终究还是被离婚了，在她最需要帮助的时候，她的爱人毫不犹豫地抛弃了她。

"被离婚"的前几天，仇然的冷暴力愈演愈烈，麦禾觉得自己就快要被逼疯了，她满脑子都是假想敌，想象那个被崔峰暗示过的叫 Fiona 的女人插足了她的婚姻，她趁仇然洗澡，偷看他的手机，想要证明自己的看法正确，却没能找到证据。

她失眠，坐在沙发上，时不时用燃烧着愤怒火焰的眼睛紧盯书房关闭的门。她恨不得用厨房里的斩骨刀把门锁劈碎，看他还要躲到哪里，但她克制住了自己。

对她这样的女人来说，婚姻意味着什么呢？是安全吧，是出于对安全的需求，她希望能拥有婚姻。

如果没有第三者，那问题就还是在她身上。

明明上次都已经和好了，她又做了什么让仇然再一次厌恶她？是因为她把遇见崔峰的事说出来，让仇然为难了？

哪个男人能忍得了别人对自己的老婆心怀不轨呢？而且偏偏是这个时候。

或许仇然曾经想过回去继续做崔峰的部下，但她说崔峰对她有非分之想，仇然就不好再走回头路了，那他的冷暴力是在表达责怪？他怪她不该上崔峰的车，给了崔峰可乘之机？

麦禾想得心头焦躁，如果仇然真的这么想，她只能说自己真是嫁了个窝囊废，但这样的窝囊废她还舍不得丢，说起来，她比窝囊废还不如。

她对自己失望，因而泄气，脑子里紧绷的弦一松，反倒想通了，对付冷暴力的手段从来不是燃烧自己去焐热对方，而是硬碰硬。她决心把自己冻起来，冻得无坚不摧，她要比他更冷才行。

在"作弊神器"的帮助下，麦禾只用了半小时就做完了树叶画。

她选了"蜗牛与黄鹂鸟"的主题，用了银杏和鹅掌楸的叶子，把做好的树叶画用厚的精装书压平整。半小时后，麦禾走回书房，把压画的书挪开，拾起画纸又检查了一遍，胶水已经干透，明天能让女儿带去幼儿园交差了。

那些被顺手买回来的胶带就在麦禾手边，她摆弄起它们。

店员送了一沓有硬度的小卡，并说小卡可以和胶带搭配做成手账卡。麦禾把每卷纸胶带都撕下一截来，她故意将边缘撕得毛躁不齐，然后胡乱贴在长条状的半透明小卡上。

原来，这就叫手账卡。

麦禾捏住手账卡一角，远远伸出胳膊端详，那两个女学生说得对，它真的很像博物馆里的八破图。

正回味着，麦禾的眼皮突然沉得就好像有人生拉硬扯要帮她合上一样，她下意识扶住头甩动，眩晕来得猝不及防。

脑海中八破图的残影逐渐变得清晰，它们一幅幅地从脑海里蹦出来，前后左右将她围住，火也烧起来了，熊熊火焰给画卷镀上嚣张的金边。麦禾头晕得站不住，胃里一阵翻涌，差点就吐了。

"仇然！"

麦禾下意识向丈夫求救，一边大声呼喊，一边紧紧抓住书桌边缘，跪了下去。

她难受极了，想睁开眼睛看看周遭，是地震了，还是着火了？

仿佛是回到了博物馆，回到了令她呼吸艰难的展厅，那组在博物馆展厅看过的四条屏带着火焰围绕着她旋转。麦禾想睁眼看清楚，可是她越努力越是徒劳，幻觉不仅没有消失，反而愈演愈烈，她整个人失控到发抖，蜷缩在地板上，以为自己马上就会死去。

"毁烬残篇底蕴深，嬴秦惨酷不堪陈。当时古迹今难见，以此聊表旧精神。"

她闭着眼睛，却看得清、读得了左起第二幅条屏上题的诗。

至少煎熬了两三分钟，幻觉才彻底消失，麦禾从濒死感中复活，她浑身湿透，慢慢从地上爬起来。

仇然在不远处站着，惊恐地看着她，在他眼里，妻子是一只从水里捞出来的女鬼。

"你来呀，来帮帮我，我站不住。"麦禾虚弱地哀求。

"你怎么了？"仇然问。

他不来，棍子一样戳在原地，麦禾看破他的惊慌里藏着厌弃，下意识撒谎说："我吃坏东西了，胃疼。"

诡异的幻觉，诡异到令她本能地想要隐藏。

那诗真的是条屏上本来就有的吗？她只不过是在展厅里盯着看了几分钟而已，竟然能背得下来？那诗分明是镌刻在她的脑子里啊，就像《静夜思》一样熟稔，可是，随着幻觉的消失，她又把它忘了，一个字也想不起来。

"你疯了……你真疯了……"

麦禾听到仇然说她疯了，还以为是在骂她，她没力气回嘴，只想洗把脸，冲个澡，休息休息。她脚步虚浮地路过仇然身边，仇然避之不及地闪开，他痛苦又坚决地冲她喊："我们离婚吧，求你了！麦禾！你放过我吧！"

那天晚上，仇然不顾她的苦求，执意搬去酒店住，麦禾浑浑噩噩地过了一周，工作上错漏不断，连胡娇也看出来她碰到了大事情，麦禾已接近崩溃，面对胡娇关心的询问，她哭了，抽抽噎噎地跟胡娇倾诉起来。

"你说什么？你老公要和你离婚？是不是?！叫我说准了吧，他那样就不正常！不是不行了，就是出轨了，对吧?！"

"我问他了，到底为什么，他就是不说，我还抢他手机看了，什么都没有。"

"哟，你这个呆子，有的话还能叫你抢了去？"

"你觉得是出轨？"

"这还用问?！"

"那我该怎么办？"

胡娇眼珠一转，说："你擦亮眼睛，抓他证据呀！"

"他都搬走了，电话也不接，我都不知道该去哪里找他。"

麦禾的麻辣烫碗里食材堆得冒尖，都是胡娇帮她拿的，但她一口也没吃，红油都半凝固了，黑色的碗旁边放了好几坨劣质餐巾纸，她手里还捏着一团，时不时就要压压眼角，粗糙的纸把她的眼皮都擦痛了。

胡娇望着她，替她忧愁，想了想，将桌子一拍，凑近问麦禾，说："你知不知道现在想离婚的话跟以前不一样了？"

"我不想离婚！"

胡娇面庞轻微发皱，她比麦禾大了一轮，多出来的十二年不是白活的，在她看来，麦禾这婚八成是要离了，男人提离婚，哪还有回得了头的？只是这道理现在不适合跟麦禾说，她觉得既然麦禾喊她一声姐姐，她就得为麦禾打算，为麦禾争取更多利益。

"不离不离，"胡娇假意顺从，她给麦禾出了个"馊主意"，说，"我的意思是，你可以利用现在的离婚新规定，假装同意离婚，先把他骗回来，让他放松警惕。反正能反悔，怕什么？国家都说了，想离婚，等上三十天再说嘛。"

"什么意思呀？"麦禾不解。

"离婚新规呀！冷静期呀！你都不看新闻的？"

离婚新规是今年1月1日开始实行的新规定，下班回到家，麦禾给甜歌叫了一份外卖，在手机上查询许久，思忖胡娇的点子是否可行。

百度词条上说，离婚冷静期，又称离婚熟虑期，是指在离婚自由原则下，婚姻双方当事人申请自愿离婚，在婚姻登记机关收到该申请之日起一定期间内，任何一方都可撤回离婚申请、终结登记离婚程序的冷静思考期间。

《中华人民共和国民法典》第一千零七十七条规定，自婚姻登记机关收到离婚登记申请之日起三十日内，任何一方不愿意离婚的，可以向婚姻登记机关撤回离婚登记申请。前款规定期限届满后三十日内，双方应当亲自到婚姻登记机关申请发给离婚证；未申请的，视为撤回离婚登记申请。

看起来倒确实是对自己有百利无一害的好规定，只是这么折腾，怪有病的，麦禾觉得心累，扭头看见女儿像小松鼠那样鼓着腮嚼比萨饼，她又有了斗志，即便是为了女儿，她也该为挽回婚姻付出努力，而且她该看清楚，到底是什么搅乱了她平和安宁的生活。

麦禾给仇然发去短信，对他说："仇然，我同意离婚，你明天请好假，我在家等你，我们商量一下，把离婚协议确定下来。"

很快，麦禾收到仇然的回复，只有一个字："好。"

"妈妈，这个是什么呀？"甜歌捏着手账卡，软绵绵地问。

这张卡片是仇然跟她提离婚那晚做的，麦禾的手一触碰到卡片，就条件反射地想起那晚的幻觉，随后，心跳便开始嗵嗵加速，她连忙避开视线，把女儿推远。

想吐。

麦禾的不安感愈发强烈，她的身体怎么了？为什么会对八破图有这么大的反应？也是跟那件事有关吗？

"妈妈，我怕……"甜歌怯怯地盯着她。

"不怕，妈妈没事。"

麦禾强撑出一个微笑，她温柔地抚摸女儿的脸颊，仇然说要跟她离婚，但没提女儿，假如真的走到离婚那一步，他会跟她抢女儿吗？麦禾想得一激灵，她猛地把女儿拥进怀里，紧紧抱着。

女儿，她的女儿，谁都不能夺走她的女儿！

"妈妈，卡片飞了……"

"不管它，不要管它！让妈妈抱抱你。"

08

第二天，把女儿送去幼儿园后，麦禾片刻没耽误，赶回家和仇然面对面，仇然则比她预想的还要积极，两人几乎是前后脚进了家门。

麦禾坐在换鞋凳上，她捕捉到了仇然跨进门时脸上稍纵即逝的惊慌。他是真的厌恶她，见了她跟见了鬼一样，他为何这般？麦禾紧紧盯着仇然，目光锋锐。仇然被她盯得心里发毛，哆嗦着致歉。

"我不要你说对不起，我只想知道为什么。"麦禾问，"你说问题不在我们之间，那是谁？"

仇然竖起三根手指头，说："我可以跟你发誓，绝没有做任何对不起你的事。"

"精神出轨不算出轨？"

"你别污蔑我！"

"你今天不给我一个理由，就别想离婚。"

仇然咬着嘴唇，双手紧握，他眼神闪躲，喃喃地说："你别逼我，麦禾，我们好聚好散。现在离婚还是大事吗？不合就分开，比在一起硬撑好啊。"

"结婚离婚都不是大事了？那我怎么跟我妈说？你怎么跟你爸妈说？"

"别！先别跟他们说，好不好？我们都是成年人了，自己的事情自己解决。"

"房子怎么办？"

"房子？你跟我要房子？"仇然咬紧牙关思索，半晌抬起头说，"行行行，房子给你，后面的房贷你自己还！车子归我，反正你也不会开。"

"女儿呢？"

"女儿归你，你放心，我不要——"

麦禾怕自己没听清，打断他，确认一遍，问："你说什么？"

仇然愣了一下，说："你不想要女儿？我以为你想要的，你要是不想要，给我也行。"

仇然的话让麦禾感觉到了真切的愤怒与荒谬，她把什么都忘了，腾地站起来，指着仇然，咬牙切齿地说："你真不是人！离！明天就离！仇然，你给我听好，是我要跟你离婚！"

是冲动了。

一时之怒而已。

做完离婚登记之后，麦禾很后悔，站在民政局门口，有一瞬间，她不知自己身处何处、为何而来。

"我先走了，等时间到了，我再给你打电话。"

仇然就这样走了。望着他小跑的背影，麦禾才恍惚记起这只是一出戏，是胡娇给她出的缓兵之计，她没有离婚，还没有，她还有家，有了规定的保护，这家散不了。

想到这里，麦禾渐渐找回心神。

仇然的行李早趁她工作时就搬完了，少了他的衣服、鞋和部分电子用品，柜子空了一大块，除了主卧的衣帽间，家里并没有什么变化，但麦禾就是觉得整个家都空了。

为了不让假离婚事件刺激女儿，麦禾只对甜歌说爸爸又被调走了，和去年一样，一个月才能回来一次。

胡娇说让麦禾不要着急行动，等一等，然后请几天假，什么都不干，就去仇然公司楼下盯梢，她说到时候她陪麦禾一起，看看仇然到底在搞什么花样。

连日的煎熬让麦禾病了，辗转难眠一整夜后，她觉得脑袋昏沉，还有点鼻塞，好像是要发烧了。

一个人带孩子，最怕生病，她打开药箱，中成药、西药、冲剂、片剂，乱七八糟吃了一堆。

有多功能早餐机协助，早餐做起来还算简单，把餐食端上桌，麦禾去叫女儿起床，给女儿穿衣服、刷牙、洗脸，叮嘱女儿去吃早餐后，她钻进卫生间收拾自己。

麦禾化好妆出来，女儿却不在餐桌边，她扫了一眼桌面，甜歌餐盘里的荷包蛋只吃了一半，香橙和三明治碰都没碰。

看到甜歌趴在地上，麦禾走过去把女儿拉起来，说："怎么不吃饭？干什么呢？"

"妈妈，我找不到那张卡片。"

"什么卡片？"

"彩色的、很漂亮的卡片。"

"找不到算了，妈妈做着玩的，快来吃饭，要迟到了。"

"妈妈，我喜欢那个卡片。"

"好，妈妈回头给你做，做很多张。"

下班后，麦禾去了文具店，因为愧疚和心疼，她买了许多从前舍不得买的东西补偿女儿，比如迪士尼公主闪卡，一盒十张，二十元起，镭射款的要五十元一盒，她每样都选了一盒，结账时发现手账区还在促销，想起给女儿的承诺，她又补了一塑料袋的货。

海港海鲜商行门口，掌柜在看老板逗鹦鹉，见到她，他们一个钻回店里，另一个热情地与她打招呼。

"下班啦？大虎虾早上到的，特别好，没剩多少了，今天还要吗？要的话就优惠给你好了。"

麦禾本没有买虾的计划，听到优惠，她的脚步停顿了两秒，还是跟着掌柜走进店内。

掌柜把剩下的虾一起兜了，过磅称重，说："一百三十五，给一百二吧，行吗？"

优惠力度不尽如人意，麦禾有种上当的感觉。

"你是不舒服吗？"掌柜打量麦禾，关心地问，"看你脸色不太好啊。"

麦禾不愿将生活的不如意示于外人，她扬起手里的塑料袋，说："操心哪，每天晚上给孩子做手账。"

"就是把各种东西贴在一起，用荧光笔勾勾画画，对吧？你有这个爱好？"

"啊？你懂？"麦禾有点诧异，她只是随口一扯，没想到成天在店里跟鱼虾蛤蟹打交道的大男人竟然还了解这么细腻文艺的玩乐。

"不懂不懂，我可不敢班门弄斧。"

别人越谦虚，麦禾就越心虚，她说："我才是真不懂，是之前去逛博物馆，听几个小女孩说了一嘴。"

"手账这么高级？在博物馆展览？"

"不是手账，是八破图，又叫锦灰堆。"麦禾扫码付完钱，说，"谢谢啦，我走了，孩子还在托班里等我。"

"好嘞，再来啊。"

宿译送麦禾到门口，他和宿泽长得不像，准确地说是差异很大，但是，四年的朝夕相处让这对堂兄弟虽不形似，但颇为神似，尤其是琢磨心事的时候，他们的眼神几乎一模一样。

好一会儿，宿译走回店里，来到后厨，跟拆洗厨师机的宿泽说："虾卖完了。"

宿泽抬起头，机敏地看向他。

宿译揉揉鼻子，为多此一举而心虚，店里什么卖完了、什么没卖完，他最多抱怨几句，从来没有专门跟谁汇报过。

"怎么了？"宿泽问。

宿译看着门外，压低声音，问："你是不是认识那女的？"

"干什么？"

"你不是有一箱子宝贝吗？"宿译伸手比画了一个长方形，说，"她也玩那个，就是乱七八糟贴一块的那玩意。"

担心对话被别人听到，惹出闲言碎语，两人站得很近，宿译一说完就看到宿泽眼睛里闪过一道锐利的光芒。

堂哥那一箱宝贝是宿译怎么打探也问不出来的秘密，四年了，他实在好奇得很，不过，宿泽表里不一，看起来好说话，实际却硬得很。宿译不敢太越界，扛不住宿泽的眼神，他借口隔壁小毛找了他半天，估计有正经事，一溜烟跑了。

隔壁福彩店铺的小毛和宿译很有共同语言，两人闲下来总在一处吹牛，从国家大事聊到社区经济，最后都要感慨时下生意难做，一般都是这套流程。

宿泽从不参与这种聊天，但这回却主动寻过来，宿译看着堂哥给小毛点了支烟，融入他们中间，他呆住了。

小毛看出他们俩有话说，叼着烟走去公共厕所。

"你们说什么了？"

"没什么，我看她拎了一兜子文具，问她买的什么，她说买的手账工具。"

"手账？什么是手账？"

宿译眯起眼睛，稍稍退后了一步，打量堂哥是不是在装蒜，他之所以会在刷网络短视频时留意到拼贴手账，就是因为堂哥藏了一箱子很类似的东西，可堂哥的表情又不像是在撒谎。

宿译想到女顾客说起过另一个词，那个词他听不懂，或许堂哥能懂。

"锦灰堆？"

宿译不确定是不是这三个字，反正发音是对的，但是宿泽的表情却看起来更迷惑了。

宿译性子急，脱口就说："你装的吧？"

"还说什么了？"

"说是博物馆里有展出，你要不去看看？"

"哦，博物馆。"宿泽若有所思地跟了一句，随后像是想起什么似的拔腿就走。

宿译连忙叫住他，说："你当博物馆是夜市呢？现在过去肯定关门了。"

"回家。"宿泽一边往前走，一边说，"明天的活你重新安排一下，我不过来了。"

宿译目送宿泽走远，心里的困惑越来越重，他早就觉得堂哥有问题，考公上岸后突然下海，跑来完全陌生的城市卖海货。曾经，他也和家族里的其他人一样鄙视宿泽的无能，后来，他受了宿泽的恩惠，看法随之改变，他尝试理解堂哥的选择——大约是追求自在吧，可是，相处时间久了，他又明显感觉到宿泽活得并不自在，而且好像总是心事重重。

社区商业街的门店大都在晚上9点30分到10点之间关门，宿译特意提前了大半个小时关张洒扫，他们就住在蔚蓝海岸二期，走走跑跑，到家一看时间还不到晚上9点。

宿泽在书房里，房间没开灯，电脑屏幕的蓝光照得他的脸波光粼粼、闪闪发亮。

吧嗒一下，宿译按下墙上的开关，暖白光洒下来的瞬间，宿泽立刻背过身去，像是在藏什么东西。

他们兄弟的感情虽然不是从小就亲厚，但毕竟也同屋住了四年，宿译觉得宿泽这种行为是没把他当自己人。宿译有点生气，明明知道不应该，但耐不住情绪上头，仍固执地往前冲，甚至掰过宿泽的肩膀，非要看清楚他在掩藏什么。

还是那个带四位密码锁的收纳箱，不新鲜了，宿译有点失望，一偏头，他又看到明亮的电脑屏幕上定格的画面。

那是一幅省博物馆宣传海报，海报上写着"抱残守缺——中国八破图展"。

09

箱子合拢的瞬间，宿译抓紧时间又瞄了一眼。

还是那摞纸，起头的一张是从学生才会用的练习簿里撕下来的横线纸，随意而简陋，但一沓练习簿纸的后面突兀地出现了厚而精美的边缘压了花纹的卡纸，大略一瞥，箱子里锁住的画纸差不多有十几张。

吧嗒两声，收纳箱合拢的阴影扫过纸面，黑暗吞没了秘密。

宿译不是第一次偷看它们了，这些纸上贴满了画片，他很想光明正大地欣赏它们，但不敢提出要求。

他和宿泽虽是正儿八经的堂兄弟，但关系并非从小就亲近。小时候宿译看见宿泽被人欺负，只会躲在石头后面假装没看见，等周遭安静无声后，才跑出来。他躲，不是因为年龄小，打架没优势，而是害怕站出来一次后，就会被人视作宿泽的同类，那些恶意无缘无故，沾上就无法摆脱。宿译始终没有问过宿泽是否知道自己藏起来不帮他，心事埋得久了，会打结，想起一次扯一次，越扯结越死。

"哥，你遇到什么事了？我可以帮你的。"

在同一个屋檐下相处四年，宿译终于有了不再假托嬉皮笑脸表达真心的勇气和自信，他很想做点什么去弥补小时候的不懂事。

但宿泽并不对他坦露心迹，只是拍拍他，让他早点休息。

宿译很失望，他低垂脑袋，说："也是，我这个人，成事不足败事有余，帮得了谁呢？"听他语气不对，宿泽停下脚步问他怎么了。起先，宿译不说，吊儿郎当地耍脾气，直到宿泽问到家里是不是出事了，他才终于没能再装下去。

"我妈摔了一跤，腿摔断了，在楼道里喊了好久，才有人出来帮忙。上周，她拆完石膏才告诉我。要不是我，我妈也不能搬到楼梯房去住；要不是我，我妈就不会摔断腿！我爸死了之后，我妈就一个人过，她怎么就这么倒霉，摊上我这么个没用的儿子。"

四年前，宿译学别人投资做生意，碰到了骗子，赔了个底儿掉，欠下一屁股债，弄得父母掏空老底帮他偿还，他在家族群里成了笑话，除了宿泽，没人肯拉他一把。债务清空不久，他父亲的旧疾恶化成癌症，一查出来就是晚期，没的治，去世的过程快到难以想象，宿译一直很内疚，觉得父亲得病去世是为自己操心的缘故。

宿泽把一杯温水放到宿译面前，说："你要是想回家了，随时都可以回去。"

"你跟我一块回去吗？"宿译问。

"我不回去。"宿泽干脆利落地回答。

“哥，不是我替大伯大妈说话，你确实有点太狠了。”

宿泽沉默着，显然，这个话题他不想谈。

“我是真的想不明白。你说你，好好的工作不干，跑来卖海货，一卖就是六年，这就是你想要的生活？我不信。”

宿泽转过身，他给自己也倒了杯水，一口口喝下去。

从小到大，他都不是能被父亲喜欢的那种儿子，父亲粗放，他细腻，两人不对脾气，父亲厌恶他太过软弱，身体也不够结实，说小时候连架都不会打的男孩长大了也驾驭不了一艘渔船。大约是为了磋磨他，父亲常对他拳脚相加，夜里挨打的地方胀痛得难以入眠时，宿泽都会许愿早日离开海洋，早日离开家。

那年，父亲突然决定卖掉渔船，上岸开始新的生活，并且雷厉风行地安排母亲和他先走。母亲一时蒙了，跟不上节奏，没头没脑地问东问西。他也蒙了，但更怕父亲反悔，于是在父亲骂母亲拎不清的时候，是他抓走了母亲不敢接的车票。

鲜少有渔民能真正离开海洋，习惯和恐惧像脚链和手铐，让人被牢牢束缚，施展不开，他竟有些崇拜父亲了。他曾经很努力地改变自己，去成为父亲的骄傲，就差一点点，假如十年前他不曾打开家里的保险柜，早就成了人人口中称赞的能为家族增光添彩的好儿子了。

“我告诉你我是怎么想的，”宿泽放下杯子，说，“很简单，我就是想生活回到它原本该在的轨道上。”

“你有病。大伯他们那么努力地给我们改命，你偏要找罪受。那几次出海，哪次不豁出命去？还不是为了我们，他们才那么拼命吗？”

“别提了好吗？”宿泽皱起眉头，不耐烦地问，“难道你不知道伏季出海是违法的？”

宿译满不在乎地说：“你也太教条了，这么讲规则，永远出不了头。”

“照你这么想，杀人越货也是可以有理由的了？”宿泽的声音扬起来，很不满意的样子。

“你扯得也太远了，鱼虾螃蟹而已。”宿译怕被宿泽带歪，连忙收住话头，话锋一转，说，"哥，我就再多问一句，全中国那么多地方，你为什么偏要跑到海市来开店？你肯定是冲着谁过来的，对不对？"

宿译一边问，一边在脑海里浮现出那个女人的身影。

说起来也有点可笑，他认真看过那个被堂哥格外偏爱的小女孩的脸，比对她和宿泽的五官是否有相似之处，然后觉得脸型像，嘴也有点像，就是眉毛太淡还看不太出来……

他越揣测越笃定，直到见到女孩的父亲，才明白自己有多荒唐。什么叫血缘，人家那才是亲父女，跟复印机印出来的似的。可尽管如此，他仍然无法放弃怀疑，事情的禁忌程度只是略有减轻，堂哥对那样一个女人偷摸的关注还是让他觉得诡异。

果然，宿泽像被戳中了心事，整个人静默下来，垂着眼皮神情忧郁，半天才反问："你想说什么？"

"画你箱子里藏的那些画的女人，是不是那个带小孩的女人？你是不是为了她才到了海市？"

见宿泽笑了，笑得有点嘲弄的意思，宿译心里没底，尴尬地说："你笑什么？笑我猜得准？还是笑我脑子进水了？"

话已经说到这个份上，宿译也豁出去了，他摆出推心置腹的架势，慢条斯理地说："反正，你得知道，人家结婚了，还是个妈妈，你那样偷偷摸摸盯着别人，不好。连我都看出来了，迟早也得被其他人看出来，天涯何处无芳草，你说你何必……"

"别胡说，"宿泽放下水杯，已经有了终结谈话的意思，他收敛笑容，正色说，"她不是苗苗。"

被打断的宿译眨巴眼睛，反应了一会儿，问："画那些画的女人叫苗苗？"

"嗯。"

宿译愣住了，他很诧异堂哥竟然轻描淡写地说出了他以为是机密的名字。

"没了？就不能再多说一点？"

见宿泽摇头，宿译识趣地闭上嘴，他以为今夜的谈话就此结束，但宿泽却请他帮一个忙。

"什么事？你说。"

"帮我买幅八破图，我想看看。"

"成，这事交给我，你放心好了。"

宿译虽然满口应下，却毫无头绪，他的生活离艺术品太远，只能一点点瞎琢磨。

起初，宿译在网上搜索，从孔夫子网上看到了几幅残破不堪的八破图，卖家没有标价，他"敲"了卖家三天询价，没得到回复，于是猜测货可能已经被卖掉了。后来，才想到去本地文玩市场淘货，可偌大的文玩市场了解八破图的商家却没有几个，个别字画铺子即使听说过八破图，手里也没有现成的货，只有一个姓高的老板承诺帮宿译留意，说有货会第一时间联络他。

从那以后，宿译常常去文玩市场，他用了一周时间在文玩市场混熟，又过了一周，在店里与人谈起"八破图"相关话题时，已俨然有了行内人的风范。

"八破是八破，拼贴是拼贴，两者不一样，一个是东方的，一个是西方的，八破图是手工绘制而成，强调的是残缺美，拼贴画是用现成的印刷品再创造，强调的是新意，区别大得很。"

宿译能跟宿泽念叨这些，是付出了代价的。

他买来的四样文玩，如今有三样还在店里，一个是直径二十厘米的粉彩八破瓷碟，一个是内画八破图鼻烟壶，还有一个是八破翡翠玉雕，另外的一对绛彩八破花瓶，因为又蠢又大，买回来的第二天就被处理了。

三个现代仿品加一块化学处理过的石头，虽然都有八破元素，但都不符合宿泽的要求——他只要画，其他的都不行。

就在宿译以为自己是被文玩市场里那些老狐狸给骗了时，高老板又给他打来电话，说弄到了一组清末真迹，请他来瞧瞧。他问去了如果再货不对板，怎么办。高老板承诺说要是货不对板，允许他一把火烧了铺子，把自己做了"锦灰堆"。

"起这么恶毒的誓……"

放下电话，宿译没再犹豫，脱了围裙，立刻出发，想到要是能带回真货就能套出堂哥心里更多的秘密，他奔跑的脚步轻快极了。

晚餐前，宿译回来了，人还没进店，他就嚷起来，半条街都听到他在喊："哥！我回来啦！看我给你带什么宝贝回来了！八破图四条屏！清代真迹！如假包换！"

10

动静闹大了，连隔壁铺面的老板、伙计也都钻进海港海鲜商行看热闹，人越多，宿译越得意，他拿起其中一幅画，示意店员打开卷轴，让大家一起开开眼。

外行人看古董，看的是热闹，只要画卷够旧，就能博得满堂喝彩，紧接着就要开始漫无边际地价格大竞猜。不过当宿译扬扬自得地打开辛苦淘来的八破图后，喝彩声却没能如约而至，场面一时静默，大家都很困惑，这算什么画？

淡赭色的画纸够老，隐约能看得见几处虫蛀的破洞，而这老画纸上画的是什么呢？仿佛是随意撒落的一沓撕碎的字画单子，有的看起来像一封信，有的像是拓印下来的碑文，还有一些像是书籍的封面，一层压着一层，卷轴空白处的题跋，看客无心去读，只注意到落款为"爱琴轩主人"。

终于，静默中传出两声吧嗒嘴的声音，隔壁铺子和宿译玩得来的小伙子调侃说："老二，你这回弄来的东西，我感觉还不如上回拿去给花店小何的大花瓶，那个还有点样子，上面好歹有个花啊草啊什么的，这次的是什么哟，看不懂，越来越看不懂了。"

"废话，叫你一眼就看懂，那我这两周就白混了。"宿译没有被冷场打击，他侃侃而谈，胸有成竹地说，"锦灰堆本来就是古代文人画来游戏的，画的就是书房一角随意的样子，像这些翻开的字帖、废弃的画稿，杂乱无章、层层叠叠堆上画纸，看上去就像是字纸篓打翻了，所以啊，锦灰堆还有个名字，就叫'打翻字纸篓'，这是本源，我这回给我哥弄回来的是最正宗的！咦？我哥呢？"

人堆里不见宿泽的身影，举着卷轴的小侯说："老板说他出远门了。"

"啊？去哪里了？"宿译从小侯手里接过卷轴，问，"什么时候走的？"

"走了两个小时了吧，你出门没多久，老板接了个电话，就走了。"

"没说去哪里？"

"没说。他走得挺急，我看他脸色不大好，是不是你们家出什么事了？"

小侯的话让宿译紧张起来，他挥手散掉人群，给母亲打电话问家里的情况。

母亲说家中无事，反问他怎么了，听宿译说找不着堂哥了，她冷漠地说："那边的事我都不知道。你爸死了，我们也就没什么关系了。"

"妈，你别这么说。其实，大伯大妈现在也很孤单，你没事可以去找他们聊聊天，总比一个人闷在家里好。"

"儿子啊，你知道你做生意为什么不行吗？你不会看人！可不是我不去找他们，是他们不想我去找他们，他们巴不得我现在跟你爸团聚呢，晓得吧？"

宿译一听到母亲提他做生意被人骗的事，心里就冒火，他不耐烦地回嘴，说："谁不会做生意？现在这边的生意还不都是靠我做，你才搞不清楚情况。"

"那你不是傻吗？你给老大打工，他给你多少钱啊？你付出那么多，得到应有的回报了吗？要我说，你就该回来，到妈妈身边来开个店，妈妈来给你帮忙，这样才是正经的。"

宿译是很想重整旗鼓、东山再起的，但被人骗的经历还是挫伤了他的自信，他害怕再次失败，再成笑料，更害怕被别人知晓他的心病，于是找借口说："哪有本钱呢？等我攒够钱再说吧。"

"你回来找他们要啊！你大伯那边还收了我们家的东西呢！"

"你老是这么说，问你到底收了什么，又讲不出来。"

"你爸死那么快，他没说出来呀，我怎么知道呢？我跟你讲，就是他们为人不行！死人的东西都吞，昧良心！宿泽为什么不回家？他们活该！活该摊上那么个不孝的东西，你可千万别跟他学！"

母亲充满戾气的言语让宿译越来越听不下去，他借口有客人进店，匆匆挂断电话。

宿译很确定，算经济账的话，堂哥对他是不错的，店里的利润跟他五五开，这方面没话说，可是一想到堂哥总是神神秘秘的，他又觉得很难受，被人防备的不适总会让人禁不住想很多，直至自我怀疑，他怀疑堂哥虽然在关键时候对他伸出援手，但本质上也和其他人一样看不起他。

宿译越想越觉得失落，他没情绪再显摆，让小侯把卷轴收起来。

小侯将八破图一幅幅卷起来，他对宿译找回来的古董没有信心，问道："二老板，你确定老板让你找的是这个吗？"

"这我还能弄错？"

"那之前怎么错了四次？"

"你懂什么，"宿译翻了翻眼睛，蔑视小侯不懂行，说，"我就没弄错过，是这玩意太稀有。"

"老板怎么喜欢这样的东西？好看吗？这要是艺术，那我也行。"

"无知壮人胆，你把眼睛睁大一点，好好看清楚，八破图上的所有图像都是一笔笔画出来的，并不是拼贴，画一幅八破图耗时耗力，没多少人干得下来，因为留存的画作少，所以很难找。"说到这里，宿译突然想到一件事，他自言自语地说，"咦？那个女人好像很久没来店里了。"

"谁？哪个女人？"

"带孩子的那个，记得吗？那个皮肤挺白、中等个头的女人。"

"她呀，"小侯想了想，说，"确实，她以前每周都要来两次的，是好长时间没看到了，你问她干吗？"

"没什么，团购链接是不是没上新？一会儿更新一下，在群里多刷两遍。"

宿译把画小心收好，踱步走到店外，他试着联络宿泽，电话倒是很快就被接通了，他问宿泽在哪里，宿泽说在机场，他又问宿泽要去哪里，却只得到了尽快回来的回答。

"那你早点回来，我给你弄来八破图了。"

"好，回来再说。"

宿泽抵达陪安养生园，已经是第二天上午的事了。

巴马是极负盛名的长寿之地，陪安养生园坐落坡月村高地，被民山和百魔洞两座天然氧吧环抱，常年云雾缭绕，仿如人间仙境。宿泽一年大概会来此地四次，最初是跟着旅游团一起过来，后来次数多了，他在养老院登记做了一名义工。他不敢自称大爱无私，事实上，他去养老院，只是为了一个姓邱的奶奶。

邱奶奶走了，宿泽没能来送邱奶奶最后一程，昨天下午他接的电话是邱奶奶在养老院的朋友文奶奶打来的，文奶奶问他要地址，说是邱奶奶有遗物要交给他，她可以拜托服务人员帮忙邮寄。

坐在邱奶奶空了的床铺旁，宿泽感到恍惚，奶奶的音容笑貌犹在，老人家喜欢吃他做的手打鱼丸，过去每次来巴马，他都会把打好的鱼丸真空包装好带过来，余汤煮熟，有多少个，奶奶就能吃多少个。

"心脏病总是很突然的，不过，听说她还是坚持到了家人赶来，在家人的陪护下合了眼，算是没有遗憾了。"文奶奶叹气，说，"住到这里，等的不就是这一天嘛，她算是善终，我就不好说喽，儿子、女儿都在国外，也不知道到了那一天能不能赶得回来。"

宿泽放在膝上的手掌缓缓空抓了一把，好像是内心深处被什么触动到，一时紧张。

"葬在哪里呢？"宿泽问。

"说是海葬，干净、方便，大海哪里都通，葬在海里，相当于遨游世界了，挺好，真挺好，以后我也要海葬。"文奶奶一边说，一边从柜子里取出一个用老花丝巾包裹的扁长物朝宿泽走过来，她说，"你真是个好孩子，为这个还特意跑一趟。来，你拿着，就是这个。三年前，邱平体检查出心脏有问题的时候，就把它给我了，说等她百年以后，留给你。前阵子，我为她伤心，没顾得上，昨天才想起来这件事。"

宿泽接过包裹，会是什么呢？他想不到。

文奶奶见他动作迟滞，站在他身边，催促说："你不拆吗？拆开吧，是本又漂亮又奇怪的画册呢。"

画册是自制的，白色画纸用线装订起来，本子很厚，但画都很奇怪。

有的画好像是用黑灰胡乱涂抹，没有主题，不成模样；有的画又好像是特意用黑色炭笔遮盖了原本画好的作品，仿佛画者不满意自己的作品，要刻意搞破坏；有的则绘制的是表意不明的残片，几乎都是在临摹烧过的画纸，画者好像沉迷于描绘那些随机而成的焦痕。宿泽的心提起来，他想起看过的八破图图片，两者有相似之处，但又不完全一样，画册上的残片是独立的一片片画在纸上，但八破图是将许多破损物堆叠在一起。

他继续翻，翻到最后，突然愣住了，那是整本画册上唯一一幅全彩画，他想，文奶奶大约也是翻到了这一幅，才会说这是一本又漂亮又奇怪的画册吧？在宿泽看来，这幅画是整本画册中唯一能称得上漂亮的画。

整张画纸全部画满了，画的是初中三年级的语文书封面，封面的右下角签了人名，乍一看很像"宿译"。

宿泽悲伤地打开群聊，在仅有三个人的群里留言。

"邱奶奶去世了。"

11

麦禾在同一个岗位上做了五年，算是老行政，如果不是生活出现变故，她已有很久没挨过领导训话。

"你怎么回事？这么一点小事也能做错?!"

她接住领导丢来的高管培训材料，拿在手里翻，这份文件是她装订的，订得乱七八糟，三十页纸，翻页过半之后，不仅页码乱了，还有几张图表也装订反了。

"一场培训，四十个高管，一个个把文件材料拿在手里转圈，知道别人怎么评价这份材料吗？"领导拍着桌子，说，"说咱们把这份材料整得跟唱二人转用的手帕似的！"

"不好意思，老板，"麦禾埋头说，"后来，我很快就把重新装订好的材料送过去了。"

"那我是不是得表扬你能随机应变？"

"不是，领导，最近……我家里有点事……"

"不能工作，就请假！我是不批你的假吗？培训部门看中你平时做事细心、靠谱，组织高管培训，特意抽调你过去协助，你倒好，办得这叫什么事！新材料送过去了，隔壁财务总监正好拿来做现场教学，着重讲了讲成本控制问题，唉，你可真是我的福星。"

"对不起。"

"出去！"

麦禾从领导办公室一出来，胡娇立刻上来安慰她，让她看开点，不要把领导的脾气往心里放。

"明明是他们培训部门组织有问题，你打印的材料，他们自己不检查？我们给他们干活，又不是本职工作，帮忙而已，帮忙还能帮出锅来？"

胡娇替她打抱不平，麦禾摆摆手，示意不提了，她拽着胡娇的胳膊，压低声音说中午一起吃饭，胡娇了然，摁着她的手说放心放心。

离婚冷静期已过去四天，麦禾想听听胡娇的建议，与她商量后续。可是，那顿饭终究没能吃成，快到饭点时，麦禾接到母亲的电话，母亲很少主动联络她，她还没接就知道肯定是大事。

"是我，"麦言秋说，"外婆发病了，情况不好，你安排一下，尽快赶来。"

放下电话，麦禾不得不再次敲响领导办公室的门，刺头一样表示自己需要请几天假，领导黑着脸瞄她。

"是我外婆重病，她心脏不好，挺严重的。"

"按流程办，提上来，我会批的。"

麦禾本想再客气几句，但见领导低下头不理她，她不再多说什么。

收拾好东西，麦禾走到胡娇工位边同她告别，胡娇听麦禾说家人病重，连忙说："那你快走吧，等你回来再说，还早呢，不着急。"

"好，"麦禾抿抿嘴唇，心事重重地说，"那我走了，回来找你。"

甜歌不知道这次去见外太婆有可能是最后一次，一直抱怨麦禾把她穿去幼儿园的红色毛线裙换成了深色的太空棉运动套装，还把她头上的蝴蝶结也摘掉了。

不过，小孩子的情绪来得快，去得也快，在机场候机时，甜歌又变回了那个蹦蹦跳跳、对一切充满好奇心、会问出许多麦禾根本答不上来的问题的可爱小女孩。

"哇！又飞起来一个好大的飞机！妈妈，飞机为什么会飞呀？"

"因为……飞机叫'飞'机呀。"

"那我改名字叫飞歌是不是就可以飞啦？"

麦禾忍不住笑起来，她摸着女儿的头，回答："那要不然还是改成鸽子的'鸽'吧，不然的话，妈妈肯定会叫错的。"

"好啊好啊。"

说起改名字的话题，麦禾联想到了她正在进行中的离婚程序，不由得情绪起伏，想了想，她走到相对安静又能看得到女儿的角落，给仇然打去电话。

"我有事要出门一趟，要是不能及时赶回来的话，不要紧吧？"

"很久吗？我女儿怎么办？要我去幼儿园接她吗？"

"甜歌跟我在一起，我带着她呢。"

"哦，干什么去？错峰旅行？"

"去看外婆，她病了。"

麦禾说得隐晦，她希望仇然听得懂她话里的意思，外婆对仇然挺好的，这种时候，他应该也要来看一看外婆，他们毕竟还没离婚，法律还框定着他们伴侣的身份，老年人最喜一家团圆，说不定看到他们一家三口，外婆心里一高兴，就挺过来了呢？

"外婆病了？怎么可能?!"

仇然的反应让麦禾不悦，她反问说："难道我还用老人家的身体编谎骗你？"

"你过去以后，不会跟她们提我们离婚的事吧？"

听到仇然这么说，麦禾很失望，气愤地说："我说外婆病了！重病！听不懂？"

"哦，那你打电话来……你是想……"

"我什么都没想！"

麦禾的脸烧起来，仇然不可能听不出她的潜台词，却一再回避，他太无情，无情到令她心寒。她狠狠将电话挂掉，心里明白他是真的不想和她一起过了，他是真的觉得他们已经离婚了。

凭什么？他想怎么样就怎么样？恼怒扭曲了麦禾漂亮的面庞，她绝不会让他这么舒坦就如愿！

开始登机了。

麦禾牵着甜歌的手，融入队伍。

"妈妈，我们不等爸爸了吗？"

"爸爸有工作要忙，来不了，回头外婆问起来，甜歌帮爸爸解释，好不好？"

"嗯，好。"

"甜歌真乖。"

外婆的情况很不好，发病以后养老院内的医疗条件不能支持治疗，她被转去最近的三甲医院，等麦禾和甜歌赶到时，外婆已经不能说话了。

麦禾想过情况很严重，但亲眼见到仍旧无措，小孩子更加不会掩饰，扒着病房的门框号啕大哭，怎么都不肯进门。

麦言秋泪流满面地叫麦禾快过来，说外婆还没走，就等见她这一面，麦禾用力抱住挣扎的甜歌，三两步奔到外婆病床前。

看到外婆双目紧合，嘴唇微微张开，一副想说话又说不出的痛苦模样，麦禾的眼泪涌出来。

外婆走了，她的生命终结在七十四岁。

麦言秋很伤心，麦禾试着按照母亲的想法操持外婆的丧事。

一对一海葬的收费不低，但服务全面，船上设有祭奠区，玻璃纸包裹的菊花朵朵精神，工作人员彬彬有礼的服务态度令麦禾感到安慰。人在忙碌的时候顾不得伤心，船只返航前，麦禾突然心酸到难以抑制，她紧紧抱着女儿，哭了一场。

返航的三响汽笛声后，麦禾问母亲，说："外公是在哪片海里？"

麦言秋嘴唇嗫嚅，好像回答了，又好像没回答，麦禾没听到声音，她没有追问，反正大海和思念一样，都是相通的。

"妈，我问你一件事，外公是画八破图的吗？"

问出这个问题，对麦禾来说相当艰难，但外婆去世后，母亲是她能请教的唯一对象。

"怎么问这个？"麦言秋皱起眉头。

"我之前带甜歌去博物馆，看了一场八破图展，我好像对那些奇怪的画格外有感觉。"

"八破图啊……"

见母亲目光涣散地看着卷卷的浪花，麦禾怕她没听懂什么是八破图，于是解释说："就是那种把许多残缺物画成画的……"

"我知道，"麦言秋打断她，说，"古代人的写实艺术，废纸残卷的凌乱美学。"

"对。"

母亲果然知道，麦禾朝母亲靠近一些，风很大，她竖起耳朵聆听。

"几年前，我接触过一个玉雕大师，看到他的作品奇特，特意请教过，他说他的灵感来自八破。"麦言秋的气色很差，脸上斑斑点点，眼底还坠着乌青，口唇白白的，整张脸看起来像是没洗干净的调色盘，她端详麦禾，担忧地问，"你刚刚说的'格外有感觉'是什么意思？"

"说不好，就是想起来会心慌，看到会头疼。"

"还有这样的事？你是不是病了？"麦言秋伸手在女儿额头上摸了一把，

说，"不舒服要去看医生，不要讳疾忌医，别学外婆，她就是怎么都不肯听医生的。"

"嗯，我回去以后要是还不舒服，就去医院看看。妈妈也要保重。"

麦言秋点点头，说："会的，我会保重的，你放心。"

麦言秋穿了一件月白色的绸衣，绸衣是八分袖的，露出来的一截胳膊上佩戴了一只翡翠镯子，镯子看起来冰冰透透，是紫色的，麦禾觉得那镯子并不适合母亲，常年待在闷热潮湿的地方，母亲晒得很黑，紫色的手镯不仅不抬气色，反而将母亲的皮肤衬得黑黄黯淡。

话题就此中断了，她们小心地避开与外公有关的话题，对麦禾来说，这是一鼓作气再而衰的事，她知道外公与八破图无关，也就够了。

麦禾与麦言秋的关系不够亲近，单纯的母女情因为掺杂太多，变得复杂难言。

曾经，麦禾责怪母亲不负责任生下她，不曾给她一个像样的家，后来，她又因为自己也做了母亲，渐渐改掉了那些矫情。她想，但凡有的选，没有哪个母亲愿意抛下小孩，这些年，母亲忙于生计，日子过得并不容易，那些债务因她而起，但都由母亲一人扛下来，母亲这样单薄的身体，承担着太多责任，她越来越能理解母亲。

假使没有发生那件事，她们理应消除隔阂，成为一对有爱的母女。

而现在，麦禾却害怕待在母亲身边。

将心比心，她替母亲觉得为难。

她永远都是母亲的小孩，犯了天杀的错误也是母亲的小孩，道德层面的厌恶与骨血相连的难弃捆绑在一起，注定了她们一辈子也无法亲密无间。

12

"仇然为什么没来？你们没事吧？"麦言秋问。

"我爸爸工作很忙，走不开。"甜歌及时插话，说完了，她还仰起脑袋，讨好地瞄了妈妈一眼，像极了等待被奖赏小鱼饼干的布偶猫。

麦禾抱着女儿，心里软软的，她随口一句交代，女儿记得这么牢，不是每个母亲都有好运气碰到这么乖巧的小孩。她温柔地抚摸女儿的发顶，感谢女儿把自己放在心尖上，看到母亲紧盯着她们，眼神难掩羡慕，她忸怩低头，慌了一秒。

麦言秋说："你不要瞒着我，男人什么样，我是清楚的。你看男人的眼光……也不是你的问题，男人都一个样，没好的。"

至亲离世，亲人奔丧，是天伦人道，仇然不来，麦禾的任何辩解都是苍白的，但她有自己的主意，不想给母亲添堵，她说："仇然的项目组要解散，忙着找部门接收，他管好他自己，能再管管女儿就行，我的事不指望他操心。"

"不提他了，你工作怎么样？"

"我挺好的。"

"你之前不是说想继续进修学历吗？后来念了吗？"

"没有去。"

"为什么不去？贵？"

"没什么用，现在都在卷第一学历，而且，我也没那个时间和精力。"

"别在意，反正都是打工的，没什么区别。"

"知道了。"

"你什么时候走？"

"我还没买机票，妈妈是有什么安排吗？"

"哦，我是想，我们能不能在一起多待几天？"

母亲难得对她提出请求，想要共处，麦禾感到别扭并且为难，她的年假早就用完了，又补了三天事假，如果明天还不能赶回去上班，就又得提流程申请续假，她觉得领导的耐性已经快被她耗光了。

麦言秋看出她的纠结，说："你不是说头疼吗？我听了不放心，想陪你去医院看看，怕是旧症复发。"

"就那一次，应该没事。"

"那一次是怎么回事？你细说说。"

"真的不用担心，那天去博物馆吃了不少奇奇怪怪的东西，估计是吃得不干净吧，跟展览没什么关系，是我自己想多了。"

"还是要去医院看看。"

"嗯，好。"

"我呀，"麦言秋凝视远方，轻声叹息，说，"我还当你突然开窍，对画画感兴趣了呢。"

"不行呀，说出来妈妈恐怕都不会相信，我给甜歌做树叶画，都是买的半成品。"

"那真的是'有辱门楣'。"

"是啊，小时候被外公骂惨了。"

"你记得？"

"隐隐约约。"

"恨吧？"

反应过来母亲问的是她恨不恨外公，麦禾惊得一哆嗦，连忙争辩说："怎么会?! 没有，没有，我没有，我怎么敢啊！"

麦言秋见麦禾吓成那样，很是后悔，她想安慰又怕牵扯更多不安，沉默了好一会儿才说："我还想着，你要是感兴趣的话，倒是可以好好学学玉雕，现在就缺好的玉雕师，很多师傅都是手上功夫好，但审美不行，我已经老了，有时候真的弄不动了。"

"我真的不行。"

"没事，没关系，我就是这么一说。"

蓝色的海浪粼粼闪光，她们不再说话。

麦禾把女儿揽在身前，时不时看向她们一家人斜在船舷上的影子，她和甜歌融为一体，越发显得母亲很孤单，外公死了，外婆死了，这个漂泊无定的女人没有父母了，想到这里，麦禾轻轻移动脚步，朝母亲靠近了一步，不久后，麦言秋也朝麦禾走了一步，她们的影子终于连在了一起。

船快靠岸时，麦言秋说："既然你没事，那我一会儿回酒店拿了行李就走了。"

没想到母亲走得那么急，麦禾说："要不明天走吧？夜里开车，会不会不安全？"

"我去龙胜看鸡血玉，天不黑透，应该就能到了。"

回到酒店，麦禾帮麦言秋收拾行李，麦言秋消失了一会儿，再回来时，她手里捧了个鞋盒。

"一直放在车子里，差点忘了拿上来。"麦言秋轻扯鞋盒上束起来的红色蝴蝶结，揭开盖子，里面是一双崭新的黑色小牛皮切尔西短靴。她把鞋盒端到麦禾眼前，说："给你的，试试看。"

麦禾坐下换鞋，她脱鞋时食指会习惯性伸进脚后跟处按住鞋底，因为左脚那只鞋里垫了个将近四厘米的增高鞋垫，她压住它，以免鞋垫掉出来出丑。换上新鞋后，她站起来走了两步。

"挺好的，很舒服，谢谢妈妈。"

"要穿啊，这种定制的穿起来会比较舒服。"

麦禾一口应下，不过，送走母亲之后，她立刻把鞋子换了回来。

鞋子自然是定制的舒服，但定制的鞋子，左脚的鞋跟明显高过右脚的鞋跟，是肉眼可见地不和谐，所以，麦禾宁愿穿不舒服的内增高鞋垫，那样的话，她不会在人群中成为异类。

从舒适过渡到不舒适，前几分钟，别扭感最强，麦禾缓缓踱步适应，她突然联想到她的婚姻。

老话说，婚姻就像鞋子，合不合脚，只有自己清楚。

她觉得自己好像早就忘了什么才是真正的舒适，难道，一直以来，她都在把别扭当舒适吗？

当天晚上，麦禾给仇然发去消息，告诉他，外婆去世了。她等到睡着，也没等到仇然的回复，直到第二天中午登机，准备关机时，她才接到了仇然的电话。

仇然解释说，他刚刚看到消息，询问她具体情况，麦禾说要起飞了，不能接电话。

"你等一下！等一下……"仇然的声音断了几秒，随后，他说，"我们见一面吧，你们几点能到家？"

"6 点左右吧。"

"好，我再找你。"

什么意思？麦禾越来越猜不透仇然，结婚六年，她好像越来越不认识他了。

仇然本是一缸浅水，什么时候变成了深不见底的黑潭？难道他是被她同化了？夫妻之间会变得越来越像，这也是很常见的事。

她想象他会有什么心病，但想不出来，想到最后，麦禾就确定了一点，不能稀里糊涂地离婚，他不能把无尽的煎熬留给她一个人。

飞机降落机场是下午 4 点 50 分，她上了出租车就给仇然发消息，到蔚蓝海岸时，正值晚饭时间，麦禾没心思做饭，她牵着女儿往社区商业街深处走，常去的比萨店倒还干净，她打算跟女儿在那里享用晚餐，等吃完饭，仇然差不多就该到了。

送客出门的宿译正巧看到麦禾在商业街口下车，他站在门口逗鹦鹉，等她走过来，特意跟她打招呼。

"好久不见，去哪儿潇洒了？"宿译乐呵呵地问。

"出门了一趟。"

麦禾并没有回应具体，但她看起来很礼貌，脸上挂着微笑，只是，她没防备女儿多嘴，只听甜歌插话说："叔叔，叔叔，我外太婆去世了，我妈妈可伤心了呢。"

麦禾的表情比宿译更尴尬，她说："这孩子，这嘴，什么都往外吐。"

"节哀啊。"

"唉，我们去吃饭了。"

原来她们是去奔丧了，宿译目送两人离开，一转身，又看到另一个熟悉的身影在路口下了车，那人穿过马路，越走越近，宿译认出他是带孩子的女人的丈夫，下意识背过身，遮遮掩掩地挠瘙痒的左脸颊。

这一秒鬼祟的感觉让宿译怀疑自己确实想多了，他觉得宿泽好得不真实，神神鬼鬼不像个人，他非得在宿泽身上找到瑕疵才能舒坦，但这样的事未免太龌龊，飞溅上身的泥点太大，就太戏剧化，也会不真实。

可是，他又并非无端臆测，一切都有迹可循。

宿译早就注意到了，堂哥经常会在女人下班的时间点在玉兰树下喂鹦鹉，他似乎是特意等待着她，可是当这个女人进店买东西时，堂哥不仅不接待，反而还会躲避，他要么躲进后厨找事做，要么就固执地站在门外逗弄早就已经不耐逗的鹦鹉。

就是这样！堂哥总在回避于大庭广众之下和女人过多接触，哪怕是再正常不过的店主与客人的交流都极少会有，他们之间的交集只是见面点个头，打声招呼。

宿译倚在门口，越想越觉得奇怪，到底因为什么堂哥要如此关注她，又不能光明正大地表现出来呢？

他想得直摇头，却还不肯放过。好奇心驱使他查找顾客信息簿，他查到了，女人登记的名字叫"麦子"。

麦子……苗苗……麦……苗……

宿译越咀嚼这两个名字越觉得有猫腻，苗苗、麦子听起来怎么这么像呢？"麦子"是网名，"苗苗"是昵称？可是，宿泽否认了，他说她不是苗苗。

宿译又将女人订货时用的手机号输入搜索引擎，找到女人的社交平台。

社交平台上，女人的名字也叫"麦子"，她用女儿的照片做头像，看起来，这个人不热爱自我暴露，主页上不见任何观点表达和生活分享，她只是转发做菜、育儿类的大 V 文章而已。宿译翻了一会儿，觉得无聊透了，他点了右上角的"×"，将网页关闭时也将浏览记录一并清空。

13

蔚蓝海岸社区是个人气极旺的大型社区，一共开发了六期楼盘，蔚蓝海岸二期是当中最大的自然小区，除了第六期待交付，其余的楼盘均已入住，入住率还挺高的，宣传资料上说已达 85%。

纵横交错的商业街里，各种口味的餐馆、母婴店、宠物店、美容美体中心一应俱全。穿着蓝色工服、黄色工服的外卖骑手骑着摩托在其间穿梭，时不时停下车钻入一家店，出来后提着餐食快跑两步，又钻入下一家店。

仇然出现了。

他往手作比萨店门口一站，甜歌就看见了他，她把爸爸指给背对店门而坐的妈妈看，麦禾扭过头，对仇然招招手。

仇然穿着牛仔裤、浅色羊毛衫和飞行夹克，他的五官单看都很一般，但因为位置排列得当、符合三庭五眼的布局而增色不少，麦禾外婆就曾夸赞仇然长了一副好面相，是个踏实可靠的人。

麦禾的目光冰冷，她想外婆要是知道她去世时仇然连来送上一程都不愿意，还会不会给他盖上好人戳？

仇然看到打手势的麦禾，迈着大步款款走来，麦禾一脸平静地面对他，但这是假象，其实，她是很在乎的。她对母亲说得轻描淡写，实际上，怨气早已如同凄风苦雨。外婆去世，仇然不去送，他该心里有愧，这才是麦禾真正的看法。

仇然在甜歌身边坐下，搓着手，表情在亲切和克制之间来回摇摆，麦禾不理他，戴上手套自顾自开吃，她想，除非仇然主动认错，否则的话，她不会给他好脸色看。

仇然有点尴尬，好在还有甜歌做缓冲，他跟女儿聊了聊，又扫码多加了一份榴梿比萨，等榴梿比萨上了之后，他才戴上手套，取了一块放在女儿的餐盘里，顺势又取了一块塞进自己嘴里。

当那份榴梿比萨还剩下最后一小块时，仇然摘掉手套，用湿巾纸擦干净手，清清喉咙，说："真没想到，外婆是真的病重，我还以为……"

"你以为什么？"

麦禾一开口，仇然立刻把装了最后一块比萨的餐盘朝她推过去，小心翼翼地说："我还以为她装病想劝和我们。"

麦禾呵呵冷笑，她忽视被推过来的餐盘，也把手擦干净。以她对仇然的了解，这就算是示好了，麦禾心里有数，放到以往，此时该顺坡下驴，但这回不一样，这么大的事仇然要是不认错，将来他们就算是和好了，这件事也会常常被翻出来。

"妈呢？她还好吧？"

"挺好。"

"她没问起我？"

"问了。"

"哦……你怎么说的？"

仇然的态度真好，好到麦禾禁不住怀疑十多天前去民政局登记离婚的事是一场梦，仇然提到了劝和，言谈里没有刻意区分身份，她很难不怀疑仇然约她见面是想求和。

"我说你忙，新旧项目交替，请不了假。"

"是的，新项目正式关停了，我也是刚回来，那边办公室退租善后都是我在做。"

仇然顺着麦禾的话茬刻意表现忙碌，他的眼神闪烁，做贼一般。

"其实，我应该去送送外婆的。"

终于，她等来了仇然的这句话，麦禾悬着的心放下来，长舒一口气，心想，危机该过去了，人生那么长，出点岔子是要被允许的，她没那么矫情，愿意给仇然递台阶。

"好了，知道了，我们不闹了好不好？"

餐桌很宽，仇然的手放在桌子边缘，麦禾为了握住仇然的手，把上半身压上餐桌。

她感觉到了他的抵抗，以为他在玩欲擒故纵的把戏，于是用哄孩子的口吻说："好啦，别闹啦，甜歌都要笑你了。"

"你搞什么?!"

仇然腾地站起来，他为了抽回手，使出全力，麦禾在惯性作用下朝前一扑，空了的果汁杯被推到地上，摔得粉碎。

四周目光聚集过来，麦禾满脸通红，她羞愤地狠瞪仇然，仇然慌张尴尬，耳根红透，随后，他扔下麦禾和女儿，跨过一片狼藉，跑了。

麦禾掏空钱包，把钱拍在桌上，拉着受惊哭泣的女儿追出去，大街上，她拦住仇然的去路，咬牙切齿地喊："你想都别想！"

顾及女儿在场，麦禾隐去了"离婚"两个字，显然仇然是听得懂的，见他脸色陡然大变，麦禾心头生出快感，她又加了一句，说："明天我就去民政局把申请撤回来！"

"你说这话是什么意思？"

"你如意算盘打错了！从头到尾我就没想过让你如愿！"

看着仇然涨红的脸，麦禾彻底快活了，她像恶女那样阴诡地笑，目光像冰冷的刀锋。

仇然愣住，好久才反应过来去追麦禾，他拽住她，说："你在骗我？你跟我去民政局是搞假的？！你就是不肯放过我，对吧？！"

甜歌被争吵的父母吓坏了，她紧紧攥住妈妈的衣服，哭得可怜。

麦禾揽过女儿的头，拥住她。女儿软化了她身上那些看不见的锐利，顷刻间，她柔软下来，看着仇然说："我真的不明白你，好好的生活，你究竟为什么不满意？"

她不想跟他在街上吵架，尽力忍住恶言恶语，可是，仇然却爆发了。

"你就是个骗子！我告诉你，你休想一直缠着我！协议不成，我可以起诉离婚，你等着，我马上就去找律师告你！"

"凭什么？我又没做错什么！"

"凭你满口谎言，蓄意欺骗！"

"我欺骗？！"麦禾怒极反笑，问，"我骗你什么了？！"

"你有精神病！你骗婚！"

麦禾的脑袋被仇然压在喉咙里的低音炮震得嗡嗡作响，思绪像是突然挨了一剪刀的柳枝，缓缓坠空，没着没落，她僵硬地站着，脑子起雾。

他在说什么？为什么会那样说？

商业街上，人们侧目，将他们当成笑料，女儿紧紧抱着她的腿，麦禾虽然反应慢了半拍，却火力猛烈，她用手指着仇然破口大骂。

"卑鄙无耻！没良心！渣男！为了离婚，给我扣这么大帽子！"

与此同时，麦禾不合时宜地回忆起仇然跟她求爱的场景。起初，她没打算答应，仇然落寞，将鲜花留在她出租屋的楼下，黯然离去，第二天上班时，她看到蔫掉的鲜花，心里伤得不行。

她害怕活成那样的鲜花，没有根，也没有水，无人爱护，短暂地绽放，迅速地腐烂，于是改变了主意，找到仇然，把自己的故事告诉他。

她说自己小时候出过车祸，腿不一般齐，而且还撞到头，差点就撞傻了，昏迷多日，醒来后丢了八年记忆。

仇然懵懵地问她："那算什么病？"她说："失忆症。"他又问她有没有什么后遗症，她说："左腿短了一点点，穿鞋要垫鞋垫。"仇然说："错了，问的是脑子。"她想了想，问："考大学差二十分到一本线算不算？"仇然听后笑了起来，一把将她抱住，说他不仅不在意，还非常心疼，会一辈子对她好。

现在他不只背弃诺言，还拿她的软肋当刀攻击她。麦禾越想越气，她大喊："你才有精神病！你们一家都有精神病！"

仇然好像是被骂慌了，他垂下的双手不安地摇晃，脚步也在偷偷后撤。

他太奇怪了，率先开战，却不乘胜追击，而是擂完鼓就要丢盔弃甲。

麦禾拉住他，不让他走。仇然用力掰她的手指，嘟嘟囔囔地说："我不想伤害你！你放开，撒手！让我走！外婆死了，你的事没人再提了！你别惹我，把我惹毛了，你会没有好日子过的！"

这句话的杀伤力非同小可，麦禾的手一松，仇然跑了。

因为怀疑仇然知道了那件事，麦禾都不敢去追他，女儿紧紧抱着她，她蹲下来安慰女儿不要怕，说这是一场游戏，就像幼儿园里排练的舞台剧。

花店的玫瑰花开得真艳，一簇簇鲜红的颜色，隔着泪水，麦禾觉得那些花仿佛沉在海里，她唏嘘，美好的事物终将逝去。花店的女主人手里抱着一束向日葵，忧心忡忡地打量她，像可怜鲜花凋败那样可怜一个女人失去了爱情。

但她从不迷恋爱情，这个世界上有太多东西比爱情重要，比如生存，比如自由。她几乎是在这个瞬间下定决心离开他，但在那之前，她要知道他晓得她多少秘密。

麦禾站起来，手在衣服褶皱的地方轻轻扫了扫，拉着女儿，昂首阔步地走了，仿佛无事发生。

仇然的指责在麦禾的脑海里挥之不去，深夜降临，她终于看懂了这近一年来萦绕在仇然躲藏的眼神里的东西是什么。

是惊惧。

他"怕"她。

他走之前甩下的最后一句话，听起来，就好像是外婆泄露了她的秘密。

仇然说她婚前蓄意欺骗，婚前……

新闻上说剩女如何如何多，又说中国女性的平均结婚年龄是二十六岁，麦禾没有掉队，她结婚时正好二十六岁。

二十六岁以前，她是怎样一个人？

麦禾可以往前再数十年，那十年里，一半是重病苦读交缠，既痛苦又失望，另一半则是及时止损，换路重行。她似乎天生擅长解脱自己，放弃二次复读后，她的世界有了晴天，她觉得自己乐观积极，对得起她的躯壳，也对得起她努力挣来的命。

仇然说她有精神疾病，对，也不对，她的精神疾病是个幌子，用来保护她在俗世免于责罚。

14

深夜，宿译正在网游世界里浴血奋战，到了关键时刻，门铃却响了，他没犹豫一秒，摘下耳机，光速抛弃队友，快跑到门口，从猫眼往外一瞅，一边"嘿"，一边迅速打开门。

门外站着三个人，醉成尸体的是宿泽，一个男人撑住他，他们身后还站了个高壮女人。

"阿昕！东子！"

"大晚上的，别喊了，快把你哥弄进去，我家程东也喝多了。"

进了门后，童昕驾轻就熟地打开玄关衣橱的门，从第二层的编织竹篮里拿了两双一次性拖鞋，一双自己穿，一双给了她的丈夫程东。

宿译费力地把宿泽背进房间，等把他弄上床、收拾稳妥后再出来，程东已经躺在沙发上睡着了，童昕自己从冰箱里拿了一瓶水喝。

"你们三个怎么凑一块去了？"

"来看你呀，看看你们把店经营得怎么样了，算算今年年底，我还能不能捞着分红。"

他们这群人都生长在海港渔村，彼此熟识，童昕小时候差点被宿泽的妈妈抱回去当成自家女儿养，不过离开渔村后他们就断了联系，宿译也是进了店才知道海港海鲜商行是童昕支持宿泽开起来的，和童昕一比，他和宿泽的血缘关系并不算什么。

见宿泽跟童昕两口子从屦州归来，宿译觉得心里不大舒服，屦州是货源大本营，那是生意上的事，他不明白宿泽是什么意思，以前只是对他隐瞒私事，怎么现在连生意上的事也对他防备起来？

童昕见他的情绪突然低落，问他怎么了，宿译哼哼着说没意思，都把他当外人。

"谁把你当外人了？你说话别这么酸行不行？"

"真拿我当自己人？好，那我问你，苗苗是谁？"

童昕咋舌，眼睛瞪圆了。宿译见童昕这么惊讶，得意扬扬地说："我哥藏了一箱子苗苗留下的宝贝。你想不想看？"

"拿来看看。"

"你先告诉我，苗苗是谁？"

童昕面露难色，考虑了好一会儿，她说："你以后不要在宿泽面前提苗苗，没有苗苗了，十六年前屦州艺联疗养基地烧了一场火，她没了。"

秘密藏起来时摄人心魄，一旦见了天光就会失去魅力，宿译并不感动于这类戏本子般的悲歌，他只觉得很无趣。

童昕推他，催促他去拿"宝贝"。

宿译钻进书房，再出来时手里提了只密码箱，他把箱子递给童昕，童昕一瞅，没好气地说："你太坏了，拿个有密码的箱子套我的话。"

"你破不了吗？"宿译使出激将法，说，"我哥在你这里还能有秘密？"

童昕接过箱子，试着拨了两组四位数，都不对，她掏出手机求助外援。宿译凑过去听，电话里的女人声音甜甜的，童昕与她讨论密码位数，听到"1030"四个数字，宿译顺手在密码锁上排好位置，他没指望能打开，可是咔嗒两声，箱子竟真的开了。

"1030 是什么？"宿译好奇地问。

电话那头回答："是首歌。"

箱子里一共收有十三幅画，是用各种各样的纸做衬底，再由数张烧焦的画作残片拼合而成的拼贴画，这一回，宿译总算能看个清楚、看个够。

"箱子里是什么？"电话里甜甜的女声问。

"八破图。"宿译手拿最大的那一幅端详，随口说道。

"什么？阿昕，拍下来给我看一看。"

"好。"

童昕挂断电话，举着手机，认认真真拍了十三张照片，宿译在一旁说："刚刚嘴快说错了，这些画像八破但不是八破，八破图是一笔笔画出来的，不是拼出来的，你发照片的时候给别人解释一下。"

"不用解释，她搞艺术的，比你专业。"

"她是谁呀？怎么会知道我哥用什么密码？"

"一个老朋友，她小时候也常住在艺联疗养基地。"童昕随口回答，她的注意力在画上，一幅幅翻过，嘀咕着说，"我怎么觉得见过这些？"

宿译心想，这不是废话嘛，她连苗苗都知道，怎么可能没见过这些画。他的手摸在其中一张触感如丝绒一般的画纸上，也想起一桩往事。

许多年前，在他们刚从渔村来到大城市时，宿译曾在商场里遇见过宿泽，他去商场是为了在电玩城打电玩，宿泽却是去逛精品店，那时候他还笑宿泽像女孩，现在看来宿泽出没精品店恐怕是为了搜寻这些漂亮的画纸吧。

可是，童昕抬起头，视线固定在宿译脸上，突然说："你爸好像有这样的画。"

宿译想都没想，立刻反驳，说："我爸这个人一辈子钻钱眼里，小钱看不上，大钱没运挣，他什么都倒腾就是不懂艺术品。他怎么可能会有八破图？八爪鱼还差不多。"

童昕听了忍不住笑，说："也是，知父莫若子，你讲得对，我糊涂了。"

当夜，童昕和程东住在客房，第二天早上，两人跟宿译一块去门店转了转，翻完账本后，这对股东小夫妻踏上了归途。

送走童昕和程东，宿译和小侯聊起来。

"老板今天要来吗？"

"估计会来，不过大概会晚点，昨晚上喝多了。"

"老板从哪里回来的？"

"回老家了。"

"真的？自从我到店里来上班，就没见过老板回家，连春节他都不回家，我还以为他跟家里决裂了呢。"

"不是那个家，是漍州。"

"哦，原来是谈生意去了。对了，二老板，放顶柜里面的八破图现在要拿出来吗？"

经小侯提醒，宿译才想起这桩正事，他亲自爬梯子把画从顶柜取出，用袖口小心擦拭卷轴的轴头，然后拣了块干净地方把画放好，只等献宝。他急不可待地站到门外，紧盯蔚蓝海岸小区大门，想要第一时间让宿泽看到那些画。

"小侯，出来坐会儿！"

宿译转了半个身子，朝店内喊。小侯递上小马扎，两人在店门口并排坐下，宿译情绪高涨，朗声说起往事。

"以前在海港渔村的时候，我哥可惨了，没人瞧得上他。"

"为什么呢？老板人挺好的。"

"渔村里的孩子整天海里泡着、沙里闹着，全都黑不溜秋、脏了吧唧的，哪有干净的？只有我哥，跟所有人都不一样。你知道的，他连牛仔裤也要每天洗。反正，他往孩子堆里一站，就是个异类。天生的白皮肤，还怎么晒都晒不黑，性格安静，不喜欢凑热闹，然后，大家就给他起外号，叫……"

"娘炮。"小侯嘴快地接话。

"那时候还没这个词，"宿译摆摆手，说，"叫小娘儿们，差不多的意思吧。我小时候不懂事，别人让我喊他'姐'，我也喊过，现在想想，挺对不住他的。"

"真看不出来，老板以前是那样的人哪。"

"什么呀，哪样的人？就是一群坏种欺负人，他倒霉，被人挑中了，太独，又犟，挨打还不求饶，戳中那群人的爽点，天天不来搞他一下不舒服。"

"这种事嘛，得不要命地反抗一次，一次就够。"

"是，后来被逼急眼了，打了一次，之后好一点，但也没消停。他就是跟渔村不合，好在后来家里有钱了，花钱读私立高中，换了环境，立马什么都好了。在渔村里被当缺点的地方，到了城里全变成优点。"

"但人明明还是那个人。"小侯又接了一句。

"对啊！就是啊！"宿译大力拍打小侯的后背，说，"今天我们俩聊得很投机嘛。"

小侯憨憨地笑，好一会儿后，他问："人小时候有那样的经历，心理是不是容易扭曲？"

"扭曲吗？还好吧。"

这时，宿泽来了。他看起来干干净净、清清爽爽的，似乎昨夜的宿醉并未发生。宿译远远看见他，立刻钻回店里，抱起四幅卷轴，献宝一样捧到他面前，说："哥，我找着了！来，猴子，帮个忙，展开给我哥开开眼。"

宿译个性张扬，嫌弃两个人展示不够排场，又从别的店里拉来两个壮丁，四个人一人执一幅卷轴打开。

宿泽定在原地，扫了几眼。没见到他笑，宿译心里没底。

"多少钱？我把钱转给你。"

"不用，你喜欢就好。"

"多少？"

"两万八。"

"收起来吧，"宿泽低头操作手机银行，说，"转过去了。"

"那我就不客气喽。"

宿译笑嘻嘻地卷起卷轴交给宿泽，没想到，宿泽却不接，他向后退了一步，说："你帮我处理掉吧。"

"什么意思？"

"扔了也行，扔远一点。"

说完这句话，宿泽撇下所有人，钻进店里，宿译一脸错愕，不知所措。

这组画淘来不易，宿译费了不少力气，周围的嘲笑声让他觉得宿泽让他丢的不是画，而是他的脸。

宿译气极了，他一把从小侯和其他人手里夺回卷轴，三步并作两步来到垃圾桶前，眼看着就要把画全部扔进脏兮兮的垃圾桶。

小侯追上来劝他别冲动，宿译心疼钱，到底没舍得，他把画往腋下一夹，气鼓鼓地走上大马路。

"二老板，你去哪里呀？"小侯忧心忡忡地问。

宿译恼火地回答，说："去文玩市场处理破画去啊！"

15

宿译虽然腹诽宿泽脑子有病，故意折腾他，但又着实担心是货有问题，才没能让宿泽看上。想到宿泽身边有专业搞艺术的朋友，他一个外行就心虚，怕是又被文玩市场的人给耍了，于是，带着画去找卖家要说法。

文玩市场在古城景区里面，除了周末、节假日，景区里游客不多，如今天冷，流动摊贩来得晚、收得早，广场空了，愈发没有人气，庆鱼古玩的高老板闲得打瞌睡，嘎吱嘎吱的推门声搅了他的美梦，高大海把眼睛一睁，看到宿译阴晴不定的一张苦脸。

宿译抢在高大海说场面话之前,把卷轴抛在柜面上,气势汹汹地喊:"你耍我是吧?!"

高大海是个胖子,面皮光溜溜的,不长一根胡子,他阅人无数,遇事不急不躁,什么时候都是笑眯眯的,他一面叫店员给宿译泡茶,一面小心翼翼地将卷轴一一展开,挂起来,然后像鉴宝专家那样拿着精巧的金柄放大镜赏画。

见他一本正经的样子,宿译的气焰收敛不少,但仍然咄咄逼人地说:"这画我朋友不满意,什么清末真迹,骗人的吧!"

高大海在最末的一幅画前站定,叫他过来仔细看。

"看什么?"宿译不知道高大海葫芦里卖的什么药。

高大海指着落款处,说:"你瞅瞅,这幅画出自'爱琴轩主人',看到了吧?知道我为什么让你看这个吗?"

"不知道。"宿译一边说,一边朝前凑了凑。

"'主人爱琴仍爱客,层轩白月秋夜清',元代诗人黄玠的诗,小宿,我跟你说实话,这套画具体年代确实没明确考据,但是,回头一鉴定,万一是黄玠亲笔,乖乖,那可就了不得喽,两万八卖给你,吃亏的是我。"

宿译的眼睛叫高大海说得圆溜溜的,他确实有一瞬的上头,心潮澎湃,眼睛发直,不过很快就反应过来是踩到深水里了,这高大海嘴里就没一句实话,还在忽悠他,从清代都忽悠到元代了!

"这么好的画,还是你留着吧。原价回收走,我不赚你的。"宿译说。

"一行有一行的规矩,我们这行不按你那套来,"高大海满脸堆笑,说,"你要是还信任我,就把画放在我这里,我帮你找下家。"

高大海脑袋后面的墙上挂了个书法牌匾,上面写着八个大字,"买定离手,概不负责",这就是他所谓的行规。

"真是上了贼船了,"宿译郁闷地嘟囔,说,"在你们眼里,像我这样的冤大头是不是特别多?"

"小伙子你不要这么讲,艺术品本来就是无价的,它们的价值都是人赋予的,你心急不愿意等,那就等其他有缘人,好不好?"高大海仍然笑眯眯的。

宿译对高大海不再信任，可是，高大海却是有可能帮他止损的人。他心里窝火，脸色难看，勉勉强强同意了。临走时，宿译掏出手机，给并排挂起来的四幅画拍照，发给童昕，让她找宿泽搞艺术的朋友看看，能不能帮忙评估价值，他想听实话，算算自己交了多少学费。

晚上闭店时，宿泽发现宿译把钱给他退回来了，他问宿译怎么回事，宿译自尊心强，不愿承认被骗，双手插在兜里，好半天才说："你都看出来画有问题了，干吗还要给我钱？"

"画有什么问题？"宿泽反问他。

宿译缩着脖子，抵抗夜风，他不满地瞥视宿泽，说："肯定不是古董，古玩这行水太深，上当了。"

"我又没让你买古董。"宿泽说，"画没错，确实是八破图，没问题。"

宿译哼了一声，说："是啊，那我就搞不懂你了，既然画没错，你为什么要那样？"

两个人穿过马路，一起往家走，宿译掏出门禁卡，在小区入口处刷了一下，人行道上的铁门缓缓移开。

"不关你的事，"宿泽说，"是我没想好，害你白忙了，不好意思。"

"你没想好什么？"宿译扭过头去问，他放缓步频，眼睛直勾勾地盯着宿泽，想要探听他的心事。

宿泽笑起来，没有喜色，很悲凉，路过中心花园的时候，他抬起头，看着被地面光照亮的夜空。

"你记得吗？当年，二叔把我们从学校接走的那个晚上，夜空也是这个颜色。"宿泽说。

"不记得，渔村的事，"宿译顿了顿，说，"我都不记得了。你干吗老想过去的事？"

"这几天想得特别多，因为……"宿泽提起一口气，说，"你问的那些问题让我突然意识到原来我并没有想好为什么要来海市，我来到这里到底是要做什么。"

宿译挑起眉毛，狐疑地看向宿泽，想了想，问："你是想告诉我，这里是你随机挑选的一个地方？"

宿泽表情凝重，眉头猛地一皱，他内心深处始终摇摆的东西错乱了节奏，他好像想明白了，没有什么是随机的，一切都是注定的。

他感到留给自己摇摆的时间已经不多了。

第二天下午，宿泽去了一趟快乐 ABC 幼儿园，作为幼儿园的食材供应商之一，他出席了幼儿园第三届"家园共育"美食分享会活动。他是跑着回来的，气息紊乱，进店后放下空的保鲜盒，匆忙喝了几口水，站到玉兰树下喂鹦鹉。

一刻钟后，那个女人牵着孩子出现了，宿泽好似无意一般恰好扭过头去，跟她们打招呼。

宿译把一切看在眼里，在电影《楚门的世界》里，男主人公发现某个特定的时间点总有一个骑着自行车的女人会经过他家门口，类似的事情正发生在海港海鲜商行的门前，宿译因为摸出了这样的规律兴奋不已。

女人结账时，宿译故意秀了秀柜台上用来装糖果的粉彩八破瓷碟，果然，女人被吸引了，她根本挪不开眼睛，夸赞碟子很特别。

宿译笑着拉开抽屉，把内画八破图鼻烟壶从抽屉摸出来，递出去，说："这个给你玩吧。"

"不不不，那怎么行，古董吧？我怎么能拿？"

女人虽然推辞，目光却追着他的手跑，很想接住，不过，关键时刻，宿泽冲出来截断递送。堂哥鲜少有这么强势的时候，目睹女人的尴尬，宿译愈发迷惑，他笃定他们之间有事，只是似乎事情并不像他想象的那么简单。

"您好，请问麦言秋在吗？……不在啊，她还没回来？……哦，我是她女儿，对，她的电话一直打不通，我找她好几天了……出境了？这样啊……那她什么时候能回来？"

甜歌一个人吃晚餐，因为孤单而没有胃口，她跳下餐椅，去扯麦禾的衣服，要求妈妈的陪伴。

"等一下，妈妈打完电话。"

麦禾捂住电话安抚女儿，耳朵仔细聆听电话对面的动静，她找不到母亲，于是只能打电话到母亲的工作坊，等了好一会儿，电话对面的人告诉她，不确定麦言秋的归期，但最近有人过境去取石头，可以帮她带个话。

"那麻烦给她带话，说我有急事找她……对，是关于我的病。"麦禾特意在"病"字上加重了语调，对面传来困惑的确认和关心的问候，她说，"对，是的……谢谢关心，我没事，你就这么说，她会明白的，请她务必尽快联系我，谢谢。"

麦禾打完电话走回餐厅，女儿面前摆着多格餐盘，一格蔬菜，一格炒饭，一格水果，一格虾仁，甜歌吃东西的样子像仇然，一心一意的，但她听到妈妈说起"病"，停下咀嚼的动作，仰头问妈妈是不是生病了。

"妈妈有点胃痛，宝宝一个人吃饭，好不好？"

"那妈妈能坐到我旁边吗？"

"可以，妈妈陪你，你快吃，虾不是都给你剥好了吗？"

麦禾坐回餐桌边，甜歌开始奶声奶气地叙述今天幼儿园里举行的有趣的活动，她说美宝的妈妈是陕西人，会做很漂亮的花馍，还教他们做了许多条绿色的毛毛虫。

"毛毛虫的眼睛是用红豆做的，特别可爱，我吃了五条毛毛虫，妈妈。"

"哦，那很好啊。"

"不过，还是海鱼叔叔的虾饼最好吃。"

"嗯，好吃你就多吃一点。"

麦禾随口应付着，女儿说的话，她一句也没有听进去，脑子里盘旋的都是近期她观察到的自身的异常。

又是八破图。

最初的直觉是对的，她就是对八破图格外有感觉。

到底是什么感觉呢？

麦禾深思这个问题，是像母亲说的那样，被艺术突然敲了脑门？女儿的书桌抽屉里，现在存了一堆她制作的手账卡。

从前，她不做那样的东西，如今，却一发不可收。

可是，麦禾能真切地感觉到自己的心绪并非好奇、向往，而是紧张，迷走神经的紊乱让她时不时想吐。

八破图对她的影响这么大，她怀疑是空缺的记忆在攻击她。

而且，八破图不是小众得不能再小众的艺术吗？为什么连卖海鲜的门店里都会出现与八破图相关的物件？麦禾惶恐不安，她总觉得是时候到了，老天爷要跟她算账了。

16

十六年前，麦禾在家玩火，外公因救火丧生，她在惊骇中逃跑，出了车祸。

车祸让她身上的骨头断了六七处，昏迷了十多天，醒来以后人傻掉了，非说自己读小学二年级，医生说可能是车祸造成的记忆混乱，也可能是药物的副作用，需要再观察。她在医院住了很长时间，每天不仅要与疼痛对抗，还要应付前来盘问的警察，一开始她不懂，慢慢才明白警察是要确认火灾时她的精神状态。

他们都说，她还是个孩子，玩火玩出意外，自己也差点没命，教训吃了就算了，人生路还长，不能背上沉重的负担。母亲用一张精神鉴定报告解决了一切，无人追究她的责任，人祸被家人默契地埋成隐秘，她很轻易地被原谅，正常生活、学习、就业、恋爱、结婚、生孩子，每一步都不掉队，直到仇然语焉不详地敲打她。

所以，他是知道了吗？

他在怕什么？怕她把他也烧死？

仇然这样对她，但凡她软弱一点，肯定就被吓死了，她应该会乖乖听话，遵循他的说法，换证离婚，重新开始。

可是，麦禾不甘心，那件事过去十六年了，她现在的生活就是重新开始过后一点点挣来的，为什么又要重新开始？她不想重新开始，这一路走过来的辛苦与煎熬，她不想再去重复，而且，她已经开始担忧这是不是永无止境的循环，是老天爷给她的最极致的惩罚……

麦禾砸碎了一个杯子。

杯子碎裂时，她变了眼神。

不能再逃避了，她得去面对。

女儿睡下后，麦禾打开柜子，翻出还没拆包装的新杯子，给自己煮了一大壶菊花茶，泡了苦瓜一起喝，飘逸杯里剩下的半杯茶汤本来是橙黄的，浸入的苦瓜让茶汤在视觉上变绿了，麦禾往杯子里注入温水，苦瓜片随着水流的冲入而震荡，摇摇晃晃的，仿佛活过来一样。

她喝了半杯茶饮，火气降下去不少，脑子也清醒了许多。

仇然是在她出现幻觉那晚下定决心离婚的，麦禾回忆起那晚的幻觉——那些飞旋的八破图，下午买海鲜的时候，她看到一个八破图瓷碟，碟子里的画也会飞，她在店里努力保持镇静，可要是不抵抗呢？放任自己的幻觉，最终会发生什么？

她想用以毒攻毒的法子试一试。

电脑图片在浏览模式下，或扁长、或瘦高的画卷一幅紧邻一幅排满屏幕，麦禾点开其中一幅放大查看。

《诸暨三贤八破图》，图片右侧有详情说明："作品将杨维桢、陈洪绶、王冕三人的作品以锦灰堆的方式重构，图中有书法、山水、人物等，且每幅作品都用了不同技法力求还原，虽为工笔，但区别于传统框架，作品趣味十足。"

麦禾聚精会神地默读文字，毫无征兆地，她的左耳旁响起一声呼唤。

"小禾……"

带着些许回音，那声音清晰得仿佛有人在贴着她的耳朵叫她，麦禾整个背弓起来，汗毛倒竖。

她不敢动，屏住呼吸，用力将视线朝左肩后方瞥，但她是人类，不是虫子，视野极限只有200°，绝对看不到身后。

麦禾不动，那声音却在动，响在麦禾的右耳之畔。

她猛地甩头看向右肩后方，右侧是窗户，窗帘未拉，她看到了玻璃上自己的投影，吓出一声尖叫。

其实，那声音并不恐怖，反而是轻松愉悦的语调，声音有点娇嫩，听起来就像是青春无敌的少女在广袤无垠的地方呼唤一个亲热的朋友。

麦禾的身体都吓软了，她双臂支撑桌面，抱住脑袋，屏住呼吸。那声音还会来吗？她等了许久，终于等到了新的呼唤，不过，声音是从儿童房内传出来的，是女儿在叫她。

女儿的声音带着哭腔，麦禾不知道发生了什么，跌跌撞撞地跑出去。

甜歌发烧了，38.6℃。

麦禾给她喂了退烧药，可是十分钟不到，甜歌就连药带未完全消化的晚餐全吐了，孩子因为受惊，啜泣不止。

麦禾给甜歌换衣服，觉得女儿身上滚烫，像火球一样，她又给女儿量了一次体温，38.7℃，体温非但没降，还升高了一点，麦禾心里急，时间那么短，恐怕退烧药不能见效，但药又不敢再喂，担心高热引发更严重的惊厥反应，她叫来车，背着女儿去医院就诊。

深更半夜打车出门，麦禾很警惕，她偷偷观察快车司机，见他大半夜还戴着帽子，心里发慌，于是，她抓起手机放在耳边，对着假想的丈夫说话。

"我出来了，嗯，还有几个号到我们？嗯，快了，你就在门口等，不要出来接我们，别过号了。"

麦禾假装打电话时，瞥见甜歌满脸菜色，她觉得自己又惨又荒唐。

见车子没有偏离导航规定路线，一步步接近目的地，麦禾放了心，她凝视女儿，发现昏睡中的女儿没办法紧闭眼睛，马路上的监控抓拍照片时，在强烈的闪光灯下，她看到女儿露出一道白缝隙的眼眸，看起来就跟撞邪一样。

"不怕，妈妈在，甜歌不怕，妈妈把坏东西都打走。"

麦禾抱住女儿，在她耳边呢喃。看到医院的急诊楼，她叫醒女儿，把妈咪包背好，双手把住女儿腋下，用力撑了一把，让甜歌跨坐在她腿上。等车一停，她丢下一句"线上付"，果断推门下车，女儿贴着她的前胸，硕大的背包在后背上，她瘦削的身板像不够豪华的汉堡包里夹着的一片薄薄的午餐肉。

在医院折腾了一个多小时，采血、采便，最终得到的结论是感冒，医生说，最近诺如病毒暴发，不少幼儿园的孩子都中招了。

"是感冒吗？可是她一直吐，还拉肚子，烧好像退了一点，医生，会不会是肠胃炎？"

"请假休息吧，不要再去幼儿园了，给你开的药，吃三天，这几天饮食清淡些，大概三四天就能好了。"

"哦，好，虾是不是不能吃了？"

"暂时不吃，对了，海鲜不要生吃，尤其是贝类。诺如病毒可以寄生在贝壳里，家里要是有大人感染，也会传染给小孩的。"

麦禾连连点头。见她一个人带孩子看病，模样狼狈，女医生的眼神很是同情。

回家的路上，麦禾故技重施，假装她的丈夫正在家里照顾另一个小孩，她还假模假式地叮嘱"他"，把给女儿准备的粥再炖一下。

她很会表演，因为很会想象，一边说话，脑海里就一边构出图样——仇然穿着围裙在厨房忙碌，他的怀里还有一个不足半岁的小婴儿，这样的想象，在放下电话后依然没有停下，她想象自己的生活沐浴在和煦的阳光下，孩子们围绕着她奔跑，一个个逐渐长大了。

折腾了一夜，麦禾几乎没睡，一大早，她打电话给甜歌的班主任冯蓓蓓，说女儿病了，需要请假几天。

"昨晚挂了急诊，医生怀疑是诺如病毒，诺如会传染，老师是不是要在群里提醒一下其他孩子的家长？要是有生病的，就别往幼儿园送了，会交叉感染的。"

"哦，那甜歌好好休息吧，我暂时还没有接到其他家长请假的电话。"

"只有我们家一个请假吗？"

"是的，孩子们都已经来上学了，甜歌妈妈，诺如是要化验确诊的吧？你们确诊了吗？"

"那倒没有，医生说没必要化验。"

"这样啊。"

"会不会是昨天在幼儿园吃坏东西了？会不会是贝类没煮熟？"

"那不会吧，昨天幼儿园的美食节活动没有安排海鲜，孩子们学做了面食，但是后来吃的面食并不是孩子自己做的那一批，您放心，我们幼儿园对食品安全很重视，昨天到校参观的伙委会成员都给了很高的评价。"

"可是，昨天甜歌说她吃了虾饼。"

"甜歌妈妈，昨天中餐吃的是鸡翅、蛋羹和西蓝花，你可以查一下每周菜谱。"

"知道了，反正我就是告知学校一声，孩子暂时不去学校了，等好了再去。"

麦禾带着不满的情绪挂断电话，她觉得老师是怕担责任，才一个劲地撇清关系，喂女儿吃饭时，麦禾再度和甜歌确认情况。

"宝宝，昨天中午在幼儿园是不是吃海鲜了？"

甜歌点点头，她还在病中，脸色泛黄，看起来没有平时机灵。麦禾摸摸甜歌的脑门，烧是彻底退下去了，她总算放下心来。

"吃贝壳了吗？"

"没有，海鱼叔叔给了我四块虾饼，我分了两块给美宝，妈妈，我做得好不好？"

麦禾觉得不对劲，她反问道："海鱼叔叔？你在哪里碰见的海鱼叔叔？"

"幼儿园呀，海鱼叔叔戴了白色的帽子，帽子好高呀，海鱼叔叔好帅呀。"

"只有你有虾饼吗？其他小朋友有没有？"

"只有我有，海鱼叔叔最喜欢我了。"

甜歌咯咯地笑起来，孩子的灵气再次浮现在她的脸上，她会如此快乐，是因为有了被偏爱的感觉，可是麦禾却笑不出来。

那个卖海鲜的男人为什么要这么做？他是个变态吗？又不是在他店里，没有她的监督，他怎么能单独接近她的女儿？

他们确实认识，但也仅限于认识，她连他的名字都不知道！

麦禾越想越觉得恐怖，她放下碗，板起脸对甜歌说："以后不许这样，不许吃陌生人给的食物。"

"可是，海鱼叔叔是我的朋友呀。"

"甜歌，妈妈不许你再吃他给的东西，听到没有?!"

甜歌觉得委屈，可怜巴巴地望着妈妈，麦禾怕吓到她，赔着小心又说："熟食店里的东西我们都不吃，不干净，你有想吃的东西，告诉妈妈，妈妈给你做。"

"可是以前妈妈说海鱼叔叔做的鱼饼真好吃呀。"

"海鱼叔叔"叫久了，女儿是真把那男人当朋友了，麦禾当即决定再也不光顾那家店，等女儿身体好了返园以后，她也要跟冯老师讲清楚，不允许别人接近她女儿，如果这样，他还敢乱来，她一定要他好看。

17

"美宝妈妈，你们家美宝今天去幼儿园了吧?"

"去了呀。"

"她没有不舒服吧?"

"没有呀，她好得很，怎么啦?"

"我们家甜歌又吐又拉的，昨晚去挂急诊了。"

"哦，那我们家美宝没有，她活蹦乱跳的，早上还吃了三个包子。"

麦禾给女儿班同学的家长打去电话，她要把事情问清楚，才能放心，她不好只凭猜测冤枉谁，总得有真凭实据。

"那就好，我怕是吃了不干净的东西，医生说，现在很多贝类都带病毒，万一做不熟，孩子吃了不好。"

"昨天吃海鲜了吗? 我没注意，反正美宝没事，不过，我们家美宝皮实，肉墩墩的，你们家甜歌又瘦又小，我们不好在一起比的。我帮你问问萱萱和梓轩妈妈，要是他们也有问题，那是要跟学校提意见，食品健康不是小事，我们交那么多钱，对吧? 别一天到晚搞虚头巴脑的参观糊弄我们，你说是不是?"

"嗯，那方便的话，帮我问问看。"

放下电话，麦禾又让甜歌把海港海鲜商行的老板具体的"投喂"过程仔仔细细描述给她听，甜歌说不清楚，麦禾就剥洋葱似的询问。

什么时候吃的虾饼？下午啊……下午几点呢？两点半？刚起床的时候呀……那你怎么遇到海鱼叔叔的呢？他突然就出现在门口跟你打招呼了？真的啊……那冯老师在吗？她在呀，她看到海鱼叔叔喂东西给你吃了吗？看到啦，那冯老师没阻止？哦……他们是好朋友啊……甜歌怎么知道他们是好朋友呢？这样啊……海鱼叔叔和幼儿园里每个人都是好朋友啊，他跟园长奶奶都是好朋友呀……

问得越多，麦禾越觉得不安，她回忆起那个常常在树下喂鹦鹉的男人，和仇然不一样，那人中等个头，不高不矮，面相是往极端里长的样子，极白的皮肤，极有神采的眼睛，有点男生女相，话不多，气质偏冷，不苟言笑，不过，他对甜歌却是常常笑的。

好人是能靠肉眼分辨的吗？坏人反正是不会在脸上写字的。

叮叮。

麦禾的手机塞入新短信。

"萱萱和梓轩都没事，今天好像就只有你们家甜歌请假，别不是夜里踢被子冻感冒了？"

"昨天下午你一直在幼儿园吗？有没有看到海港海鲜商行的老板？"

甜歌幼儿园的同学大都是蔚蓝海岸社区的住户，美宝家也住在蔚蓝海岸二期，和麦禾家隔得不远，海港海鲜商行在这一带算有名气，她想碰碰运气，看看还有没有其他人看到那个男人和女儿接触。

"海港是学校食材供应商嘛，昨天搞'家园共育'活动，他肯定要来的啊。"

"我女儿说吃了他给的虾饼。"

"我知道，我女儿也吃了。你是不是跟老板很熟？我看甜歌跟他亲得很啊。"

美宝妈妈的表达让麦禾觉得非常不适。

"你有没有觉得那个老板有点怪？他是不是对小孩子太过热情了？"

"啊？你想太多了吧。"

文字之后跟着撇嘴的表情，这个表情让麦禾联想起仇然，他们大概都一样吧，觉得她神神道道的，像疯婆子。可是，她有为人母的直觉，那个男人就是有问题！和美宝妈妈聊完后，麦禾觉得旁敲侧击是不够的，得当面跟那个男人讲明白，她的女儿不是没人管的野孩子，请他不要在她女儿身上奉献他那无处安放的"善心"。

丁零零，电话又响了。

是胡娇找她。

麦禾又要请假，领导不批了，她不去上班就是旷工，根据公司的管理规定，旷工三天就算自动离职，胡娇听说她敢跟领导吵架，打电话来劝她。

"孩子没人照顾，你找仇然呀，你傻不傻呀？一个人硬扛？冷静期又没离，他必须回来。"

"知道了，我先给领导道个歉吧。"

"嗯，对的，你态度软一点，我再帮你敲敲边鼓。"

"胡姐，我要离婚的事，麻烦帮我保密。"

"哎哟……"

胡娇拉长语调叹息，麦禾看不到她的表情，不知她是已经把消息漏出去了，用叹息掩饰尴尬，还是嗔怪自己的不信任。

领导态度强硬，无奈之下，麦禾把在闹离婚的事情说了出来，为了达到目的，她还放声大哭，如此，领导才松口，说今年最多再给她三天事假，不能再多了，否则的话，难以服众，团队没办法管理。

办完请假的事，麦禾打电话叫仇然回家，仇然沉默，她心灰意冷地说："我真希望冷静期已经结束了，我们把证一换，你就不用整天防着我打你主意了。"

"我回来，晚饭不要做了，我打包带回来。"仇然说。

麦禾倚在窗边，眺望重重叠叠的楼宇，一排排的住宅楼，成百上千个窗口，阴云密布的天空从楼宇之间的缝隙露出，乌云稀薄成雾将楼宇包裹，麦禾想象她的家破了个大洞，厄运一丛一丛地钻进来，狂欢起舞。

她有预感，今晚会有大事发生。

药吃到第三顿，甜歌的状态明显好转，麦禾心里的石头落了地，终于想起该好好收拾一下自己。

打开衣柜，没有拆标的新裙子有两条，她看了看，选了一条旧的，立体剪裁的花苞连衣裙，穿起来很舒服。

仇然带回来两份"刘老大"家的牛蛙，一份是泡椒味的，是店里每日限量供应的招牌菜，也是他们两个大人的最爱，另外一份是酱香味的，适合孩子，除此之外，他还专门去了一趟超市，买了甜歌最喜欢的曲奇饼干和一座旋转木马造型的糖果屋。

才下午 6 点 15 分，看来，仇然是提早下班了，不然的话，他不够时间做这么多事。吃完饭，仇然主动收拾桌面，然后去倒垃圾，回来后，又在客厅地板上铺开带棋盘的野餐垫，和甜歌两人化身人形棋子做起游戏，麦禾没有参与其中。

仇然终于有了为人父的样子，但麦禾却感觉她的婚姻真正走到了末路。

客厅有家用监控，麦禾坐在书房的摇椅上，透过手机屏幕观察仇然。

他陪女儿玩耍，但心不在焉，时不时会瞄一眼手机。

他在干什么？聊天？不像是聊天，他的手指头只是在屏幕上滑动，似乎是在刷朋友圈。

晚上 9 点，女儿叫她，说困了，要洗脸脸、洗脚脚。麦禾退出软件，装成刚睡醒那样揉着眼睛走出去。

给女儿读的睡前故事是《妈妈的红沙发》，麦禾和甜歌倚靠在一起，她放缓声音，温柔地念着色彩浓烈的图画上的文字。

"……红白条纹的窗帘，乔阿姨带来锅碗瓢盆和刀叉，表妹把她的玩具熊送给我。外婆对大家说：'你们是世界上最好心的人，真的很感谢你们。幸好我们还年轻，可以从头开始。'……"

客厅里时不时传来移动的脚步声，仇然没走，麦禾知道他在等她。

半小时后，甜歌睡熟了，麦禾给她掖好被子，板着脸慢慢退出女儿的房间。

"要不，离婚申请还是先撤回来吧？"仇然说。

麦禾怔住，他是要求和？这不符合她的直觉，她狐疑地问："你又想怎么样？"

仇然尴尬了，说："我们不需要再谈谈离婚协议吗？"

"谈什么？"麦禾哼了一声，说，"你后悔了？想要房子？"

"不是，那个……我是觉得啊，女儿要不还是归我吧。"

"闭嘴吧。"

"麦禾，你跟你妈联系上了吧？上次我说的那些事，你是不是问她了？"

"我妈在境外，找不到人。"

"哦，那她……"

见仇然吞吞吐吐，麦禾打断他，说："是去年外婆过生日时候的事，对吗？"

仇然语塞地看着麦禾，眼神躲闪地说："你厉害，你比我能应变，我不行，我遇到事，脑子一片空白。"

"去年外婆过生日，我去不了，是你带着甜歌去的巴马，除了那个时间，我想不到还有别的时机能让你和外婆凑在一起。"

"我想过正常人的生活，不想每天活在担心里，可是，我见你在家抓着手机找手机，抓着抹布找抹布，真的，不撒谎，我头皮都发麻。"

"你没有抓着手机找手机的时候吗？"

"那不一样！"

麦禾冷笑，说："又不一样，你可真是特别啊。"

仇然叹气，他很紧张，大约是手心出汗了，他放下手机，双手搓在一起。

趁此机会，麦禾像箭一样冲出去，她抓住仇然的手机，迅速解锁，进入微信，看到"发现"上提示有三条未读消息，她一边拼命抵挡仇然，一边点进去看。

是 Fiona 的朋友圈，他给 Fiona 发的美食照点了赞，他们的共同好友也点了赞。

"哈哈！"麦禾夸张地假笑，随后癫狂地质问，说，"被我逮到了是不是?! 你还不承认出轨?!"

"你把手机还我！"

"仇然，你就是个孬种！你出轨，让我背黑锅？真恶心！"

麦禾瞪着仇然，她恨他，恨不得杀了他，她将手机用力砸向仇然，咚的一声，正好打中仇然的脑门。

仇然痛得五官变形，他捂住头，恼羞成怒。

"你就是个精神病！朋友圈点个赞怎么了?! 人家起码是个健健康康的女人，你看看你像什么样子！"

麦禾冲去厨房，拿出一把刀，又再冲出来。仇然没料到她会拿刀，吓得连连后退。

"我有精神病是吧？好，我今天就捅死你！捅死你，我就住院去！"

麦禾的气势咄咄逼人，仇然的脸色都变了，他从沙发上拽了个抱枕挡在胸前，惊慌地说："你以前就是这么杀人的？是不是？"

"你再胡说！我就砍你！"

激动的情绪关闭了麦禾的五感，除了愤怒，她什么也感觉不出来，耳边似乎有十二级风暴在呼啸，她提着刀，直直伸出小臂，刀头微微颤动，等吼完她才意识到仇然在说什么，瞬间清醒了，她停住脚步，一步也不敢动。

"你别装听不懂，我都听到了！那天在养老院，我去给外婆道别，亲耳听到的，你手上有人命，你杀过人！"

扑通一下，麦禾的心掉入无底之洞，厄运的飓风瞬间掳走了她的魂魄，只留下一具凝固了错愕的肉身。

刀头不再颤动，成了她延长而出的手掌，随她一起僵直着。

仇然宣判了她的罪恶。

原来，罪恶被人审判的感觉是这样的。

第二篇章　碎片散落

01

披头散发的女人拨开人群，死沉着脸快步离开商业街，有人拉扯她，她猛地丢手，加快脚步跑远。

海港海鲜商行前，熙熙攘攘的人群慢慢散开，刚刚，这里发生了一场闹剧。

店里的常客突然闯进后厨，在台面上翻来翻去，小侯看蒙了，好半天才想起来该阻止。女人翻找到没有贴生产标签的粉罐，立刻像逮到证据那样叫嚣他们店里的熟食不卫生不安全，说她的女儿吃了店里的东西上吐下泻，怀疑他们为了揽客而给食材下毒。

其实，她拿的是店里自制的蒜粉，小侯急得打开密封罐子让女人闻味道，宿译嫌小侯不果断，他抓过罐子把蒜粉直接往嘴里倒，想要用实际行动证明女人想错了，可那毕竟是调味料，尽管又鲜又香，但干吞口味重了，宿译还没来得及说话，就一口喷出来，反倒弄巧成拙。

他们越阻止她闹，她闹得越凶，竟然在店里打砸，一身不把他们弄死就不算完的狠劲。

宿译只觉得这女人的反差大得惊人，像是在为别的事胡搅蛮缠，她一直在对堂哥发难，而宿泽纵容着她，表情阴郁，一言不发。

小侯见场面失控，要打110报警，听到要报警，那女人才终于慌了，她踢开脚下的碎瓷片，跑了。

宿译拿着笤帚、簸箕，把打碎的糖果碟子和散落的糖果扫在一起。

可怜的粉彩八破瓷碟，没能逃过被人摔碎的命运。

疯女人！她发疯十分钟可以毁掉他们兢兢业业积攒了五六年的口碑，宿译盯着失魂落魄的堂哥看，他怀疑这是宿泽在外惹的风流债，不满地说："哥，你干吗不让我们报警？就该让警察把她抓起来。谁都能胡说八道的话，那我们的生意别做了，投毒？这可不是普通的污蔑，而是砸场子，断财路。"

"就是！"小侯在一边附和，他说就是听到有人嘀咕店里用了罂粟壳，才要报警的。

听到小侯的话，宿译摊开手，骄横地看着宿泽，找他要说法。

宿泽的手背上添了一道长长的伤痕，伤不算重，红痕虽然狰狞，但流出来的血已经干涸。

"哥，报警吧，她得给我们道歉，她还砸东西了，派出所肯定要派人来处理的。到时候，我们让她录道歉视频发团购群里，不然的话，今天这事没那么好收场，至少半个月没生意可做，不信你试试看。"

"不做就不做，正好，闭店休息一下。"

宿泽的退却让宿译和小侯面面相觑，小侯是个打工人，靠工资吃饭，他先急了，张口就说："那怎么行？这个时候闭店，那不是坐实了我们店有问题？"

宿译想笑，他觉得堂哥这个老板当得也太容易了，眼界还没打工仔高，感觉到这个店没了他不行，他不再请示宿泽，自顾自安排起来，看到宿泽手上有伤，他叫小侯先去药店买点药。

支走小侯，宿译让堂哥跟他说实话，是不是跟那女人有什么纠缠不清的事，见宿泽抓起车钥匙要走，他在背后阴阳怪气地说："要不是你招惹了她，那就是她自己犯病了。听说她在闹离婚，估计是精神受刺激了。"

宿泽停下脚步，怔怔地朝宿译看过去。

宿译说："我没乱说，他们夫妻两个在花店前面吵架，说要离婚，花店的人都听到了。"

宿泽很快消化了这个消息，他掉头离去，步伐匆忙。

看着堂哥的背影，宿译好奇极了，他在门口徘徊，几进几出，好不容易才压下骑摩托跟踪堂哥的念头——早知道就不改装车子了，引擎声太响了。

新华书店在商场四楼，离寒假还有两个月，工作日来逛的人很少。

暖气太足，空气中飘荡着咖啡的香气，催得人昏沉，宿泽脱下外套搭在臂弯，钻过两个弧形门洞，左转连过三个书架，站在了每次来都必逛的分类区。

心理学分区书架上的书大都塑封着，如果没有提前做功课，选书只能通过腰封和推荐语来判定内容与需求是否相关，宿泽是有备而来，他来找一本讲心理创伤修复的书。

扫视一番，他看到了它，抽出书准备结账走人。见他转身，一直站在书架附近的工作人员也动起来，身穿枣红色连帽衫的女员工动作很快，三两步超过他，跑向收银台，和那里站着的员工耳语几句后，挤走别人，站在收银机前笑眯眯地等他。

宿泽觉得她有些奇怪，书店各个岗位的员工该各司其职，没见过结账还要分书架的。他把书递给她，等待结账，女孩扫完条形码，抓着书蹲下，从柜台下摸出一片大号创可贴和书一起递给他，说："您手背上的伤还是处理一下吧，看起来挺严重的。"

原来是这样，宿泽很快反应过来，她是醉翁之意不在酒，递上创可贴时，女孩另外一只手里握着手机，手机上微信二维码已经打开，只等客人接过创可贴时，顺便加上联系方式。

"不用了，谢谢。"

宿泽拒绝了女孩的美意，他的态度客气而坚决，颇为熟稔，从二十二岁开始到现在，他这样拒绝人快有十年了。

出了书店，宿泽迫不及待地钻进最近的休闲水吧，撕开书籍塑封，翻到第一页。

这是一本讲创伤如何将人改变的书，也是一本让创伤受害者读来自救的书，首页上印刷的是精神分析学家卡尔·门林格尔（Karl A. Menninger）的名言："一个在应对环境方面有异常困难的人在挣扎着，尘土飞扬。我曾使用过这样一个形象：一条被鱼钩钩住的鱼。在其他不了解这种情况的鱼看来，它旋转的样子一定很奇特；但它激起的水花并不是它的痛苦，而是它摆脱痛苦的努力，每个渔民都知道，这种努力很可能会成功。"

宿泽被这句话深深吸引，作为渔民的孩子，他见过落网的鱼怎样夺路而逃。

翻书时，手背上的红痕时不时映入眼帘，她歇斯底里的模样也跟着一起闪入脑海，六年了，他一直小心谨慎，从未想过会和她发生面对面的冲突，事情变得棘手。他想了想，拨出一个视频电话。

屏幕上出现的女人留着极短的像男孩一样的发型，但笑容却很甜美，声音更甜美。

"不是跟你说过了吗？我暂时不去做心理咨询了，你不必再做人肉闹钟。"

"出事了，她今天来找我了。"

"你是说……我们被发现了？"

"是我，"宿泽垂着眼皮一边反思，一边说，"是我的问题，我没把握好分寸。"

"你说具体点。"

"她怀疑我想要对她女儿不利。"

"真糟糕。"视频里的短发女人沉默了一会儿，说，"没事，反正我要回来了。"

望着女人肃然的面孔，宿泽知道她不只是说说而已，而是做出了决定。

"你不是在准备参赛吗？时间很紧张了吧？"

"我没兴趣参加任何比赛，也做不了任何设计项目，今年是注定一事无成的一年，"女人顿了顿，用极其冷静的口吻说，"所以，别再阻止我，你也说服不了我。从我知道自己被牵扯进去的那一刻开始，就有了揭开真相的权利。你可以做旁观者，我不行。"

宿泽的脸红起来，因为光线的原因，摄像头没有全然捕捉，但他的耳朵尖已经红透了，他为自己软弱不决的性格而感到羞愧。

半年前，邱奶奶突然把他们叫去巴马，旧事被重提，而且是颠覆性的，视频里的女人被牵连了进去。

艺联疗养基地 19 号小红楼火灾的引燃物是松节油，邱奶奶重述时并不知道外孙女是如何拿到松节油的，但视频里的女人知道，是她帮了忙。

因为这件事，她得了抑郁症，疾病导致严重脱发，于是，她剪短头发，并且视频直播了她对着镜子给自己推光头的过程，宿泽曾为其担忧，而如今女孩重新长出来的头发毛毛刺刺的，又蓬松又浓密，笑容在她脸上重现，她的心似乎走过贫瘠，得见生机。

"你打算怎么做？"宿泽问。

"我会带她回屣州，我会站在火灾发生的地方把真相都告诉她。"她表情自信，指着镜头说，"我跟你打赌，你'卧底'六年都办不到的事情，给我六天就够了。"

宿泽不自然地抿嘴，不用赌，他相信她的行动力，她早就入侵过麦禾的生活了。

"宿泽，你想起那个画家了吗？"

突兀的提问在宿泽耳边炸响一个霹雳，他小心地问："怎么了？"

"你怎么会不记得他呢？他叫谭艺华呀。"女人托着下巴，若有所思地说，"火灾绝不是邱奶奶说的那么简单，那只是冰山一角而已，你信我吗？我想，我们离真相还很远很远。"

宿泽出了一身冷汗，他低下头，藏住不安的眼神，真相确实只显露了一角，但他从来没有告诉过她们，他是坐在终点回望迷雾的那一个人。

02

麦禾开始怀疑当年帮她脱困的那份精神鉴定报告不是假的，生活已经将她逼成了报告里的样子。

她有点想不起来下午是因为什么走进海港海鲜商行的，回忆许久之后，她才记起是因为看到那男人站在树下喂鹦鹉，她见他朝自己看过来，唇边有一抹淡淡的微笑，就立刻冲上去警告他。

"你——别再给我女儿乱吃东西！"

男人的笑凝固在脸上，怔怔地看着她，麦禾心里毛毛的，她责怪自己从前怎么没发现他的笑那么淡、那么不真诚。

他一定是心虚，所以被她指着鼻子骂也一声不吭。

"我的话你听到没有？你是不是心理变态？我警告你，你要是再骚扰我女儿，我就报警抓你！"

她骂得很难听，但男人始终不回嘴，辩都不辩。

可恶！他当她是泼妇骂街？大错特错！她不是要吵架，而是要他的态度，他不表态的话，她就叫他见识见识她的厉害。

麦禾把收银台上堆的东西都扬了，噼里啪啦到处都是碎片。

听到有人说要报警，她才发觉闹得过了，手上有血迹，却又不疼，她不知道伤到谁，好在那男人心里也虚，他知道自己行为龌龊，并不敢真的报警。

离开时，她狠狠剜了那男人一眼，迈出店门，才发现自己被包围了，海港海鲜商行门外的那些围观者的注视，让她生出很真实的错觉——这些人全都认识她。

他们或许就住在她家楼下，是她的邻居、同事，甚至是女儿幼儿园某个好友的家长，她叫不出他们的名字，他们却都叫得出她的，那是个全然抹杀掉一个人的独特性，却又让人恐惧的简称：女疯子。

晚上9点，女儿睡了，麦禾坐在漆黑的餐厅不停地喝水，放在餐桌上的手机是亮的。

"麦禾，我大约晚上9点30分到你家，我们见面说。"

母亲终于要出现了，麦禾咬起手指头，母亲又要来救她了吗？她闭上眼睛，睫毛颤动，坐着踩住餐凳上厚实柔软的垫子，抱住双腿，把脸偏歪在膝上，像婴儿回归母体那样蜷缩着，很快，和仇然的争吵嗡嗡嗡地重现在脑海。

"麦禾，你控制点自己好吧？我发誓没做对不起你的事，你听我说，这一年来我试着跟你分开，隔开一点距离，希望自己能想明白，但是我过不去啊，尤其是看见你跪在那儿，脸上肉都抖起来，我是真的怕呀！我要的不多，跟大部分人一样，简简单单、平平安安就行。麦禾，你理解一下我，我不管那是不是意外，具体怎么回事，我们好聚好散，行不行？你放心，我听到的那些话，绝对不跟别人提一个字，你把刀放下，放下……

慢点……"

麦禾的尾椎到现在还在痛，是仇然推的，她一将刀放下，仇然就冲过来狠狠将她推倒，他个头高，身材魁梧，即便每天懒得运动，真要使出全力，她也招架不住。

仇然夺刀后反过来指向她，说："你别装了！你这个精神病！杀人魔！疯子！外婆让你妈去庙里供灯，给被你害死的人超度，我亲耳听到的！你妈让外婆放心，说你现在日子过得这么好，说明那个人已经原谅你了。真操蛋啊！那我呢?! 我就活该被你们家骗吗?! 我说当初结婚的时候，你们家怎么表现得那么大度，一分钱彩礼不要，我还当你们家人都是活菩萨，结果是拿我当冤大头啊！"

她歪坐在地上，捂着脸哭泣。

原来罪恶被审判的感觉是这样的。

那种恐慌、绝望和畏惧瞬间让她明白，过去那些自以为是的忏悔是多么可笑。

从未担责，也从未认错的她终于等来了报应。

麦禾确实什么都不记得了，不记得火是怎么烧起来的，她们都说是她玩火玩大了，可是，仇然却将她的罪从无知指向了毒辣，他甚至还捎上了死去的外婆和一直避着她的母亲。

"你们一大家子都是精神病！你们把人命当命吗？我看你们是盼着你外公早点去死吧！我怎么敢跟你一起过？你疯起来六亲不认，你们一家子没一个好东西！"

"你到底听到什么了？"

"她们说你精神病犯了，放火烧死了你外公，你外婆还跟你妈说死了算了，死得好，没了苗苗也好。造孽啊，还不知道你到底放火烧死了多少人！"

苗苗……

她几乎要忘记那个名字了，以至于从仇然口中听到时，竟觉得恍惚。

这个名字敲打躯壳，她的骨头开始疼了。

在医院与疼痛对抗的日子被麦禾的神经永远记忆，像风湿一样，遇到阴冷就要疼。

她的记忆如果全丢了就好了，但车祸只是撞碎了时光，令它破碎成粉尘，风将它们吹散了，散落得星星点点。她忘了一切，唯独记得一个名字，她没法不记得，因为每一颗钻石般的粉尘都闪烁着那个名字。

苗苗。

她躺在医院不能动的时候就问过外婆，苗苗是谁？那时，外婆坐到床边，贴着她的耳朵，对她说："没事，不怕，外婆在。"

她说头疼、难受，身上的伤又痒又痛，她烦躁地扭动，老人家急得掉眼泪，又趴下来，在她耳边说："苗苗是好孩子，你也是好孩子，都是意外，你别怕，没事了。"

听起来，苗苗像是她的好友，她一直等待见到苗苗，但苗苗从来没去探望过她。出院以后，她再问起苗苗，奇怪的事情发生了，不论是外婆还是母亲都口径一致地对她说，听不懂她问什么，是她被撞糊涂了。

她随外婆搬家，去往新的城市，远离过去的生活，但那个名字却还长存于脑海，她努力忘掉，但越努力就越记得牢，后来，她换了个方法，在脑子里建了一座秘密花园，把那个名字锁了起来，锁在极为隐秘的位置，连自己都很难找到的位置。

这个方法非常有效，她一度隔离了那个名字，直到被仇然翻出来。

麦言秋踩着点进门，见女儿披头散发、失魂落魄，她什么都没说。走到阳台后，麦言秋把窗户打开一条缝，从包里掏出烟盒，取出一支细烟点燃。

香烟的火光微弱，麦禾却觉得很刺眼，她眯起眼睛，叫了一声"妈"。

"别信他，"麦言秋嘴里吐出烟雾，侧身站着，说，"男人就是灾难，没一个好东西，我从一开始就不支持你结婚。把行李收拾好，天亮了跟我走，其他的事，我会帮你解决。"

麦禾觉得寒冷刺骨，鸡皮疙瘩一粒粒鼓出来，她说："你连问都不问一声，那就都是真的咯。"

麦言秋含住烟，双手拇指协作在手机上翻找，然后说："来，我让你听听什么是真的。"

麦禾盯着母亲，看着那烟的火光随着母亲说话的动作晃动，她很好奇母亲要给她看什么，正猜着，仇然的声音从母亲的手机里传出来。

"那幅画是我的！是我应得的！外婆补偿给我，就是我的，凭什么交给你?!"

"你在胡说八道。"

"我胡说八道? 你非要逼着我告诉麦禾是吧? "

"仇然，你要是把我女儿刺激出个好歹，我跟你拼命。"

停顿——母亲的脸被烟雾笼罩看不清，麦禾坐在沙发上全神贯注地听，这一停顿，急得她站起来，她刚想问这是什么，仇然的声音又传出来。

"反正，画，我是不会还给你……不! 它本来就是我的，该是我的! "

"呵呵，你可真够贪的。反正，我只能给到那个数，你要是不愿意就算了。不过，我要提醒你一句，那幅画的所有权做过公证，你拿在手里也没用，根本交易不了，它到了你这种外行手里，什么价值也没有，你要是胡来，我可以告你。"

"告我? 我不告你们，你们反倒要告我? 你们在知情的情况下，把一个精神病塞给我，怎么说? 而且……"

"你脑子是不是进水了? 还要我跟你讲多少遍? 老太太年纪大，糊涂了，和麦禾朝夕相处的人是你，她是什么样，你不知道吗? 你要离婚就离婚，干脆一点! 扯这些干什么? "

电话录音到这里戛然而止，麦禾恍恍惚惚地靠近母亲，觉得自己的脑子成了一团糨糊，母亲的手机在黑暗中翻转，她看到母亲手机的屏保壁纸是个在金庙前祈祷的小男孩，东南亚地区信佛是文化，母亲也信吗? 母亲是为了什么而笃信神明呢?

麦言秋往窗外弹烟灰，看着她说："听到了吧? 他就是个贪婪的小人。他从来没跟你说过外婆给过他一幅画吧? 你们要离婚啦? 哼，见外婆死了，想把事情做实是吧? "

"这是什么⋯⋯什么时候的录音?"麦禾的脸不再反光,泪痕干了,洗过的眼睛格外明亮。

"前几天别人给我带话,我一听就知道你们婚姻出问题了,当时就给他打了电话。"麦言秋扭头向窗外吐出烟圈,继续说,"穷小子没一点骨气,贪成这样!"

03

仇然开着车疾驰在高速公路上,他要回老家,车程八个小时,途经四个省份,路程已经过了三分之二,他留意看了眼导航,打灯靠右,进入服务区上了个厕所,买了点吃的。

长和服务区盖得像旅游景点,美食种类丰富,厕所干净卫生,再往前走的话,其他服务区的软硬件条件就都不行了,吃的只有快餐,厕所更是可怕,地上的积水令人怀疑其化学成分是否过于丰富,更别提还有大便堵在便池冲不下去的极端情况。发达地区和欠发达地区的基建以及管理水平差异还是挺大的,他从故乡出走已有十七八年,习惯了高效有序、品位高雅的生活,再也回不去了。

通过收费站,仇然再次将车驶入高速路,路面的驾驶感明显没有之前顺滑,他厌恶地重踩油门提速,以超速15%的速度行驶以尽早结束路程。到家时,正是晚饭的时间点,仇然这趟回来没有提前告知父母,所以桌上没有十碗八碟等待他,他看见父母面前放着一口锅,锅里烫了乱七八糟的剩菜,老两口正准备动筷子。

"跟你们说了,剩菜吃不了就倒掉,不要舍不得,你们这么吃要生病的。"仇然做出大孝子的样子,很不高兴地说。

他要离婚的事情,父母已经知道了,老两口在电话里把他臭骂一顿,一开始是骂他脑子发昏,坚决不同意,后来听仇然说了原委,又因为震惊不已没了主意。老两口琢磨了一整夜,想明白了,一早给仇然打电话下达指令说:"婚可以离,房子、车子、孩子,一个也不能让!"

见儿子形单影只地回来，仇母不甘心地拨开儿子看他身后，用埋怨的口吻说："你怎么一个人回来了？我孙女呢？你们两个打架，把孩子交给我们呀！"

仇父问："房子和车子拿回来没有？"

"还没离呢。"仇然说。

"怎么能不离呢?!"仇父不悦地说，"你看看你办的这叫什么事！"

仇然本就心情烦躁，被父母一说，就像被抽了主心骨，整个人软成团烂泥往沙发上一倒，嘟囔说："当初还不是你们非要催婚。"

这话听得仇父更气，他鼓起眼珠子，说："谁让你找女疯子了?!"

"那我也不知道呀，我是被骗了，你们不是也没看出来吗？还一直夸她好。"仇然说得很委屈。

"你还怪我们？还不是你贪她长得漂亮，帮她瞒着我们，不然那个瘸子能进我们家门?!"

仇然被父亲说中短处，气急败坏地回嘴说："那你们倒是早点拿钱出来给我买房啊！早点拿出来，我跟陶芸不早就结婚了，还轮得着她麦禾?!"

"好了，好了，都别说了，"仇母站出来打圆场，她一边给儿子使眼色，一边对丈夫说，"肯定是上次甜歌学麦禾翻白眼被儿子发现不对劲，这才露馅的，对吧？"

仇然被宠坏了，并不消受母亲的好意，他躲开母亲的抚摸，说："没有，我去年就知道了。"

"去年？"听到他这么说，仇父的火又蹿起来，"那你怎么能拖到现在才解决?!难道还真准备跟那个疯婆子过一辈子？我跟你说，离婚算便宜她了，我还没跟她打官司要赔偿呢！精神病是什么病？遗传！她在污染我们家的基因！做事这么昧良心，将来甜歌要是遗传了她的病，我看你们怎么办！"

"别说了，老头子，你别说了……"仇母悲伤地哭起来，边哭边说，"我马上收拾东西跟你回去，我去跟小麦谈，我倒要看看她是怎么个说法。"

"你别去，她真发疯呢。她拿把刀要杀我，快给我吓死了。"

这件事仇然想起来还心有余悸，父母听了也都倒抽气，半天接不上话，仇母又吧嗒吧嗒地掉眼泪，怕招人烦，她别过脑袋把眼泪擦掉，恶毒地诅咒麦禾一家人。

半晌，仇母站起来，走到大门边，从老式衣帽架上取下她的玫红色尼龙布包，说要出去买点卤味熟食，给儿子添两个菜。仇然再三说不吃，推辞得像发怒一样，扬言买回来也不吃，仇母这才作罢，悻悻地又把包挂回去。

这时，仇然问起正事，他叫父母把那幅画拿出来。

老两口本打算去吃饭了，天冷，烫的一锅熟凉得快，但儿子一问，他们又丢下碗筷，从阳台拿来梯子，仇父站到梯子上，打开卧室顶柜的门，从里面摸索出一个精美的长条形锦盒。

仇然急忙伸手接过，缎面盒子手感极好，他目光贪婪，扬扬手说："行了，你们去吃饭吧。"

仇母离开两步，很快又走回来，问："怎么？她跟你要这幅画了？"

仇然心里本就七上八下，他舍不得这幅画，又担忧自己保不住它，母亲把他问得很烦躁。

仇母看他沉默，急得又问了一遍，他才不耐烦地说，麦言秋找他要了。

"你不是说她不知道这幅画的事吗？"

"麦禾外婆去世了，估计是清点老人家遗物的时候发现少了东西。"

说到这里，仇然心里愈发恼火，他去找了麦禾才意识到自己有多蠢，麦禾压根不知道画的事，他却被麦言秋一诈就忙不迭地承认了，早知道就该打死都不认，说不定这画能神不知鬼不觉地昧下来。

那样的话，就能把一切交给时间，等到麦言秋死了，等到她的东西都变成遗产，到时候再让甜歌去要，要是那时候跟麦禾不对付，大不了就等到麦禾也死了，等到麦禾的东西也变成遗产，无非是时间久一点，可艺术品这样的东西正是越老越值钱。

"那你是要还给她呀？"仇母小心翼翼地问。

"没有。"

"那麦禾能同意？"

"她还不知道呢。"

听儿子这么说，老两口才出去吃饭了，饭吃得不安心，两个人心事重重地吃得风卷残云，五分钟就把一大锅熬煮得没了样子的食物灌下肚，然后把锅碗丢进水池子，忙不迭地又跟进房里。

画被展开了，放在床上，仇然站在一边无言欣赏。

古画上画的是崇山峻岭，瀑布高悬，房舍、人物若干，草木茂盛，溪水潺潺，右上自题有"夏山高隐"，盖的印鉴是"大千居士"。

仇然一家人都不通文艺，仇父仇母早年是公交公司的驾驶员和售票员，公交公司改制以后，一个出来给人开出租，一个有的没的地打临时工，仇然是理工科背景，别说赏画鉴画，上大学以前他甚至常把达·芬奇和达尔文弄混。

得到这幅画以后，仇然没少花心思查询核对，麦禾外婆把画给他，请求他跟麦禾好好过一辈子，她再三保证这幅画相当值钱，值钱到足以传家。

当时他懵懵懂懂，后来在网上查到《夏山高隐图》是元代画家王蒙的代表作，原作收藏在故宫博物院，他气得差点掀桌子，打电话质问外婆是什么意思，外婆说他不懂行，这画确实是仿作，但因为画仿作的人太过有名，因而比原作更值钱。于是，他又没日没夜地在网络里核实，结果还真的查到了拍卖名录，看到了仿作比原作价高十倍的案例，而且，画家也是同一人。他乐得做美梦，梦里天上下的雨落在地上变成了金豆子。

他之所以忍了一年都不跟麦禾提离婚，就是觊觎外婆的藏品，他揣测外婆不止拥有那一幅画，他和麦禾的婚姻虽然不幸，但老天爷是公平的，总会在别的地方补偿他。

"我看啊，要不就把画还给她们家算了，我们不贪她们的。"仇父站在仇然身后，说，"这个画也不知道真的假的，我看她们家人都不牢靠，真要有钱，买不起大房子给她女儿住？"

"就是，我们把房子车子拿回来就够了。然然，你可不能糊涂，房子不能给她，当初付首付，她妈就给了五万，我们给了你五十万！房贷这么多年也是你在还，那房子就该是我们的。"仇母睁着红通通的眼睛，急切地说，"你就跟她谈房子的事，请她从房子里搬出去，画还给她，我们别被坑了。"

"你们知道这画值多少钱吗？"仇然抬起眼皮，鄙夷地扫视双亲茫然的脸，说，"画比房子值钱。真要能交易，按市场价，这画能买十套房。"

"你说什么？"仇母震惊地朝前疾跨两步，貌似是想上手摸画，但又因为惶恐急停脚步，胖硕的身体像遇风的芦苇那样摇动。她端着手，再次确认道："多少？十套房？"

"会不会弄错啊？"仇父怔怔地问。

"原本我心里是打鼓的，但麦言秋打电话来说她给两百万，让我把画还给她，跟她女儿离婚。"仇然嘴角一扯，不屑地说，"她当我傻呢?!谁会花两百万买一幅假画？这肯定是真的！而且，她竟然一下子拿得出两百万，无耻！这么有钱，当初我们买房子的时候她就出五万！"

沉默短暂地填满这间不足十五平方米的卧房，每个人都在凝视那幅画，不敢相信，又不愿不信。

"这个事，你准备怎么办？"仇父问。

仇然心里发愁，他说："爸，我怕吓着你们，有些事没全都告诉你们。其实，麦禾……麦禾的病不简单，她小时候纵火烧死人了，她外婆给我画其实是想把这件事瞒下去。但是这画的所有权吧，貌似在麦禾她妈手里握着，不好办啊。"

仇然几句话说得父亲脸色变了几变，他慢慢坐在床沿上，扭头看着儿子口中价值十套房的画，摇摇头说："这一大家子恐怖得很，说不定干过什么丧尽天良的事，我们得赶紧摆脱她们。"

仇然心不甘情不愿地说："那我们也不能白叫她们欺负这么多年吧？"

他的言下之意就是不肯还画，仇父盯着儿子看，琢磨了一会儿，说："这件事，麦禾什么意思？你跟她妈说得上什么话，你得跟麦禾商量着来。你们离婚了也都还是甜歌的父母，都得为孩子考虑，不要老是想着自己，是不是这个理？"

04

仇然说一旦起诉，就死咬她有精神疾病，让她陷入两难的局面，自证无病的话，火灾的事就得被翻出来，承认有病，那可能就得不到甜歌的抚养权。

一开始，麦禾是很紧张的，但是母亲的出现让她明白了，仇然跟她闹来闹去，争的不是甜歌的抚养权，而是赠画的所有权。

虽然有了判断，但麦禾还是去了一趟律师事务所，找律师咨询婚姻困境。律师告诉她，仇然的说法纯属无稽之谈，除非她丧失了行为能力，否则的话，真打起官司来，失业会比失控更容易让她陷入劣势。

专业人士的话听得就是放心，麦禾觉得轻松不少，可没想到的是，她刚走出律所的大楼，就发现工号无法登录移动办公系统，她站在十字路口茫然四顾，想起来旷工已经三天了。

麦禾打电话给胡娇询问事情还有没有转圜的余地，胡娇说领导因为她的事情挨批了，人力资源部要求按规章制度尽快处理。听到胡娇这么说，她明白没法再争取了，想了想，她给仇然打去电话约见面，仇然说正好，他也准备约她。

南湾会所，408 包间。

仇然盘腿在榻榻米上坐着，看到麦禾，他叫来服务员去给他们拿茶点。

服务员端上来麦禾最喜欢的乌梅糕和特级滇红，仇然叫她喝点茶，说她黑眼圈太重，红茶静心。

麦禾嗅到一丝不妙的奸猾，警惕地坐下后，她问："干吗不在家里谈，要到这种地方来？"

"你不是喜欢这个会所吗？"

仇然说的话，麦禾一句也不信，她想了一会儿，冷笑着说："你是怕我又拿刀子吧？"

"你瞧你这话说的。"仇然不好意思地笑，说，"你不是说你没病，说都是意外吗？我是相信你的。"

"行了，"麦禾觉得气闷，她板着脸开口说正事，"婚可以离，但女儿必须归我，其他的都可以谈。"

"行吧。"

仇然的回答让麦禾意外，她本以为他还要故作姿态地跟她纠缠一番，没想到才几天工夫，他又变了主意。她觉得一头雾水，心里很不高兴，当场拉下脸说："你到底什么意思？一会儿要一会儿不要的，就是养宠物，你也不能这样吧！"

"这不是正合你的心意吗？难道你不愿意？"

"我现在问的是你，"麦禾忍不住拍了桌子，"万一过两天你又改变主意了呢？"

"不会了。"仇然答得又快又坚决。

麦禾愣住，脑筋高速运转，她问："是你爸妈的意思？"

"哎呀，我们的事情我们自己解决，你不要拉扯别人，好吧？"

麦禾懂了，要女儿的抚养权是仇然父母的意思，放弃也是他父母的意思，他们的争取和放弃与爱无关，而是怕吃亏。麦禾想，那天仇然来找她要抚养权，回去后肯定又跟他爸妈汇报了，他们知道了她提刀叫杀的恐怖样子，于是商定像甩掉残次品一样将她的孩子扔了。

"仇然，你真是低估了一个母亲的愤怒，信不信我现在就拿开水泼你！"

"你就不要放狠话吓唬我了，我已经这样了，你还要怎么毁我？"

仇然没精打采的一句话杀伤力十足，麦禾觉得自卑，瞬间气馁，不想再拉扯。

"画还我，"麦禾说，"房子还你。"

仇然怯怯地偷瞄麦禾，他想她知道了也好，本来今天他约麦禾就是为了谈画的事情。

"你拿到画后要怎么办？"

"仇然，那是我妈的东西。"

"那是外婆的。外婆已经去世了，她给出去的东西，叫赠予，你懂不懂？"

"就你懂，那画是赠予谁的，还要我点破？"

麦禾横了仇然一眼，仇然语塞，他端起茶杯，喝了一口，开水烫得他舌头疼。

"画还我，房子还你，离婚，孩子归我。我们两清，你没吃亏。"

"你好好说话。我这趟回家，你知道我老爹老娘都在吃什么吗？他们吃的连猪都不如，剩菜搅拌在一起，你知道我看了多难过吗？买房的首付都是他们一分一分省出来的，房子本来就是我爸妈的，我哪有资格充大方？当然，你妈那五万块我可以还你。"

麦禾看透了仇然的自私，他心里只有他自己，别说她，就是女儿也不在他考虑的范围内，她心里冰冷，除了恨意，还有悲伤，她不由得想起她的父亲，那个自她出生就抛弃她的男人是不是也跟仇然一样无耻？

"房子的事我已经说了，请你回答我，画什么时候还来？"

麦禾不受干扰，句句不离那幅画的态度令仇然招架不住，他憋得脸红，在家和父母商定要说的话此时竟然说不出来。父母是父母，老婆是老婆，他还是有羞耻心的，不愿意让麦禾看不起，但是一想到那幅画的价值，心里又跟爬了虫子一样难受，他咬咬牙，终于还是决定了。

"画，我不能给你，但是我不是为我自己争取，而是为了甜歌。"

麦禾嗤笑，像早有预料一样淡然地端起杯子，抿了一口茶，嗯，是好茶，滋味爽醇，带着巧克力的香气，仇然是下了血本的。

"你别笑，那幅画放在我这里就是更安全。而且，我劝你尽快找你妈把授权搞定，需要我配合的地方，我保证配合，去公证处、律所，都行，把所有权变更到甜歌身上，由我代为保管，这是最好的法子。我再强调一遍，我不是为我自己，是为了甜歌，不管你信不信，为了甜歌，我愿意担这个骂名。将来，等她结婚的时候，有这笔钱，日子就能舒舒服服地过了，现在这个社会，钱就是万能的，你不希望她轻轻松松地生活吗？"

麦禾不解地望着仇然，心里琢磨他是不是误会了什么？还是她误会了什么？

母亲说那画并不值钱，她之所以提出要用两百万来跟仇然换画，其实是在为麦禾争取现在的住处，母亲说给他两百万，条件是还画和仇然净身出户，但仇然太贪，他不干。

母亲的话可信度高吗？麦禾不能确定，因为她发现了母亲在别的地方编织谎言，所以对母亲并不信任。

"那画很值钱？"

"上千万！上不封顶！"仇然几乎吼出来。

这个数字确实够震撼，麦禾呆住了，难怪，一说起画，仇然就不蔫巴了，说话的精气神跟打了鸡血一样。

"你懂画？找人鉴定过了？"

"外婆说的，我信外婆。"仇然顿了顿，又说，"其实，我本来也不信外婆，但你妈骗我，她一骗，我就信了。"

"我妈骗你什么了？"

"她说那画是仿作，不值钱。我傻啊？不知道自己上网查？是不是仿作不重要，重要的是谁画的，差不多类型的作品，拍卖会上拍出多少价，我会查不到?!"

麦禾的眉头皱得更紧了，母亲也说了那画是仿作，所以，到底是哪个环节出了问题？一时间她没办法判断，想了想，她问："干吗放你那里？我怎么就不能拿着了？"

"你妈的生意太不稳当，一刀穷，一刀富，一刀下去穿麻布。你拿着画，你妈问你要，你给不给？你给出去，将来还能不能回到你手里，就不好说了。"

"我妈是玉雕师，不是赌石头的。"

"你啊，还是太单纯。近朱者赤，近墨者黑，这句老话总听过吧？退一万步说，你妈不赌石头，就是玉雕师，那她的东西是不是你的？是你的，早和晚又有什么关系呢？你拿我做借口，挡掉你妈，早日落袋为安难道不好吗？去公证还是去找律师签协议，都随你，我都做得这么周全了，你还担心什么呢？"

麦禾愣住，她不可思议地反问："你让我跟你一起骗我妈？"

仇然啧了一声，说："你妈跟你有我妈跟我亲近吗？你了解你妈妈吗？你真的有信心她的东西将来就都是你的吗？远的不说，就说眼前，外婆去世了，她的遗物跟你有半毛钱关系吗？"

仇然问的问题，那天，麦禾没给出答案，她说回去想一想。

三天后，离婚冷静期结束。冷静期结束的次日，麦禾和仇然一起去律师事务所咨询逝者赠予物的物权归属问题，根据律师的说法，想要合理合法地拿到那幅画，麦言秋是绕不过去的一道坎。

他们已经决定要结束夫妻关系，但因为一幅画，又结成了另一种关系。

被利益驱使的关系会比因爱结成的关系更牢靠吗？麦禾觉得仇然看她的眼神都变得柔和了，他面带笑意，春风得意，她心想，他大概是得到解脱了吧。

这个世界上还有哪一种邪恶比联合外人吃掉家财更无耻？有她做对比，仇然都变得高尚了。

麦禾想象母亲对这件事的反应，母亲会不会勃然大怒，破口大骂？

母亲会骂她什么？

绝大多数情况下，人只有被逼急了，才会把真话说出来。母亲一直都在维护她，如果母亲知道她跟仇然站成一队来对付自己，会不会把她做过的事都翻个底儿掉，用她的过去证明她的邪恶是出自本性？

"冷静期结束了，三十天内要去领证，你抓紧点时间。"

听到仇然的提醒，麦禾回过神，她说："还剩二十九天，我比你算得清。"

"那个，"仇然摸摸鼻子，又说，"我想把蔚蓝海岸的房子卖了。"

"等等能死吗？"麦禾面无表情地说，"好歹让甜歌把这学期的课上完。"

"哦，那也行。"仇然脸红了，他心里明白自己是对不起女儿的。

政务区开阔的广场上四面都是风，两人在风中沉默相对一会儿后，仇然说先走了，麦禾叫住他，问画在哪里。

"在我爸妈那里，"大概是觉得拉老两口下水太过羞耻，仇然又说，"你别误会，他们不懂画，只是替我收着。"

"提醒一句，收藏画对空间的温度、湿度有要求，弄坏了可就一文不值了。"

"知道了。我回头买个恒温恒湿的柜子。"

麦禾一直不觉得自己被艺术滋养过，没想到走歪门邪道的时候倒用上了专业知识，望着仇然离去的背影，她长长叹气，事情到了现在这一步到底是"黑吃黑"，还是"黑吃黑吃黑"？

答案在筛盅里，盖子还没开。

05

那晚，麦禾要求母亲把火灾的详情讲述给她听，十几年来，她第一次这样要求。

"你在家玩火，意外引起火灾，看家里烧起来，你跑出去找人救火，因为太害怕、太着急，没看路，被一辆下坡的小轿车给撞了，就是这样。"

"后来呢？"

"你当场昏过去了呀，送到医院去一检查，全身都撞碎了，骨头断了六七处，最麻烦的就是髋骨，治疗最久吃痛最多的也是髋骨，你配合治病，忍痛做康复治疗，坚强地活下来……"

"妈，你把我说得像个圣人。"麦禾打断麦言秋，肃然地看着她，说，"玩火玩得如此不可收拾，是点了煤气吗？"

她这句话把麦言秋的表演生生掐断，母亲挥舞的双手顿在半空，滑稽地定在奇怪的角度，仿佛是在陪她玩"一二三，木头人"的游戏。

麦禾沉重地呼吸。

十六年前从昏迷中苏醒时，她的身体是发育成熟的，但心智仍是个孩子，她需要被保护，也没有勇气面对，很多问题她早就想问了，之所以没问，是因为心存侥幸。她天真地以为外婆、母亲联手给她搭建的安全屋足以抵抗风暴。如今安全屋摇摇欲坠，她能感觉到母亲正在费尽力气加固它。

她虽然丢失了八年的记忆，但是对童年还是留有印象的，有几件事她还是记得的。

比如，她记得母亲湿漉漉的脸颊。

印象里，母亲曾经很爱她，总喜欢抱着她亲，夸她乖、听话，是最好的宝贝，但是母亲脸颊的触感是湿滑的，似乎母亲总在大哭大闹后依靠拥抱她汲取力量。

比如，她记得鲜血的咸锈味。

出课间操的时候，她从楼梯上摔下去，鼻血止不住、倒灌在嘴里的恶心感直到现在她都记得住。小学一年级快结束的时候，因为总是莫名其妙地摔跤，她请假在家，连期末考都没有参加，外婆捧着她的脸说暂时不去学校了，在家养身体，养好再去学校。

再比如，她记得外公的唾沫星子。

无论是开怀大笑还是疾言厉色，她的外公都控制不住自己的唾沫星子，外公的胡子很蓬很长，有时候他的胡子能接住他的唾沫星子，有时候接不住就落到她脸上。

"我当时不在现场，我只知道这么多。"麦言秋说。

麦禾迅速捕捉到母亲的意图，她的算盘打得精，什么话该说，什么话该推给再也无法开口的外婆，她心里有盘算。麦禾笑笑，说没关系，那就聊点别的，麦言秋听麦禾这么说，又从烟盒里摸出一支烟，点烟的时候，打火机推了两次。

"苗苗是谁？她怎么了？发生火灾的时候她也在？"麦禾问。

麦言秋吸了一大口烟，吐出烟雾时，她说："我已经说过了，你被车撞了，胡说八道、幻听幻视，这些都是车祸的后遗症。"

茶几上没有烟灰缸，麦言秋跑去餐厅拿了个玻璃杯，把烟灰弹在玻璃杯里，她一边走，一边打岔，问仇然现在住在哪里。

"妈，你就打算一直这样保护我吗？"麦禾严肃地看着母亲，说，"你把实情告诉我，才是真的帮我。否则的话，这次是仇然，下次又会是谁呢？非得等我落到绝境，无路可退了，你才肯说吗？"

麦言秋走到麦禾面前，伸手在麦禾紧绷的脸上抹了一把，这样的亲昵令麦禾很不习惯，感觉身体里一直顶着的一口气开始散了，她不得不嘶吼着对抗，喊道："你再不说，我就自己去查！我去找邻居！找学校！找小时候的玩伴！我不信问不到！"

麦言秋没料到麦禾的态度如此坚决，她吓了一跳，僵直地站着，好半天才说出一句"你找不到"。

"想找就一定找得到！"

"你不是问过外婆，为什么你都没有小学、初中的毕业照吗？外婆说是搬家的时候丢了，她骗你的。"

"什么意思？"

"你小学一年级被退学以后，就再没有去过学校，转学也只是挂名，你不去上课，在家补习。你没有同学，也没有朋友，就跟高中时一样，你被挂在补习学校某年某班，但从未进教室正经念过书。麦禾，你的校园生活是从大学开始的。"

母亲的话让麦禾愣住了，高中没有去学校是因为车祸受伤，小学和初中为什么也这样？

麦禾的眼皮不受控制地猛跳，她嚅动嘴唇，声音弱下来，问："这跟苗苗有什么关系？没有同学，还有邻居……"

"女儿，"麦言秋打断她，淡淡地问，"你终于知道怕了？"

麦禾瞬间就明白了，她有病，她真的有病！

看出她的恐慌，麦言秋再次朝她伸出手，一左一右放在她的肩头，说："别怕，都是过去的事了，过往那些病历存在的意义只是为了帮助你获得新生。别再回头，往前看，相信自己，你会越来越好的。"

身体被母亲牢牢控住，麦禾没办法躲，她有点想哭，但忍住了，不依不饶地问："所以，这跟苗苗有什么关系呢？"

"儿童的精神世界很复杂，也很有趣，每个孩子都有自己的假想玩伴，只不过，有的陪伴他们时间长一点，有的时间短一点，有的真实一点，有的虚幻一点。"

"你是说苗苗是我假想的？"麦禾确认道。

"是的，"麦言秋说得斩钉截铁，"我早就这样说过了。"

"那你为什么不早说清楚？"

"我害怕你有心理负担。你能答应妈妈不胡思乱想吗？不要给自己心理暗示，不，不要给自己负面的心理暗示，记住，你始终都是好的，是最好的。你现在跟着我一起说，说你没病，你很健康，你是最好的。"

"我……"麦禾觉得肩膀被母亲捏得生疼，她鬼使神差地服从了，说，"我没病，我很健康，我是最好的。"

之后，母亲放开她，端着玻璃杯，去阳台抽烟。麦禾戳在原地，一动不动，觉得自己像被下了咒一样，这一幕好熟悉，仿佛体验过，她回过神来，愈发不安，跟去阳台继续追问。

"撞我的司机叫什么？他把我撞成那样，怎么判的？"

"唐虎，蹲了两年，但没钱赔。"

"他在哪条路上撞的我？"

"临海路。"

临海路——蔚蓝海岸小区外最近的一条主路也叫临海路，麦禾相信全国有不止一万八千条临海路，但她不相信车祸也发生在临海路。

"不，是盘垣路。"麦言秋注意到麦禾的眼神，迅速改口，"我是记岔了。"

母亲在说谎，她是个说谎的高手，可是言多必失，她总会有漏洞。麦禾很失望，她没有力气再和母亲斗法。

麦言秋只在海市待了一晚，那夜交谈后，她想留下来，但麦禾把她赶走了。麦禾以其人之道还治其人之身，说："你留下来干吗？留下来，看住我这个精神病人？"

第二天一早，麦禾从儿童房出来，看到餐桌上留了张便条，便条上放了一张卡，她看到母亲给她的留言。

"麦禾，离婚后带上甜歌跟我走吧，现在我可以给你们提供很好的生活，卡里有二十万，密码是你生日，你先用着，有任何地方需要我帮助，随时联络，妈妈的手机二十四小时开机。"

她把那张纸揉成一团扔了，卡放进卡包收了起来。

她想了一夜，不相信苗苗是自己的假想玩伴，她的感觉不一样，那应该是她曾经亲密的伙伴，是个活生生的人。

她不知道该怎么撬开母亲的嘴，听母亲说实话，直到和仇然见面，她才发现或许那幅画是机会，为此，她祈祷母亲的弱点是贪婪。

胡娇打电话来问她何时来办离职手续，麦禾把确定要离婚的事告诉胡娇，说终于还是弄假成真。胡娇惊呼，然后苦口婆心地说："那你更要工作了，离职证明总要开的，跟领导好好说说，将来做背调的时候也不用提心吊胆，是不是？"

她感激了胡娇的好意提醒，请胡娇转告 HR，她明天一早去公司办离职手续。

第二天，麦禾很早到了公司，她特意早到，是为了好好收拾工位上的私人物品，但她的工位已经被清理一空，于是，她只能傻傻地坐着，等到 HR 到了后一问，才知道她的东西被打包封箱了，她打开箱子检查了下，女儿的相片、刚刚拆封的护手霜、加热杯垫……都在里面。

"真没想到，"胡娇说，"也不知道是不是我给你出了馊主意。"

"哪有，跟你没关系，其实这一年的生活跟离了也没区别，想明白了，也没什么。"

"嗯，就是可怜了小孩。"

这话正戳在麦禾的痛处，她很难再笑出来。胡娇知道自己说错话，忙往回找补，说："孩子适应能力比大人强，我们当妈的总是瞎操心。"

"领导呢？出差去了？怎么不在？"麦禾问。

"昨天被拉着去参加销售那边的庆功会，喝多了，一会儿肯定来的。"

胡娇陪同麦禾一起去办理离职手续，有胡娇做缓冲，同事们对麦禾恢复了往日的热络。她离婚的消息已不胫而走，个性奔放的同事摆弄她特意背出来的名牌包包说漏嘴，表示羡慕她有颜有钱有自由。麦禾看了眼胡娇，胡娇避开视线，随手抓起文件盒里的一件东西，说："哟，你都用上了？"

麦禾本来就没指望胡娇会帮她保守秘密，她的目光从胡娇因遮掩而略微尴尬的脸上下移，看到胡娇拿在手中的文件袋。

牛皮纸袋上印刷了一个由许多书简、碑拓残片拼接成的玉如意。

又是八破图！麦禾已经快要把八破图忘掉了，它竟又一次强势出现在她的生活里！

06

"虽然有点怪，但挺漂亮的，对吧？"

胡娇拿着文件袋冲麦禾摇晃，麦禾看得头晕，当听到胡娇内行地向她介绍文件袋上的图案叫锦灰堆，又叫八破图后，她更是起了一身鸡皮疙瘩。

麦禾凝视胡娇的脸庞，此刻，她宛如惊弓之鸟，只觉得围绕着自己的一切都不对劲。

自从那次博物馆看展之后，她就觉得生命里有什么东西被撬动了，还没弄清楚那到底是什么，剧变就已发生，一下子好像人人都能将她勘破，知晓她的弱点。

"哟，你怎么了？脸怎么变这么白？"胡娇拉住麦禾的手，回以关心的注视。

麦禾指着她手里的文件袋问："哪儿来的？"

"前几天你不在的时候，有人来看领导，带来好多伴手礼，见者有份，我没拿文件袋，拿了个马克杯。"

胡娇的手当空一挥，麦禾的视线跟着一转，这才发现她早就被八破图包围了。

招聘组的工位上有两个八破图纹样的马克杯，薪酬组那边的是八破图团扇，同样的文件袋培训组的丁雯雯也在用。

"谁呀？谁送来的这些东西？"

"不认得，听说是领导以前的助理，一个小姑娘剃个板寸头，脖子、手腕上全是串串，酷得很。她自己创业，开公司的。"胡娇一边回答麦禾，一边问办事的 HR："她是不是来拉业务的啊？下个季度办公用品采购是不是要加供应商呀？"

HR摇摇头表示不知道，她找麦禾要工牌，然后给了麦禾一张表格，叮嘱麦禾去找IT部门的同事格式化电脑硬盘，等IT的同事把字签了，就可以来拿离职证明了。

麦禾把工牌留在桌面上，忍不住又瞄了一眼八破图文件袋。

板寸头的小姑娘？麦禾想不起来曾认识这样的人。

胡娇挽住她的胳膊说："你喜欢？喜欢的话，我那里有个杯子。"

"不用，你留着吧。"麦禾说。

远远地，麦禾看到领导办公室的门开了，她和胡娇示意自己去打声招呼，胡娇点点头，放开她。

麦禾态度端正地就旷工一事和领导道歉，她说："离职手续办好后，我就走了，感谢您一直以来对我的包容和帮助，很抱歉，因为私事让您为难，请您原谅。"

麦禾站得笔直，笑得端丽，洁白的羊绒大衣和暖橘色的围巾衬得她气色极好，在生活崩坏的此刻，她需要通过完美的谢幕找回失去的尊严和自信。

领导递给她一张名片。

"我以前的一个小助理回来创业了，想招个行政，岑溪，还记得她吗？不记得了？没事，她在公司的时间很短，不记得也正常。她现在开设计公司，如果你需要找工作，可以联系她，就说是我推荐的。"

名片是黑色的，背面是一条烫银的鱼，正面以"岑溪"两个字为核心，向外散出一圈圈的圆，写满了她的头衔、联络方式、工作室地址等信息，麦禾捏着名片，说："谢谢领导，我会认真考虑的。"

办完离职手续，胡娇留麦禾吃饭，麦禾扯了个理由拒绝了，胡娇又说："那周末呗，周末我们一块去逛逛，你带上甜歌，我们去文玩市场淘珠子。"

"下次吧，等我忙完这阵子。"

"哦，那行，你随时跟我联系，别把我忘了。"

"好，以后还有机会聚的。"

"就是就是。"

"胡姐，我一直没问过你，你是哪里人？老家哪里的？"

"我就是本地的呀，怎么了？"

"你……你认识一个叫苗苗的人吗？"

"不认识，谁呀？"

麦禾嘴角抽搐，没有回答。

她觉得自己越来越疯了，竟然怀疑胡娇是故意拿八破图刺激她，她甚至想到了苗苗，怀疑胡娇跟她有仇，理智尚存一线，她知道问题不在胡娇，在她自己，是因为她心里有鬼，才会疑神疑鬼。

胡娇一路将麦禾送进电梯间，电梯门合上的一瞬，麦禾看到胡娇的肩膀沉沉落下，似乎是叹了一口气，她想，她们都很清楚，从今往后，交集不再，渐行渐远是注定的事情。

走出办公大楼，麦禾已完全将岑溪回忆起来。

岑溪在公司待的时间不长，有点人来疯，试用期未结束就因为工作失误被开掉，再回来时，摇身一变，成了老板，做的还是八破图周边的生意，这还挺让人意外的。

她突然想见一见岑溪。

岑溪的办公地不在商业写字楼内，而在居民小区里，是个砖混结构的老房子的一楼，老房子经过改造，调整了入户门的位置，小院子的围墙重新砌过，由于季节原因，花园里有些萧条，从大窗户看进去，屋内十分整洁，干净得仿佛没人在此工作一般。她看到一个人影，一个剪着板寸头、穿着绿色高领羊绒衫和灰呢子背带裤的女人。

外墙上钉了一挂复古欧式手摇门铃，麦禾扯动黑色的麻绳，门铃发出铛铛的好听的响声。岑溪跑来开门，她灿烂地笑着，热情地和麦禾打招呼。

"你换了新发型？头发这么短啦。"麦禾亲切地笑着。

"是呀，"岑溪的胳膊绕到身后，在腰上比画了一下，说，"以前我的头发有这么长。"

老房改做工作室，动了房屋结构，为了更敞亮，屋子里的非承重墙差不多都被拆掉了，这种 20 世纪 70 年代的老房，建筑面积大都不会超过六十平方米，但这么一改造，乍一看却比一百多平方米还要开阔。

麦禾伸手在桌子上摸了一把，桌子很干净，太干净了，空空一张桌，连电脑都没有。

"你平时不在这里办公吧？"

"新起炉灶，什么都还没开始弄，你是第一个访客。你怎么样？我上次去公司的时候没见到你，听说，你打算离职了？"

"嗯，已经离职了，上午刚办的离职。"

"干吗离职？工作不满意？要不要到我这里来看看？我正缺一个大管家。"

"哎呀，真好。不过，我家孩子身体不太好，最近总是生病，先把她照顾好再说吧。"

"没关系的，你随时想过来都行。大家都是老朋友了，如果还能在一起工作，肯定会很愉快。"

"好的呀。"

老朋友？岑溪用的这个词让麦禾愈发用力地提起笑肌。

那年，岑溪离开公司，是因为在工作中犯了低级错误。当时公司正准备上线一款升级后的新产品，花很多钱请明星代言，租用最好的摄影棚拍摄广告。广告开拍在即，其他人却发现岑溪带进棚内拍摄的产品是旧版的，于是所有人停下工作等待她调换新产品，包括明星大腕，时间一分一秒过去，租用的摄影棚按时间计费，那是实实在在的一寸光阴一寸金，等她气喘吁吁地跑回来，副导演当众开骂说她上班不带脑子。

广告拍摄完成后，岑溪就离职了，但她肯定是不服气的。想起岑溪离开时的眼神，麦禾知道岑溪在责怪她，因为那项准备物料的工作原本该是麦禾的，是岑溪主动请缨要帮她，才领了那份活。但麦禾没有去解释自己，也没有去假模假式地安慰，从某种程度上说，她是社会达尔文主义的忠实信徒，内心冰冷无情，像台机器。

麦禾注视着岑溪的双眼，曾经这双眼睛充满孩子气，有一种夺目的热诚，如今那股神采没了，看起来异常疲惫。她的同理心在做了母亲之后慢慢长出来，她想岑溪应该很不容易，创业者的名号听起来好听，实际吃的苦头恐怕不会比社畜少。

胶囊咖啡机传来嗡嗡的作业声，不一会儿，岑溪端着两杯咖啡走来，麦禾嗅了嗅香气，说："画中国画，长洋人胃，你这也算中西结合了吧？"

岑溪愣了一下，嗔怪说："那刚刚问你喝什么，你说随便，我这里也有茶的呀。"

"我开玩笑呢，"麦禾举起咖啡，抿一口，夸赞说，"好香。"

她们刚刚重逢，还不够熟悉，所以时间过得很慢，麦禾环顾四周，看到一整面白墙上只嵌了四枚无痕钉，她问岑溪："怎么没挂画？"

岑溪看了看时间，说："快了，就快送过来了。"

"你的创业项目是什么？我刚从公司过来，看到你送给同事们的礼物了，挺好看的。"

"那叫墨拓八破，我准备把它市场化，跟文具、生活用品，还有服装做融合。"

"你真厉害。都是你自己画的吗？怎么画的呀？"麦禾见岑溪笑了，她也跟着笑，说，"我是不是问得特别外行？"

"墨拓八破是拓出来的，不是画出来的。"

"啊？是吗？我以为八破图都是画出来的呢。"

"有一个分水岭，六舟之后，八破图不再采用拓印的方式，而是用毛笔、彩墨绘制。"岑溪啧了一声，哈哈笑出声，说，"咦？你是行家呀，我怎么感觉你在考我？"

"哪有，你说的话我都听不懂，六舟是什么？"

"是个僧人，也是个全能艺术家。"

"画八破图的人多吗？我之前带女儿去博物馆，听讲解员说，像这种小众非遗，传承很成问题，挣不到钱，很多人要么画着画着就不画了，要么就改行了。"

"是，正因为这样，非遗艺术才更需要被市场化，要有更广阔的舞台，推动比保护更加迫在眉睫，我现在做的就是这方面的事情。"

"你真厉害。"

"夸我不如加入，大家一起动起来，让改变真正发生。"

麦禾笑意很深，她连连摆手，说："你真的不一样了，当了老板，说话一套一套的。"

岑溪耸耸肩，似笑非笑地说："你看起来也不一样了，但其实还是老样子。"

麦禾愣了一下，她没听懂岑溪这话到底是夸她真还是批评她假，还没来得及细想，清脆的铜铃声响起来，麦禾伸长脖子朝门口看去，纱门外站了个穿外卖工作服的人，怀里抱着长条状的方匣子。

"是我的画到了。"岑溪放下咖啡杯，站起来，看着麦禾，说，"想不想看看真正的八破图？"

07

红色暗纹的匣子上裹了金色的绸带，绸带上写了"庆鱼古玩"四个字，它静置在宽大的台面上，像一枚待拆的定时炸弹。

岑溪在打电话，说画已收到，不用担心，语气听起来软绵绵的，只是不知道谈到了什么，她的语气又突然硬起来，说："我知道，我有分寸。"

麦禾的注意力都在装着八破图的匣子上，声音从她耳朵流入流出，一点没有留下。

她记得这样的匣子，红色暗纹，金色绸带，但不是放在白色的办公桌上，而是放在一张看起来就很沉重的红木案上。

那个房间是黑色的。

有人在说话，至少两个人，声音嗡嗡的，很低沉，突然，声音停了，她听到很轻很轻的脚步声，紧接着，房间亮起来。

她看到一张男人的脸。

深肤色的长脸，皮肤闪着光，厚厚的嘴唇上方有星星点点的胡楂，他看着她笑，她感觉自己的身体猛地腾空，仿佛坐上游乐园里的旋转升降机，古色古香的屋子在她的视野里浮浮沉沉，她看到松散的金色绸带、打开的红色暗纹匣子，以及络腮胡子花白的外公的脸。

"你呀，怎么躲到这里来啦？"

那声音充满溺爱，她一下子明白了，这是躲猫猫的游戏，她躲在柜子里，柜子门被他打开，她被捉住了。

"麦禾——"

后背被岑溪猛地一拍，麦禾醒过来，她一脸茫然地看着岑溪，耳鸣在消散，岑溪离她很近，手扶住她的后背，从下往上仰起 45°角看她。

"你怎么了？想什么呢？"岑溪好奇地望着她，笑眯眯地说，"你是马吗？站着都能睡着？"

"没有，"麦禾有点慌，耳朵热了，她说，"我没见过古董，让你见笑。"

"嘻，"岑溪拍拍匣子，说，"看看再说，不是包得好就是古董呀。"

又要看见八破图了，麦禾紧张地吞咽了一下，上次在博物馆，熊熊燃烧的大火包裹了每一幅画，火还会烧起来吗？她还会听到海浪的声音和孩子的欢笑吗？

岑溪拆了绸带，不知她是怎么一抽，金色的绸带划过一道波浪，仿佛一条跳跃的鱼，是瘦长紧致、金光粼粼的野生大黄鱼。

卷轴被取出来了，不止一个，一、二、三、四，竟然是四幅画呀。

岑溪打开卷轴的动作很温柔，她轻轻地将卷轴向前推动，当画面露出后，她的手腕突然猛地一抖，卷轴便自动顺着宽大的桌面朝前滚去，卷轴的一端被暗暗压住，因为惯性，滚到头时，另一端被抻得轻跳了一下。

麦禾的心脏跳到嗓子眼，在她的幻视里，被推出去的并不是画，而是泼洒而出的一桶油，微微窜动的橙黄色火苗瞬间烧出去，嗖的一下，橙黄变成幽蓝，桌面好似在瞬间成了一片深邃的海。那片幽蓝的火苗勾着她，她能听到它的每一簇都在呼唤她，叫她投身进去、扑过去、跳下去……

岑溪把手背在身后，俯身贴近画面，麦禾控制住自己不要去拉拽她，幻视里，岑溪的头已经完全钻入火海，她忍不住说："你近视很严重吗？干吗靠这么近？"

"我看画呀。"岑溪抬起头，看到她隔着半米站着，说，"你站那么远干什么？过来点，凑近点看。"

"不用，不用，我看个整体就好。"

岑溪又俯下身去，把头"埋进"火海里，比之前更近。见不得蓝色火苗爬上她的耳郭，麦禾挪开视线，小心翼翼地换了口气。

她感到身体越来越沉，脚下越来越虚，她想要离开，但岑溪一把抓住她，把她拽到桌子前，指着"火海"说："八破图要细看，它是写实的，有趣的地方就在于去看画家选取了什么入画，它在表达上更直接，残破书页上的文字通常是时代的声音，也可能就是画家心里想说的话，你仔细看，会品出趣味来。"

"密密麻麻的，看得头晕。"

"元素丰富但周遭大量留白，刻意营造疏密对比，这是晚清至民国时期的八破图风格，"岑溪摇摇头，说，"我不喜欢。"

"不是挺好的吗？博物馆里的展出品还没你这幅画得密、画得多。"

"就是堆砌太多了。画面密不透风的，只看到画家在炫技，别的都看不到。任何创作都一样，技艺再高妙，没有灵魂也索然无趣。"

直到这时，麦禾才反应过来，说："哦——这不是你自己买的画，是别人送你的画？"

"对呀，朋友送的。"

麦禾的眼睛不自觉地瞥向岑溪的双手，她酷爱饰品，手腕上的珠串堆叠着，十根手指头却都是素着的，麦禾见到岑溪第一眼，就看出来她们的状态不一样，麦禾可以确定岑溪没有做妈妈，但不确定她是不是单身，现在看来，她至少是个有追求者的魅力女郎。

"不错了，送份古董给你，肯定不便宜吧？又是跟你的事业息息相关的，算用心了。"

"什么古董呀，这又不是真迹。"

"啊？假的？怎么会?! 这画多老啊，还有很多洞呢。"

"嗯，就这些虫洞做得最假。自然的虫洞千变万化，洞口边缘既要光洁，又要锋利，是最难做的，稍不留神，就是一眼假。没点眼力见儿，不好瞎逛文玩市场的，很容易上当受骗。"

麦禾替岑溪的朋友觉得肉疼，她忍不住问："那贵不贵呀？亏大了吧？"

"两万八。可惜了，这些钱明明可以买到相当好的八破图佳作，去支持那些为了理想坚持不懈的创作者，这个笨蛋，真想揍他一顿。"

这个价格比麦禾想象的少，她皱紧的五官放松了，同时心里也动了一下，一个念头冒出来。

"你肯定认识很多画八破图的艺术家吧？"

"嗯，圈子不大，有人引荐的话，基本能见上。怎么了？"

"我想买画。"

"可以啊，我可以帮你牵线搭桥，你要是对我放心，我可以帮你选。"

"我能亲自去挑吗？"麦禾说完，又赶紧补了一句，说，"不是对你不放心，我就是好奇，想看看别人是怎么画的。"

"不是不可以，但是天南海北的，山东、浙江、陕西……最远到新疆，都有八破图的传承人，大家的侧重点不同，风格也不大一样。你有特别想去的地方吗？"

"不要太远的，最好是周末能跑个来回的，这不还没放寒假嘛，不好耽误孩子上学的。"

"三四百公里之内的地方啊。"

岑溪低下头，轻轻晃动脚尖，似乎是在盘算什么，见她半天不说话，麦禾急了，主动问："你去过屋州吗？"

"屋州？开渔节？"岑溪仰起脸，笑意深得在眼尾留下刻痕，看到麦禾忙不迭地点头，她说，"我来问问。"

"好，我等你消息。"麦禾笑起来，心里有了希望，混乱就有了出口，她整个人松弛不少，桌面熊熊燃烧的烈火似乎也没那么吓人了，她甚至能够开玩笑，指着那团火焰，说，"也还行，不算吃亏，一共四幅画，画面内容还这么复杂，画家一笔笔画上去也不容易，我觉得值了。"

"老天爷！"岑溪叫起来，一脸无奈地说，"真要是一笔笔画的，当然值了，可这是喷绘的！"

"不可能吧？"

"就是喷绘，用数码相机高清拍摄，然后用电脑分色、制版，再分层喷绘。而且，我看这个喷绘相当粗陋，说不定连背面都没喷，托个裱遮掩一下，就拿出来骗人了。你不信？不信的话，我拆给你看。"

说着，岑溪拿来一把喷壶，见她把画翻过去，真的要动手，麦禾拉住她，摇头阻止。

"没事的，大不了再裱上嘛。"

"你说是假的就是假的呗，我又不懂。"

"这画做的时间不长，油墨味还在呢，你闻到没？你闻闻，凑近点闻闻。"

画又被岑溪掀回来，麦禾下意识避开视线，猝不及防地，岑溪突然把画扯高，劈头朝她盖过来。

麦禾仰起头，感觉蓝火将她烧透，她完全动不了，呼吸停止，脑袋空白，她的眼睛黑黢黢的，瞳仁无限扩大，渐渐盖住眼白，视线里岑溪的脸在扭曲。

她要被烧死了！火焰焚尽一切，除了黑色，只有凄厉的惨叫和惊恐的哭声。

麦禾栽倒了，岑溪的视线被画卷遮挡了一部分，反应不及，她没能拉住麦禾。

轰隆一声，麦禾摔得不轻，脸几乎是正面拍在地上，她没有爬起来，像摔死了一样，趴在地上一动不动。

惊慌只在岑溪眼睛里冒了个头，就迅速消散了。

她戳在原地不急于施以援手，她该去拨打急救电话，但她的手机反扣在不远处的壁柜上，她只是站着，静悄悄地等待时间的流逝。

直到有人破门而入，对着她大吼一声。

"你疯啦?!"

岑溪紧皱眉头,看着冲进来的宿泽抱着麦禾离去,她原地站着,直到听见汽车喇叭的催促,才抓上麦禾的包和她的手机,追出去。

08

"你别画画了。"

"可不可以不要再画画了?"

有人在哀求,女孩的声音可怜巴巴。

麦禾听到自己粗重的喘息声,她环顾四周,这是哪里?岑溪把她带去哪里了?

她觉得自己被装在红色的木箱子里,这栋房子到处都是红色的,红得发黑,红色的地板、红色的墙裙、红色的木头楼梯,屋内的红色和屋外绵延不绝的青绿衔接在一起,屋外有多么灿烂明亮,屋内就有多么昏暗压抑。

"你别再画画了!我警告过你了——会死的!"

麦禾找到了声音的来源,她循声看去,看到一扇窄窄的门,声音是从门内传出来的,她叫了一声:"岑溪,是你吗?"可是嗓子是哑的,她掐住自己的喉咙,又喊了一句,可手下像捏了块胶皮,一点震动感都没有。

她正慌着,那扇窄窄的门被撞开了,一个披散着头发的少女怒气冲冲地跑出来。

年轻的薄窄的身体,刚刚隆起的胸脯,花边短裤下一双像筷子一样笔直的腿。

她冲自己直直撞过来,速度很快,麦禾想躲,可是猛地发现她长着和自己一模一样的脸,麦禾呆住,任由她朝自己撞过来,然后,哗啦一下,她像雾气一样从自己的身体穿过去。

原来,是做梦啊。

麦禾突然意识到了自己身处何地。

她跑起来,一把推开那扇窄门,她的心疯狂跳动,以为会在门后看到苗苗，可是，没想到那扇门通向了花园。

绿油油的草坪上秋千独自在荡，墙上开满紫色的小花，花园正中心放了一口圆圆扁扁的铜盆，盆下是三个腿的黑色铁架。

她低头去看，最后一尾火苗熄灭了。

麦禾的眼皮像被弹簧操控那样啪地弹开，梦里的恶语还残留着回响，像锋利的刀片切割她的大脑，痛感锐利。

她躺在铺了碧绿色无菌床单的窄病床上，手背上扎着针，高高吊起的软袋内浅黄色的液体正通过塑料软管和针眼一滴滴进入她的身体，她挣扎着爬起来。

"来人！有没有人?!"

她一边喊叫，一边扭身搜寻呼叫铃，瞬时，又注意到床头一侧的窗户。

窗外，白日仍亮，但分辨不出具体时间，她是个母亲呀，现在几点了？到女儿放学的时间了吗？还来得及去接女儿吗？

麦禾看到她的包了，放在靠墙的椅子上，输液让她行动不便，她站起来，仰起下巴，研究那袋不明液体，是营养液，她在海市第一人民医院的急诊病房里。

麦禾想像电视里演的那样，一把将针管拽掉，但又不敢，于是只能一只手高高提着输液袋朝椅子走去，她把皮包放在两腿中间夹住，左手别扭地拉开皮包拉链，把手机取了出来。

还好，下午3点，来得及去接女儿放学，麦禾松了一口气。

过了好一会儿，她才反应过来一早去办离职，办完就坐地铁去找岑溪了，到岑溪的工作室时还不到午饭点，这么一算，足有三个小时她是完全没有意识的。

她不记得自己遭遇岑溪的恶作剧之后又发生了什么。

右胯骨隐隐钝痛，半边身体感觉木木的，这是怎么了呢？

麦禾坐在椅子上，努力调动记忆，什么也想不起来，被八破图盖住脑袋后世界就黑掉了，身体好像穿过隧道，呼啦一下，来到了完全陌生的地点。

不……也不是什么都没想起来，她想起了苏醒前听到的对话声和少女时期的自己。

谁在哀求？谁在威胁？

麦禾捏着输液袋，低头胡思乱想。

病房的门上有一块毛玻璃，两个人影从后闪过，停顿了两三秒后，走掉了一个，随即，门被拧开，岑溪站在门外。麦禾抬起头和岑溪视线相撞，岑溪一边倒抽凉气，一边快步朝她冲过来。

这个女人在她的脑海深处留下了罗刹般恐怖的残影，麦禾对岑溪有了应激反应，下意识躲避，她的后背撞上椅背时，岑溪从她的手上夺过输液袋，高高举起，焦急地说："回血了。"

麦禾低头一看，血液倒灌进输液管，往回走了十厘米，乍一瞧像是她的血管从皮肉里扎出来，她的手背鼓出鹌鹑蛋大小的包，刺痛发胀。她回过神，垂下手，岑溪搀扶她坐回病床，把输液袋挂回原位。

"你怎么样？还有没有哪里不舒服？"

"还好，"麦禾的心思被梦境搅乱，她躲躲闪闪地说，"我早上没吃早饭，估计是有点低血糖吧，真是不好意思，害你一直在这里陪我。"

"你吓死我了。"

尽管岑溪做出夸张的表情，但麦禾并不觉得岑溪是发自内心地关心她，她忘不掉岑溪把画朝她盖过来的样子，那个动作太大了，好像不太合理，岑溪的个子比她矮，就算是要让她闻画的味道，也应该是从下往上把画送到她口鼻的位置，怎么会从头上落下来？现在再回忆，她又觉得岑溪拉住自己手腕时的力气也太大了，很霸道也很不客气。

为什么会有这样的感受？是神经过敏还是第六感？麦禾判断不了，她很纠结，眼珠不安地乱晃，差点忍不住想要当面质问，就在她要开口时，病房门的毛玻璃上贴来一个人影。

男人的轮廓，脑袋微微侧过，好像是在偷听。

"谁呀?!"麦禾叫起来，她指着门，大声喊，"谁在外面?!"

余光里，麦禾注意到岑溪一激灵，跳起来朝门口走，人影也瞬间撤走了，等岑溪把门打开时，门外只有来来往往的医护和患者。

趁岑溪站在门口东张西望的工夫，麦禾找到呼叫铃，毫不犹豫地按了下去，她说："不早了，我要去接女儿放学，再晚就来不及了。"

"我帮你去接，"岑溪摁住她，问，"你女儿在哪里上学？"

"不用，我自己去就好。"

"麦禾，你怎么了？医生怀疑你有神经类疾病，你常常这样无缘无故晕倒吗？你这样在大街上走来走去，也太危险了。"

"没有的事，我就是低血糖。"

"你得好好看看医生，做个全面的检查。"

"我知道，我会的，今天麻烦你了，谢谢啊。"

护士进来了，麦禾举起手示意要拔针，说有急事要走，剩下的点滴不挂了，见护士不理她，转头看向岑溪，她瞪起眼睛，抬高声音说："针扎在我身上，你看她干吗？"

护士见她不好惹，动作立马利索很多，低下头痛快地将针拔了，收起输液袋离开病房。

麦禾压着手背鼓包上的针眼，怪疼的，她咬牙忍着，耳边突然传来冷冰冰的质问。

岑溪问她是不是对自己有意见。麦禾有点蒙，她没有跟岑溪发难，质问岑溪为什么要用八破图砸她，岑溪反倒先问起她来？她警惕地盯住岑溪，想起她们的初相识。

时间应该是 2016 年 2 月底或者是 3 月初，麦禾休完婚假不久，部门要进新人了，她的工位正对领导办公室，当时领导还没升任总监，职位是高级经理，招聘部门连着一周每天安排一个应届毕业生进领导办公室面试，学历一个比一个高，模样也一个比一个好，但是领导总也不满意，她和当时的招聘专员关系不错，两个人常在一起吃午饭。

招聘专员跟她抱怨说领导要求多，薪资待遇只肯按应届毕业生标准给，但又看不上应届毕业生是没有经验的愣头青，好不容易从简历库里拣了个要能力有能力、要经验有经验、薪资要求还匹配的候选人推过去，领导却见都不肯见。

“为什么？”

“嫌弃人家在家当了三年宝妈，说为了孩子肯在家当三年宝妈的女人，孩子永远是第一位的，面试时说得再好听，将来到岗以后狐狸尾巴就要露出来，到时候杂七杂八的事情太多，要影响团队的奋斗精神。真烦人。你们领导自己也是个女的，女人何苦为难女人？”

麦禾听笑了，领导给她批婚假的时候就阴阳怪气，眼睛不是眼睛，鼻子不是鼻子，她知道是怎么回事。

“你们就先推着吧，真没有看得上的人，这件事也就过去了。”

“为什么？她不是一直吵着缺人？你们组确实一直有个空位。”

“对啊，怎么就一直空着呢？”点到为止，麦禾不多说了，话锋一转，“能多一个人当然好啦，真没有，我们三个也能干得过来。”

什么招助理，醉翁之意不在酒，敲打她而已。

休完婚假归岗，领导半开玩笑地说三年内不会给她批超过七天的长假，麦禾知道该表忠心说怀孕的事五年之后再考虑，可是她没接茬。是因为她装傻充愣，才惹得领导搞出招助理的戏码，在部门真正进人之前，她一直是这么想的。

直到岑溪来了，领导把岑溪的简历推给她，说让她来带新人，她才终于有了危机感。

美院毕业，艺术专业硕士，有半年工作经验，曾在某地方性公益组织工作过，有跟政务人员打交道的经验，这一点很得领导喜欢，不仅批了入职，还主动将薪资待遇提了一级。

那时候，麦禾对岑溪是挺有意见的，她觉得岑溪有病，放着好好的专业工作不做，跑来八竿子打不着的地方跟她抢饭碗。难道岑溪现在问的就是过去的事？她是因为心里有气，才故意捉弄她？

“怎么说？”麦禾绷着脸，问，“我对你有什么意见？”

“你怕麻烦我，不拿我当朋友。”岑溪噘嘴撒起娇。

麦禾被她孩子般阴晴不定的脸弄得糊涂，尴尬地说：“不跟你开玩笑了，我女儿就快放学了，先走了，我们……再联系。”

“你别跑呀，怎么了？怎么跑得跟欠债的一样？”岑溪跟在她身后说。

一股无名火冒出，麦禾的脑袋瞬间热了，她停下脚步，扭过身，盯住岑溪，不客气地反问：“你到底什么意思？我欠你什么了？”

麦禾没控制音量，因而吸引了几缕关注的视线，她对那些打量回以怒目，目光却正巧扫过了急诊的挂号缴费处。

想起晕倒后是岑溪送她来的医院，也是岑溪帮她挂号交钱看的病，麦禾顿时无措起来，她一边说对不起，一边拿出钱包，问岑溪看病多少钱，但她的这个举动伤害了两人本就稀薄的情谊，岑溪真的生气了，丢下她一个人跑了。

09

麦禾站在蔚蓝海岸商业街的东头精神恍惚，她双手插在兜里，回忆过去几个小时发生的所有事情。

这是她人生中第二次感受到失忆，此次失忆的时长比十六年前短得多，可是惊恐的程度却是几何倍数地增加。

她不明白为什么，想了半天，才想通了。

以前，她不是一个人，有外婆、母亲保护她。

现在，她也不是一个人，但是身份却变了，她不再是被保护者，而是保护者，她有一个还没有过五周岁生日的女儿需要被照料，她绝不能有事。

麦禾的身体情况不仅令自己担忧，也影响到了女儿的心情。放学时，甜歌牵着她的手，看到她手背上一团青紫，眼泪立刻滚出来，嘴巴一噘，呼呼地对着手背的伤处一直吹气。麦禾心里好温暖，她捧着女儿的脸，亲了又亲，说：“没事，妈妈一点也不痛。”

“妈妈，你要多吃饭饭，多吃菜菜，多吃鸡蛋，多喝牛奶呀，还要吃车厘子、苹果和橙子，要多多补充维生素C呀，妈妈，你不能挑食喽，不可以偷吃零食……”

甜歌把她对女儿的叮咛——复述出来，每说一句，麦禾就应一声，应到最后，她紧紧捏着女儿的小手，眼圈忍得通红。

路过海港海鲜商行时，甜歌的脚步慢下来，麦禾顺着她的视线往店里看，好巧，老板和掌柜今天都不在，只有一个店员在守店，女儿馋了，想吃一口虾饼，她牵着女儿进店，破天荒地称了几块虾饼，店员全程表情尴尬，只在甜歌奶声奶气地主动道别时才笑了一下。

小孩子可真容易满足，一口好吃的就能笑得像嚼了幸运星，感受到女儿的快乐，麦禾觉得好幸福，只要女儿能开心，她什么都可以不计较，什么都可以放下。

回家一换衣服，麦禾才知道她的羊绒大衣毁了，污渍印在后背，颜色不深，但却是一大片，难怪，在幼儿园等女儿时，麦禾总感觉有眼睛在盯着她看，她以为别人是看她贵气漂亮，原来别人是看她狼狈可笑，她臊得脸皮都跳。

皮包也蹭出了一道划痕，女儿睡下后，麦禾用湿润的棉片沾了点凡士林揉擦，还好划痕不深，擦了两三遍就修复了，不用专门送去店里。她累了，放松了身体，疲累地叹气，又坐了一会儿，才起身从衣帽间另拿了只小号托特皮包出来。

口红、粉饼、一次性医用外科口罩、消毒湿巾纸、便携漱口水……

麦禾把随身物品一样样地从刚刚养护好的皮包里拿出来，突然，她摸到了一个奇形怪状的东西，软软的，不大，似乎一捏就扁了，麦禾抽出手一看，是折纸，已经被捏扁了，她手一松，折纸慢慢舒展开。

什么呀……

麦禾端平掌心，困惑地歪着头看它，这是——螃蟹？

梯形的身体，上下各有两只折出来的钳子，确实是只纸螃蟹。

怎么会有只纸螃蟹在包里？麦禾捏着它看，螃蟹的颜色花花绿绿的，身体上还有字，她当机立断决定"拆蟹"。

折纸被展开了。

是一张电影日历。

2021 年 6 月 21 日，"不要回头，一直向前。——《千与千寻》"。

布满折痕的电影海报上，神隐少女神情坚毅，麦禾望着它发呆，脑海一片空白。

这只皮包是今天刚刚拿出来背的，她为了在离职时撑住场面，拿出了自己最贵的包。

纸螃蟹是谁放进她包里的呢？女儿？同事？还是岑溪？

折纸拆开容易，复原却难，麦禾折了好一会儿，都没折对。

6 月 21 日，什么日子？有什么特殊意义吗？麦禾想不起来，纸上的这部动画片她倒是陪女儿看过很多遍，女儿有一套夏天的衣服就是千寻同款，T 恤是白底宽绿纹的，短裤是粉色的。

"不要回头，一直向前"，是小白龙对千寻说的话吧，麦禾的心被这句台词戳了一下。

不能回头吗？可是她弄丢了自己呀，不回头的话，怎么向前呢？

麦禾心里烦躁，把所有东西胡乱塞进皮包，表情扭曲。

她想，是该要去看医生了。

那天晚上，她又做梦了。

但不是可怕的噩梦，它奇怪又氤氲。

梦里，她待在宛若天堂的地方，身下是浅金色的沙滩，沙子绵密细软，头顶阳光和煦，她的头被一张有厚度又柔韧的纸盖住，阳光钻过纸张，暖白明亮，她看到自己穿着白色的裙子、白色的鞋子、白色的袜子，裸露在外的皮肤闪着光。

突然，有人钻入了她局促的纸帐篷，她并不惊慌，仿佛期待已久。

那人的手臂纤细，但手掌比她的大，手指还会摆弄动物造型，一会儿是狐狸，一会儿是小狗，一会儿是兔子，她被逗得咯咯直笑。

可是她看不到那人的脸，他的脸被纸隔住了，她好奇，很想看清楚，于是凑了过去。

他们的皮肤隔着纸张摩挲，明明是在梦里，她竟然能感觉到他的温度，他像发烧了一样滚烫，她搜寻他，他却躲着她，她急了，一把拽走了隔着他们的那层纸。

她看见他了，一张精致秀气的面庞，她一惊，倏地醒了。

麦禾瞪着天花板，缓缓调整呼吸，这算春梦？她竟然梦见了海港海鲜商行的老板！为什么会这样？是因为她再度光顾海港海鲜商行了？她觉得口干舌燥，也觉得无比荒唐。

第二天，送完女儿上学，麦禾去了医院。她到得早，取的号也早，她对医生自述幻听和幻视的情况，强调幼时出过车祸，担心脑部神经有新的病变，神经科专家在听了她的自述后给她做了几项检查，最后建议她去看看精神科。

她面色凝重地接过病历单，重新去挂号，精神科候诊区人很多，没有位子坐，她在角落站着等。

这一屋子都是精神病患者吗？麦禾觉得他们看起来都特别正常。一直等到还差两个号就到她时，候诊区才终于像麦禾来之前预想的那样混乱起来。

有个女孩似乎是被家长揪着来的，她不承认生了病，不愿意进来看病，拽着她的男人高大魁梧，她拉扯不过，只能像秤砣一样下沉身体。她不住地喊叫，披散的头发在挣扎中更乱了，漂亮的脸蛋也失去了气质，龇牙咧嘴的叫嚷让她平整的面部结构变得三横五纵、乱七八糟。麦禾看得很难受，她惶恐，害怕自己有一天也会变成那副模样。

候诊区的保安出动了，他们帮助家属控制住女孩，几个人像抬动物一样把女孩提起来，夹着走。

麦禾的视线紧追着女孩，突然，她从玻璃里看到了两个自己，她的身后好像站了另一个她。

她们有一样的三件套，墨镜、口罩、罩住头部的大围巾，麦禾在前，另一个人在后，离得不远，看上去，她像是被两面镜子夹住了。

然而，那个人影先她一步动起来，动作很快，嗖的一下不见了。

麦禾连忙转身去寻，她看到了那个人，那个人用围巾裹住脑袋，身体蜷得紧紧的，脚步很快。

叫号屏幕闪烁的就诊号提醒麦禾即将就诊，她收回视线，狐疑地站到诊室外。她迫不及待地想要看医生，疑神疑鬼将她折磨得身心俱疲，很希望能有一剂神药顷刻之间解决她所有的问题。

"怎么了？什么情况？"穿白大褂的头发花白的男医生问摘掉墨镜和口罩的麦禾，他打量人的目光短促而有力，仿佛一眼就能将人看穿。

"我最近总是产生幻觉……"

"什么幻觉？"

"幻听，还有幻视，都有。"

"听到什么？看到什么？"

"看到火，听到小孩哭。医生，其实我……"

"有小孩吗？"

"哦，有的。"

"夫妻感情怎么样？"

"嗯，不太好，我要离婚了。"

候诊时，麦禾就在思考如何向医生阐述自己的病情，她攒了一肚子的话想要告诉医生，可是这间诊室显然不是她的主场，医生频频打断她的话头，用一个个小提问把控着问诊节奏，麦禾根本找不到倾诉的机会，好不容易逮到空隙说话，舌头又笨得离奇，像打结一样，连话都说不清。

"医生，我的情况比较复杂，我小时候吧……怎么说呢……就是，我出过车祸，失忆过，然后呢，就一直没有问题，直到现在，哦，对了，我是从神经科那边看了病过来的，这是拍的 CT，还有病历。"

医生摆摆手，示意他的电脑上能查看到，他看了一会儿，说："先做个全面检查。"

打印机刺刺啦啦地工作，麦禾又收到了一堆检查单据，专家的助手将麦禾带出诊室，指了对面往左第二个开着门的房间说："缴完费以后先去测评室做题，然后再去做 B 超、甲状腺、激素和大生化检查。"

这么多检查，让麦禾以为自己得的是绝症，她怀着赴死的心，在医院汹涌的人潮里穿行，一遍遍地排队、检查、等报告，当她回到诊室后，已经一句话也不想说了，她只问了一个问题，那个最关键的问题。

"医生，你就告诉我，我到底是不是精神病？"

病历上写着："轻度躁郁。医嘱：按时按量吃药，观察，随诊。"

10

麦禾的情绪跌到谷底。

医生说了，情绪波动大正是躁郁症的表现之一，拿完药，她找了个角落坐下，吞下碳酸锂片，然后一口气喝掉整瓶矿泉水。

水凉，环境燥热，加在一起就是水深火热。

仇然发来消息，问她在哪里，麦禾顺手对病历拍照，给仇然回了张照片过去，三秒钟之后，她才反应过来自己在干什么。异地夫妻做久了，平时就过得跟离婚差不多，真到离婚的时候，脑子反倒打岔，竟然忘了自己跟他已经不是两口子了。

真是愚蠢至极，麦禾想把消息撤回，可是晚了一步，仇然已经回了消息过来。

他居然跟她说恭喜？麦禾感觉喉咙被扼住，流动的情绪堵在嗓子眼，越积攒越汹涌。

从字面上看，"精神病"和"躁郁症"毫不相干，仇然不知道躁郁症就是精神障碍疾病，只是无知地凭本能去判断，他不在乎她的身体情况，只在乎自己的面子。看透他骨子里的冰冷无情，想到自己竟然决定过要与他共度一生，麦禾气得笑出来。

"周末我回去看看宝宝，方便吗？"

"不方便。"

"怎么不方便了？对了，我的工作落实了，调了个新部门。"

"你的事不用跟我讲，我不感兴趣。"

"别误会，我没别的意思，我只是想说，部门敲定了，意味着我不会再被调动，又还房贷又付房租，开销太大了，你得抓点紧。"

这条回复再次把麦禾的情绪挑向极端，她恨极了仇然整天就知道做天上掉馅饼的美梦，心想，怎么就没有一块硬得像石头一样的饼从五公里的高空坠落恰好落在他的头顶，压断他的脖颈，然后鲜血就像高压水柱一样直冲入云，冲到无法再攀爬的高度就哗啦一下洒下来，将他囫囵浇透！

这想象太过残暴，麦禾手里紧抓的塑料袋发出沙沙轻响，她低头看到一堆药物，勉强获得一点安慰。

没事的，她是病了，只要按医嘱好好吃药，就会没事了。

每到周五，幼儿园门口停的私家车就比平时多，多出来的那些大都是等不及开启周末旅行的年轻夫妇。麦禾站在校门外等着女儿，远远地，她看到女儿的笑颜，歪了脑袋回应女儿。

"妈妈，你的手还痛不痛？我帮你吹吹呀。"

"不痛啦，宝宝，周末我们出去玩好不好？去大山里，好不好？"

"大山里可以挖竹笋吗？可以摘草莓吗？"

"不，这回我们不挖竹笋，也不摘草莓，我们去拜大佛，去点灯。"

在远离市区六十公里的古刹，麦禾为外公麦伯修供灯四十九盏。庙里香火鼎盛，紫气蒸入半空衔接入云，景象奇异，只可惜，云，是乌色的。

来此处祈福的，美好的祝愿背后哪个不裹藏阴暗？遗憾、自私、贪婪……那些披着吉利话外衣的邪恶多么污秽，把白云都污染了。

麦禾的心怦怦直跳，再次想起忘不掉的苗苗。

这个名字真的要跟着她一辈子？

乌云朝她飘过来，她明白祈福失败了，逃避下去，永远没有真正的解脱。

回家的路上，麦禾打电话给岑溪，请岑溪来家里吃饭。岑溪同意了，两人约好次日晚上见面，她想过了，就从对自己刺激最大的八破图开始，一步步找下去，从画找到人——那是个很小众的圈子，兴许岑溪能帮她的忙。

岑溪来的时候带了许多礼物，有儿童玩具、零食礼包，麦禾没想到，她还带了那个暗红色花纹的画匣子。

"这是……"麦禾捧着画匣子，沉甸甸的，画在里面，她又惊又喜，不知道该说什么。

"借花献佛，不介意吧？"岑溪笑着说。

"不合适吧？我还是自己买吧。这是别人买来哄你的，虽然是赝品，但也花了真金白银，我拿着不合适。"

"你就收下吧，我朋友听说是假的，都快气死了，他再也不想看到那些画了。而且，你也知道，我不喜欢这种风格的八破图。"

"你喜欢什么风格的？回头我去买的时候，买一组你喜欢的送你。"

"你太客气了。"岑溪笑着说。

"应该的，就当送你的开业礼物。你工作室那一面白墙还空着吧？说好了，留给我。"

麦禾让甜歌照顾客人，自己钻入厨房切水果。岑溪把带来的玩具拆开给甜歌玩，那是一个电动钓鱼机，大号的，做工很好，音乐声柔和不刺耳，一看就是精心挑选的。

"小可爱，阿姨不知道你喜欢吃什么，你告诉阿姨有什么喜欢吃的、喜欢喝的，我下次来给你买。"

"我喜欢吃海鱼叔叔的鱼饼和虾饼，但是妈妈不让我吃。"

"海鱼叔叔是谁呀？"

"海鱼叔叔是坏叔叔，妈妈说的。"

"啊，是坏叔叔呀，那你要离他远一点哟。"

"可是妈妈又买虾饼给我吃了，海鱼叔叔是好叔叔。"

"哈哈，怎么一会儿一个样呀。"

岑溪一边和甜歌说话，一边悄悄打量周遭，电视柜上放了一组相框，全是甜歌的个人照，除了门口的一双男士拖鞋和阳台上的男士短裤，这个家没有更多的男性气息，看起来传闻不假，她是要离婚了。

岑溪脸上的笑容慢慢散去，她们是老相识啊，她什么时候才能将自己记起来？注视着在厨房里忙碌的麦禾的背影，岑溪不禁畅想，如果留下来的是苗苗，她会把生活过成什么样……

晚饭后，麦禾追问岑溪昨天在医院的开销，岑溪摁住她，说："你不都请我吃饭了嘛，要再这么客气，就真是不拿我当朋友了。"

"行吧，"麦禾不再坚持，说，"那你没事多来家里玩。"

"我可真来呀，你做的饭好吃。"岑溪笑着说，"对了，你有没有再去医院检查？需要的话，我可以陪你一块。"

"去过了，没事。"麦禾敷衍着，她转移话题，问，"你帮我打听了吗？附近有没有哪里能买八破图的？"

"哦，屠州嘛，帮你问了。"岑溪停顿了一下，喝了口鲜榨的橙汁，说，"我朋友跟我说，建议在妈祖广场那边找一找，可能有。你打算什么时候去？我陪你一块呗。"

妈祖广场，麦禾记下地点，她打算下周五晚上就带着甜歌出发，但告诉岑溪下个月抽空去。

送走岑溪之后，麦禾在厨房里忙碌了很久，她像个重度洁癖患者那样清理厨房瓷砖的每一条缝隙。将睡前故事潦草读完，等待女儿睡着后，她迫不及待地取出岑溪带来的画匣子，打开那些画。

幻觉依然存在，她将四幅画摊在客厅的地板上，于是地板着了火，幽蓝的火苗上蹿下跳。

麦禾凝视着幻觉中的蓝火，慢慢地从口袋里摸出一盒火柴。

她偷东西了。这是她昨天从香火鼎盛的寺庙里偷来的，是在神明的注视下从佛堂顺走的佛火柴。

红色的火柴盒上印刷了三朵莲花和黄色的"佛"字，里面的火柴剩下六根，麦禾拿出一根擦在火柴盒的侧面，刺啦，黄色火光冒出来。

她不怕火，事实上，她一直都很喜欢火，而且，非常喜欢火柴点燃时那一瞬的气味。

火光快熄灭了，焦黑的火柴头和残柄看起来很像细脖子大脑袋的人，火熄灭后，她意犹未尽，于是又划了一根。

手上的火是黄色的，伴随她的呼吸真实地摆动，地上的火是蓝色的，在虚幻中呼啸挑逗。

良久的注视之后，麦禾从地上爬起来，拿了女儿的绘画工具，回到客厅，再次坐下。

她拾起黑色的水彩笔，摘掉笔帽，把短粗的笔尖戳上画纸，定在那儿。

她想画，心里涌动欲望，可是手却笨笨地不知去向何方。

黑色的水彩笔长久停留一处，笔墨晕染了画纸，望着笔尖点出的逐渐膨胀的墨点，麦禾感到沮丧。

她看过一条社会新闻，标题是"打工妹被误判死亡，醒来成为书画名家"，离奇又传奇的真实故事。

为什么别人遭遇磨难后可以得到老天眷顾的馈赠，而她却要被剥夺记忆？外公是画家，母亲遗传了天赋去做玉雕，只有她笨得可怜。

她不服输地动笔了，可是，因为不懂透视，她画不出立体感，越画越糟糕，纸面从简洁变得混乱，直至乌漆墨黑不可分辨，她浮躁地摔笔，把画纸揉成一团。

麦禾的情绪失控了，按照医生的说法，她的病就是会在抑郁和躁狂中来回摇摆，她感到一腔怒火无处发泄，抓着火柴盒和纸团冲进卫生间。

烧掉！她要烧掉那团垃圾！

麦禾把纸团丢进卫生间的洗手池，擦亮火柴，把火引上画纸。

火焰给了画纸生命力，令其活像个被焚烧折磨的人类，"她"在橙红的火焰里挣扎，肢体时而舒展时而蜷缩。眼前真实的火光让麦禾嘴角抽搐，她想大声尖叫、呐喊，她觉得自己真要疯了。

火光彻底熄灭时，灰烬凝结成一朵黑色大丽花。

好美啊。

她忍不住伸出手指头去碰，竟然还是烫的，她下意识抽回手，一朵黑色的花瓣随即凋落，这时，她的眼皮开始重了。

麦禾意识到自己又要晕了，但无能为力，留给她惶恐的时间不多，仅仅一秒钟之后，她感觉自己的脚下一空，躯壳无可逃避地堕入黑暗之中。

11

她坠入了梦境。

一开始，麦禾没有意识到自己是在做梦，她走在老旧的街上，以为自己是个游客，直到道路指示牌上出现"盘垣路"三个字。她觉得这路名很熟悉，好半天才反应过来是从哪里听过它。

在泛灵论当中，梦可以被理解为"没有时间的时间"，是通往潜意识的密径，是内心欲望的表露，是灵魂逃离身体接受神的指引，麦禾朝路牌指引的方向疯狂奔跑，表情虔诚。

她认为自己游走在迷路的记忆中，就要去与那个让她牵肠挂肚的场景相逢。她越跑越快，梦的编织跟不上她奔跑的速度，街景变得越来越虚无缥缈，路标指引她一会儿左拐，一会儿右拐，哪怕是在梦里，麦禾也跑不动了，她停下，觉得心脏快要爆炸。

盘垣路到底在哪里？还要跑多久？这是个梦啊，她随时会醒来。

或许是因为想到了"醒"，梦里的街道碎成了马赛克，她惶惑地朝前伸出手，想要阻止梦的崩塌。一阵风卷起灰沙漫天，眯得她睁不开眼，就在这时，她听到少女惊慌、惨烈的嘶喊。

是谁在叫？她努力睁开眼皮，一个人形火球朝她扑来，她心悸，痛得难忍，倏地醒了。

麦禾以为自己会在卫生间的地上苏醒，运气好的话倒向左侧，不至于撞到浴缸受伤，但没想到，她正躺在女儿房间柔软的床上。

梦里扑来的人形火球，是谁？她是怎么爬到床上来的？

地上一片凌乱，毛绒玩偶从玩具箱里蹦出来，被踢得到处都是。

怎么会这样？

女儿的房间像经历了一场猫狗大战，乱七八糟的，可偏偏她家是不养毛孩子的，而且，因为心里有事，今晚在讲睡前故事时，她拒绝了女儿拿玩偶进行角色扮演的要求，独自念经一样地读完了整本绘本，玩具箱怎么会被打开并且弄成这样？

她回身看向女儿。

甜歌趴卧在床上，没有盖被子，她的脸冲着墙，只给麦禾留下一头乌黑蓬松的头发。

麦禾皱起眉头，她从来没有见过女儿睡成这样，被子全部被压在身下，这不是踢被子，而是根本没盖被子，可是，被子明明是她为女儿掖过的，掖得整整齐齐。

她朝女儿伸出手，慢慢把女儿抱起来，拢在怀里轻巧地一翻，可这一翻差点吓掉麦禾半条命——女儿的脸上竟有两个血手印！

麦禾惊恐地呼唤女儿，单手捧着女儿的脸凝视，血手印不大，小小的，是孩子的手印，她翻开女儿的手，看到女儿的手心红彤彤一片，但没有伤口，感觉到手指下女儿的皮肤温热柔软，她扑腾乱跳的心稍稍慢下来。

甜歌迷迷糊糊地醒了，她看了一眼妈妈，眼睛眨巴眨巴，翻个身又继续睡了。

见女儿没事，麦禾松了口气，等情绪镇定下来，她给女儿盖好被子，蹑手蹑脚地下了床。

她跨过地上的玩具，走到窗前，轻轻把窗帘拉开一道缝。

天还是黑的，对面的楼宇还有不少点着灯，似乎夜并不深。

她弯腰捡拾地上散乱的玩具，把它们放回玩具箱，一只小白兔脏了，肚子上也有个红手掌印，她用手拍打，沾了脏污的短毛像结痂一样硬得戳人，她手指头一捻，搓了些干干的粉状的东西下来，是颜料啊，女儿身上的、玩偶身上的都是颜料。

墙上的驯鹿时钟时针指向数字 10，分针指向数字 2，秒针还在走。

麦禾的眉头皱得很深，是钟慢了吗？为什么时间好像停滞了一样？

客厅的灯是开着的，照亮满地狼藉，地上散落的除了布满涂鸦的画纸，还有许多零食包装袋和酸奶瓶子。

"仇然？"

麦禾轻声呼唤，声音微微发抖。

这个时候，只有仇然的回应才能让一切得到合理的解答，但麦禾的提问像打了个水漂，没人回应，她的心怦怦怦快跳了三下。她的画也不见了，客厅的地板上空空的，岑溪带来的那四幅八破图本该铺在那里。

麦禾笃定是仇然在搞鬼，那个财迷，看到画就鬼迷心窍，说不定卷了她的画跑掉了。

手机在电视柜上充电，她走过去，拽了充电线，气鼓鼓地拨号码准备质问仇然，起先几个数字她摁得很快，但她突然意识到了什么，猛眨了几下眼睛，手指头跟着慢下来。

刚刚解锁屏幕时，麦禾看到了锁屏日历，2021 年 12 月 6 日，周一，22：17。怎么会是周一呢？应该是周日呀。

她怕是眼花，退出去又看了一眼，确实是周一。

手机里塞入了 QQ 提醒，甜歌的班主任发来消息，询问甜歌为什么没来上学，是不是又不舒服了。

麦禾像木头人一样站着，时间——时间让眼前的乱象有了解释，她明白发生了什么。

她晕倒时，天是黑的，苏醒时，天也是黑的，可是黑夜与黑夜间隔了将近二十四小时！

这二十四小时对她来说是空白的，她在做什么？昏睡？她是怎么照顾女儿的？麦禾吓坏了，真正感到了恐惧。

还好，有监控记录下被她遗忘的这二十四小时。

她看到自己如何怒气冲冲地走入卫生间，又看到自己如何茫然无措地走出卫生间，时间间隔极短，不过一两分钟而已。她将手机音量开到最大，并没有听见卫生间发出异响，她甚至怀疑自己没有摔倒，只是趔趄了一下就出来了。

视频里的那个她幽灵般地行走，她被八破图吸引了，似乎并不害怕幻觉，她径直朝画走过去，蹲下来欣赏，随后，很爱惜地将扔在地上的画卷起来，装回画匣子。

麦禾抬起头，视线环顾，她看到了放在餐桌上的画匣子，走过去再瞧——餐桌全毁了，颜料盘翻了，凉水壶被用来洗笔，水壶应该倒过一次，但又被扶起，地上一摊污水渍，白色的餐凳被染了灰红的颜色，餐桌上铺满画纸，画纸上是色彩斑斓的小手印。

看起来是甜歌把餐桌弄成这样的，麦禾顾不上生气，她拖了张干净的餐椅坐下，继续看监控视频。

屏幕上的她开始画画了，无休无止，极其专注，麦禾不断拉动进度条，一连八小时，她就只伏在餐桌上画画。

画呢？画的什么？

麦禾在餐桌上翻找，正翻着，手机屏幕里的她突然站了起来，她怕错过紧要处，连忙把注意力转回来，聚精会神地往下看。

她的脚步踉跄，像是累极了，她推开了女儿卧室的门，跌跌撞撞地冲了进去。

当时，是早上 7 点 32 分，家里基本维持原状。

之后，直到刚刚，晚上 10 点 10 分，麦禾才再次出现在客厅。

在她消失的将近十五个小时里，家里只有甜歌一个人，女儿比她想象的镇定，视频里能听到女儿叫妈妈，但是没有听到哭声。

一开始，甜歌在房间里待着；后来，她跑出来在客厅沙发上发呆；再后来，她饿了，没人给她做饭，就只吃零食；终于，她发现了餐桌上的美术用品，因而找到了乐趣所在。

女儿脸上的红手印是在打翻了凉水壶之后留下的，突如其来的意外搅乱了女儿的情绪，麦禾终于看到女儿隐忍的崩溃，那么小的孩子失魂落魄地坐在餐椅上，忍着恐惧和悲伤，像小猫洗脸那样拂去眼泪，抽噎着回到房间，再也没有出来，哭声从强到弱，她猜，女儿依偎着她睡着了。

麦禾把手机放下，情绪低落到无法思考，枯坐了许久，她有气无力地站起来，去厨房拿了个大号垃圾袋，开始收拾残局。

她不知道自己还能做什么，但至少把能做的事先做了。

女儿的画她没舍得扔，只要没有被水浸湿，她就一张叠着一张收起来，哪怕它们只是近乎一致的各种手掌印。

当女儿的画被拾掇好之后，视频里"她"画的画也出现了。

麦禾怔住，她画的是教科书的封面——义务教育课程标准实验教科书，语文，九年级下册。封面主体是赭黄色调的山水风景，远处画的是巍峨山脉，近处画的是密林，还有一座桥，桥下写着一个人的名字和班级，字有一点点潦草，上下两行，写的是：宿译，三（2）班。

她画的是别人的书吗？这个人是谁？为什么要画这个？她在怀念什么？

母亲说过，她因病退学后，就没正经去过学校，一个在家请老师开小灶的孩子也会有同学吗？

九年级……初三……麦禾在心里算了算，出事那一年，她的年龄正适合读初三。

看着手上的画，麦禾的心持续下沉，终于触到底。

真残忍哪，她的诊断书竟然如此漂亮。

尘埃落定了，母亲没有骗她，仇然也没有白担忧，他们都是对的，只有她出错了。

火柴盒就放在洗漱台上，里面的火柴还剩三根，她听从内心的声音，走进卫生间。

火苗再一次出现，镜子反射出她被照亮的狰狞的脸。

这不是毁灭，是纠错，麦禾心里默默念着，把火引上画纸。

画纸有厚度，火焰温和又坚定地一点点开疆扩土，细细的红线不断向前蜿蜒推进，灰烬朝那个名字聚拢，麦禾心里一动，伸手抓住没有烧完的画纸。

好烫！

她摊开手心一看——宿，火焰烧掉名字，只留下他的姓氏。

与此同时，霸道的困意又再降临，不容抵抗，她的脚下又空了。

仿佛镜子前，她站着的那块地方有活动门板似的，每当她动了恶念，命运就要关她禁闭。

12

再次恢复意识时，麦禾看到的是白色的天花板以及天花板上预埋的隔断轨道和青绿色的布帘。

这里不是她的家，而是医院，她手脚都被约束带固定着，麦禾在惊慌中奋力挣扎，看到母亲在远处躲躲藏藏的影子。

麦言秋的出现让麦禾的挣扎停滞了几秒，窗外日光明亮，她恍恍惚惚，不知又过去了多长时间。

麦言秋蹿上前来，趁机牢牢摁住她，嘴里发出嘘声，说："不要乱动，好好躺着，别伤到自己。"

"为什么绑我？你怎么来了？别这么压着我，疼啊。"

麦禾不安地看着母亲，感觉到母亲很用力地压住她的肩膀，她开始奋力对抗。

与此同时，麦禾想起上一次去精神科就诊时看见过的女孩。

那个不承认生病的女孩，那个劲很大、拼命挣扎、拼到脱力后被其他人像动物一样横着提溜起来的女孩……麦禾想象她的归宿，她们是不是一样的结局？被送进了精神病医院，被捆绑，被限制自由？

挣扎间，麦禾注意到枕头套上刺绣的红色小字——人民医院神经内科VIP病房，是人民医院？

她品尝到劫后余生的欣喜，可还没高兴几秒，麦言秋说："这家医院不行，我来联系转院，给你找最好的医院，绝不让你再病下去。"

麦禾惊恐地摇头，哀求母亲不要把她送去精神病医院，她不想被关起来。她已经三十多岁了，和母亲并不亲昵，但此刻竟然像女儿常常对她做的那样，她蠕动着身体对母亲撒娇哀求，说："妈妈，你可怜可怜我，别这样对我，求你了。"

"傻孩子，妈妈还会害你吗？"

麦言秋落泪了，她的态度和之前相比判若两人，麦禾清楚地记得上一次她们谈及过去，谈及病痛，母亲是那样自信和笃定，她像只鹰，张开双臂就能保护幼崽平安，这才过几天哪，母亲就张不开翅膀了，麦禾不明白为什么，越想越觉得不安。

"我是不是又做错什么了？"

"没有，你别乱想。"

"那你放开我呀！妈，你听我说，我已经看过医生了，只是轻度躁郁而已，我晕倒是因为忘了吃药。我跟你保证，回去以后一定好好吃药。你别让他们把我捆起来，我不想住院，我不能住院啊！甜歌那么小，没有我，她怎么办?!"

"我帮你带，你把甜歌交给我。"

"不行！"

麦禾疯狂挣扎，拼命摇动手腕和双腿，她憋着劲，呼吸粗重得仿佛跑了场马拉松。

"你不信任我？"麦言秋似乎是被女儿果决的态度伤害了，松开了手。她退后两步，像审视怪物一样打量麦禾，然后深深提气，冲门外大喊："大夫！护士！"

伴随着母亲的叫声，医护人员破门而入，在麦禾眼里，那是一群白衣厉鬼，他们拿出各种刑具对准她，逼近她。她没有武器，能做的只有抬头、张嘴、露出牙齿、左右摇摆头颅、发出不情愿的叫喊。这自保之举悲凉可笑，毫无作用，针头扎入臂弯的瞬间，她听到孩童尖锐的啼哭，那熟悉的声音像哨音般让她静下来。

麦禾怔怔地看向声音的来源，见甜歌躲在母亲怀里哭到张大嘴巴，她立刻静下来，咬住嘴唇，不再挣扎，像一头落入陷阱的可怜的母狮，把生命里最后的注视留给陷阱之外的毛茸茸的小东西。

这一次世界是以慢速消失的，一点点地拖延着结束，合上眼皮时，麦禾看见了哈雷彗星。

药劲过去后，麦禾平静地醒来，她没再抵抗，躺着，慢慢转动眼珠。

天又黑了。

几号啊？

她感觉到生命在断裂，一而再，再而三，她对那些断掉的时间毫无感知，它们是纯粹的折损。

　　"我睡了多久？谁把你叫来的？"麦禾小声问从打盹中醒来的母亲。

　　"我没走，"麦言秋说，"你不让我住在家里，我就在你们小区租了个房。"

　　"为什么？"

　　"我是想在你需要我的时候，能马上出现帮到你。"

　　麦禾愣了一下，反问："你监视我？你不会还跟踪我吧？"

　　"你别这样，"麦言秋说，"理解我一下，好不好？我实在放心不下。"

　　难怪……这段时间麦禾走到哪里都觉得身后有眼睛在盯着她，她只当是自己心里有愧、疑神疑鬼，原来是母亲在跟踪她。眼泪不争气地滚出来，一点怒气也没有，心境像毫无波澜的大湖，无能狂怒时自尊尚在制高点，此刻，麦禾只觉得屈辱。

　　"甜歌没事吧？我没有伤到她吧？"

　　"没有，她只是有点害怕。你的邻居听到她在家里哭，打电话给物业了，物业又把仇然找了来。我不知道仇然对你做了什么，反正，他把你吓坏了，幸亏我就住在小区里，要不然，还不知道他会怎么伤害你。你们离了没有？赶紧跟他离，他要什么都给他，我们不跟他争，他就是个傻子，分不清好坏主次。你是不是对我上次说的事上心了？怪我，怪我，不就一幅画嘛，给他就给他，当喂狗了。我真是后悔，当初就不该听外婆的话让你结婚，男人没一个好东西，我怎么就这么不长记性！"

　　"妈……"麦禾打断母亲，此时此刻，她不想讨论仇然，只想为自己争取自由，"你帮我松开，好不好？我难受。"

　　"不是我要绑你的，是医生，你听话一点，忍一忍。"

　　麦禾是真的难受，她不知道自己被约束了多久，身体没有一处舒适，她可怜巴巴地望着母亲，祈求重获自由。

　　"你睡吧，睡着就好了。我跟医生说过了，明天就转院。"

　　"给我松开！我要上厕所！"麦禾又嚷起来。

麦言秋一怔，弯腰在床下一阵摸索，随后提起两团黑乎乎的东西说："有尿壶，有便盆，都有，你要怎么样？我帮你。"

麦禾的心脏扑通沉底，身体滚过电流，从发根麻到脚指头。

黑暗里，母亲的面庞突然变得格外清晰，那张脸仿佛是被太阳照亮了，她看到母亲躲闪的眼睛和垮塌的唇角，以及脸上每一根害怕得发抖的汗毛。

母亲要放弃她了，她早就该知道，母亲根本不爱她，母亲和仇然一样怕她，不！母亲要怕得多！

仇然怕的是他浮光掠影的想象，母亲却怕得实实在在。母亲嘴上不承认，心里却很明白，她是自己的小孩，更是个随时会失控的魔鬼，十六年前她能点火烧屋害得外公惨死，十六年后也有可能做出更可怕的事。母亲要大义灭亲了，不可能再给她自由，天亮以后，她就会被送进专科医院，被关在诡异的世界里服刑，直至被彻底同化。

肩头有节律地传来母亲温热手掌的拍打，母亲想哄她入睡，但她却毫无睡意。

没人能救她了，如果她不能自救，就死定了。

"逃吧，大不了就死去……"

这声音贴在耳畔响起，麦禾听得清清楚楚，那是她自己的声音。

要怎么跑呢？手脚都被捆住了，医护人员根本不听她的诉求，不过，转院的时候总会打开约束带吧？总不至于连人带床一起转走吧？所以，她还是有机会逃跑的。可是，即便约束带被打开，恢复了行动能力，她一个人要对抗一群人，想逃出去，希望仍渺茫。

要是有人能来帮她一把就好了。

医生把麦言秋叫走了，看到母亲离开病房，麦禾叫来女儿，问甜歌怕不怕，甜歌点点头，问麦禾为什么不理自己，为什么要推她。

"妈妈推你啦？"麦禾揪心地问。

甜歌点头，拍拍屁股，说："摔倒了，屁股痛。"

"对不起啊。"

麦禾愧疚极了，她很自责，怀疑自己还有没有能力做个好妈妈。现在这种情况，她从仇然手中夺走甜歌，究竟是自私还是无私？她的心态摇摆，判断不清。

"妈妈，你是不是在跟甜歌玩游戏呀？"

"嗯？什么游戏？"

"猜猜我是谁的游戏。"

"哦，是的，所以妈妈才会问你是谁，对不对？"

"嗯。"甜歌重重地点头，她还没消化掉惊慌，说到惶恐处，本能地抽噎。

见女儿摸着胸口，自己安抚自己，麦禾哽咽了，她抬起手想要摸摸女儿，却够不着，可是甜歌看到她的动作，主动走过来，一边抓着她的手，一边趴在床头，噘起嘴亲她。

麦禾紧紧抓住女儿的手，下定决心要和命运对抗到底，她问甜歌："记不记得爸爸的电话号码？"甜歌点点头。

"你现在就去找护士阿姨，让护士阿姨给爸爸打电话，你告诉爸爸，事情办好了，妈妈叫他来医院签字，让他现在就来，马上就来。"

甜歌去了，跟麦言秋一起回来，孩子一进门就邀功一样地大声告诉麦禾，说："妈妈，我给爸爸打过电话了。"

女儿的笑颜和母亲的苦脸形成鲜明对比，麦禾的心突突乱跳，麦言秋问："给他打什么电话？"

麦禾说："我不想让孩子待在医院，要不然你把她送走？"

一听麦禾这么说，麦言秋就不作声了，她猜女儿是故意支走她。麦禾早知道母亲会这样想，闭上眼睛，不吵不闹，默默等待仇然的到来。

她等了仇然一晚上，等到天亮了，等到查房了，他仍旧没有出现。

13

查房的医生态度很好，问完麦禾有关吃喝拉撒的基本问题后，他叮嘱麦言秋说今天还有两个检查需要做一下，麦言秋则完全将医生的话忽略，追着问转院的事情什么时候办理。

医生没回答麦言秋，俯下身问麦禾，说："感觉怎么样？有没有哪里不舒服？"

"捆太久了，难受。"麦禾说。

"昨天你来的时候，抽搐情况挺严重，自己知道吗？"医生拿着小手电筒晃麦禾的眼睛，说，"今天情况要是好一些，就给你松开。"

随后，医生还对麦言秋说："床可以摇起来，家属多照顾一点。"

医生的态度在松动，可是，麦言秋却拉走医生不让医生说话，她揪着转院的事情不放，语气着急地让医生马上就给她办。医生挺不高兴，说昨晚已经将流程告知，如需转院，自去联系。麦言秋扯住医生的胳膊央托他帮忙，说她走不开，只需来一辆救护车给她们一车拉走，花多少钱都行。医生被麦言秋弄得哭笑不得，教训她说钱再多也不该占用公共资源。

有分歧就是有机会，麦禾抬起脖子插话，说麦言秋没权利处理她的事情，她宣称自己已婚，丈夫到现在还不知道她的病情，他们无权就这样将她转来转去。

麦禾的声音又沉又响，理智并且透着威严，麦言秋听了连忙对表情困惑的医生说："别听她的，她离婚了。她的事，我做主，我是她妈。"

"我再说一遍，她不能代表我！你们要是敢这么处理，我会闹得你们医院不得安宁！"

没有哪家医院不怕医闹，医生不耐烦地问麦言秋到底什么情况，护士凑上来跟医生耳语，麦禾看到护士指了指女儿甜歌，大概是说女儿昨晚要求打电话的事情，一时间麦言秋被医护人员包围了，麦禾听到母亲极力争辩。

"她说胡话，情绪不稳定！"

"我怎么乱说了？我就是她妈！你们没听到小孩叫我外婆吗？我说什么瞎话了？"

"还要签什么东西呀？"

"好好好，你说签什么，我签就是。"

"为什么非要叫他来？我签还不行？"

咚咚咚。

富有节奏的敲门声将混乱中断，所有人整齐划一地扭头去看，包括被束缚在病床上的麦禾。

来的人不是仇然，竟然是岑溪。

"你是谁？"麦言秋紧张地问。

岑溪款款走向麦禾，说："我来看看麦禾。我是她朋友。"

麦禾顾不上追究岑溪怎么会来，她像索求救命稻草那样，朝岑溪伸出手，说："快，帮我给我老公打个电话，叫他来医院。"

"你能联系上她老公？"医生越来越不耐烦，他对岑溪说，"那你赶紧叫他来。我只对病人病情负责，你们的家事不要影响医院的正常管理好吧？"

岑溪看着麦禾，接收到她眼神里祈求的信号，点头说："好的，我知道了。"

麦言秋推了岑溪一把，凶巴巴地质问她添什么乱，坚称自己能替女儿做主，让医生马上办理转院手续。岑溪也不退让，指着麦禾说好好一个成年人，也没见糊涂，怎么就非得她做主？

医生怕她们闹起来，伸手拦住，他摘掉遮住半张脸的口罩，露出严肃的表情，两边一起教训，末了，郑重其事地告诉麦言秋，尽快请患者丈夫到场，他还有病情事项要告知。

听到这句话，麦禾知道转院大概是转不成了，她长舒一口气，终于有精神去关心岑溪的到来。

"你怎么来了？"

"昨晚想去你家蹭饭，吃了闭门羹，你家邻居说你病了，我看这家医院离你家近，就来碰碰运气。"

碰运气？麦禾是不相信的，医生刚刚说她抽搐了，她猜邻居应该精准描述了她的状态，所以岑溪才能"碰"得上这个运气。

岑溪轻轻拨弄约束带，皱着眉头说："我叫他们帮你松掉这些破绳子，你的脸都肿了，就没人看得见吗？"

等岑溪离开病房后，麦言秋慢腾腾地走到床尾，转动把手摇高床铺，边摇边问："她是谁？我怎么没见过？"

麦禾叹了口气，她不理解这样的话母亲是怎么问出口的，委屈难以克制，原本一直忍耐不说的话，终于忍不住了。

"妈，十六年了，从我出院以后，你就跑得没影，对我的生活能有多少了解？我的人生不是你短短偷窥一阵子就能看得明白的。你想管我，早干什么去了？我以前需要你的时候，你在哪里呢？现在想管我，我不需要了！"

麦言秋紧抿嘴唇，身体抽动，她的肩膀和脖子紧紧绷着，表情受挫，好半天才喃喃说："你也怪我。"

"我不是怪你，但是，你离我的生活真的太远了，我已经长大了……你不应该……你不能……"

麦禾受不了母亲那种受了委屈又极力忍耐的模样，她想和母亲道歉，想为自己的口不择言辩解，可是一张嘴，情绪又顶上来，眼泪不争气地滚落，她嘴唇哆嗦地喊了一句："我也不想这样！"

她的眼泪让母亲动容，麦言秋也揉起了眼睛，唉声叹气地说："好了，好了，不说了，都是我的错。"

麦禾已经明白了，母亲说苗苗是她的假想玩伴，那不是真的，真实情况是，苗苗是她疯狂的那一面，她曾是一辆脱轨的列车，但走运遇到车祸，人生才被撞回正轨。

"不要回头，一直向前。"

麦禾的脑海里突然浮现小白龙的话。

她后悔了，可是为时已晚，她已经回了头，并且把苗苗"找"回来了。

岑溪带着护士回来时，正好看到房间里的两人都在抹眼泪，等护士替麦禾解开约束带，她一边扶着麦禾坐起来，一边对麦言秋说："阿姨，您一夜没睡吧？要不，我在这边陪麦禾，替替您？"

麦言秋望着窗外不言语，眼泪滑过她因日晒而老化的皮肤。麦禾不知道母亲在想什么，她总觉得母亲看起来有点奇怪，身上像少了什么，打量半天，她怀疑是母亲手上缺了支烟。

没有缭绕的烟雾，母亲的本真好像清晰了一些，她很柔弱，也很天真，就像她手腕上佩戴的紫色镯子，还有给甜歌当被子盖的粉色外衣，她的骨子里存在着与年龄不符的浪漫和天真。

"我去买早饭。"麦言秋调整好状态，看向岑溪说，"你坐，帮我照看一下，我马上就回来。"

目送麦言秋离开，岑溪掏出手机问麦禾还要不要打电话，麦禾想了想，摆摆手，表示不用了。

她已经想到仇然为什么不肯来了。

是那幅画。

联想到母亲对仇然手里那幅画的态度，麦禾觉得仇然八成是弄错了，倘若那幅画真值仇然口中的价格，母亲不可能让他占去天大的便宜。和母亲见面后，仇然应该是琢磨清楚了，所以，他正在气头上，是故意晾着她。

这样一来，麦禾反倒不想去找仇然了，因为仇然会主动来找她的——离婚证还没领呢，他一定会来找她的，而且见过她"发疯"的模样，他会比她找他时更着急。

况且，现在就是离开医院的最好时机，她只需要牵起女儿的手，径直走出去，何须再求仇然出面？

"借个水，我要吃顿药。"岑溪一边指着柜子上的保温杯，一边从包里翻出白色的小药盒。

"你不舒服？水凉不凉啊？"

麦禾心脏突突直跳，她看见暖水瓶，心里有了主意。

"甜歌。"麦禾下了床，脚下很软，她踩着虚浮的脚步，拾起暖水瓶，拉着女儿的手，对岑溪说："水凉了，我去打点热水来。宝宝来给妈妈带路，好吗？"

"喂——"岑溪拉长调子叫住麦禾，说，"你这样对待朋友，不怎么好吧？"

被人识破逃跑的意图，麦禾停下脚步，她窘迫，心思混乱，不知道该怎么跟这个重逢不过几日的旧相识说清楚自己的处境，博得岑溪的同情。

岑溪脸上挂着浅笑，她打开药盒小格的盖子，往手心里倒了粒圆白药片，仰脖子吞掉，喝了口温水，把药片送下去。

麦禾问："你怎么了？"

"抑郁症，每天都要按医嘱吃药。"岑溪说。

"你？"麦禾没想到，下意识反问，说，"不会吧？"

"谁还没几件想不通的事呢？"

麦禾点点头，她觉得岑溪能说出这么通达的话，一定能理解她，她恳切地看着岑溪，希望岑溪能放她一马。

"你准备去哪里？"岑溪问。

"我不知道，但我真的要走了。"

麦禾的心跳越来越快，她时不时看向门外，生怕母亲的身影再次出现，她不愿意错过时机，丢掉暖水瓶，把心一横，抱起女儿转过身。

她没有别的选择，只能把压力留给岑溪，她希望岑溪不要来拦她，因为一旦有人拼命，就一定会有人受伤。

"我们去屺州吧。"

岑溪的话让麦禾顿住步伐，等麦禾转过身来，岑溪微笑着说："你之前不是说想去看看吗？我的车就在楼下，走吗？"

14

挂着外地牌照的黑色吉普车冲出医院停车场，岑溪驾车，带着麦禾和甜歌离开海市，前往屺州。

导航显示，预计抵达屺州妈祖广场的时间是下午 1 点 30 分，岑溪还是孩子心性，踏上说走就走的旅程，她兴奋得和甜歌差不多。

麦禾的生活里缺失像岑溪这样的朋友，孩子妈妈们聚在一起时嘴里谈的都是家长里短、抚育儿女之类的事情，像这样的少年疯狂让她有了抽离感，仿佛被补了元气，她似乎可以抵抗风暴了。

岑溪在路上打了个电话，她在厝州有朋友，听声音是个麻利爽朗的女人，听说她们要来玩，对方立刻表示全程接待、全程陪伴。

果然，车子一下高速，就有一辆挂着本地牌照的七座MPV（多用途汽车）在收费站外等待。

驾车的女人比麦禾想象的还要有气势，长头发，高个子，身材丰腴，她自称阿昕，车后座还有她的两个孩子，一儿一女，男孩比甜歌大一岁，女孩比甜歌小一岁。这下，连甜歌都有了玩伴，麦禾心里很感激岑溪，感激她在如此混乱的当下给了自己这一段能够全然放松的好时光。

"是先去民宿，还是我先拉着你们逛一圈？"阿昕问。

"先去民宿吧，让我们缓一缓，人都到了，急什么。"说完话，岑溪看向麦禾，说："对吧？"

"听你的，不过，"麦禾顿了顿，又说，"出来得急，什么都没带，我们是不是要先去买点东西？"

"民宿里什么都有，阿昕已经帮我们安排过了，"岑溪从后视镜里凝视她，微笑着说，"放心。"

妈祖广场是厝州地标级景点，每一年的开渔节，妈祖广场上都会举行盛大的祭海仪式，那时，游客很多，都为一睹千船齐发的盛大景象而来。

阿昕开车在前面引路，岑溪载着麦禾和甜歌跟在后面，一路被领到妈祖广场附近的民宿。老板娘和阿昕的私交很不错，麦禾听到她们用方言讨论物价波动，阿昕似乎是开店的，老板娘找她要某种海鲜稀缺货，阿昕爽朗地应下。

老板娘招呼麦禾一行人看房间，说："我们家的客房到了开渔节要提前一个月预订的，你们现在来才有的挑。去三楼吧，三楼也有个休闲厅，里面有台球桌，还有游戏机，够你们耍了。"

冬季是厝州的旅游淡季，游客不多，老板娘吹得再厉害也掩盖不了生意冷清的事实。麦禾把三楼每个空房间都看了，最后选了西边推开窗户就能看到码头的房间，远处，黄色的旌旗正迎风招展。

岑溪住在麦禾的隔壁，让麦禾意外的是，休闲厅另外一端的空房间也被岑溪订下来。

"阿昕不是本地人吗？她晚上也跟我们一块住民宿？"麦禾小声问岑溪。

"她不一定，可能会吧。你问那间房？"岑溪笑着说，"那间给别人留的，我的朋友多着呢，回头好好给你介绍。"

老板娘热情地问她们吃没吃午饭，麦禾说在服务区吃过了，阿昕却不客气，熟门熟路地让老板娘弄点本地小吃来尝尝。

岑溪把从阿昕车内拎出来的行李箱推给麦禾，说换洗衣服都在里面，如果不合适，晚点再去逛商场。

麦禾很感动，她的人生有很多缺憾，上学时因为生活费有限，寝室里的同学三三两两出去旅游，她一次都没参与过，每一次她都只能眼巴巴地给别人送行，从来没有跟随室友一起拖过行李箱，此刻，她觉得遗憾被补足了，眼前这个很久以前就跟她表达过善意的女人，像太阳一样温暖了她。

回到房间，麦禾先帮女儿洗了个澡，然后自己也冲去了一身疲惫。

阿昕还给甜歌准备了小礼物，一条红色的围巾、一个红色的蝴蝶结弹簧夹，还有两枚橙色的小螃蟹形状的碎发夹。麦禾给女儿吹干头发，用心编了个蝎子辫，发尾用蝴蝶结弹簧夹固定住，再用两只小螃蟹夹住耳侧的碎头发。

还站在楼梯上，麦禾就听到了欢声笑语。老板娘见麦禾下楼了，起身对厨房方向喊："人来了，炸吧。"

甜歌被阿昕的宝贝们拉走了，三个小朋友在院子里玩蹦床，岑溪和阿昕不知聊到了什么，大笑不止，她们面前的茶几上放着油馓子和蛋酥。

嗞嗞啦啦的炸东西的声音伴随油香味一起飘出来，不一会儿，从厨房出来人了，他手里托着盘子，盘子里盛了几大块炸货。

老板娘热情地招呼大家品尝，说炸虾饺是本地特色，在外面吃不到的，要现炸现吃才最好吃。

麦禾用筷子夹起一块，走到院子叫女儿甜歌过来吃。甜歌玩得出了一头汗，因为太开心，她的脸颊红得像熟透的苹果。麦禾不着急喂女儿，她轻轻拍拍女儿的后背，等女儿呼吸平顺了，才喂女儿吃了一口当地特产。

"海鱼叔叔！"甜歌咀嚼着，她仰起脸，含混不清地对麦禾说。

听到女儿嘟囔海鱼叔叔，麦禾十分不解，等到女儿把炸虾饺推给她，她的脸蹭上油，才终于反应过来，女儿的意思是这个炸虾饺和海港海鲜商行里的虾饼是一个味道。

麦禾张嘴咬下一口，重油酥口没什么稀奇，或许炸物的味道都差不多吧，她没有否定女儿，只是摸摸女儿的头，继续把炸虾饺喂给孩子吃。

岑溪走过来，问她要不要出去转转。麦禾问去哪里，她以为是要去看画了，心里发怵，但岑溪说阿昕的孩子们想去乐园。

妈祖广场附近的房子都不高，天空广袤，到处都是飘摇的黄色旌旗。阿昕开车，岑溪坐副驾驶，麦禾坐在岑溪身后，孩子们在最后一排玩闹。岑溪指着妈祖广场上巨大的红色鱼钩雕塑告诉麦禾，朝鱼钩指的方向抄近路能到后街，后街上全是美食，老饕最爱。

"你常来屧州？"麦禾问岑溪。

"还好，也不算经常。"岑溪说。

"她不知道，"阿昕转动方向盘，慢慢踩了点刹车，说，"路口扩建早做完了，现在可以直接开车穿过去。"

麦禾眺望窗外风景，她对这座城市毫无记忆，她问阿昕："城市变化大吗？"阿昕说很大，十几年了到处都在改造，地块越来越大，周边盖的房子也越来越多，好多都烂尾了，空着，像鬼城，不过老城区还好，表面变化大，内里还是老样子。

后街果然热闹，全是海鲜酒楼，在民宿里没看见的游客，全都出现在了后街，街上人头攒动，因为要礼让横穿马路的行人，车速很慢，时不时就要停一下。

麦禾的眼前缓缓移入熟悉的风景，海港海鲜商行竟然出现在这里，她情不自禁地贴上车窗。

蓝色门头，白色亚克力发光字，内里照明灯全开了，通透雪亮，隔着半条街，麦禾从玻璃橱窗看见店内鱼缸摆放的位置、数量，甚至动线设计，都是那么熟悉。

"怎么了？你在看什么？"岑溪扭过头问麦禾。

麦禾回过神，靠回座位，说她看到一家连锁店，刚刚才知道家门口开的海鲜档口是个加盟的连锁店。

阿昕加了一脚油门，很快从美食街冲出去，驾驶位门储物盒里放了一盒纸巾，包装纸盒是蓝色的海浪印花，上面满是海港海鲜商行的广告信息。

车子驶离美食街，又绕妈祖广场多开了半圈调整方向，甜歌看到停在港口的渔船，兴奋地拍手。

很快，车子钻入隧道，再出来时，又是另一番风景，似乎离城市越来越远，麦禾看到一座座小山包，满山都是润目的翠绿。

阿昕的女儿如意撕不开零食的包装袋，麦禾伸手帮忙，她把零食递回去时，车子跑入盘垣路，路牌的实际作用让位于旅游经济，广告字印刷得很大，路名小得要拿放大镜看，她恰巧没注意。

青绿橙乐园建在半山腰，阿昕说，这是屠州唯一的主题乐园，虽然当初建设时是面向情侣的婚纱照拍摄基地，但因为乐园里有很多微缩的世界景观和游乐设施，反而成了孩子们的最爱。

乐园票价要 120 元一个人，入口处的三辊闸生了锈，辊子被撞得凹陷也没替换，洁白的飞马雕塑和丘比特都长出了绿色的苔藓。

麦禾觉得不值票价，直到她看到一座小号的胜利女神庙。

很多地方做微缩景观并不留意细节，立柱往往是错漏百出的重灾区，但这里却做得很好，微缩建筑正确地使用了爱奥尼柱式，爱奥尼柱式的特点是柱头有一对向下的涡卷装饰，纤细而富有曲线美，仿佛女性的身体。

会留意这些，是因为麦禾喜欢搭积木，她买过一组世界经典建筑的拼插积木，其中就有胜利女神庙。看到它，麦禾才意识到这里或许并不是粗制滥造的工程，只是因为某些不知道的原因，乐园衰败了。

孩子们喜欢旋转木马，一个个都跳进去了，麦禾怕头晕，在外围站定，岑溪留下陪着麦禾，阿昕进入游乐区陪伴孩子们。

等旋转木马的音乐响起，岑溪拍拍麦禾的肩膀，把远方的风景指给她看。

"你看那个，看到了吗？那些红房子，当初一共建了 38 栋，现在只剩下 37 栋了。"

麦禾看到了木屋别墅般的小红楼，她点点头，问："怎么少了一栋？"

"火灾，烧没了。"岑溪说。

15

"火灾"两个字，让麦禾的心被烧了一下。

旋转木马在转动，阿昕带着甜歌和如意坐在南瓜马车里，女儿无忧无虑地嬉笑，与她的新同伴玩得很开心。

不远处的草坪上，一对新人正在拍婚纱照，新娘的婚纱并不奢华，白纱很短，露出双腿，头纱很蓬，显得头大身体小。

世间一片祥和，谁能料到这里也曾经发生过火灾……

麦禾远眺半山处的红房子，挪不开眼睛，她问："那些房子是旅舍？"

"有的是能量补给站，有的是厕所，还有的是乐园自营的婚纱摄影沙龙，各有各的用途。"

"怎么会着火呢？"

"松节油。"

岑溪的回答让麦禾不解，她茫然地追问："什么是松节油？"

"以前，我有个朋友也这么问过我，你们都一样，不懂油画。"岑溪说，"松节油可以用来稀释油画颜料，也能用来稀释调色油，还能用来洗笔，每个画油画的美术生都离不开它。"

女儿在叫妈妈，麦禾松了眉头，微笑着抬手和女儿打招呼。

"我忘了，你喜欢的是中国画，是八破图，"岑溪笑了一下，说，"能告诉我为什么会对八破图感兴趣吗？你可别再说什么就是觉得好看这样的话了，随意而生的兴趣不会持久，不吝时间、金钱去求取的东西，一定有它的独特之处，对吧？"

"那我要是说，不是我对八破图产生了兴趣，而是八破图选择了我，你会不会觉得更扯呢？"

麦禾终于开始对岑溪敞开心扉，哪怕她觉得岑溪并不能理解。

"你指的是触动？我很好奇，八破图是怎么触动你的？"

"这个问题的答案，我自己也想知道。"

麦禾的回答像极了是在隐藏，但其实，她说的是真话，正是因为想知道答案，她才会做出决定，踏上这场说走就走的旅程。她诚意满满地看着岑溪，希望岑溪不要误会她是在耍心眼。

见岑溪再一次宽容地笑了，麦禾说："你倒是可以教教我该如何欣赏八破图，我是外行呢。"

"因为在民间流行，老百姓更喜欢'八破'这个词带来的吉祥寓意，于是八破图的名字就渐渐叫开了。其实，我更喜欢叫它'锦灰堆'。据说第一幅锦灰堆是钱选画下的，画的是残花败叶、残羹剩菜、掉落的羽毛、剩余的虾壳，这么一堆乱七八糟的东西，堆在一起，可以想象是多么落寞衰败。"

"是因为抑郁吗？"联想起岑溪吃的药，麦禾关心地问，"因为心情不好，才喜欢看消极的东西？"

"你说反了。因为心情不好，才需要看积极的东西。"

"积极？从破败里看出积极？"麦禾听得犯糊涂。

"钱选是元代很有名的画家，元代在中国美术史上拥有举足轻重的地位，那个时代民族歧视严重，文人士大夫在政治上不得志，转而借助书画表达自我。一般人说起锦灰堆，说的都是它诞生于文人的游戏，只有很少的人会往深处看，去思考这样的游戏之作是如何诞生的。你可以想象一下，钱选是在什么状态下画下了锦灰堆，我的想象是，他郁郁不得志后酩酊大醉，胸中感慨、百转千回，于是把残破画下来，赋予它们新的价值，八破图是变废为宝，也是希望和安慰，所谓荣悴互为其根，生生不穷，说的就是这个道理。"

说到这里，岑溪停顿了一下，深深地看向麦禾，又说："不要去看画面上的残破，要去想，它们为何被记录？谁赋予它们新的生命，使它们不被遗忘？"

麦禾的情绪被调动起来，莫名激动，想起自己残破的记忆碎片和生命体验，她沉默了。

旋转木马渐渐停止，但孩子们还没玩过瘾，又去排队等待玩第二轮。

甜歌重新选择坐骑，这一次，她选了一匹彩虹马，另外两个孩子坐进白茶杯。马高了，甜歌爬不上去，麦禾本想进去帮忙，阿昕冲她摆手，然后把甜歌托起来放上马，站在甜歌身边，随时准备保护甜歌。

她们都太好了，明明只是初次见面，却亲近得好像老朋友。

从旋转木马离开后，阿昕又把她们领去剧场看演出，剧场的演出剧目是融合了魔术和杂技的新编《牛郎织女》。

乐园剧场是一座粉红色的城堡，有三层楼高，排队走的是上坡路，看完剧目后出来，走的是下坡路，孩子们俯冲玩闹，叽叽喳喳，麦禾怕他们摔倒，一路跟着跑，等跑到平地上，她发现岑溪和阿昕都掉队了。

阿昕的儿子十分调皮，麦禾努力看住他，她等了好久，剧场的游客似乎都走出来了，岑溪和阿昕还是没有露面。

麦禾没有手机，她着急，想要带孩子们找回去，阿昕的儿子吉祥告诉麦禾不用找，说他妈妈接他爸爸还有叔叔去了，麦禾问："那岑溪阿姨呢？也去了吗？"

孩子们纷纷摇头，表示不知道。麦禾当机立断，说："那走吧，有人掉队了，我们的任务是把掉队人员找回来。"

幸好她是个母亲，有带孩子的经验，把意愿转换成任务一说，男孩第一个往回跑，麦禾牵着两个女孩疾步跟上，走到第二个转角时，她看到了岑溪。

岑溪在一片涂鸦墙前站着，麦禾远远叫她，她不回应，吉祥跑过去，冲岑溪做了鬼脸，她的身体猛地一抽，如梦初醒。

这种状态，麦禾感同身受，她走到岑溪面前，低声说："没事吧？你的药一天要吃几次？中午在服务区吃汉堡的时候，好像没看到你吃药，是不是又不舒服了？"

岑溪看看她，答非所问地说："你知道怎么打开这扇门吗？"

麦禾困惑地朝岑溪手指的方向看过去，这才发现涂鸦墙上有一扇门，门随白墙一起被涂成了海底世界的样子，创作者挺有童趣，把门上的长铁闩画成了带鱼的一部分。

麦禾拾起锁闩的横杆，被钉死了，拉不动，她放下横杆，转身对岑溪说："出口在前面，这扇门是封住的。"

"你知道门后面是什么吗？"岑溪问。

麦禾趴在门上看，黑乎乎的，什么也看不见，不知道为什么，她突然觉得后背发毛，源自本能的对危险的警觉让她轻易不敢转身，她小心翼翼地扭过头，看到岑溪正死死盯住她。

"是松节油。"

"哦，是松节油啊……"

"你现在知道松节油是什么了吗？"

"知道。"

"不，你还不知道。"

麦禾的指甲抠在金属横杆上，她抠得很用力，指甲像被掀了一样尖锐地痛，她不知道岑溪为什么会突然变了样子，但体会到了仇然在面对她时的猜忌与惊惧。

"你知道这个乐园的前身是什么吗？"

"什么？"

"屪州半山度假区艺联疗养基地，是你曾经生活过的地方，离开这里时，你十六岁。"

霎时间，霹雳将麦禾整个贯穿，她惊得说不出话，后背冒出汗。

岑溪面无表情地注视她，指着墙上锁起来的那扇门，说："十六年前，有人给我打了个电话，问我要这扇门的钥匙，我跟她说了，你知道后来发生什么了吗？松节油除了可以创造美，还可以制造恶，松节油是那场火灾的引燃物。"

过道里的窗户开着，冷热风在此轮转，麦禾感到崩溃。

"你是冲着我来的？你一早就是冲着我来的？你想干什么？"

麦禾从孩子堆里一把拽过甜歌，拉开和岑溪之间的距离，窗户外又聚集了一批新的观众在等待入场，她时刻准备大声呼救。

"你的抑郁症是因为那场火灾？"

"是的。"

"是我找你要的松节油？"麦禾皱紧眉头，她的脸因呼吸不畅发红，局促地说，"我不记得了，我什么都不记得了。"

"不，你不是不记得了，那件事就不是你做的。"岑溪说，"电话是苗苗给我打的，我想，参与纵火的应该是她。但是，正因为是苗苗，才更有问题。苗苗绝对不会作恶，她没有理由作恶，她一定是被人利用了！"

"你在说什么？我听不懂。"麦禾的后背倚靠着窗户，她的眼睛在岑溪身上扫视，从头到脚，揣测岑溪处心积虑接近自己的用意。

"麦禾，我下面要说的话，你肯定觉得匪夷所思，但是我可以负责任地告诉你，我很清醒，我说的都是真的。"岑溪停顿了一下，掷地有声地说，"你不是精神分裂症患者，也不是发作性睡病患者，更不是什么双相情感障碍，你生了一种更为罕见的病，你的身体里曾住着两个独立的人格，一个是你，一个是苗苗。火灾带走了苗苗，留下了你。"

岑溪越说越激动，她突然吼了出来，喊道："麦禾！你的康复是以另一个人的死亡为代价的！苗苗是我们最好的朋友！她是个天才！"

麦禾的身体又一次被霹雳穿过，这一次，她明显地感觉到女儿也在跟着她一起抖动。

过道里传来成串的脚步声，阿昕领着两个男人跑过来了，麦禾紧紧抱着女儿，女儿在她耳边呢喃。

"海鱼叔叔……"

是他啊，那个在家门口开店卖海鲜的男人落在奔跑的队伍的最后，他也是啊，他们竟然是一伙的。

可是，他们究竟是谁啊？麦禾觉得自己真是太迟钝了，迟钝得像个傻子。

集破成序

第三篇章

01

"跪——！"

伴随彪形大汉一声呐喊，几十个赤裸上身的男人手捧海碗单膝下跪，待海碗内装满祭酒，他们将海碗郑重地端在胸前，面对广阔大海，齐声喊诵："一敬酒，祝福海洋；再敬酒，风平浪静；三敬酒，鱼虾满舱！"

酒被这群渔家汉子缓缓洒于脚下，激扬的号角声随即撕破云天，盛装打扮的渔姑抬着五色果实走上祭台，祭台之下，蜿蜒相连的蓝色帐篷下面，手执鱼灯的小孩子正叽叽喳喳地排列成队，随时准备登上舞台。

妈祖广场上的开渔节已经举办了十四届，祭海仪式是古老、隆盛的典礼，曾经它只属于把命运交付大海的渔民，现在，它属于四海宾朋、八方来客。

穿着浅蓝色连帽衫，皮肤白得没有血色的男孩退出游客堆，朝文艺表演后台走去，看见年纪大一些的渔夫渔嫂，他就上前去问："您好，请问您是海港渔村的吗？这里有海港渔村的人吗？"

他问了好些人，都没有得到想要的回答，他眉头皱起来，有点急了。

终于，一个头上扎着拇指粗的白棉绳子的老年人听了他的问题抬手往后随意一指，说："往后走，后面那些穿红绸裤、扎黑腰带的人里面有海港渔村的。"

"谢谢，谢谢！"

男孩高兴极了，快步奔跑时，险些撞上手擎高香的开渔编队，渔民们顾及他是游客，心里有气不好当面发作，只能护住高香，提醒他，这里是后台，游客禁止出入。

"我知道，我找人！我找童海平。"

"别乱跑！"

"童海平是谁？"

"小伙子，这里是后台！游客到前面去，前面游艇上有吃的、有喝的。"

…………

男孩灵巧地避过每一双企图拉拽他的手，置若罔闻地继续朝前跑。

他们都弄错了，他是渔民的儿子，出现在此处算回归故土，不能算游客。

身为渔民的儿子，他理应比游客更明白今天这场仪式是多么庄严肃穆，不该横冲直撞，坏了规矩。但是，离开七年了，再回来，海岛还是这个海岛，空气中飘浮着熟悉的海腥味，可儿时游玩的滩涂没了童年的伙伴，他已经像没头苍蝇似的逛了一周，此刻，总算有了新盼头。

"童家铺子？"

"对，老板叫童海平，他哥哥童海友以前是跟村里118号渔船出海捕鱼的渔民，应该听说过吧？他哥哥出海捕鱼，他在老市集那边开了个海鲜加工店，现在老市集没了，您知道店搬到哪里去了吗？"

男孩说话时，上了年纪的中年男人不住地抚摸他那比大海还宽阔的肚皮，听到118号渔船，他立刻说："118号早没了，船老大发了大财，早就上岸了。"

"阿伯，我问的是童家铺子的童老板，他有三个女儿……"

"哦，"男人抚摸肚皮的手转而拍起脑袋，他打断男孩，说，"你说的是童老三！前几年招了个赘婿，还回来摆席了！"

"对对，他是排行老三，"男孩面露喜色，急切地追问，说，"那您知道怎么联系他吗？"

"听说是在丹南路上开了个店，叫什么名字，我不清楚。"大肚腩男人看着男孩，突然想起什么似的，他说，"你是谁呀？咦，我看你有点脸熟，你是不是姓宿呀？"

话音未落，男孩已致谢跑开，大肚腩男人看了他好一会儿，转头跟别人说起了海港渔村118号渔船在伏季休渔期违规出海捕鱼，正巧遇上野生大黄鱼的故事来。

"前几年哪有野生大黄鱼哟？"

"对呀！哪有野生的？告诉你们吧，1997年以后，有个大学研究院搞大黄鱼野化研究，是他们那里的鱼！听说围场网衣破了个大洞，鱼都逃跑了，跑出来被他赶上了，正好一网打尽。哎哟，你们说说，他有多走运哟，这叫什么？叫命里带财呀。"

"嘿哟！真是老天爷挑你发财，挡都挡不住。"

男孩找去了丹南路，沿着街，一家店一家店地走，直到看到"童家铺子"的店面才停下脚步。

时间尚早，店内还未上客，他推开门走进去。手里端着泡沫箱的店员很自然地问他："吃饭？"见他背着双肩包，一副游客装扮，她又加了一句："鲜货现选，什么口味都能做。"

男孩认真打量女孩，她剪了男孩一样的发型，染成蓝色，衣服穿得宽松随意，牛仔裤上全是破洞，格子衬衫外套了一件全是毛边流苏的编织马甲，这打扮……比他想象的要另类许多，最重要的是，分开那年她才十四岁，个头还没完全冒起来，如果不是刻意找寻，只在大街上偶遇，他恐怕会认不出她来。

"阿昕。"

"哦，天啦！"女孩放下手里的泡沫箱，高兴地蹦到男孩身边，不敢相信地左右来回打量他，然后，她终于跟男孩一起笑起来，大声说，"小泽哥哥！你回来啦！"

"对啊，我回来了。"

"哎呀！你回来啦！我还以为再也见不到你啦！"

"哈哈，你长得这么高。"

"我们比比，看看谁高……"

"哎，你别踮脚。"

"哈哈，你要吃饭？还早呢，吃早饭？我给你下碗面吧。"女孩见男孩笑眯眯地摇头，她反应过来，问，"你是特意过来找我的？你怎么找来的呀？"

"找了好久啊，足足有一周。"

"是啊，我们店搬了两次了，这边是刚搬过来的，可不难找嘛。"

男生女生的嬉笑声很快惊动了店老板，发顶稀疏的男人困惑地走过来一探究竟，女孩抓住男孩的手，说："爸爸，你看他是谁？"

"叔叔好。"

"哦，是船老大的公子啊。"

男人就是童家铺子的老板童海平，男孩和他打招呼时，他的双手在缠腰的围裙上反复摩擦，视线飘向男孩身后，问："你是一个人回来的，还是跟家里人一块回来的？"

"我一个人。"

"回来干吗？回来玩？你什么时候走？"

男孩半张开嘴，想回答，但问题应接不暇，他察觉到自己并不受欢迎，尴尬地皱了皱鼻子。

"哎呀，小泽哥哥才刚回来，你问得好像是赶人走一样。"女孩主动替男孩解围，推开男人，说："爸爸，你快去忙吧，我带小泽哥哥出去转转。"

女孩拉着男孩奔跑，他们身后传来长辈气急败坏的呼唤："早点回来！中午忙得很！"

港口停泊的渔船都挂了祈求丰收的黄色旌旗，开渔节时千艘渔船齐发，场面着实壮观。

男孩和女孩坐在码头边聊天，他们是童年时的玩伴，相逢时回忆往昔，犹如品尝海鲜珍馐，滋味复杂又美妙。

"小泽哥哥，你一定读了很好的大学吧？"

男孩笑了笑，见女孩流露出羡慕的神色，他说："好不好的，反正都已经毕业了。"

"毕业啦？"

"嗯，刚毕业。"

"那你现在做什么呢？"

男孩被戳中了心事，沉默良久后他收回远眺港湾的目光，说："我想找苗苗，你后来还跟她有联系吗？"

"没有。家里出了事嘛，我后来很少出渔村了。"

"出什么事了？"

"我二伯呀，跟着你爸爸出的那趟船挣到钱了，脑子一热跑去赌钱，输得精光不说，还倒欠了许多钱，天天有人上门要债，连我们也不放过，店都被砸了。那些人可恶心了，好多小流氓，我倒是不怕他们，真打起来还不知道是谁吃亏呢！但我爸怕我有危险，不让我出门，天天逼着我在家念书，说将来让我也跟你一样出去念书。可折磨死我了，我哪里是读书的料？在家憋了一年，第二年就到店里来帮忙了。"

又是那趟船，男孩听得皱起眉头，看来那趟船害了不少人呢。

"你二伯现在还跑船吗？"

"死了。"

"死了？"

"嗯，有一次赌钱赢了太高兴，喝多了酒，走夜路的时候摔了一跤，滚到鱼塘里淹死了。"

男孩诧异地张开嘴，脑子里回忆起那个一直被他称作"友叔"的男人。

他是海港渔村里最早登上远洋捕捞船的年轻人，曾经在海上漂泊了四百八十二天，下船后，他逢人就说"能上山、不下海"，村里的活物，上至八旬老人，下至三岁孩童，连鸡鸭鹅都听他念叨了不止三遍。他曾经离开过渔村，据他说在外面混得有模有样，不过八成是吹牛的，因为他终究还是回到家乡，重新上船下海。

他死了？死得那么离奇？男孩想父亲肯定不知道这件事，他想象父亲知道后的反应，唇边浮现一抹讥笑。

"小泽哥哥，大伯大妈都还好吗？你回家的时候记得帮我带个好啊。"

"哦，"男孩含混地回应，他岔开话题，说，"对了，艺联疗养基地现在也没了，入口封了，好像是要搞改造。"

"对，那里要盖主题乐园，小泽哥哥，你还记得里头那些雕塑吗？不知道它们会不会被保留下来，等改造好了，我要去看一看。"说着说着，女孩哎呀一声，扭头问，"哥，你不会是冲主题乐园去的吧？你怎么没查明白呀，那里最快要明年才营业呢。"

"不是，我是去找苗苗的。"

"你找苗苗是有什么要紧事吗？"

"没什么，我……只是想再见见她。"

男孩看向远方的海，视线里长出一片滩涂，许多孩子在上面蹦蹦跳跳，他回忆起童年，想起他们彼此交织的那些时光。

02

四个。

他们四个又来了。

阿泽从地上爬起来，还没站稳，从身体后方踹过来的大脚板就又踢倒了他。

都是身量不高的孩子，领头的两个是杀马特的造型，染了头发，黄一块黑一块的，另外两个和挨打的人一样都穿着渔村小学的校服。

"明天口袋里多揣点钱！听到没有？说话！几个月没见你，骨头硬了？"

"你行不行啊？小娘儿们挨打都不哭，你是不是心疼，舍不得揍他呀？"

施暴团队内部嘘声四起，对这群青春期少年来说，性的话题一旦冒头便暴烈燎原，不堪的调笑让他们更兴奋了。

踢人的初中生觉得丢了面子，愈加疯狂地踢打，阿泽咬紧牙关双手抱头护住脑袋，坚决不求饶，但因为吃痛，他的喉咙里滚出闷闷的低吟。他并没有意识到自己的呻吟会让这群人的行为更加癫狂，狐朋狗友们玩着玩着竟会分化，不知怎么回事，有人抓着他的头发，猛地一提，让他露出脸来，与此同时，他看到之前打他打得最凶的人也被他的朋友们按倒在地上，他们正掰着那人的脑袋凑近他，起哄亲一口。

阿泽脑子里炸开一声惊雷，不一样了，以前他们只是欺负他，现在他们想要侮辱他。

"你他妈给老子到前头跪着去！尿包蛋！老子怎么生出你这么个孬种来！还好意思回家?! 你怎么不死在外头！我再跟你讲最后一遍，下回再让我看到你被人打成这副窝囊相，老子还抽你！抽不死你！"

父亲的叫骂响彻耳畔，他是没有港湾的，在外挨了打，回家还要再受一份。

秉性柔和的人不能在残酷的世界里生存吗？他本以为忍到小学毕业，忍过一个暑假，离开渔村小学，去镇上住校读初中，就可以永远避开这些人，他实在是太天真了。

他们把那个人朝他压过来，但那个人也不愿意被戏耍，骂骂咧咧地挣扎，也想要躲避。

可是，那个人的嘴唇还是碰上来了，阿泽再也无法忍耐，他张嘴猛地咬下去。

据说人类的咬合力在自然界中相当弱，但他有一口好牙，该整齐的地方整齐，该尖锐的地方尖锐。血腥味在口中绽放的瞬间，被他咬住的人发出哀号，同时伸出手在他脸上乱抠，阿泽的左眼球挨了一指头，疼得他松开牙口，换了个地方重新咬。

阿泽的反抗出人意料，那些人先是没反应过来，而后方寸大乱。恶作剧的少年急于拯救同伴，三个人一起使劲拉扯被咬住的男孩，没想到却好心办错事，阿泽的唇齿间传来生肉撕裂的感觉，他心里一惊，睁开双眼的同时松了劲，那只撕裂的耳朵冒出鲜血，血液像劣质儿童水枪那样被压成短短一簇喷溅到他的眼睛里。

他们终于放过他了，阿泽坐在地上，带着惊惧感虚弱而愤恨地看着他们，他们聚成一团，叫他等着，然后搀扶着血流不止的伤者狼狈地走了。

阿泽吞咽下一口血腥，很恶心，他跟跟跄跄地站起来趴到石头边开始抠嗓子眼，想要吐出来。这时，他注意到大岩石的后面露出一只脚，那只脚穿着红白相间的球鞋，他愣了一下，伸到嘴里的手缓缓放下，他没惊动躲着的人，把恶心吞进肚子，忍着满身钝痛，捡拾起散落在地上的衣服摇摇晃晃地跑远了。

红白相间的球鞋原本是母亲买给他的，但父亲看到后把母亲一顿大骂，说他这么女里女气的就是他妈惯的，于是球鞋被送去了二叔家，被堂弟穿了。连堂弟都不愿意帮他，足见他确实是个异类，被欺负了这么久，今天是他第一次反抗，一次尝试就反败为胜，他好像有些理解父亲对他那恨铁不成钢的态度了，但这种理解却让他心里更加不舒适。

"小泽哥哥！"

身后有人跟来，阿泽停住脚步，朝后看。扎着双马尾的女孩背着书包蹦蹦跳跳地朝他跑过来，她对他的伤习以为常，见怪不怪，跑到他身边后，她放下书包，低头寻找身上宽大的校服外套的塑料拉链头。

女孩面庞稚嫩，个头矮小，外套简直快要把她压没了，这明显不合身的衣服是姐姐们淘汰下来给她的，衣服洗得字都快掉光了，她脱下外套，露出里面同样不合身的圆领衫，笑眯眯地把衣服递给男孩。

"不用了，"阿泽接过衣服，在空中抖了一下，重新披回女孩身上，说，"阿昕，谢谢你。"

"咦？"阿昕不明白地问，"为什么不换衣服了？你穿脏衣服回家，你爸爸又要揍你了。"

"今天不会了。"

"为什么今天不会？"

阿泽心里烦躁，他不说话，这个暴戾的世界正在吃掉他的柔软，总有一天会将他同化。

"哦，对了！因为爸爸们今天上午出海了。"女孩不理解男孩的痛苦，她还没到十岁，一身孩子气，还没有少年的烦恼，但她看出来男孩不高兴，于是说，"小泽哥哥，我爸说以后要送我去武术学校练武去！"

"为什么？是不是因为上回跟我换衣服，童叔以为你被人欺负了？"

"嗯。"

"我去帮你解释一下就好了。"

"不用呀，我想去练武！我想学打狗棍法！"

"武术学校不教打狗棍法，天天扎马步，练拳脚功夫，很累很辛苦。你练武是想保护我？"

"我还想保护自己，爸爸说我们家都是女孩，女孩得自己保护自己，我想去。"

"哦，那倒也是，每个人都得学会保护自己。"

"要退潮了，小泽哥哥，我们去挖沙蟹吧！"

"好啊，我带你去个新地方，路有点远，下了公交车还要再走好一阵子，你走得动吗？"

"走得动，我们快走吧！"

男孩笑起来，只要离开海港渔村，哪怕只是离开几公里远，他也高兴。课文上说了，千里之行始于足下，几公里就是第一步，踏出去，将来长大了才有机会走出几千公里，远远离开渔村。

父亲出海了，家里换了大渔船，现在每次出去一趟总要十天半个月才会回家，他挨打的次数少了很多，应该是要开心的，只是，大船是他的心腹大患，一想起来就无比慌张，背债买回来的船有看不见的部分，它太大，大到无边无际，让人逃不出去。

自从家里换了大船，阿泽就变得越来越爱出门，放学总往外跑，很晚才回家，每一次，他都坐公交车坐到终点站，下车后再朝更远的地方走。

半山度假区就是阿泽在徒步乱走的过程中发现的。

因为修路的关系，一片原始的滩涂从铲掉的芦苇丛后露出，阿泽踩着陷在淤泥里的碎石头，叫阿昕跟着他的脚步，踩他踩过的石头。

他们相互拉扯着走入退潮后的滩涂，蹚过乱石堆后，阿昕看到了满地的沙蟹洞，她停下脚步，走向另一个方向，寻找可以挖洞的工具。

这片滩涂太新了，还没有被人发现，阿昕找了许久都没有找到被人落下的铲子，于是，她打开书包拿出饭盒，把吃饭的勺子拿了出来。

阿泽还在继续往前，直到海浪快扑上他的脚，他停在了灰白色的细软沙滩上。

这片滩涂被两个很大的岛礁夹住，海浪拍上来的力气很大，阿泽就着浪花把身上的污秽洗涤干净。阿昕弯腰站在他身后略远的地方，手里提着不锈钢饭勺，滩涂上有数不尽的沙蟹洞，她选了一个洞眼最大的挖了下去。

"有吗？挖到了吗？"海风吹走了阿泽心中的烦躁，他的表情恢复童真，询问的声音响亮而欢乐。

"会挖到的！"

"记得放走它们啊！"

"知道啦！小泽哥哥，你快来跟我一起挖！"

"我来了！"

阿泽摇甩双手，掉头朝阿昕走去，走着走着，他的脚步又慢下来。

远远的高处，推土机的旁边站了一个人，她正望着他们。

那女孩穿得很好看，准确地说，是和渔村里的女孩都不一样，和学校里的女孩也不一样。她一身白色，白色的长袖连衣裙，露出的小腿上穿了带花边的白袜子，她的鞋子也是白色的，像雪人。

屚州鲜少有雪，她看起来又夺目又奇怪，一阵风吹过，女孩脑袋后面飘起两根红绸带。

动态的绸带衬得女孩更安静了，阿泽的目光深深被她吸引，呆呆地看了很久，一个长久以来被人当作异类的孩子突然在人群中发现了他所以为的异类，这种感觉实在是奇妙。

他无法确定那是不是真人，直到一个穿着旗袍、盘着头发的老妇人叫走了女孩，他才回过神来。

女孩和老妇人一起走了，她应该没看见他，但男孩记住了她的样子，之后的许多年他做过的每个与她有关的梦，都是从那一幕开始的。

03

再一次见到女孩，阿泽已经小学毕业了。

那个暑假他外出的路线开始固定下来，离开海港渔村后，他在村口坐公交车去往半山公交调度站，下车后继续往东走，去往奇遇的新滩涂。

路越修越明朗，阿泽终于知道这个地方是从哪里冒出来的了。

原来一座山被整个打穿了，为了连通半山与海湾，路桥施工队挖通了一个小隧道，原本该绕行至少三公里的路被缩减成三百米，穿过隧道一直走，可以看到半山上修建的一栋栋红房子。下雨时，半山云雾缭绕，阿昕吵着要进去玩，但他们被警卫拦在高大的铁门外。

"小朋友，这里是疗养院，要有出入证才能进出。去别的地方玩吧，前头隧道开了，直通海滩，到那里去，别瞎转悠。"

警卫给他们指了路，可他们就是从隧道走过来的，警卫的一身制服吓住了他们，没有见识的小孩连嘴都不敢回，灰溜溜地掉头离开，回到来时的地方。

"疗养院是什么？"阿昕有点不服气，嘟着嘴问。

"是外面的世界。"阿泽说。

"这也是外面的世界？那我也喜欢这里，这个'外面'离家近。"阿昕开心地说。

阿昕一直无忧无虑，但她其实曾是被抛弃的小孩。她的爸爸妈妈为拼儿子偷摸将她生出来，又为了躲罚款，把她寄养在亲戚家。她曾像流浪猫一样地跟着打光棍的二伯生活，她二伯连自己都管不好，哪里能管得了一个女娃娃？有一次出近海，他牵着路都走不稳的她上了船，阿泽的母亲看了不忍心，把她从船上抱下去，抱了一次，就有两次，长此以往，她倒成了阿泽的小妹妹。

一直混到快上小学，阿昕才被亲生父母接了回去，那时，她的姐姐们已离家打工，店里生意也稳定了，经济情况好转的童海平夫妇对她有愧，格外宠爱她，每个月都买成箱的牛奶给她喝，小丫头眼见着就长圆了脸，性格也越来越开朗，遇到什么事都喜欢笑，仿佛命运不曾待她不公过。

阴云遮蔽太阳，微雨降下高温，滩涂上添了不少人。

他们的面孔都生得很，阿泽侧耳听他们说话，调调也不同，有的话听都听不懂。再没有人上前嘲笑他的白皮肤和红嘴唇，互不相识的人们彬彬有礼，他在这群人里不算异类，有个孩子比他还白，黑头发，灰眼珠，那孩子冲他笑，大方展示自己捡到的贝壳，他局促地戳在原地，很久才抿了抿嘴唇，回以友好。

他疯狂地喜欢这片滩涂，原来世界是如此多样的。

"小泽哥哥，你说的奇怪的姐姐在哪里呀？"

"我说错了，她一点也不奇怪。"

"你不是说她很奇怪吗？"

"她不奇怪，她只是不一样。"

阿昕似懂非懂地点点头，把手里的铁铲垂直扎进沙里。阿泽觉得他一定能再见到她，直觉告诉他，她就住在那片修建在半山处的红房子里。

第三次前往滩涂，阿泽选了个夕阳西下的傍晚，雨过天晴，云朵沁了粉色，幸运笼罩住他，令他一眼就从人群里看到她。女孩穿了嫩黄色波点的短袖短裤，斜挎着一只珍珠编织而成的小包，坐在一块大岩石上。

阿泽高兴地把人指给阿昕看，说："你看，她在那里！"

"哎，她一个人，我们去找她玩吧。"

阿昕一边说一边蹦蹦跳跳地朝女孩跑过去，阿泽跟在后面，他一直看着女孩，好奇她怎么那么安静，简直像一尊雕像。

"你干吗在石头上面待着呀？我们一起去挖沙蟹玩，好不好？"

阿昕冲女孩摇晃双手，友善地提出建议，但女孩不理她，眼睛仍旧望着远处，很久很久才轻轻眨一下。

阿泽担心女孩在想心事，没听清阿昕的话，他鼓足勇气冲女孩说："沙蟹跑得可快了，好多人想抓都抓不到，要不就是一不小心捏死了，我有独门秘籍，能让它们主动来找我们。"

阿泽的声音起初雀跃，渐渐变得犹疑，女孩不理他们，他不得不怀疑她很讨厌他们，就像他在面对那些欺负他的人时，也会习惯性地咬紧牙关，一言不发。

正低落着，一个声音在他背后响起，她问："真的假的？"

又一个女孩。

她手里提着透明小箱，里面装了画笔、颜料和没有清洗干净的调色盘，她的后背上还有个四四方方的又薄又大的黑色布包。阿昕好奇地问她背的是什么，说她背着好像大乌龟，女孩听了并不生气，她脆生生地回答，说："这是写生画板。"

女孩松了画板的背带，放下画板后，她一边活动肩膀，一边问："你们真的能抓到沙蟹吗？我昨天挖了好多个洞，好不容易看到一只，刚准备去捉，它哧溜一下从别的洞逃跑了。"

"那叫对头洞，沙蟹虽然个头小，但可聪明呢！小泽哥哥会搓绳子，把沙蟹钓出来。"阿昕说得很骄傲。

"真的？那你们教教我呗！"女孩的表情洋溢着兴奋。

"可以！"阿昕答应得很快，旋即想起小泽哥哥的挖沙蟹守则，又认真地说，"不过，不许把沙蟹带回家捣成酱，要放它们走。"

"我不伤害它，"女孩竖起一根手指头，说，"我就要一只，带回家养着玩。"

阿昕摇头，叉腰严肃地说："一只也不可以！"

"好吧好吧。"

虽然并不情愿，但女孩还是答应了，她四处看看，把画板和颜料盒放到坐在岩石上一动不动的女孩身边，说："你不玩？那帮我看一下东西，谢谢！"

那女孩终于动了起来，她收回远抛向天际的视线，看向脚边的颜料盒。

阿泽没再邀请她过来加入他们，并不是所有人都喜欢踩沙踏浪，有些人就是会讨厌沙子陷在脚指头缝里的感觉，他自己就是那样的，生在海边，长在海边，却并不热衷于玩沙戏水，但他不好意思坐到女孩身边去，于是，只能应着阿昕的呼唤，去追她们。

"怎么钓？你快演示给我看看。"女孩急不可待地说。

"别着急，得先看洞口。沙滩上密密麻麻的圆孔洞，并不是每个里面都有沙蟹，得先观察洞口周边的情况，你得找到那种洞口边上有新鲜足迹的，就像这个。"阿泽蹲下来认真观察了一会儿，随后又起身跑到一边掰了根半枯的芦苇，折取一部分柔韧的枝条，又再跑回来，他把枝条插进洞穴里，说，"顺着芦苇挖，不会挖歪，运气好的话，沙蟹会攥住这根枝条，凭手感可以把它牵出来。"

女孩将信将疑，她握住小铲，挖下一铲，紧跟着瞄一眼白生生的男孩。

阿泽知道自己正在被人怀疑，他捉沙蟹是很有经验，但经验只能提高成功率，不能确保百捉百中，他屏住呼吸紧张地等待着，几分钟以后，一只小小的蟹钳果真顺着枝条露出尖，他松了口气，轻轻提起韧性十足的细枝，把沙蟹提溜了出来。

不光女孩兴奋地大叫，阿泽也很高兴，他提着小沙蟹，下意识回头去看岩石上的女孩，想要显摆给她看。

咦？她在干什么？阿泽看到女孩打开黑色的写生画板，她也会画画？啊——原来，她们是朋友呀。

"这也太厉害了吧！你叫什么名字？你不是游客对不对？是本地人吧？你们就住在附近吗？"

"我们不住在这里，我和阿昕住在海港渔村。你可以叫我阿泽，这是我妹妹阿昕。"

"我住在前面的艺联疗养基地，我爷爷是个画家，他被邀请来给别人讲课，我要在这里待上一个暑假呢。你们可以叫我小粒，'锄禾日当午，粒粒皆辛苦'的'粒'，我是北方人，没见过海，挖沙蟹可真好玩，以后我们常在一起玩呗……"

小粒落落大方，说话的声音像落入瓷盘的小糖豆，脆脆的，甜甜的，但不知怎么了，她突然变了脸色，高喊着没有意义的语气词往回跑。

阿泽不解地回头，赫然发现岩石"烧"起来了！女孩在岩石上放了一把火，她专注地看着灰烬中奄奄一息的火苗，火苗快熄灭时，她把手朝火堆伸过去，拨弄起灰烬。

阿泽倒抽一口气，他替女孩觉得疼，她不疼吗？应该很疼吧，她的身体明显震颤了一下，把手藏在背后，紧张地站起来。

画被烧掉了，那是小粒画了很久的画，要不是因为好奇沙蟹怎么捉，这时候她已经带着画回家跟爷爷讨夸奖了。为什么要烧掉她的画呢？小粒从小众星捧月般长大，从来没有被人这么欺负过，心里又诧异又委屈，呜呜地哭起来。

"为什么要烧我的画?! 你这个人怎么这么坏！"

小粒的控诉让女孩脸红了，她的嘴皮翻了翻，似乎是在说对不起，可是听不见声音。

阿泽发现了岩石上的半根火柴，他弯下腰把火柴捡起来，皱着眉头问哭泣的小粒，说："你们怎么了？吵架了吗？"

小粒只顾呜呜地哭，不说话，阿泽叹气，半根火柴被他捏进掌心。

他对破坏力有着本能的抗拒，失望地拉上阿昕走了。

04

经历岩石烧画事件后的第三天，阿泽带着阿昕再一次去往滩涂，他们又遇见了小粒，小粒说已经等了他们三天。

阿泽教会小粒捉沙蟹，小粒便投桃报李带他们走进艺联疗养基地，她把出入证朝基地门口的保安一亮，便越过关卡带他们进入未曾接触过的新世界。

培训楼里有一间像剧场一样的教室，教室里没有课桌椅，只有一层层的台阶，小粒把阿泽和阿昕带去阶梯教室旁边的小画室教他们画画，她迅速进入角色，对他们进行严苛的素描训练，一板一眼，有模有样。

孩童天然喜欢丰富的颜色，阿昕想玩颜料，但小粒却很固执，只给他们每人塞了一根铅笔。

"你们必须得先学素描，学好素描才能学色彩，所有人都是这么学画画的，我也是。"

她教他们新的握笔方法，将铅笔搭在食指、中指、无名指、小拇指上，然后用拇指按住，握住铅笔中后部，在纸上画长直线。阿昕年纪小坐不住，她被墙角处堆放的石膏做的几何体吸引，从中翻出一个球体抱着玩。

"放下球！把铅笔抓起来！"

小粒严厉的制止让阿昕生气，她不情愿地把球放在地上，地面不平，球骨碌碌地滚着。

"你说得不对！我们村里有一个人可会画画呢，他就从来不用铅笔画画，他都用毛笔画财神、门神，还有妈祖娘娘。还有，小泽哥哥的爸爸有个朋友也是画家，他们在船上打牌的时候，我还玩过画家叔叔的颜料呢，他的包里有很多把细细长长裹了绳子的小刀，还有许多漂亮的小石头，就是没有铅笔！哼，小泽哥哥，我们走吧，我不想在这里玩了。"

阿泽正在努力适应别扭的姿势，被阿昕一拉，他放下铅笔，问小粒说："那个球，她不能玩吗？"

"可以啦，给你。"见阿昕快哭了，小粒终于从角色扮演的游戏中抽离出来，她把石膏球递给阿昕，说，"你说的那个人画的是中国画吧？我爷爷画的是西洋画，学西洋画真的要学素描，我没骗你，我从五岁起就开始学啦。"

阿昕接过球，一边玩，一边问："那学中国画要学什么？"

"不知道，好像是直接临摹范画吧，下次我问问小燕子，她去学国画了。"

人的记忆似乎总是趋向于保留美好的东西，听小粒谈起朋友，阿泽脑海里先浮现的画面是像雪人一样似真似幻的女孩，然后才是在岩石上纵火搞破坏的她，他好奇地追问："她到底为什么要烧你的画？"

小粒露出困惑的表情，想了想才笑着说："不是啦，她不是小燕子。"

"那她是谁？"

阿泽突然害羞起来，动作变得僵硬，他不明白问个问题为什么要紧张，更不明白为什么紧张却还想要继续问。

小粒说："以前我不认识她，不过现在算认识了。她很可怜的，很少能出门，总是被家里人关起来。"

阿泽再也掩饰不了好奇心，着急地追问为什么。

"她生病了。"

"什么病？"

"不知道，他们只是说她生病了，她外公平时都不许她出门，都是她外婆偷偷放她出去。"

"那她的病什么时候能好呀？"阿昕问，"她的病好了的话，不就能出门玩了吗？"

"不知道，她好像病了很久了，这下又闯了祸，估计是不能出来玩了。"小粒说，"不过，她虽然出不来，但我们可以去找她玩。你们想去吗？她住在后面，在风吟长廊那边。"

从培训楼走到风吟长廊，要走二十多分钟，沿途阿泽看到许多栋红色小楼依山而建。

小粒说山的另一边将来会被建设成艺术的殿堂，等她长大了要去那里求学，阿昕说那到时候自己要开个大排档，烧很多很多菜给她吃。小粒直拍手说好，见阿泽沉默，她问阿泽长大后想做什么，阿泽说没想好，反正他会离开，不待在扈州。

风吟长廊从地势低处起建，一路向上蜿蜒，远远看着像一条龙。

小粒拉着他们走到檐下看玻璃橱窗里的画，有的是西洋画，画的是天空、落日和街角小景，有的是中国画，画的是山水、密林和花鸟虫鱼。突然，阿泽的胳膊被阿昕拽住，阿昕激动地伸出食指，指着前方，喊道："是家里的新船！这是小泽哥哥家的船！"

洁白而柔软的纸上画的是落日下的港口，摇摇欲坠的一团红照映着"新扈渔 118 号"渔船，阿泽凑上去细看，画上还写了很多潦草难辨的字，四四方方的红印上的字就更难辨认了，弯弯绕绕像迷宫。

"这是小篆，"小粒指着画上的红印章，说，"谭艺华，画家叫这个名字。"

开门的妇人穿着浅绿色的小立领中式长裙，裙子原本宽松的腰身被同色的细软纱绳束住，绳子的尾端绣了两片深绿色的竹叶。

阿泽紧张地看着她，就是她——她盘起的头发在头顶上方高高耸起，上次她在没修好的马路边把女孩领走时也是这个发型。

"奶奶好——！"

小粒拉着阿昕甜甜地和妇人打招呼，阿泽慢半拍，就着她们拖长音的尾巴跟了句"奶奶好"。

妇人的目光定在小粒身上，说："是你啊，又怎么了？"

"奶奶，我们是来找她玩的，"小粒伸长脖子朝妇人身后瞄，问，"她在家吗？我们能跟她一起玩吗？"

妇人面露难色，说："她在上课呢。"

"哦，"小粒看向同伴，用同情的语调说，"她在补习功课呢，那我们……"

见孩子们的脚步犹犹豫豫，并不想走，妇人不知为何改了主意，她拉开大门，让开半个身位，说："你们进来吧，等会儿就下课了。"

孩子们高兴极了，小泥鳅一样滑溜溜地溜进门，妇人去厨房开冰箱的门，随后他们仨手里都捏了只花脸冰糕。

"奶奶，她叫什么名字呀？"

"她叫麦禾，禾苗的禾，你们可以叫她小禾。我是邱奶奶，是小禾的外婆。"

"邱奶奶，小禾生的是什么病呀？"

"没什么，她只是爱睡觉，有点懒。"

孩子们舔着冰糕，面面相觑，他们不理解"爱睡觉"是什么毛病。

邱平摇着手里的扇子，不多解释，小粒追问小禾在补什么功课，语文还是数学。邱平没回答，她指指一扇紧闭的房门，请孩子们小声点，然后把孩子们领到花园，那里有秋千架，有木头做的摇马，紫色的铁线莲爬满一整面墙，美得令人失语。

邱平陪孩子们玩一会儿，她心里有事，时不时看看手表，有时候还会走到花团锦簇的围墙前，踮起脚尖往外看，似乎是在提防着什么，好一会儿后，她说去做饭，离开院子，离开了孩子们。

阿昕吃完冰糕，坐上了秋千，阿泽帮她推着，秋千架是铁焊的，不容易荡得高，但座椅宽敞带靠背，可以坐得下两个人，阿泽叫小粒也过来玩，他说他可以推得动她们两个。

"你们玩吧，我经常玩秋千，一点也不稀奇。"小粒伸出双手，两只手的食指和拇指比出取景框对准花园的各个角落，羡慕地说，"这个花园真漂亮！回去以后我要把这里画出来。"

"对了，你还没说她为什么要烧你的画？"阿泽问。

"肯定是我画得太好惹她不高兴了呗。"

阿泽一下一下地推秋千，没再接话，他身体弱，吃了冰糕立马想拉肚子，他想忍着，忍了一会儿忍不住了，一溜小跑地去找邱奶奶求助。

去上厕所时，那扇紧锁的房门开了，阿泽的脚步迟疑了一会儿，穿堂风吹过，他闻到一股焦臭，来不及细想，他反手锁上门，解决内急。

有男人说话的声音，低沉，外来的口音竟让阿泽感觉很熟悉，等他出来时，外面已安静无人，他往后花园走，经过那间房，又闻到东西烧焦的气味，这一回淡淡的，不易察觉。

阿泽控制不住脚步，跟着味道走进去，之前一直锁着门的房间显然刚刚焚烧过什么，房门和窗户都开着通风，阿泽很快就找到了燃烧源——房间的大桌子底下有个铜盆，里面的灰烬尚有余温，他好奇而小心地拨弄灰烬，想知道是什么被烧掉了。

"你在干什么?!"

阿泽被身后突然传来的质问吓到，猛地起身时，头顶撞到桌角，痛得他龇牙咧嘴想跺脚。

"我……我闻到味道，怕着火了……"

阿泽怕邱奶奶怪他乱闯，怕以后邱奶奶不让他来了，急得满脸通红，邱奶奶见吓到他，语气缓和地说："没事，去玩吧。"阿泽连忙跑出房间，拉开通往后院的纱门时，他下意识往回看，看到邱奶奶端着铜盆走出来。

什么东西被烧掉了？又是一幅画吗？为什么总要烧掉画呢？真的画得那么难看吗？阿泽困惑极了，他心事重重地走到阿昕身边。

阿昕从秋千上下来了，小禾坐了上去，她面无表情，双手扶着挂住摇椅的铁索，警惕地盯着花园里的同龄人。

气氛有点紧张，活泼的阿昕也变得缩手缩脚，她拽着阿泽的衣服，悄悄地说她看见画家了。

"什么？"阿泽没听清。

"就是在船上打牌的画家，他刚刚和她说再见，她还对他笑了，小泽哥哥，原来她会笑啊。"

"你别怕她呀，记得我说的吗？她只是跟我们不一样。"

阿泽轻声告诉阿昕，他们三个人站成一排，克制又满怀期待地和女孩打招呼。

他们的主动示好并没有换来秋千上的女孩的热情回应，她虽然没有笑，但似乎放松下来，脚尖踢着草皮，一点一点地荡起秋千。

05

2002 年 10 月 3 日，半山沙蟹保护区。

第四个"十一"黄金周了，去年，屐州这样的小县城实现了 2.74 亿元的旅游经济收入，今年据说有望翻番，寂寞的滩涂越来越难找，阿泽趁着放假溜出学校，想找一块新的无人区，但找着找着还是找回了半山度假区。

一个半月前，小粒在滩涂上和他们告别，说寒假的时候不一定能过来，但明年暑假肯定会再来，他们约好 7 月还在滩涂上见面。

那天，他们也去了小禾家，但大门紧锁，无人应门，他们猜麦禾一家人已经离开了。

"回头我问问爷爷他们老家是哪里的，以后还会不会再来，他们要是不来了，那下次我让爷爷住这间小屋，我喜欢满墙都是紫色的小花，你们呢？"

紫色的铁线莲人人都喜欢，但阿泽更喜欢小禾能和小粒一样每一年都来屐州玩，因此，当他在滩涂上看到她时，才会那样高兴。

"你又来了？来几天了？你是来度假的吗？什么时候走？"

阿泽跑得像一阵海风，在小禾身边停下后，喘得也像阵阵海风。

她站在高高架起的画板前画画，拿着毛笔，姿势像海港渔村里画大肚渔娃年画的爷爷一样。

一个暑假，他们见了六七次，小禾不爱说话，但阿泽能感觉到坐在秋千上的她并不厌烦他们，他已习惯了小禾的沉默，但今天不一样，她的眼睛极有神采，她看看他，说："嘘——看我画画。"

阿泽讶异于她的改变，很久才把注意力转移到画上，她在画眼前的滩涂，和小粒画的画不一样，小粒画苹果画得像照相机拍下来的，而她的画好似画的不是眼前看到的景。她的画有大块大块的留白，滩涂上密密麻麻的游客在她的画里只是几个或扁或长的点。

小粒说小禾不会画画，但阿泽却很喜欢她画的画，因为小粒画的苹果虽然看起来像真的，但也只是像真的，阿泽看不出苹果甜不甜、脆不脆、好吃不好吃，但小禾的画却会动。他凝视画架上将要完成的作品，觉得自己听到了画里的海浪拍击礁石的声音。

飘逸的口哨音将出神的阿泽唤醒，他扭头看向斜后方，叫他的是经常上自家渔船打牌的那个画家。

"小子，到这儿来。"画家在身侧拍拍让阿泽过来，等阿泽坐下后，画家问，"你从哪里过来？"

"学校。"

"说谎话，我看你是从海港渔村来的，对不对？"

阿泽觉得画家态度不对，好像是生气了，他记得画家平常打牌都是笑嘻嘻的，连输牌的时候都不恼，这时却板着脸。

"我上学了，在外面上初中，不在海港渔村了。"

"哦，那你就是海港渔村的呗？"

阿泽点点头，画家又问他姓名，他说："宿泽。"

"就知道是你，"画家翻了他一个白眼，说，"你没事老往这边跑干什么？"

阿泽心里咚咚打鼓，不被人喜欢的感觉如此熟悉，他自卑地垂下脑袋，半晌嘟囔了一句，说："她画画很好看。"

"那是，你也不看看是谁教的。"画家得意起来，脸上的阴霾一扫而空。

"叔叔，你是她的老师吗？"

画家见他倒和自己聊起来了，又变了脸，凶巴巴地朝一边指指，说："赶紧回家去，别在外面瞎跑，不然，回头我告诉你老爸，小心他揍你。"

阿泽不敢再留下，但又舍不得走太远，于是他跑向滩涂，找了个人堆把自己藏起来，时不时伸长脖子偷看。

　　画家说他教她绘画，但阿泽觉得他很懒惰，全程只是坐着不动，也不见上前指点，他坐到无聊时，竟然从身旁的军绿色布袋子里掏出一块石头和一把刻刀，自顾自玩了起来。

　　许久之后，她的双手垂下来，大概是画完了，画家也放下手里的石头，走过去对着画指指点点。

　　阿泽从人堆里站了起来，他很想过去看看那幅画画完后能有多漂亮，他想自己是不是可以跑过去，瞄上一眼拔腿就跑，让画家想骂也追不上他？

　　她已经开始摘画了，他不再犹豫，大步奔跑，他跑得很快了，可还是没能赶上，她将摘下的画一点点卷起来。

　　阿泽有些遗憾，但脚步没有放缓，他想至少可以跑过去跟她说声再见，但奇怪的事发生了，女孩把卷好的画交到画家手里，画家从口袋里掏出打火机，一手拿着画，一手点燃打火机，毫不犹豫地引燃了手里的画卷。

　　火在烧画，火光却在灼阿泽的心，他不明白画家为什么要这样，他怎么可以对别人的心血下这样的狠手？就算她画得不好，但也画了一下午，他可以不满意，也可以不喜欢，但再怎么样也不至于烧掉吧，他这么做多伤人啊！

　　果然，女孩的脸色变了，火光里她的皮肤像被人抽干了血一样惨白，火快烧到手了，画家像丢垃圾一样丢开手，半截火焰坠落，灰烬飘摇，阿泽心里也腾起一团火，他想，原来都是画家教的！他太坏了！太欺负人了！他根本不是好人，他要把小禾教坏了！

　　阿泽还在跑，他想去告诉她不该这样做，大人的话也不一定都是要听的，但女孩却直挺挺地栽倒了。

　　画家似乎习以为常，他果断丢下手里的东西，把女孩抱起来，阿泽呼哧带喘地跑上前去，惊慌失措地看着他们，画家对他说："我送她去医院，东西你拿回家，我回头上你家去拿。"

他们走了，阿泽没再跟上，地上的火还在烧，他踩上去，把残火蹀灭，然后蹲下来从灰烬里拾起一张没有烧完的纸，只比拇指大一点的残片上是渐变的墨色，不知是海还是天，他吹了吹边沿的黑灰，忧郁地、轻柔地将残片揣入口袋。

像这样从火里捡回的残片他一共拥有七十八张，后来拼成了十三幅画，这是第一张，也是最小的一张。

阿泽扛着画架回了家，母亲正在磨米粉，准备做米馒头。假期留校是要家长签同意书的，他打电话跟母亲磨了很多次，最后一次被父亲听到，父亲很生气地说不想回家就不要回，死在外头最好，母亲怕他回来会挨打，这才同意了他留校。

阿泽的母亲叫阮芯慈，海港渔村的人都叫她慈姑，慈姑在渔村是出了名地贤惠，村里对贤惠的定义就是封建王朝三从四德那一套，再加上她长得好，还不跟男的废话，且一胎就生了男娃娃，于是就贤惠得出了名。

慈姑见到儿子回来，高兴得哭了，阿泽有些自责，母亲以为他是因为想家才回来，但其实他出去以后一点也没有想过家，逃离渔村的念头太过强烈，强烈到让他连母亲都忘记了。

他放下画架帮母亲干活，慈姑不要他帮，摁他坐下给他做饭，菜添了一个又一个，他吃得肚子都快撑爆了，但还是将碟子里最后两块米馒头塞进口中。

"学校伙食不好吧？饿着了吧？"慈姑心疼地看着他，说，"不过，学习就是要吃苦的，你要好好学习啊，现在家里换了大船，你爸爸说了，他辛苦些，你要是能念书，他就供你供到底。"

阿泽知道母亲肯定不会骗他，但他却不敢不多想。曾经家里只有一艘又破又小的船，每天都要辛苦地赶潮起潮落，那时，他常常听到父亲和二叔的抱怨声，遇风浪时，他们抱怨命，收获少时，他们抱怨运，可自从换了大船，父亲不再日日出海日日归，他的声音变少了，但笑声却变多了。

二十五米的新船或许是父亲的心之向往，但对阿泽来说，却是牢笼，他有预感，总有一天父亲会把他捉回船上，让他出海打鱼，挣钱还债。

慈姑对儿子扛回来的画架感到好奇，阿泽说："这是别人让我带回来的，在家放几天，他会来取。"

"谁呀？"慈姑问。

"那个画家，前两年包家里小船出海钓鱼的那个男人。"

"哦，他呀，"慈姑慌了，低声问，"他去学校找你要钱了？"

阿泽敏锐地意识到画家是家中债主，父亲欠他钱了，他忧愁起来，摇摇头，说："没有，只是在路上碰到的。"

"就是，我就是说奇怪呢。"慈姑将桌面上的碗筷收拾干净，离开了。

阿泽追去厨房帮忙洗碗，他问母亲："父亲欠了画家多少钱？"

"你不要管，那不关你的事，好好念你的书。"

"怎么不关我的事？"阿泽的手搅在水池子里，拎起一个碗，泡沫同时挂在碗边和他的手上，"妈，你说嘛。"

"二十万，"慈姑说，"差不多有二十万。"

阿泽叹了口气，二十万……一个普普通通外出赶海的家庭需要在翻涌的浪里奔波多少个来回才能攒得出来二十万？初中数学没有教过，他算不出来。

慈姑听到儿子叹气，把他的手从水池子里拿出来，舀了两瓢清水冲干净，语气轻松地说："真的不要担心，你爸爸说了那叫投资，投资是可以不用还的，等你长大了就知道了。"

"怎么可能啊。"阿泽哼了一声。

"真的，你爸爸说的，肯定没错。"慈姑拍拍儿子的脸，担忧地说，"你是个好孩子，别怨他管你管得狠，他管你还不是希望你越来越好，对吧？"

阿泽不愿听母亲说这些，愁眉苦脸地问，父亲什么时候出的海？什么时候会回来？

"今天刚走，至少要一周才会回来。"慈姑说。

听到这个，阿泽的心落回原位，他终于可以无忧无虑地在家多待几天。

　　阿泽在家白等了三天，到了第四天，国庆假期要结束了，他得回去上学，画架只能交给母亲保管，离开时，他交代母亲，说："妈，他要是来拿东西，你帮我问问小禾的病好了没有，我过几天打电话回家。"

　　"小禾是谁呀？"慈姑问。

　　"是他的学生，跟着他学画画的，这些画架、画具就是她的，那天她在滩涂上晕倒了，画家着急送她去医院，才让我把东西都带回家来的。"

　　"好，妈知道了。"

　　慈姑应下，她留儿子吃了晚饭再回学校，说还要再给他装点吃的东西一并带走，阿泽犹豫了一下，说不用了，他说怕赶不上车，但实际上是怕父亲的船突然靠岸。

　　三天后，阿泽下了晚自习打电话回家，还没等他开口问，慈姑就主动说画家早上来把东西取走了。

　　"小禾呢？"阿泽问，"她怎么样了？"

　　"小禾？"慈姑拍脑袋，她想起忘了儿子的交代，不好意思地说，"哎哟，妈忘了问了。"

　　"你怎么忘了问呀?!"

　　"应该没事吧，你不要操心，我看他笑眯眯的，高兴得很。"

　　母亲的话让阿泽心里没着没落，放下电话，阿泽当即决定周末的时候再去半山看看，疗养院进不去，他就到滩涂去碰碰运气。

　　周六去滩涂坐了一天，屁股都坐麻木了，也没等到画家和小禾出现，第二天再去时，阿泽改变策略，直接跑去艺联疗养基地门口等，大约四十分钟后，保安亭里的工作人员注意到他，打开门走出来问他在干什么。

　　"我等人，"阿泽认出保安，上个暑假小粒把他和阿昕领进门时，都是这个保安在值班，他赶紧说，"我等住在19号小红楼的邱奶奶。"

　　"上一批来交流的画家早就离开了，现在换成写书法、搞篆刻的人来了。"保安认出阿泽，不耐烦地挥手，说，"走走走，这里是疗养、培训、谈事、做生意的地方，又不是住家的。"

阿泽失落地离开半山，他准备回学校去，走到一半又改了主意，他走去半山公交调度站，搭车回到海港渔村。

画家还在呢，说不定就在海港渔村。

他一进村，就看到了阿昕，她正在和其他孩子玩投沙包的游戏，阿昕给阿泽带来好坏参半的消息，她说："爸爸们昨天回来了，在棋牌室打牌，画家也在。"

阿泽一听就控制不住地肚子痛，肠子仿佛在逃跑，它们在他肚子里跑乱了，搅成一团疼痛不已。他捂着肚子靠墙站了一会儿，忍着痛朝棋牌室走，阿昕三两步蹦到他前面，倒退着脚步边走边告诉他，开学第一次考试她考了个不及格，她爸爸说干脆早点去武术学校算了，她一直念念叨叨，没注意到阿泽的脸色很难看。

棋牌室里很多人在"垒长城"，宿国忠那一桌也在打麻将，但他们打得并不纯净，每个人的小抽屉里都放着扑克牌当筹码。

一开始，阿泽只在门口晃，突然就冲了进去，阿昕想拉没拉住，她急得在后面压低嗓子喊："别进去呀，你又要挨打啦。"

"哟，阿泽回家啦。"

阿昕的二伯童海友先看到了他，从手边抓了一把烤年糕片递给他，阿泽还没来得及拒绝，父亲就往他身上丢了个塑料板凳，他反应敏捷地伸手一挡，蓝色的塑料板凳打上他的胳膊反弹到别人身上。

"你跑这里来干什么?!"宿国忠跳起来指着阿泽骂，说，"谁让你到这地方来的? 滚出去!"

阿泽满脸通红，倒不是被骂得害臊，而是屋子里很臭，父亲嘴里喷出来的臭气更臭。他憋红了脸，看到父亲满脸油光，眼底乌青，猜想父亲肯定是打了通宵连到中午，手风不顺的时候，父亲都下不去桌，心里的气总还是要找人撒出来的，他长大了，当不了懵懵懂懂的出气筒，于是硬着头皮说："那你怎么不回家?"

宿国忠一愣，不可思议地看着一贯懦弱的儿子，他眨巴眼睛，好像不相信儿子会和自己顶嘴，尤其还是当着外人的面。边上有人拱火，窃窃笑着，说："阿泽长大了，前两年看着跟鸡崽子一样，到底还是忠哥的种，虎父无犬子嘛。"

权威遭遇挑战，又当众被人看笑话，宿国忠的火气蹿上来，他起身，居高临下像灌篮一样照着阿泽的脑袋猛拍，嘴里嚷嚷着："老子从船上下来，打个牌放松一下，你还敢管老子？老子管你吃管你喝，你吃了豹子胆，敢管你老子？！"

阿泽被打得眼冒金星，不过，他也习惯了，用胳膊扶住脑袋躲躲闪闪，避开重击，可是，这次挨打和在家里不一样，他越躲，越跌父亲的面子，宿国忠被彻底激怒了，抓起桌上的玻璃杯要砸他。

关键时候，画家推乱了麻将牌，一边说不打了不打了，一边拦住宿国忠，说："都什么年代了，还搞堂前教子、枕边训妻这一套？你们这里就是落后。我跟你说，现在讲究民主，讲究尊重，你儿子老远从学校回来看你，哪有一上来就骂人的？别打了，你有个好儿子，对孩子好一点，你看看我，我想有个孩子在身边疼都没有呢。"

画家一边说，一边和阿泽使眼色，阿泽倒退出棋牌室，快跑几步，闪进拐角的巷子，背紧贴墙，抬起胳膊，用力拿小臂揉眼睛阻止眼泪流出来。

棋牌室里传来嬉笑怒骂。

"输了想跑？你推牌干吗？我都听牌了！"

"听个鬼，童海友，你看清楚，你要的牌我暗杠了。好了好了，不打了，打一夜，赢了也就这么点钱，有什么意思？留给你们喝酒，我要回去了。"

"那我还真知道哪里能玩点带劲的，就是口袋没钱，进不去。"

"真的？那下次，等你带我去转转。"

等画家从棋牌室走出来，阿泽跟上去，画家感觉到身后有人，停下脚步转身一看，问："你跟着我干什么？"

"我……"阿泽拘谨地说，"我回学校。"

"你是怕你爸再打你吧？"画家调侃他，随后宽容地笑了。

"她怎么样了？"阿泽问。

"哦，没事了。"

"她已经走了吧？"

"她不走，就住在半山。"

"叔叔，你是不是骗我？疗养院门口的警卫说画家们都走了。"

"我骗你干什么？"画家觉得男孩很好笑，看着他说，"谁跟你说住在红房子里的都是画家了？"

"不是吗？"阿泽挠挠头，说，"你不就是画家吗？"

画家嘴唇动了动，似乎是想解释什么，但到底什么也没说。

"叔叔，她已经去上学了吗？"

"她不上学。她跟着我学画画。"

"只学画画？不用上课？"阿泽不理解地追问。

"你话怎么这么多？"画家不耐烦起来，他将阿泽从头看到脚，问，"你是叫阿泽吧？"

"嗯。"

"你上初中了？"

"初一。"

"假期里，看见你好几次，她奶奶说给她找了几个朋友，你就是其中之一吧？"

"嗯！"

阿泽笑了，画家却没有笑，他板起脸，用训人的语气说："臭小子，你知道'朋友'两个字的分量吗？朋友一生一起走，一句话，一辈子，一生情，一杯酒。你懂不懂啊？"

阿泽懵懵懂懂地点头，画家说的话是歌词啊，钻进脑海立刻跑出旋律来。

"叔叔，你以后能不要对她那么严厉吗？她画得不好，你可以好好跟她说吗？"

"谁说她画得不好了？她画得好着呢！"

"那你干吗要烧掉她的画？她得多伤心。"

"画都画完了，学也学到了，留着干什么？留着沽名钓誉吗？"

"我听不懂，反正我觉得她画画很好看。"

"当然，她生来就是画画的！她有这个天赋。"画家感慨起来，一边叹气，一边说，"我要把我会的全都教给她，书法、篆刻、绘画、拓片……以后她会很有出息的！到了那时候，我就带她走……"

"你要带她去哪里？"阿泽插嘴问。

画家的表情从兴奋变得迷茫，又慢慢从迷茫变得忧郁，他看到男孩满脸写的都是问号，拍拍男孩的脑袋，说："管他呢，离开就是目的地。"

阿泽不太懂，他默念画家的话，慢慢琢磨，画家突然抓住他的胳膊，说："喂，叔叔问你，如果她什么都不会，你还要做她的朋友吗？"

"当然。"

画家眯起眼睛打量阿泽，他并不信任男孩，转而一想，他又觉得是这个问题问得太傻，于是轻蔑地笑笑，他松手时，顺便把男孩往外推了推，示意阿泽该干什么干什么去，别再跟着他。

但阿泽却固执地跟上来，对画家说："是真的！不管她变成什么样子，我都会和她做好朋友的。朋友一生一起走，一句话，一辈子，一生情，一杯酒，我记住了。"

阿泽还没有完全变声，情绪激动时，他的声音脆脆的，很动听。画家突然被打动了，郑重其事地回应说："男子汉大丈夫，一诺千金，你要说话算话。"

"叔叔，她生的什么病？是不是很严重？"

"你不用管，她好好的一个人，干吗要被当成病人看？你当她是朋友就好啦。"

画家总也不正面回答他的提问，画家说的每句话，阿泽都要开动脑筋去解读。就快走出渔村了，身后传来母亲的呼唤，阿泽扭头一看，母亲提着满手吃的、穿的朝他走来，阿昕跟在母亲身旁，和她一起提着装了冬服的袋子。

画家独自走了，他望着画家的背影，挺身站直，刚刚，他做了承诺，不再是小孩，而是男子汉了。

07

阿泽觉得上当受骗了，画家肯定没跟他说实话，小禾应该是病得很厉害，因为国庆假期之后，她再也没有出现在滩涂上，每一个周末，滩涂上无论人多还是人少，都不见小禾的身影。

寒假就要开始了，阿泽选了最晚的离校时间点，跟随最恋家的同学们一起出校门。刚刚考完期末考试，最后一门科目是地理，等公交车时，同学们都在相互对答案。

有人问分层设色地形图的着色原则，填空题考了，考的是最简单的点，问平原和丘陵在分层设色地形图上分别用什么颜色表示。有人说是绿色和棕色，有人说绿色和褐色，两人争执不停，阿泽听不下去，不明白这么简单的问题怎么还有人弄不清楚。

"都错了，都不对。正确答案是绿色和黄色，在分层设色地形图上，绿色代表平原，黄色代表低山和丘陵。"

阿泽一开口，同学们嗷呜嗷呜地答应，没人再争了，他是地理课代表，从随堂小测验到单元测试，基本没丢过分，凭实力做课代表，没人敢质疑。

对阿泽来说，题目实在太简单了，他可以把分层设色地形图的着色原则一一背出，绿色代表平原，黄色代表低山、丘陵，棕褐色代表山地、高原，浅紫色代表积雪、冰川，白色代表雪线以上部分，海洋的不同深度使用浓淡不同的蓝色区分。

地理是阿泽最喜欢的课，那代表着更广袤的天地，是他要走入的未来。

公交车上的同学们都是要回家的，他们一站站地下车，阿泽不一样，他还得再坐回去，明天下午5点宿管老师给宿舍锁门之后，他才会回家。

公交车停运的时间是晚上7点30分，大自然的画笔已在天边描绘夕阳，下了车后，阿泽跑去滩涂，他的脚长大了，鞋开始变得挤，跑完步以后更挤，以至于停下奔跑后适应惯性走的那几步很像滑稽的大白鹅。

不过，今天，他是一只快乐的大白鹅，因为，他终于又见到了她。

她在画画，阿泽悄悄靠近她，上个暑假，小粒一直在给他和阿昕当老师，他知道在大自然中立起画架绘画的行为叫写生，小粒说，写生画很容易判断好坏，好的写生作品一定要将眼睛看到的真实还原到纸上，他怕打扰她作画，一直憋着没打招呼。

天空的云是彩色的，有灰色的，有紫色的，还有一片微微泛着金黄，可是墨只有浓淡，没有色彩，但这难不倒阿泽，他把她的画当成分层设色地形图去想象，如此，可以很容易地分辨出哪里是海，哪里是天，哪片云有积雨，哪片云飘逸。

阿泽发现了，她的画和小粒的画完全不同，小粒评价画的标准不能拿来评价她的画。

眼前看到的只有滩涂、海浪，是一片逐渐开阔的风景，而画上的海却只有一点点，缩在画面左下角，右边则是一大片奇形怪状的礁石，礁石背后是枝枝丫丫的树，树又衔接着山，山坳里藏着小房子。

阿泽终于看明白了，他转身，向后看。

远处，半山的轮廓隐隐约约，原来，小禾画的不只是眼前，而是包裹着他们的一切。

"你不是在画海上日落，你在画整个半山。"

女孩回头看到他，说："是你啊。"

"你为什么把红房子画成一窝一窝的？是不是画错了？它们不应该是分开的吗？从一栋走到另一栋，要走很长时间。"

"我想怎么画就怎么画。"

女孩说话的语气和表情不像是生气，但阿泽不敢再没话找话，他本来还想问她生病的事情，转念想到画家曾经提醒过他，不要把她当病人，他便乖乖地站着看她画画，不再问其他。

米白色的纸上落下最后几笔，落款的名字不是"小禾"，而是"苗苗"。

艺术家都有很多名字的，阿泽不认识几个画家，但是语文课上学王维的诗，老师说王维除了是诗人，也是画家，王维就有很多名字，老师让他们一一背下，摩诘居士、王右丞、诗佛……太多了，都是考点，他想，苗苗是小禾的另一个名字，是一个专属于绘画的名字。

"你是从学校过来的吗？上学好玩吗？"

"还行，没有被人盯上就还行。"

"被人盯上是什么意思？"

"就是被欺负，被戏耍。"

"为什么？"

"因为我们和他们不一样。"

这话阿泽无意识地说出来，说完后才意识到自己为什么总是要来这片滩涂寻找她。

异类也是需要同伴的，不然太孤单。

他见小禾歪了脑袋，嘟囔了一句"我们"，立刻紧张起来。

阿泽懂得被当作异类的痛苦，虽然他是在向她表达友好，但也在无形中透露了自己把她当成异类的想法，他很担心，怕她会生气。

不过，她没有生气，只是轻轻笑了笑。

阿泽觉得她总在变化，有时候怯怯的、呆呆的，有时候她的眼睛亮得藏不住聪明。

她指着画上的房子，说："我就是故意把房子画成一窝一窝的，因为我喜欢跟人在一起，不喜欢总是一个人。"

"所以你才要到滩涂上来画画？因为这里人很多？"

"嗯。"

"你肯定很想去学校吧？"

"嗯，但我不能上学，我生病了。"

"我们学校周一到周五不给出校，但是周六周日可以出来，我可以过来陪你说话。还有，马上就放寒假了，我其实每天都可以来……"

"你为什么不问我生了什么病？"女孩打断他，说，"他们看到我不去上学，都会缠着我外婆问我到底得了什么病。"

"可是，你现在不是好好的吗？"阿泽的眼神略有闪躲，顿了顿才又说，

"哦，对了，你都去哪家医院看病？你可以告诉我，如果我来滩涂找不到你，可以去医院看你。"

女孩把眼睛瞪圆了，指着自己问："你对我生的病一点好奇心也没有？"

阿泽撇撇嘴，内心挣扎了一番，还是选择说了实话。

"好奇。不过，画家让我不要把你当病人看。我觉得他说得有道理，那样不礼貌。"

"谁？"

"那个画家，教你画画的叔叔。"

女孩恍然大悟，她点点头，眼睛滴溜溜转了一圈，又再看回画，没一会儿，她松掉画板上的夹子，把画纸取下来。

阿泽伸手要帮忙，女孩却推开他，她的动作有点大，生怕拒绝晚了，她的画就会落入阿泽手里。

阿泽尴尬地把伸出去的手收回来，他准备跟她告别，去赶末班公交车，可是，她摸出打火机，动作麻利地将画点燃。

火烧起来，烧得很快，瞧见火苗快要蹿上她的手臂，阿泽不顾危险，一面叫她松手，一面扑上去拍打，他打到她的手臂，令她吃痛，她放开手，燃烧物飘摇坠下。

画是没的救了，阿泽用脚踩了半天，只从灰烬里抢回了巴掌大的一片画，正巧，就是那窝水墨房子。

"你为什么……为什么总是要这样?!"

阿泽看着手里的残片，十分不理解，但她却若无其事，收拾画架，与他告别。

阿泽跟上去，说："是不是因为我说你画错了？你生气了吗？我不是说你画得不好，这幅画很漂亮，烧了多可惜。"

"你说什么都不会影响我画画，只是，我不能把画带回家，我的画只能被烧掉。"

"为什么？"

"我的画不能被别人看见。"

"为什么？你是怕被批评吗？画家叔叔说你画得很好，谁会批评你呢？是家里人吗？你也会被惩罚？你不会也挨打吧？"

"没有，没人打我。"

她的回复让阿泽安心了一点，只是他刚说完"那就好"，她又说道："是比挨打还要痛苦的惩罚。"

"怎么这样?!"阿泽愤怒了，喊道，"他们也太过分了！"

女孩肩膀一抖，说："你的声音好大，像骂人。"

"对不起，"阿泽放低声音，说，"你可以把画给我呀，不用烧掉吧？"

"你不是拿了吗？"

女孩指指阿泽的口袋，刚刚，阿泽悄悄把捡回来的残片放进口袋，他以为她没看见。

阿泽怕她把画要回去，捂紧口袋，问："今天怎么只有你一个人？画家叔叔呢？"

"他没空，闭关了，他们每隔一段时间就会闭关一阵子。"

"他们是谁？"

"我外公，还有其他人。"

眼见着就要走到分岔口，女孩要继续往前穿过隧道回去艺联疗养基地，阿泽则要右拐，绕过沙蟹保护区的牌子，跳下台阶，去往公交调度站，临别时，他们约好，每隔三天在滩涂上见一次面，直至过年。

阿泽走了一会儿，又扭过头依依不舍地冲她的背影喊："喂——你会喜欢别人叫你苗苗吗？"

"你怎么知道我叫苗苗？"

"我看见了，你写在画上了。"

他们已走入不同的方向，隔了相当远的距离，天变暗了，她脸上的五官不再清晰，女孩远远地凝视他，许久不回话。她的反应令阿泽以为自己又犯了傻，他刚想说算了，女孩却冲他喊："是的，我就是苗苗，你们都该叫我苗苗。"

阿泽高兴起来，他加大力气摆动手臂，大声说："好的，再见！苗苗，再见。"

08

除夕夜，年夜饭必须是丰盛的，屋内摆上大圆桌，热菜20道起，最好就是盘子摞盘子，搭上三层才够大气、够热闹。

慈姑从下午2点就开始忙了，后厨里全是女人，妯娌之间相互帮助，三个女人要做十五六个人吃的饭，忙得屋里屋外直打转。

红膏炝蟹必不可少，摆上桌子光看颜色就喜庆，渔民的年夜饭，海鲜是主角，鸡鸭鱼肉也要齐备。

宿国忠家摆的这一席最值钱的菜色是雪菜烧的大黄鱼，大黄鱼是野生的，快两斤的重量，如今已是可遇不可求。赶着年三十返航进港，能出的货都出了，但这条大黄鱼没舍得出，留到年夜饭做了摆上席面，这是他作为船老大的觉悟，把好东西留给包括船员在内的自家人，来年才能心往一处想，劲往一处使。

开席时，宿国忠照例说了一番话回顾一年的辛苦，感谢大家的付出，寄望来年风调雨顺、大获丰收，所有人都配合着鼓掌，掌声未歇，宿国忠叫起阿泽，对宾客们说："我儿子要给大家敬酒了。"

每到这个时候，阿泽的肠子就又要逃跑了。他捂着肚子站起来，一边往杯子里倒椰奶，一边想敬酒时能说的吉利话。他不善言辞，偏偏这些亲戚朋友都很喜欢逗他，总要把他逼到面红耳赤无话可说之后，再哈哈大笑，这还算好的，要是他不小心说错了话，就要被笑上一年。

"别倒饮料了，今年能换酒了。"宿国忠说。

父亲的话让阿泽的手滞住，他看向母亲，请求确认，慈姑小声问丈夫，说："不行吧？他还不能喝酒吧，还是小孩子……"

"什么小孩子?! 我像他这么大的时候，都出去做活了。换酒！换个米酒嘛，米酒还能算酒啊？快点！倒上！磨磨蹭蹭地干什么?! 爽利点！"

阿泽很想说既然米酒不算酒，那为什么不能喝饮料呢？但慈姑已经帮他把米酒倒上了，乳白的颜色像兑了水的椰奶，母亲在他耳边说："去吧，少抿一点，不要惹你爸爸生气，大过年的。"

阿泽不知道自己喝了多少，反正放鞭炮的时候他觉得晕晕乎乎的，一说话感觉舌头两边碰得到牙齿，给阿昕放"小蜜蜂"时，打火机的火苗对不准鞭炮的引线。

他也不知道自己是什么时候睡着的，反正这个年就这么过去了，他醒来时，夜很深，渔村很安静，过年时，大概只有凌晨2点到4点会有这种能听到动物叫声的安静。

阿泽觉得口渴，他爬起来给自己倒水喝，咕嘟咕嘟灌下一大杯凉水后，他听到父母的谈话。

"明天晚上就走？太早了吧？不是说大年初六一起出海吗？"

"就过年这几天，海货金贵，只要货好，价再高都有人出得起。我跟他们打个时间差，说不定能有好运气。我呢，准备到上次捕到大黄鱼的地方，往前再走走。妈的，就该往前再走走，要不是考虑大黄、小良、童海友他们几个，我都不准备回来过年的。"

"怎么这样……换了船，怎么觉得日子过得更不像日子了。"

隐隐约约地，阿泽听到了母亲的啜泣，来不及细听，母亲那微弱的声音就被父亲提高的嗓门掩盖住了。

"收声！有毛病啊，正月里头哭，想我死呢！"

"我是觉得你太辛苦，太累了。"

"那怎么办呢？我不累点，不拼命干，指望你那个尿儿子给我们改命？唉……不说了，慢慢挨吧，一想到那么多债每天都在滚利息，睡都睡不着，还不如出海去。只要能搞到钱，别说大年初二，禁渔期我都得出去。"

"你别瞎说。"

"我知道，让你受委屈了，你怪我心太大，步子跨大了，没有量力而行，对吧？我承认，是的，但是现在已经这样了，还能怎么办呢？死也要把钱还上，把船留下来呀，不为别的，为了你儿子，我们一家的命都捆在船上了。"

"就是画家给的那二十万闹的，你还不就是贪那点便宜。"

"好了好了，不说了，睡觉。明天早上记得帮我搞个猪头回来，我不跟他们一起出海，开网仪式我到海上自己搞去。"

"嗯，知道了，都给你准备好，猪头、鸡，还有鱼，用不着你操心的。"

声音渐渐停了，呼噜声响起时，阿泽放下杯子，蹑手蹑脚走回床边。

酒彻底醒了，不知是凉水灌的，还是被父母无奈悲凉的对话吓的，阿泽难以入眠，他直挺挺地睡在床上，反复回忆听到的谈话。越长大，他越知道自己不愿把生命交付大海，他是那么坚定地想要离开渔村，可是，如果家需要他呢？他还能那么坚定地做出选择吗？

他觉得灵魂里有些东西被改变了。

从前，他只是单纯地厌恶父亲对他暴力相加，而现在，他有了不甘，一股想要证明什么的冲动变成种子埋进内心最不安的地方。轰天雷响了，天空被烟火照得白亮，弥漫的烟雾也成了夜景的一部分。他想，猪头很沉，又丑，母亲肯定不想拿，这事，他可以去帮一帮。

从那以后，阿泽去滩涂的次数减少了，开学以后的大部分周末，他都会回家，帮母亲做些力所能及的事情，有时候是晒鱼干、虾干，有时候是给母亲打下手，参与熬酱，但凡赶得上，他都会抢在母亲阻拦前，把沉重的袋子扛上肩，跑出去。

宿国忠总在海上漂，回来的时候少，尽管如此，他也察觉到儿子的改变，不过，他还是很讨厌阿泽一见到他就如老鼠见了猫一样的畏缩模样，所以总是忍不住狠狠教训他。

小孩子刚开始发育的时候总会变丑的，但阿泽还是老样子，干净秀气得跟渔村里所有孩子都不一样。有时候宿国忠抬手抽他，他伸手挡时从胳膊弯折的地方斜睨的动作简直跟唱戏的差不多，气得宿国忠手脚并用对他一顿狂揍。宿国忠觉得这样能把儿子的狼性逼出来，可是，阿泽却越来越沉默。

宿国忠不会讲道理，见拳脚不顶事，他也没办法了。他心里的愁苦怕遭渔村里的人嘲笑，只能跟外人吐露。

画家听了宿国忠的抱怨，让他把思路打开，说他儿子文质彬彬，兴许是读书的好材料。宿国忠听了发笑，反问画家，读书有什么用？说渔村里的人除了清华北大，其他学校都不认识，别人家孩子考上大学，摆酒设宴，渔村里的人都去吃，一边吃，一边看笑话。

"你怎么就那么确定你儿子不能考上清华北大光宗耀祖呢？"画家反问。

"老子祖坟上要是冒这样的青烟，老子还是渔民？"宿国忠连连摇头，一边叫画家不要给他洗脑，一边感叹说，"没这个好运啊。"

"你知道你为什么走不上好运吗？"画家反问道。

"你说为什么？"

"因为你根本就不相信，但是你又不甘心，要不然的话，你也不会窝在棋牌室里搞些小打小闹的东西。"画家长叹一声，说，"想改命，得先把身家性命全都赌上去，all in（全力以赴），你懂不懂啊？"

"呵呵，洋话鸟语的，老子不懂。"

宿国忠只是装样子，其实，他是把画家的话听到心里去了，往后的日子里，宿国忠常常陷入沉思，思考自己究竟还有哪些能赌的东西没有赌上，因此，他不大打骂阿泽了，每一次因为看到儿子而心烦后，他扬起手也只是凭空招招，不耐烦地说一句"滚滚滚"。

宿国忠不知道，他的这一点点改变给儿子带来了多大的惶恐，阿泽把父亲的忧愁与债务、利息牢牢绑定在一起，觉得自己可能真的离不开海洋、离不开家了。

周末，阿泽很早就出发去滩涂，苗苗不在，他坐在石头上听着海浪声发呆，直到太阳升到最高点，皮肤发烫，眼睛睁不开，他才站起来，转身寻找阴凉的地方。这时，阿泽发现苗苗已经来了。

"你怎么了？"苗苗一边画画，一边说，"你好像很不高兴。"

"没有，"阿泽说，"你什么时候来的？怎么不叫我一声。"

"你为什么不高兴？"苗苗固执地追问。

"我只是在想事情。"

"想什么呢？"

阿泽看向远处，夏天快到了，来渔村旅游的人越来越多，踩沙踏浪的人每一个都那么欢乐，他提着提不起来的情绪，闷声闷气地说："想怎么逃离大海。"

"大海是你的笼子吗？"苗苗继续问，"它困住你了？"

"是吧，"阿泽点点头，说，"是的。"

"那你可真幸运，你的笼子好大呀。"苗苗在新画的画作上写好名字，说，"你知道吗？有的人的笼子特别窄，踏出去一步都很困难。"

阿泽以为苗苗在说她被困在家里不能上学的事情，他怕自己低落的情绪影响到她，于是，强撑笑容说出鼓励的话。

"没关系，我们都能走出去。"

苗苗放下画笔，朝阿泽看过去，表情严肃地说："你不应该笑，以笑的方式露出牙齿，一点威慑力也没有，你应该这样……"

苗苗在额头上画了一笔，像丛林里的凶兽那样龇牙，但她故作凶恶的样子并不可怕，阿泽真心笑出来。他掏出纸巾，把纸巾摁在她的额头上。纸巾迅速吸走大部分墨汁，但还是在她莹白的皮肤上留下灰黑的痕迹，阿泽觉得她很像一个人。

辛德瑞拉。

那个被施了魔法又注定被打回原形的灰姑娘。

09

7月的某一天，几辆豪华旅游大巴开进半山度假区艺联疗养基地，阿昕从滩涂跑回来，找到阿泽，告诉他，小粒真的又来了。

"小泽哥哥，我们又可以进基地里面玩了，小粒说，明天早上10点，她在门口等我们，带我们进去。"

"你去吧，我暂时去不了。"

"怎么了？"

"妈妈生病了，我要留下来照顾她。"

父亲又出海了，这已经是禁渔期里的第三趟，母亲担忧害怕，急得生了病，阿泽也打不起精神，他几次假装无事地闲逛到渔村口，看张贴在布告栏里的禁渔公告：

"禁渔期间，禁止一切捕捞作业行为；禁止收购、加工、销售违法捕捞的渔获物；禁止开展破坏渔业资源和渔业生态环境的活动。因科研调查需要采捕的，须报省级以上渔业主管部门批准。禁渔期所有渔船一律停港、封网。

"全体渔民应自觉遵守海洋伏季休渔禁渔有关规定，各乡镇政府、街道办事处和有关部门要切实加强领导，广泛宣传，密切配合，加大执法力度，严厉查处违反海洋伏季休渔禁渔规定的行为，对于情节严重的，依法移送司法机关追究刑事责任。"

看的次数多了，公告上的条条款款他都能背下来，阿泽心里发慌，他觉得自己也要生病了。

二婶牵着堂弟到家里来探望母亲，阿泽听到二婶宽慰母亲的话。

"你胆子也太小了，怎么还吓病了呢？又不是第一次了，前两回不都没事？小良跟我说了，都是搞假的。不信你自己到外头市集问问，你问问有没有'热货'卖，保证家家都有，立马就能把压箱底的禁货掏出来。大家都这么干，你怕什么呀。"

母亲唯唯诺诺地应和，等二婶走了，她就窝在床上唉声叹气。

阿泽给母亲熬中药，眼睛盯着火，脑海一片空白，好一会儿之后，他跑回房间，拿来英语词典开始背单词，闭着眼睛从"a/an"开始背起。

"abandon，abandon，abandon，放弃，放弃，放弃……a、b、a、n、d、o、n，abandon……"

这一次，他不会再放弃了，只要能离开渔船、离开渔村，他付出什么都行。

晚上，阿昕从滩涂玩回来，给阿泽带回一个神秘的消息。

"小泽哥哥，小粒说她知道小禾得的是什么病了，她说是精神分裂症，她说精神分裂症就是疯子。小泽哥哥，小禾是个疯子。"

"胡说！"阿泽呵斥着，见阿昕露出委屈巴巴的表情，他收敛怒气，问，"怎么回事？今天发生什么了？"

"小禾没有来，小粒说小禾又住院了，她说小禾的毛病在基地不是秘密，很多人都知道。小粒悄悄告诉我的，让我也悄悄告诉你，她还说了，让我们假装不知道，不要歧视小禾。"

阿泽越听越生气，他推开阿昕，跑出门，跑到棋牌室，又跑到港口人群聚集的地方，他想找画家，但画家并不在海港渔村，阿泽只能垂头丧气地回了家。阿昕还在帮他盯着煎中药的炉子的火，等他回来以后，阿昕问："小泽哥哥，我是不是说错什么了？你是不是生气了？"

"明天我跟你去半山。"阿泽说。

半山度假区艺联美术协会第二届青年美术创作研修班开班了，小粒的爷爷仍然是被邀请来授课的座上宾，园区门口多了个带翅膀的飞马雕塑，小粒脖子上挂着紫色的出入证，手里提着崭新的挖沙蟹的桶和铲子，兴致勃勃地跑出来。阿泽脸色铁青地问她，说："苗苗住在哪家医院？我要去看她。"

"谁是苗苗？"

阿昕抢着告诉小粒，说苗苗就是小禾，小禾就是苗苗。

"哦，"小粒糊里糊涂地应了一声，摇摇头，说，"我不知道她在哪家医院。"

阿泽听了扭头就走，小粒连忙跟上去，问他走那么快是怕沙蟹跑了吗，阿泽顿住脚步，大声说："请你以后不要再悄悄地说别人的坏话，那一点也不'悄悄'！"

小粒委屈起来，她看着无措的阿昕，问："你是怎么跟他说的？"

"你说苗苗是个疯子。"阿泽气愤地说。

"错了，错了。"小粒摇晃双手，铁铲撞在铁桶里发出铛铛声，她解释道，"我说的是'疯狂是神的礼物'，这句话是别人用来形容天才凡·高的。我可没有说她的坏话，我才没有歧视她，我还羡慕她呢。你们懂什么呀！

天才和疯子本来就只有一线之隔，只要她开始创造，不正常就不再是贬义词。一个正常的艺术家？谁会想要做个平庸到正常的艺术家呀？她外公说得对呀，艺术家如果平庸，就是个大笑话！"

小粒的解释在阿泽听来有些离奇，但他看她态度真挚的样子，气消下去不少，他们又一起走向滩涂，路上，阿泽听了许多只有小粒才知道的与苗苗有关的事。

"听说她还没上二年级就退学了，因为她上课时经常趴在桌上睡觉，老师把她叫起来，她要么号啕大哭，要么就收拾书包要离开教室。她经常搞不清楚自己是谁，也不知道自己在干什么，所以不能去学校。不过，她的外公外婆帮她请了老师在家补习，跟我们一样，她也要参加期中考试和期末考试，她不笨，考试成绩还挺好的。

"你们知道吗？原来她可以画得很好啊。她外公把她的画作拿来给这次的教授团看，有位国画山水写意大师夸她是天赋之才，愿意收她当学生呢。只可惜，两人还没有见面，她就病倒了。我听我爷爷说，她突然什么都画不出来，她外公让她放松点，慢慢画，她就栽倒了，是救护车开进基地把她拉走的。"

阿泽听出不对劲，苗苗不是不愿意被别人看到她的画吗？为此，她甚至不惜烧掉自己的作品，怎么还是被别人看到了呢？想起她烧画时坚决的样子，他挺替她担心的。

"她外公是做什么的？"阿泽问，"为什么可以一直住在红房子里？"

"好像是做生意的，开了一家艺术品买卖公司，艺联疗养基地里的各种活动都是他组织和安排的。"小粒说，"他很热爱文艺，不过对国画更感兴趣一些。他应该花了很大力气培养小禾吧，我爷爷说他很值得钦佩，不放弃一个生病的小孩，还把她培养得那么优秀，值得所有人学习。"

"哼，根本不是这样，他对苗苗一点也不好，"阿泽愤怒地说，"他经常惩罚苗苗，很残酷的惩罚！"

"真的假的？"

小粒和阿昕异口同声地惊呼，末了，小粒问阿泽，说："你怎么总是叫她苗苗呀？他们家里人都叫她小禾呀。"

"她让我这么叫她的，"阿泽说，"上学期在滩涂上，她画的每一幅画都署名为苗苗。"

"原来是这样，"小粒说，"那以后我也叫她苗苗。"

小禾出院回家那天，阿泽、阿昕正在艺联疗养基地的培训楼跟小粒一起画画，他们几乎同时透过窗户看到了她。

邱奶奶背着很大的绿色旅行包，包里塞得很满，看起来就很沉重，邱奶奶的左右手也没有空着，都提了网兜，天很热很闷，不堪重负的她每走两步就要停下来擦擦汗、喘喘气。

小禾垂着手，一个人走在前面，什么也没有拿。她穿了白裙子和红鞋子，迈着轻盈的脚步，轻得好像要飘起来。她直视前路，但目光是散的，脸上没有一丝表情。

孩子们尖叫着冲出培训楼，他们扑向被叫声惊扰的邱奶奶，一瞬间就把邱奶奶背负的大包小包转移走了。

邱平低头一看，连个头最矮的小女孩也挺起肚子抱着装了饭盒、保温杯和各种杂物的网兜，她很感动，但又怕累到孩子们，这个也要伸手帮一帮，那个也要伸手帮一帮，小粒和阿昕纷纷拒绝她，把怀里的东西护得死死的，背着绿色旅行包的阿泽早就蹿到了前头。

邱平叫外孙女的名字，说："小禾，你走慢一点，等等大家。"

女孩的脚步并没有变慢，但阿泽追上了她，问她好不好，问她住在医院里是不是很无聊。但女孩不搭理他，一句话也不讲。

那天他们把小禾和邱奶奶护送回家之后就离开了，因为邱奶奶说，小禾需要休息，等过阵子再找他们一起玩。

离开 19 号小红楼时，阿泽有话要说。

"小粒，上次那句话你是怎么说的？疯狂……是什么？能重复一遍吗？"

"'疯狂是神的礼物'，你们都知道凡·高吧？凡·高就是一个被精神疾病困扰的超级天才，下次，我带凡·高的画册给你们看。"

"我不想看，"阿泽打断小粒，严肃地说，"像那样的话，你不要当着苗苗的面说，可以吗？"

"为什么？"

"她不是凡·高，她也不想当凡·高，她是苗苗，她只想做苗苗。她不会因为你把她形容成天才就开心的，没有人希望被当作异类，她听见会难过的。"

小粒想了想，说："可是，她确实跟我们不一样呀，她是个病人啊，我们该怎么对待她呢？"

阿泽想了想，说："她不需要我们把她当病人，我们当她是朋友就好啦。"

10

"过阵子"是个相当模糊的概念，孩子们拿着邱奶奶给的奶油冰糕恋恋不舍地离开19号小红楼时，还以为"过阵子"会是相当漫长的时间，没想到，仅仅隔了一天，苗苗就出现在了滩涂上。

那天，雨过天晴。滩涂上，架起画板的人变成了小粒，她在写生，习作严格按照黄金分割法来构图，她画了几个小时，画作已经完成了大半，只差挂在天边的几层云，她几次调色都不能下笔，手里破旧的皮面软抄都快被她翻烂了——那是她的秘籍册子，记下了很多数据和技法。

远处，阿泽和阿昕在挖沙，阿泽看到苗苗走到小粒身后，两人说了会儿话，紧接着，小粒把手里的调色盘交到苗苗手里。

阿泽撇下阿昕，朝她们跑过去，跑近了，他正好听到小粒夸赞苗苗厉害。

"这个颜色我把握不准，调不出来，苗苗只用几秒钟就调出来了，阿泽，你看，是不是一模一样的云？"

太阳藏在云的背后，云朵不白，但又不是完全晦暗，它的背后透出光，和纸上画出的那片云一样，灰色，但又清新明亮。

苗苗牵起裙摆，找了块干净的石头坐下，阿泽观察她，发现她没有带任何作画工具。

"我可能不会再画画了。"苗苗轻声说。

"出什么事了？你的画怎么会被看见？被谁看见了？"阿泽问。

"我妈妈回来看我了，在我画画的时候。"

"你妈妈也逼你画不喜欢的东西？"

"不，"苗苗摇摇头，她凝视远方，淡淡地说，"她希望我什么都别画。"

阿泽恍然大悟，他对此感同身受，讨厌的大人们总是妄图掌控孩子的人生，他同情地看着苗苗，用无比坚定的语气说："别理他们，做你想做的事，但是要小心一点，保护好自己，总有一天，我们都会长大的。"

苗苗笑起来，她似乎是得到了需要的支持，整个人轻松了，她说："我已经很小心了，你说得对，我会更小心一点的。"

小粒的习作完成了，她很满意，审视一番后，她拿着用得很旧的皮面软抄走到苗苗和阿泽身边坐下，她让苗苗把刚刚云朵调色的比例告诉她，她要记下来，但苗苗写不出来，她说自己只是凭感觉调色。

"真羡慕你，"小粒仰慕地看着苗苗，有些沮丧地说，"我怎么就不行呢？"

"你喜欢画画吗？"苗苗问。

"当然！"小粒斩钉截铁地说，她骄傲地仰起下巴，"要是比这个的话，你可比不上我！"

"那你刚刚为什么迟迟不下笔？那朵云的颜色，你不是也调了吗？"

"我怕画错了，"小粒抱起双腿，把本子放在膝上，用下巴压住它，说，"万一画错了，多可惜。"

苗苗听了微微抬起眉头，好像不相信般说："原来是这样啊，我还一直很羡慕你呢。"

"羡慕我？"小粒来了兴趣，嬉笑着朝苗苗靠过去，说，"你羡慕我什么？"

"羡慕你可以自由自在地画画，"苗苗说，"没想到，你这么不自由。"

小粒愣住，懵懵懂懂地，她好似意识到了什么，想了想，她在本子上写下一个电话号码，撕下那张纸，递给苗苗，说："等我走了以后，你可以经常给我打电话吗？每个周末都可以，我想和你多聊聊天。"

苗苗点点头，把纸叠了一下，小心收好。

苗苗再次在滩涂上作画，是三个月之后的事情了，又是一个国庆假期，滩涂上的人比去年多了一倍有余。

阿泽发现已有好长时间没见过画家，苗苗好像没有老师了，她总是独自作画，但不管怎么样，他很高兴苗苗能再次提起画笔，那代表着她没有放弃自己的喜好，尽管很难，但她仍在坚持做自己想做的事。

他很乐于陪伴这样的朋友，哪怕他们之间并没有太多话题可说。

相处时间久了，他们已有默契，阿泽知道苗苗和别人不一样，她的画作要奉献给烈火才算完成。

滩涂上的游客太多，担心引火会招致恐慌，苗苗和阿泽顺着浅浅的细流走到无人的僻静处。

苗苗把卷起来的画递给阿泽，然后翻出打火机，阿泽回忆起初见时她在岩石上烧掉小粒的画的情形。

"你怎么不用火柴了？"阿泽问。

苗苗听他这么问，松掉按压打火机的手，她低头重新在包里翻找，良久抬起头，说："没有，我没有火柴。"

"嗯，现在很少有人用火柴了。"

苗苗又摁了一次打火机，火苗喷出来，幽蓝的，她点燃刚刚完成的画作，松开手，阿泽趁苗苗不注意，将火踩灭，从灰烬中捡拾没有燃尽的残片——这，就是最后一项流程。

苗苗背对着阿泽，却开口问道："这是第几张了？"

阿泽挠挠头，他把残片从口袋里掏出来，看了看，害羞地笑，说没数过，有好多张，他把它们都夹在课本里了。

"不会弄丢吗？"

"你放心吧，一张也不会丢的。"

"我不担心呀，"苗苗摇着头，说，"我只是困惑，你为什么要留着它们？"

阿泽说："我怕我会忘记，所以留着它们。"

暑假里，小粒听说了苗苗烧画的事后，诧异地问她怎么会舍得烧，苗苗反问小粒不舍得什么。小粒说，习作可以装裱起来，挑选一些去参加比赛，说不定能拿奖。苗苗摇头，说这些她都不需要，她享受的是绘画的过程，体验过了，经历过了，即便烧掉，她也还能记得住。

阿泽接受苗苗的说法，但和小粒一样舍不得苗苗把画烧掉，他把残片放回口袋，隔着一层布轻轻拍了拍。

留着它们，就是留住了一段段经历和体验，它们在阿泽的眼里并不残破，他觉得它们无比美好。

苗苗从地上捡起一根芦苇枝，她把它当笤帚用，一点点地将散落在地上的灰烬扫到细流之上，看着它们颤颤漂远。

"你还记得小粒的那本旧旧的皮面软抄吗？"苗苗问阿泽，说，"她告诉我，她已经把那本皮面软抄烧掉了。"

"为什么？"阿泽好奇地问。

"因为她发现那本皮面软抄不是秘籍，而是条条框框，她想通了，决定丢开它。"苗苗轻轻叹气，她看向阿泽，说，"她自由了，我真羡慕她。"

"你要不要再和你爸爸妈妈商量一下，我觉得你能去学校上学……"

"为什么突然提我的爸爸妈妈？"苗苗打断阿泽，她的目光变得锋利，问，"你认识他们？"

被苗苗这么一问，阿泽才意识到，这么久了，去了艺联疗养基地许多次，他还没见过苗苗的爸爸妈妈。察觉到这个话题不是苗苗喜欢的，他赶紧解释说："你不是羡慕我们都能去上学吗？我的意思是，你也可以去上学的。"

苗苗沉默着，她用摇头的动作否定阿泽，也否定自己。阿泽不敢说话了，他终于看到了她的伤口。平时，她看起来完全不像个病人，他们都说她有病，但阿泽感觉不出来，可是今天她好像不太对劲。

"你怎么了？"阿泽小心翼翼地问。

苗苗紧盯着他，突然把手放在唇上做出"嘘"的动作，然后，她从包里拿出一个长得像 MP3 的东西，在红色圆点按键上按了一下。

那是录音笔，阿泽认得，英语老师上公开课时也用这样的录音笔。

苗苗放下唇上的手指，说："我想杀掉我，这个念头疯狂吗？"

阿泽的脸白得吓人，他问："你是说……自杀？"

苗苗摇头，她并不想自杀，相反，她想要活下去，而且是像小粒一样自由自在、背着画板天南海北任意闯荡地活下去。

"不是自杀，"苗苗呢喃着，"只要杀掉一半就可以了。"

"你又不是海参，怎么可能杀掉一半自己？"

"海参？"苗苗困惑地问阿泽，说，"吃的那种海参？"

"你可能没见过，海参遇到危险时，会用吐空内脏的方式保护它自己，海里常见的。"

"那它还能活吗？是不是和小蜜蜂一样，蜇人以后就活不久了？"

"不会，海参的内脏是可以再生的，就像壁虎的尾巴。"

阿泽凝视苗苗，苗苗的眉头紧皱着。

她在思考什么？阿泽很担心苗苗会轻生，他凑近苗苗，听到她的喃喃自语，她说的是："只有能再生的，才可以抛弃。"

"对啊，我们是人啊，缺了胳膊少了腿就残疾了，我们没有尾巴可以丢，也没有内脏可以吐，你可千万别乱来。"

"但我们有思想。"

"思想？"

阿泽好像有点明白了，她的病不在身体上，她是要丢掉一部分坏掉的思想，丢掉它们，她的病就能好了。

苗苗把录音笔塞回包里，阿泽看到录音笔上的红灯亮了，他反应过来，刚刚，苗苗在说那个疯狂的念头时按下的不是录音键，而是暂停键。

"你在录什么？"阿泽好奇地问。

苗苗表情怪怪的，她说："没什么，我只是和你一样，也害怕会忘记。"

那个诡异的话题，之后阿泽再也没有听苗苗提起过。

他们一天天地长大了，女孩们的关系变得越来越亲昵，阿泽听阿昕说，小粒和苗苗几乎每个周末的晚上都打电话，这句话被阿泽刻意忽略掉，他不能有其他多余的情绪，因为他生了病。

初二下学期开始，一种怪病开始在班级里泛滥，男女生之间突然不说话了，一旦开始说话，轻则面红耳赤，重则心慌气短，阿泽也被传染了这样的怪病，他不仅不在学校和女生说话，回到海港渔村，连阿昕也成了他逃避的对象。

因此，尽管他越来越多地梦到滩涂，可实际上去滩涂的次数却越来越少了。

周末，阿泽回到海港渔村，家里却没有人，他一问，才知道是父亲的船回来了，好货大丰收，所有人都在码头忙着走货。

阿泽去往码头帮忙，他本想避开父亲，但一到码头，就被父亲看见了。宿国忠把他叫到身边，不叫他干重活，只叫他拿着本子跟在自己身后算账。

"一天到晚躲在学校不回来，让我看看你都学了些什么东西，钱都算不明白，你真要去吃屎了。"

阿泽不作声，埋头拿着本子记，圆珠笔有点漏墨，一会儿出来一大坨，一会儿半天划不出油墨，他动作稍微慢一点，后脑勺就要挨巴掌，他越写越急躁，原本清晰的字迹变成乱糟糟的一团。

阿泽紧绷着身体，随时准备抵御父亲突然暴怒后的拳打脚踢，可是，父亲非但没有骂他字写得难看、漏出的圆珠笔墨弄花了本子，反而一直像品尝到好吃的鱼一样，发出欢愉的啧啧声。阿泽悄悄仰起头，看到父亲笑眯眯的一张脸，他懂了，今天走运，纸上的数字够大，大得令父亲高兴到将他都看顺眼了。

果然，阿泽的脖子被父亲亲昵地圈住，宿国忠俯下身，伸手在阿泽的肚皮、腋下挠搔，把十五岁的儿子当五岁孩子逗弄，然后说："爸爸挣到钱了，今晚给你吃好吃的，好吧？爸爸好吧？哈哈哈哈哈，再过几年，把没债的船交到你手里，你就等着过好日子吧。"

阿泽很辛苦地抵御神经反应产生的笑意，等父亲一松手，他就跟离弦的箭一样跑了，他听到父母都在喊他，但跑得头也不回。

一路埋头跑到村口他才停下来，跑累了，气喘如牛。公交站台前空无一人，他走过去，在马路牙子上坐下，前路昏暗，视野里唯一清晰的是被绿色射灯照亮的刻着渔村村名的石碑。

阿泽揪下手边的枯草，想要编织点什么来平复心绪，他努力尝试，但发颤的枯草不听他的指挥，他气得把枯草丢了，站起来，对着空气大声喊叫。

他肆意发泄情绪，突然，一只脚出现了，那是一只会伴随他的喊叫而抽动的脚。

前面的马路上……睡了个人？

黑黢黢的环境带来恐怖的氛围，阿泽感到紧张，血液涌上紧绷的头皮，又唰地松懈，血液像瀑布一样淌过脸颊，原本压抑的情绪被好奇心驱散，他攥起拳头，小心谨慎地靠近那只从草丛里钻出来的脚。

那只脚穿着系带的短靴，渔村里没有人穿这样的鞋子，阿泽迅速想起一个人，冲过去一看，果然，睡在马路边的人是画家。

阿泽推推画家，画家脑袋一动，从鼻子里传来鼾声，阿泽嗅到很重的酒味，他想，画家应该是喝醉了。

无人的马路上，除了狗叫声，没有别的动静。等不来人帮忙，阿泽只能艰难地扶起画家的上半身，努力拖动他，但画家喝得意识全无，沉得像是已经在地上生根发芽，他拖不动，只能丢开手。

这时，阿泽发现不对劲。

画家的衣服都是敞开的，连衬衣的细小扣子都解开了，他像是遭遇了扒窃，大衣口袋被翻了出来，阿泽还看到草丛里有个打开的皮夹子。

皮夹子里面没钱，但有画家的证件以及一张照片。

照片里的画家看起来比现在年轻很多，被他揽住肩头的女人更年轻，女人怀里抱了个小婴儿，他们三个依偎在一起，分明就是一家人。

阿泽感到失望，原来画家也有家人，原来他也有孩子，原来他也是一个如此糟糕的父亲。

他把钱包丢回画家身上，抬脚跨过画家的身体，迈开大步，走了。

那天夜里，阿泽从滩涂的梦中惊醒，突然开了窍。

借着手电筒的光，他翻出在滩涂上收集到的画作残片，把它们按收集而来的时间顺序排列，再用胶水把它们依次固定在练习簿上，形成一幅新的画，如此反复操作，残片被消耗殆尽，数学练习簿上多了七幅拼贴画。

阿泽心情大好。

又能去滩涂了。

去滩涂抢救那些不该被烧毁的画吧，他得留下残片，留下它们存在过的痕迹——这个必须行动的理由，对罹患班级传染病的少年来说，无可指摘、不可挑剔。

去滩涂与苗苗见面时，阿泽把遇见画家的事告诉她，说："你知道吗？画家竟然有孩子！他有家人，竟然还天天在渔村喝酒打牌，醉得不省人事就睡在渔村大马路上，那样一个人根本不配做你的老师。"

苗苗停下画画的手，沉默了一会儿，她的沉默令阿泽后悔把真实情况告诉她，他想，苗苗一定很崇拜画家，偶像形象崩塌，她肯定难过了。

阿泽踟蹰着，不知道该说什么来调节气氛，突然，苗苗说："其实，他是我爸爸。"

阿泽一愣，好一会儿才反应过来，他的脸红得更厉害了，舌头和嘴唇一起哆嗦，话都说不清楚。

"你不知道，他对我挺好的。"苗苗说。

"嗯，我看到了，他的钱包里有你们一家人的照片。"阿泽说。

"你能不要告诉小粒和阿昕吗？"苗苗说，"他和我妈妈没有结婚。"

阿泽张张嘴，他讶异地忍受着观念带来的冲击，点头说："你放心，我不说。"

"谢谢。"

苗苗专心画画，阿泽捧了英语词典在一边背诵，16开的红本子总共八百多页，一天背一页，他已经背了快一半。今天效率不高，阿泽时刻关注苗苗是不是画完了，他带了好东西过来，是特意给苗苗准备的。

等苗苗把画摘下来，阿泽放下书叫她等一下，然后，他拿出一盒火柴递给她。

老式火柴盒，扁扁的，正面画了烟花，这是今年过年时，阿泽问画年画的阿公要的，为了给苗苗，留了几个月。

"我不要，"苗苗卷着画，向后倒退，问，"你要干什么？"

"以前你不是用过火柴吗？现在像这样的火柴很难见到了。"阿泽仍伸着手，等待苗苗把火柴接过去，这是礼物啊，他的脸红得像被烧熟了一样。

"我没用过火柴，"苗苗坚定地说，"我不要。"

被拒绝后阿泽悻悻地缩回手，他把火柴盒捏在掌心，因为太用力，火柴盒被挤扁了。

他等待苗苗将画焚烧，然后再捡拾残片，可是，苗苗竟然把画收入背囊。

阿泽很诧异，这个巨大的变化不知何时发生的，他茫然地问："你怎么不烧画了？"

苗苗看看他，又将画重新拿出来，用打火机点燃了。这一系列动作在阿泽看来像是临时起意，他变得无措，心想，或许苗苗所处的环境早已改变，她越画越好，也许已经开始被肯定了，她不再需要烧画，他这一多嘴，反倒添乱。

阿泽忘了去踏火，眼见着画就要被烧成灰烬，苗苗却突然伸出手，想抓住火。

"啊——好烫！"

看起来，苗苗是第一次这样做，她太冲动、太无知，低估了火的威力，她被烫得撤回手。

阿泽吓了一跳，他怕苗苗被烫坏了，扒着她的手心看，果然，苗苗的手心里有烫伤，不过，他稍加辨认就看出来那块淡咖色的烫伤是陈旧的、没完全康复的旧伤。

火光慢慢在岩石上熄灭，苗苗从冷却的灰烬中拾起自然形成的残片递给阿泽，然后从背囊里摸出白色的半透明网纱袋，说："这个也给你吧。"

网纱袋里放着一沓残片，显然，苗苗烧画的习惯依然存在，阿泽收下网纱袋，说："你被烫过怎么还用手抓火呢？不想用水浇，可以用脚踩灭火的。"

苗苗翻过手掌，神神秘秘地凑近他说："这是实验，很重要的实验，等实验成功后，我们就都好了。"

我们……阿泽喜欢这个词，他红着脸问："那我能帮到你什么？"

苗苗的心情很好，她摇摇头，笑嘻嘻地说："等实验成功了，我再告诉你。"

"好啊，"心潮澎湃的阿泽高兴地说，"我把那些画都粘在练习簿上了，你放心，一张也丢不了。"

"可以试试别的纸，背景素一些的，可能会更好看一些。"

阿泽挠挠头，讪讪地问："我是不是不该把它们贴在练习簿上？太难看了是吗？什么样的纸好呢？"

苗苗拿出她作画的熟宣纸，示意这些就可以，她把纸递给阿泽，说送他了。

"这些纸贵不贵？给我了，你怎么画画呢？"

"快拿着。我家里有好多呢。"

因为犹豫，阿泽一下子没接住，纸落下，散开，被风吹得到处都是。

他们俩跳下岩石，追着纸跑，风四处乱吹，招惹他们欢笑。

孩子们跑着跑着撞在一起，纸落下将他们盖住，隔着一张纸，阿泽感觉到女孩的皮肤冰凉，他问她冷吗，她在纸的另一边摇头，阳光穿过一片白色，他听到心跳声像擂鼓一样响。

12

会考结束了。

阿泽最后一次单独去滩涂，是 2005 年 5 月 15 日，他递给苗苗一只纸折的螃蟹，说是儿童节礼物，然后告诉她，接下来他恐怕没时间来滩涂，因为家里有很多事情，每周他都要回家。

还有一个多月就要中考，学校连周末也排了课，阿泽出不来了，他之所以拿回家当借口，是怕不上学的苗苗听了会难过。

"我知道，你们要考试了。小粒说她也没空再跟我煲电话粥，但我们约好 7 月份再见面，祝你们考试顺利，取得好成绩。"

阿泽尴尬地说："原来，你都知道啦。"

苗苗将他一眼看穿，笑着说："告诉你一个好消息，我爸妈说会想办法让我去上学。"

"真的？你能去上学了？"阿泽听了很激动。

"嗯，我已经可以控制自己了，我跟你说过的，那个实验，"苗苗冲阿泽神秘地眨眨眼，问，"还记得吗？"

阿泽当然记得，他追问具体细节，但苗苗却卖起关子。

"等 7 月吧，等你们都来了，我再告诉你们，到时候，你们一定会吓一跳的。"

"好，那我可等着了。"阿泽真心为苗苗感到高兴，他笑得很开心，想了想，又问，"你也要参加中考吗？"

苗苗摇头，说："可能是去读私立高中吧，国际学校之类的。"

私立高中……国际学校……对阿泽来说，它们极其陌生，唯一的感知就是遥远、不可及。

去年，阿昕就离开家去了武术学校，阿泽的目标高中在远离半山四十公里以外的地方，几个月前放寒假，小粒说明年以后她要参加艺考集训班，恐怕不会再跟着她爷爷到处玩了。阿泽有些难过，他知道，过了这个暑假，他们恐怕很难再聚了。

"别难过，等我能去上学了，你就可以给我打电话了。"苗苗说。

阿泽说："那到时候，我肯定每天都给你打电话。"

"我们哪有那么多话说？"苗苗不相信地说。

阿泽红着脸，说："当然有！我可以传授你集体生活的丰富经验。"

他的话让苗苗大笑不止，那天分别前，苗苗仍旧给了他一包焚烧未尽的残片，它们被放在信封里，数量比过去少，摸起来挺薄的。

阿泽把信封夹进语文书，他的语文书封面烂掉了，撕了很大的口子，用透明胶布粘住，看起来很不雅观。

"我帮你画一个封面吧，保证看起来一模一样。"苗苗说。

"不用了，还有一个月就考试了。而且，我也没空出校拿，等我们再见面时，这本书代表的生活都过去了。"

苗苗沉思，她笑笑没有说话，阿泽总觉得她在酝酿什么惊喜，但又觉得自己是心猿意马、胡思乱想。

海风吹动阿泽的头发，他眯起眼睛，未来在前面，他看到了，连苗苗也要起跑了，她虽然跑得晚，但是起跑线却遥遥领先，阿泽知道自己只有更努力，才能不落后。

他的口袋里装了巴掌大的错题本、单词本，去食堂吃饭、回宿舍睡觉的路上轮换着看，他舍不得放过一分一秒的时间，连躺着睡觉时，耳朵里都塞了耳机听英语听力。

他积极主动的学习态度，很受老师的关注，每次，他去办公室问老师不会做的题，老师都会耐心解答，只不过，有时候老师会把他讲得更糊涂，甚至把自己也讲糊涂，每到这时，老师就会让他先回教室，晚点再叫他过来给开小灶。

2005 年 6 月 13 日，晚自习第二节课，同学们都在订正数学卷子，阿泽被班主任叫走了，离开座位时，他特意带上卷子。这次摸底考试，他错的那道题之前就错过一次，阿泽以为班主任是要给他讲题，但他一踏入办公室，就知道想错了，因为他的二叔和班主任站在一起。

二叔怎么会来？阿泽有不祥的预感。

班主任表情严肃地对他说："这样，你回去把书包收拾好，把所有学习资料都带回家，一样别落，我再多给你几套卷子，请假这几天，你可不能耽误学习。"

阿泽感到恍惚，不明白为什么要请假。宿国良走过来推着他，一边跟老师点头哈腰，一边表情夸张地说："你妈病了，赶紧跟我走。"

阿泽一听是母亲病了，慌忙回教室收拾好书包，下楼梯时，因为心慌腿软，他踩滑了一级台阶，差点从楼梯上滚下去。

宿国良一把搂住阿泽，悄悄在他耳边说："胆子壮一点，什么事就吓成这样？你妈没事，我不那么说，你们老师不放你走啊。"

看到二叔脸上浮现一抹嘲笑，阿泽很恼火，他想要挣开二叔的钳制，但二叔的两条胳膊用力将他锁住，使出拉网的力气牢牢捆住他，他不能动弹，面红耳赤地喊："二叔，我就快考试了！"

"傻子！家里有事，你还考什么试?! 赶快跟我回去！"

宿国良钳住阿泽，把他带去停车场，破旧的散发着腥气的面包车的门一拉开，阿泽与车内坐定的堂弟对上视线。

"小译……你也要回家？"

阿泽越来越糊涂，堂弟今年过来上初一了，他的表情和自己一样茫然。

"你妈呢？"宿国良问儿子。

"我妈说要帮我拿东西。"

"唉！这娘儿们，脑子有问题，还拿什么东西！"

宿国良气得叉腰大骂，阿泽摇下车窗，伸出头回望，架设在教学楼顶的探照灯将天空照得炫亮。

好一会儿后，一个扛着大包小包的女人出现了，她一肩背一个蛇皮袋，两个手里还提着塑料洗脸盆、热水壶等一干杂物，宿国良看了直跺脚，他并不出手帮忙，直等到老婆走到跟前，指着她的鼻子骂："你是拾荒的?! 谁让你拿这些东西了？我们现在还用得上这种破烂？"

女人也是泼辣性格，她并不退让，肩扛手提的还能分出一条腿来飞踢。

"这些不是钱买的啊?!"女人踹完丈夫，卸下重物，叉腰喘气，说，

"败家子！再多钱给你，也被糟蹋了！"

阿泽彻底傻了，看着二婶把装被褥的蛇皮袋双手提起来甩进车里，他迅速意识到这很有可能是一趟不回头的路。

"二叔，你们刚出海回来？"阿泽看到二叔的眼神躲闪了一下，他的声音失控地发抖，又问，"我爸被抓了？"

"没有，"笑眯眯的二婶一边钻进车子，一边兴奋地对阿泽说，"这趟出海走大运嘞，你们都是有福气的小孩子。"

二婶掩藏不住的喜色又将阿泽弄糊涂了，所谓"出事"好似不是他以为的大悲之事，阿泽看向宿舍的方向，放下怀里的书包，说："我还有个要紧东西要拿，马上就回来。"

十人间的宿舍，没有桌椅，柜子只有小小的一格，床位是唯一的私享天地，阿泽气喘吁吁地关上草绿色的铁门，脱了鞋子，踩了两步铁梯蹿上床铺，他拿起枕头，又再翻开床单，磨砂透明色的文件袋露出来。

心中生出莫名的惆怅，阿泽的动作整体停滞了一小会儿，然后又突然加速，他把文件袋抽出来，跳下床，穿好鞋，马不停蹄地又跑回停车场。

二叔等得不耐烦了，阿泽也没解释什么，他低头扎进车子，抢在被别人关注前，把文件袋塞进书包里。

这一袋零碎的残破是独属于他的追忆，不需要也没必要解释给别人听。

车子开回海港渔村，阿泽一路都在看窗外，他知道自己将要离半山越来越远，但还是固执地只看窗外，他搜寻被黑夜掩盖的山峦的轮廓，直到海港渔村的村头石碑映入眼帘，才沮丧地转回脖子。

二叔把他放在家门口，家里挺安静的，但不知道为什么，阿泽觉得空气很厚重，他有些喘不过来气。

一推开门，首先映入眼帘的是两个硕大的行李箱，其中一个紫红色的，是一直放在母亲房间里的，另外一个黑色的，阿泽是第一次见，箱子的轮子坏了，它歪放着。

母亲在哭，父亲站着，态度凶神恶煞。

阿泽以为母亲被欺负了，两三步蹿到母亲身前，慈姑一见到他，哭得更凶了，粗糙的手紧紧拉住他。

"怎么了？"阿泽先问母亲，然后又仰起头看父亲，壮胆问："你想干什么？"

宿国忠看了看儿子，把车票拍在桌子上，喊："三个小时以后的火车，离开海港渔村！离开厦州！你们走不走？不走以后就再也别走了！就死在这里算了！"

阿泽感觉到母亲拉扯他的动作不自觉地加重了，他扶住母亲的胳膊，小声安抚了两句。

"妈，出什么事了？为什么走得这么急？"

"你爸出海遇到野生大黄鱼群了，"慈姑呜咽着说，"货已经全部卖空了，再过几天，消息就要尽人皆知，你爸说怕海警查到头上，要我们连夜先走。"

阿泽一听脑子就炸了，回来的路上，他猜测了很多可能，最怕的就是父亲因为伏季休渔违法出海被捕，他至今仍能熟背伏季休渔管制条例，但进屋见到父亲，他还在心存侥幸，可是母亲的哭诉下了结论。

他的前途全毁了。

13

阿泽转身就走，他要回学校去，没有公交车，就是走也要走回去。

慈姑拉住儿子，不叫他走，阿泽再也忍不住愤怒和委屈，对着父亲大吼："你怎么这样啊！我马上就要考试了！"

阿泽是真的生气了，他的手攥成拳头，不住地发抖，胸口激烈起伏，脖子上的筋一条条鼓出来。

"我不会走的，要走你自己走，我要考试，要上学，大不了我就跟你划清界限！"

剑拔弩张的时刻，慈姑急得跺脚，可宿国忠却不合时宜地笑了。他好像很满意儿子展露的血性，突然不着急逃跑了。他优哉游哉地坐在铺了海绵垫子的木头沙发上，海绵垫子质量不好，没支撑力，一坐下就下陷，腰腹向内折叠，窝囊得很，他把手伸到屁股底下一拽，把垫子整个丢出去。

"听你妈说，你铆足劲要考县里的重点高中，能考得上？"宿国忠看着阿泽，笑盈盈地说，"跟我划清界限？你考上高中不要交学费啦？不要生活费？天天喝西北风考大学？"

"用不着你管。"

阿泽板着脸拨开慈姑阻拦自己离开的手，这时，宿国忠拍了桌子，他不是用手拍的，而是用烟灰缸，嘭噔一声，玻璃烟灰缸碎了，碎片滚出哗啦啦一片响。

"我是你老子！我的事你得管，明白吗?! 父债子还，懂吧?! 你想跟我划清界限，就能划清界限?! 话讲难听点，老子就是挨了枪子，也是你去给老子收尸，听懂没有?!"

阿泽叫父亲说得崩溃了，眼泪喷涌，他抬起胳膊用力擦眼睛，拼命忍住情绪，身体筛糠似的抖动。

慈姑心疼儿子，她一边给丈夫使眼色，一边悄悄告诉阿泽，说："你别怕，你爸爸吓唬你呢。我跟你说，这次你爸爸拼了命，把买船欠的钱都挣回来了，还了钱还有盈余，我们的好日子来了。是我不好，是我舍不得这个屋子，舍不得走，是我拖后腿了，你不要跟你爸爸吵架，听话啊。"

阿泽越听越绝望，他睨视母亲，恨她的是非不分，他的胸口、喉咙全都被堵住，那一刻，除了祈求侥幸，余下的，他无能为力。

"你们走吧，我留下看家。反正，躲过了这阵子，不还是要回来吗？我不走，还有不到半个月我就要考试了，我得回学校，去中考。"

"不回来了，这次走了就不回来了，我们先走，你爸爸留下来把船卖掉，再来找我们。"

卖船？这也太出乎意料，阿泽狐疑地注视着母亲的眼睛，母亲冲他点头，用力得很。

"为什么？"阿泽喃喃地说，"欠的债都还了，这不是你们一直期望的吗？"

慈姑说："听你爸爸的吧，万一事情闹大了，就真的是竹篮打水一场空了。"

"可我怎么办？我得上学啊！"阿泽不解地看着母亲。

宿国忠哼了一声，说："就你念的初中，还指望考上好高中？你就做梦吧！你的班主任不就是二毛子吗？我们小时候常常在一起玩的，脑子笨得账都算不过来，就他还能当数学老师？就凭他是你的班主任，老子看你就没戏。"

阿泽的情绪落入谷底，他对学校的实际情况比父亲更了解，因此无法反驳。可是再怎么样他也得试一试，万一呢？就算考不上重点高中，上个普通高中，也是可以的呀，不参加中考，他就只能拿个初中文凭，阿泽无法接受这样的结果。

这时，宿国忠突然往地上摔了一把花里胡哨的广告，阿泽看过去，蓝色、红色的广告单页上，各色人种的学生在灿烂地大笑，他们穿着制服样的校服，戴着漂亮的领结，背后的校园种满参天大树，郁郁葱葱。

慈姑巴巴地捡起一张递给阿泽，说："你爸爸心里向着你，他就是嘴硬，你看，他要送你去最好的学校上学呢，学英语不用背单词，都是外国人直接教。以前家里没钱不敢想，现在不一样了，别人家孩子有的，你也能有。我老早就听别人说过了，上这种私立学校不用中考的，交钱就能去。"

私立学校……国际学校……阿泽觉得耳熟，随后想起了苗苗，他猜测对教育问题并不上心的父母是如何拿到这种宣传材料的，应该是沾了画家的光，画家在帮他女儿看学校，被他们看见了。

阿泽犹豫了，事情发展得太突然，他觉得不可思议，理智跟不上这种天上掉馅饼的好事，他总觉得哪里不对劲。

宿国忠又在拍桌子了，问他们到底走不走。

慈姑央求宿国忠跟他们一起走，她说不管好坏，一家人都要在一起。

"我跟你怎么讲不明白呢？"宿国忠无奈地说，"你们先走，我留下善后，等把船卖掉，钱拿到，我自然去找你们了嘛！你非要跟我捆在这里干什么呢？万一海警追查力度大，事情败露了，我们好歹保一头！道理我不是都讲给你听了嘛，你怎么就听不懂呢？"

"你少骗我，什么船不船的，我叫我二哥回来帮我们办，不行吗？要走，就一家人一块走。"

慈姑不依，仍旧哭，一边哭一边说，实在不行，就让阿泽跟老二一家人走，她反正要留下来看住宿国忠。

看父母来来回回拉锯，阿泽主动拾起放在桌子上的火车票，父母的争执终于停了。阿泽手里紧紧攥着车票，他其实早就做过决定了，只要能够离开渔村，离开渔船，放弃什么他都可以。

"希望你们别是骗我的，"阿泽转过身，对母亲说，"妈，东西收好了吧？我们走吧。"

那天，阿泽觉得他的人生被彻底改变了。

搬离渔村的最初，他很惶恐，每天数着日子过，父亲没来找他们时，他担忧父亲被抓，一周之后，父亲来了，他又担忧被父亲骗。

原定的该参加中考的日子，他缺席了，但未来的方向还在摇摆，他急得又跟父亲大吵一架。

奇怪的是，搬离渔村之后，宿国忠好像突然变了一个人，他不再以"老子"自称，也不那么爱发脾气，面目变得温和起来，阿泽跟他嚷嚷，他也不恼，只是打电话给二叔，让二叔办事情再快一点。

阿泽不知道家里的船卖了多少钱，也不知道父亲撞上的那群鱼卖了多少钱，他只知道家里是真的有钱了，并且不只他家，也包括二叔家，亲戚之间相互帮衬，一个又一个搬出渔村，阿泽感到恍惚，夜里失眠不敢睡，总担心是黄粱一梦。

拿到私立高中录取通知书的那一刻，阿泽才真正确定自己离开了渔村，他欣喜若狂，想要与朋友倾诉，直到那时，他才终于想到他离他的朋友已经很远很远了。

7月已过，他爽约了。

与滩涂有关的梦境报复性地回归，阿泽的脑袋一贴上枕头就开始做梦，没完没了。

他去逛崖州没有的大商场，在琳琅满目的卖场里挑选最漂亮的纸张买回去，然后，将承载着他梦幻般回忆的灰烬残片拼贴在纸上。

拼到最后一包残片时，他很舍不得，每一张他都看得很仔细。

其实，后来的那些残片都是苗苗帮他留的，他并没有亲眼见证过它们完整的生命轨迹，但他愿意想象。

只是，当中有一张残片看起来很奇怪，上面没有一点内容，纯粹白纸一张，阿泽把它丢了，他想可能是苗苗不小心弄错了。

阿泽入读的是收费昂贵的私立高中，并非国际学校，但最近的一所国际学校离得不远，阿泽常过去，他做着蓦然回首的美梦，但苗苗并不在那里读书。

都市的生活新奇、开阔，阿泽慢慢融入了，童年的伙伴仍然时不时钻入脑海，一想起来，他就会抽离地微笑一会儿，但也只是笑上一会儿。

高一下学期，有女生给他递表白信，表示希望成为他的初恋，阿泽摸着白色的纹理细腻的信封，不可遏制地想起苗苗，他想，他早就拥有过初恋了，在他还很懵懂的时候，就已经拥有过了。

他从小地方来，基础薄弱，满是窟窿，他没时间谈恋爱，把所有的时间都花在学习上仍觉得不够。

三年后，高考，填报志愿时，阿泽象征性地问父亲对他的未来有何期望，但宿国忠表示他的人生自己做主就好，如果非要问自己的意见，自己希望儿子将来做公务员，为祖国做贡献。于是，阿泽按照自己的意愿填报志愿，最终被名牌大学录取，读地质类相关专业。

他早就不和父亲吵架了，父亲也从不找他麻烦，他们关系和谐，彼此克制，仿佛从来都不曾有过矛盾。

拿到录取通知书的那一刻，阿泽很感激父亲，他想，当年要不是父亲果断下定决心，现在他还是渔村的小孩，恐怕已经不上学了，掌舵跑船，搏命于大海。

顺境带来遗忘，他好像全然忘了父亲是如何获得了第一桶金，很自然地接受了亲戚朋友的观点，认为父亲命里有财，势不可当。直到四年后父亲为他大宴宾客，阿泽才想起来，那天，他们一家人不是从容离开渔村的，而是逃走的。

14

连着书房的北阳台没有封装，是敞开来的，平时，宿泽都在那里抽烟，他的习惯不好，一旦开始，就要把一整包都抽完。

从小到大，他都是个乖小孩，"乖"这个字在海港渔村与机灵、伶俐毫无关系，它代表的是沉默、柔弱、秀气以及没出息。

小时候，他因为太乖，而不得父亲的喜爱；长大后，因为考公上岸差点成为能给父亲带来荣耀的好儿子。然而，命运总不可测，他以为的分岔点确实出现了，但将他和父亲的关系扭向了完全相反的方向。

那天，母亲告诉他保险柜的密码，让他去取钱支付豪华宴席的订金，宿泽打开保险柜，被满目的人民币和金条惊得呆住，久居象牙塔之中，社会经验不足，他对钱缺乏实际概念，知道家里有钱，但没想过这么有钱，他忘了呼吸，像第一天上班的银行柜员一样惶惑地面对它们。

好一会儿之后，他看到了赭色的牛皮纸袋，它竖插在保险柜的右侧，压在几册房本的后面，在一片明亮刺目之中，黯淡的颜色反倒将它凸显出来。

好奇心驱使宿泽抽出牛皮纸袋，打开看之前，他以为会是什么没见过的财物，没想到袋子里装的竟然是一个空钱包，钱包里夹着的全家福是他见过的。

宿泽至今忘不了那一眼的感觉，心脏经历短暂的停顿，而后疯狂起跳，天使光落下，洒向他脑海深处的人影。

他一手抓了十沓人民币，另一只手捏着牛皮纸袋找到母亲，询问为什么保险柜里会有这东西？母亲起初搪塞他，说东西是他爸的，宿泽说："这是画家的，我见过。"

他这句话点了雷，母亲当时就有点扛不住，脸色红红白白，目光躲躲闪闪。

宿泽知道母亲的心理防线薄弱，又很宠他，故意拿腔作势地逼问，终于，母亲承认了。

"是，是他的。"

"他的东西怎么会在我们家保险柜里？"

"你爸说了，我们就是帮他保管一下，将来只要有机会，肯定是要还的。"

"保管这个？"宿泽挑起眉毛，晃了晃手里的空钱包。

见母亲胆怯地盯住钱包，宿泽突然明白了，母亲说的不是钱包，是保险柜里那些炫目的财物。

七年了，那个被逐渐遗忘的仓促逃离的夜晚终于清晰重现。

他像触电一样松掉抓钱的手，钞票像砖头坠落，其中一沓钱的捆钞纸崩断了，粉红色的百元大钞撒出扇形，他觉得那粉红旖旎妖冶，像张大的嘴里糜烂腐败的喉咙。

他问母亲，他们口中的大黄鱼是不是真的鱼？

"当然！你想什么呢？！你爸可没干谋财害命的事情！是那个画家自己跑船上躲债，隐瞒自己有内伤，结果死在船上了。是他给你爸找了麻烦！"

"那天我回家的时候，你在哭，你不是不想走，你是害怕了。"

"我怕呀，我怕你爸被冤枉，怕警察查到船上，他们说不清呀。"

"冤枉？那个画家有那么多金条，会还不上钱？！他说什么你都信！"

宿泽把母亲嚷得愣住，但母亲很固执，让他不要胡思乱想，一定要相信父亲。

他就是在那天晚上学会抽烟的，烧了一整包，呛了一整夜。

而后不久就是亲朋好友人人皆知的发疯，宴会司仪让他给宾客讲两句时，他接过话筒感谢亲朋欢聚一堂来圆他父亲的梦，他说他的父亲是渔民，他是渔民的儿子，都说叶落归根，既然父亲不想回，那就由他代替父亲回去。

母亲拉着他不让走，哭着说他的叛逆期怎么来得这样晚，父亲觉察到他不是在简单地耍脾气，在宴会厅后的休息室，把他堵住了。

"你闹什么？前途不要啦？说话呀，你刚刚拿着麦克风说话的气势很足嘛。心思够重的，忍到今天当众给我难堪。幼稚！你啊，这些年的书都白念了，越长越回去，现在的你还不如当年在海港渔村为了前途跟我嚷嚷的你。要不要我提醒你一句？当初可是你拿的车票，是你自己决定要走的！人一旦做了决定，就要往前走，你再好好想想，不要意气用事。"

"我没意气用事，不是父债子还吗？你一早就教过我了。"宿泽说。

其实，他就是意气用事，但他的冲动是让家人害怕和担忧的，父亲不教训他了，开始好言好语地与他交流。

"你想把东西还给那画家的家人，可是那画家就不是本地人，他是外来的，你回扉州干什么呢？"

"他的女儿在扉州，当初就住在半山度假区。"

"你认识他女儿？是你同学？"父亲一脸诧异，然后像认命那样自嘲一笑，叹着气问，"他女儿有什么病？"

"他女儿有什么病，跟你们没关系。"

后来，宿泽上了返回扉州的火车，火车发车后，他看着倒退的高楼大厦，后知后觉地意识到父亲最后的提问并不是八卦，而是带着目的。

火车开了一路，风景倒退一路，宿泽心事重重地凝视窗外，画家说过的话还响在耳畔，他曾经对画家承诺，要一辈子做他女儿的朋友。

那是个特立独行的人，把女儿看得犹如奇珍异宝，画家会叮嘱他不要因为疾病对苗苗另眼相看，他不相信画家会在不相干的人面前把女儿的疾病当奇闻逸事谈。

所以，是在什么情况下，他们会谈到苗苗的疾病？

是遗言？是托孤？

宿泽越想越沉重，他翻出画家的钱包，凝视那张小小的全家福。

照片里的婴儿睡得安详，婴儿太小了，宿泽无法将记忆里她的面貌与婴儿联系上，他感到难过，因为离开的这七年，他可能也无法将实际中的她与记忆里的面貌对上。

她过得好吗？他的家人的贪念把她的人生改写成什么样了？

咚咚咚。

书房的门被敲响，宿译在门外问能不能进来。

宿泽将玻璃移门拉开一条缝，人钻进去，又将移门锁紧，他不想被宿译念叨，进屋后，给自己多裹了一件厚外套，把羊毛衫上的烟味闷在里面。

"哥，你找我？"

进门后，宿译看到书桌上放着开了锁的密码箱，那些被宿泽珍藏的拼贴画大刺刺地撒在桌面上，他以为宿泽知道他鼓动童昕偷开了密码箱，要跟他秋后算账，但他猜错了，宿泽叫他来是求他帮忙。

"我听阿昕说，二叔手里可能有八破图，你回家一趟，帮我找找。"

"不会吧？是不是弄错了？我没在家见过。"

"也许有些年头了，大概是我们刚刚离开渔村那阵子，你问问二婶，有没有替二叔收过画？如果看到，一定帮我带回来。"

"过阵子吧，店里生意好不容易又起来了，你现在都不去店里了，光小侯一个人不行，我得去盯着。"

"帮我个忙，这件事很重要，拜托了。"

宿泽郑重其事的口吻让宿译不好再说什么，其实，把生意交给小侯，回趟家，来回最多三天的事，没什么不放心的，他之所以没有爽快答应，是在气宿泽至今不肯把找画的根本原因告诉他。

"行，我明天一早走。"宿译顿了顿，想想还是沉不住气，说，"你不用再瞒我了，我都知道了。"

今天白天，小区楼下花园突发男女缠斗，有好事的顾客拍下视频私下发给他，问他视频上的女人是不是上次去店里闹事的女疯子。他一看，果不其然，就是那个"女疯子"，他把三分钟的视频看完，才知道宿泽一直都在对他撒谎——那个在店里撒泼的女人就是苗苗，宿译的手里已有证据。

宿泽垂下头，他不知道该怎么跟堂弟解释。

长久以来，麦禾的疾病都是谜团，直到 2015 年年尾，宿泽通过岑溪找到了邱奶奶，才知道麦禾得的并非精神分裂症，而是分离性身份障碍，这个罕见的疾病让一个躯壳长出完全独立的不同灵魂，麦禾和苗苗看起来一模一样，但又全然不同。

童年里，他们大部分时候接触的都是苗苗，苗苗会作画，而麦禾不会，滩涂上与他们共度美好时光的是苗苗，而蜗居在19号小红楼被人当作异类的才是麦禾。

"喏，你看看这个。"

宿译把手机戳到宿泽眼前，宿泽好奇地探过头去。

手机屏幕上，蔚蓝海岸小区的冬季清冷萧条，有些树落了叶子，只剩下枯枝。麦禾尖叫着在小花园里穿梭疯跑，她的丈夫在追逐她。男人捉住女人后，嫌弃女人疯癫丢人，脱下外套想将她的头裹起来。

类似这样的视频在海港海鲜商行团购群里还有五个，都是好事的顾客发进去的，宿泽早就看过了，正是因为看到视频，他和岑溪才会找到医院去。

他们在离蔚蓝海岸最近的医院住院部扫楼，很幸运地发现了麦禾，她在病床上沉睡，她的母亲牢牢看住她，岑溪怕立即现身招人怀疑，打算明天早上再现身探病。

从医院出来以后，宿泽让岑溪把八破图还给他，岑溪表情凝重地回答说八破图已经送去了麦禾家里。

宿泽猜到麦禾这次入院是和上次一样受了八破图的刺激，他不满地斥责岑溪，说："你不喜欢麦禾，也不必这样折磨她！"

岑溪却反问他，说："你有没有觉得现在的情况很熟悉？许多年以前在屠州艺联疗养基地，她就是这样隔三岔五生病被送进医院的。"

宿泽明白岑溪的潜台词是什么，可是，他在麦禾身边六年了，他可以确定，苗苗已经不在了。宿泽不愿再次凝视麦禾的社死，把手机推了回去，但宿译按住他的手，说他这个不一样，然后把音量调到最大，让他仔细听，精彩马上就来。

宿泽只得难受地盯住屏幕，不一会儿，一缕微弱但仍可以分辨的声音传出来。

"我不认识你！你走开！我是苗苗，你认错人了！走开！"

宿泽呆住了。

他观察了她六年，没在她身上看到分毫苗苗的影子，他已经相信火灾后的车祸带走了麦禾童年的记忆，也彻底扼杀了她的另外一个人格，可是，她却在视频里亲口承认自己是苗苗？

她——回来了？还是一直都在，从未消失过？

宿泽感觉披了一身寒气，鸡皮疙瘩点点冒出，他看了她六年啊，竟然还是没有看清她。

第四篇章

烬后新生

01

蜿蜒的木头长廊被改建成了乐园的小火车站台，二十年前并不是这样的，这条带顶和玻璃橱窗的长廊常展出书画作品，它有个很好听的名字，叫风吟长廊。

电动小火车叮叮当当开走了，孩子的欢笑声留了下来，宿泽站在小火车站台前，感觉自己回到了二十年前，回到了第一次看到风吟长廊里展出的画作的那一刻。

他看到的那幅画，画的是他家新买的船，画画的人叫谭艺华，渔村里的人都叫他画家，后来，他死在了他画下的那艘渔船上。

胳膊被持续不断地拉扯摇晃，宿泽蓦然回过神，甜歌扯着他的袖子，说："海鱼叔叔，你再给我讲个故事吧。"

麦禾平静的生活被打破了，宿泽知道这一天总归会来，其实，他是最适合对麦禾诉说往事的人，但麦禾选择了岑溪。

他们这群人突然出现，让麦禾惊慌，哪怕他们表明身份，她仍旧对他们将信将疑、心怀戒备，尤其是他这个每天都能见得到的"隐藏者"最让麦禾介意。不过，孩子不一样，他在甜歌的眼里仍是那个充满善意的"海鱼叔叔"，上了园区小火车，童昕的儿女围着他要听故事，甜歌也凑过来，下了车，她意犹未尽，缠着他还要听故事。

宿泽蹲下来，甜歌身上披着麦禾的薄外套，她做母亲是很细心的，户外风大，她宁愿自己挨冻，也要保护好女儿，他轻轻地把外套的拉链拉满，给甜歌讲了一个老故事。

"青山绿水观不尽，人投旅店鸟归林……"

这是《乌盆记》开篇第一句唱词，家人爱听戏，他从小耳濡目染，长大后，他最喜欢看台剧《包青天》第九单元《乌盆记》。

这出戏跌宕起伏，说的是一个叫刘世昌的绸缎商在赶路时遇雨投宿，以为遇到好心人的他却被恶夫妇毒杀夺财，死后，他的尸体被烧成乌盆，灵魂被困在乌盆之中，机缘巧合之下，乌盆落入一老者手中，老者名叫张别古，乌盆向老者哭诉冤屈，老者怜悯其遭遇，击鼓鸣冤，包拯升堂问案，使得沉冤昭雪的故事。

故事他早已烂熟于心，小时候痴迷于它的古怪离奇，长大后却只剩下清醒的感叹——哪有什么会说话的乌盆？在真实的世界里只有冤屈，没有冤魂。

他渐渐将故事忘了，直到有一天，一样的故事降临到他的生活里。

"哇——乌盆好厉害呀，它还会说话呀——"甜歌拉着长长的童声感慨着。

"厉害的不是乌盆，是捧着乌盆去击鼓鸣冤的老人家。"宿泽蹲在甜歌身边，狭长明亮的眼睛温柔地盯住她。

"为什么呀？"

"因为他很勇敢啊，他不帮乌盆的话，乌盆的冤屈怎么会被包大人知道呢？"

"我也会帮乌盆的！"

"是吧，那你也很厉害。"

"海鱼叔叔，你不帮乌盆吗？"

宿泽沉默了。

当年，他选择离开时，听到的父亲的最后一句话是跟母亲说的，父亲说随他去，说不信儿子还能动得了老子，他听得心里咯噔一下。

贪婪改造了父亲的良心，宿泽猜想画家一定是被害死的，而父亲之所以那么嚣张，也是因为画家已死，而且尸骨无存，死无对证。

这些年，他背负着沉重的负担，寻觅可能早已湮没的真相。除了苗苗，他还寻找 118 号渔船上的船员，可是，一找到童昕，童昕就告诉他友叔已经死了，118 号渔船上除了谎话连篇的父亲和二叔，只剩下黄叔。可黄叔是个孤儿，无根漂泊到崖州，118 号渔船被卖掉后，他也离开了海港渔村，下落不明。

找到麦禾，对宿泽来说是一种救赎，当邱奶奶松口告知他麦禾已婚时，他无法描述内心复杂的震动，但留在蔚蓝海岸，开一家店，看着她路过店门口，流露出点点幸福的迹象，他就没那么痛苦了。

有些时候，他甚至庆幸麦禾不是苗苗，庆幸麦禾失去了年少时的绝大部分记忆，他害怕她会记得他，更害怕有一天听到她提起画家。

二叔是因为胃癌去世的，两年前，二叔初感身体不适，宿译回了趟家，陪他爸去医院做胃肠镜检查，胃肠镜检查需要全麻，有副作用，二叔醒来后一直胡言乱语，反反复复地说："别废话，动作要快，推下去就发财，黄鱼，大黄鱼，都是金子。"这些话被宿译带回海市，宿泽听得汗流浃背、胆战心惊。

那条船上的罪恶不是某一个人的，船上所有人都有份。

她们几个都不知道他怀里揣着"乌盆"，手里有拼图，他可以藏着不拿出来，但是苗苗回来了，她一定会问起画家的下落。宿泽看着麦禾的女儿，女孩睁着水晶般的眼睛等待他的回答，他感到怀里的"乌盆"在震颤。

曾经的艺联疗养基地 18 号小红楼，现在是乐园的糖水店，麦禾与岑溪在户外藤编卡座上坐着，一人捧了一杯热饮暖手。

"18 号？"麦禾留意到糖水店的门牌号码，她拧起眉头，心想现在落座的地方不会就是原来 19 号小红楼的位置吧？

"你真的一点印象也没有？"岑溪看出她的心思，指向糖水店斜对面广袤的空地，说，"19 号小红楼在那边。"

麦禾站起来，离开卡座，往外走了两步，她想寻找回忆，但回忆不愿见她，她倒是看到了女儿在那片绿草坪上和小伙伴追逐打闹。

麦禾抱住胳膊，静静看着。

她的身体里住着两个灵魂？岑溪说，苗苗是和她共用一个躯体的另外一个人。

这个匪夷所思的说法倒是让麦禾这段时间遭遇的古怪一下子有了解释。

不可抵抗的困倦、卫生间镜子前通往梦境的活动门板、女儿脸上的颜料手印、大段大段被遗忘的时间……它们一桩桩、一件件被分离性身份障碍这个拗口生僻的病名串联起来。

岑溪说，那个叫苗苗的灵魂因为车祸死了，可是，她从家中监控里看到自己在画画,那一刻,到底是谁在执笔?!

想到这个,麦禾的心猛烈跳动,她否认自己听过苗苗这个名字,但其实,她怀疑苗苗仍然在她的身体里,为了不被岑溪看穿,她稳住自己,耐着性子听岑溪讲故事。

因此,她听到了火灾发生的细节。

岑溪说,起火点在她外公的藏画室,引燃物是松节油,她外公为了抢救藏品,发生不幸,她则在逃跑时被一辆下山的车撞伤,昏迷十多天后苏醒,从那之后,身体上的残疾取代了精神上的疾病,她渐渐好起来,再也没出现过异常,这就是半年前外婆突然将他们叫去巴马后吐露的真相。

在那之前,他们听到的版本和她听到的一样,说的是她玩火玩大了,不小心造成意外。

"邱奶奶一再强调问题不在你,她是很爱你的,很害怕你会失去来之不易的平静生活,她希望某一天当你不得不重新面对过去时,身边有真正的朋友能帮到你。"

麦禾明白,外婆突然改口是被仇然寒了心,她希望花钱摆平一切,可是仇然真的收了画,老人家心里又犯嘀咕,路遥知马力,日久见人心,外婆显然是觉得他们几个比仇然可靠得多,外婆老了,健康状况不好,怕自己一旦走了,她会被仇然拿捏,于是跟他们坦陈一切,希望他们能在她碰到磨难时给予帮助。

"你冷吗?"岑溪见她衣着单薄,把羊毛围巾摘下来递给她。

麦禾拒绝了,她问:"你们是怎么找到我的?"

"那一年……"岑溪顿了顿,说,"我也失约了。"

初三毕业的暑假,小粒没有去屦州,她的爷爷出国访问,把她带去了,从国外回来以后,小粒回拨电话找苗苗,但邱奶奶的电话再也没有打通过。她曾央托爷爷帮忙找苗苗,不久后爷爷带回消息说苗苗的外公去世了,他的家人搬走了,爷爷没提过苗苗外公的死因,她也从未多想过,只是遗憾和苗苗断了联系。

"失联以前,我和苗苗约好要考同一所美院,第一年,我没考上,复读了，第二年一入校，我忙活的第一件事，就是跟高一届的师兄师姐打听苗苗的消息，打听不到，就在校内网、贴吧上发寻人启事，后来，帖子沉了，直到快毕业时，其中一个突然有了回复。我点开一看，是宿泽的留言。那时候，我才知道，原来除了我，也有别人在找你。"

宿泽？麦禾想起那幅出现在蔚蓝海岸家中的初三语文课本封面画，她眨动眼睛，问："他不是叫宿译吗？"

"宿译是他弟弟。怎么了？"

麦禾摆摆手，抹去了脑海中浮现的图景，示意岑溪继续说。

"2015 年 10 月，我爷爷受邀去巴马交流，活动结束后，组织方给他们安排康养旅游，参观当地的养老院，我在爷爷拍的游客照里看到了邱奶奶。一开始，邱奶奶躲着我们，她不愿意让我们接近你，怕我们的出现会打扰你平静的生活，一直等到你结婚了，她才松口，不久后，我们就在海市见面了。"

热饮入喉，胸口滚过温热，但麦禾的心却是凉的。整个故事里，她毫无存在感，岑溪对苗苗的盛赞，让麦禾觉得自己只是一个坛子、一个瓮，她也是个活生生的人哪，难道她只是个承载别人灵魂的容器吗？

02

没有人甘心活成容器，灵魂不被看见就是死物，麦禾的自尊被狠狠挫伤了。

"其实，你们也不怎么熟吧。"麦禾像刺猬一样开启防御，讥讽说，"你为了考上理想的大学，四年没有想过去找苗苗，考上大学以后，你才想起来找找看，但不过也只是发发帖子，这就是你所谓的真挚的友谊？"

麦禾将视线放远，她注视着女儿的"海鱼叔叔"，隔得远了，她愈发察觉不出他的年龄。

看来，从始至终，只有他是执着的。然而，他的执着为的是苗苗，麦禾不由得倒抽一口气，心里一个念头冒出来。

他很危险，这些人里，他最危险。

她要尽快甩掉他们。

岑溪没有忘记过苗苗，但确实没能做到像宿泽一样抛弃一切去找她，她心里有另一个美梦，在与宿泽重逢以前，她总是想象会在某个艺术馆邂逅苗苗的作品，她崇拜苗苗的天分，始终坚信苗苗不会被埋没，麦禾的讽刺很尖锐，刺中了她的软肋。

见岑溪满脸通红，麦禾心里有了快感，她还不满足，咄咄逼人地说："偶像和粉丝之间有真正的友谊吗？你现在这样，把我拖下水，你想干什么？牺牲我去洗刷你偶像身上的污点？"

"你以为这样说会激怒我吗？"岑溪笑了笑，说，"不会的，你看得很准，我确实把苗苗当作偶像，她指点我开悟，让我学会享受创作的自由，我崇拜她，喜欢她，也感激她。其实，你也应该感激她，在你还不像现在这么强势的时候，是她在保护你。"

"保护？"麦禾皱起眉头，反感地说，"每个人都说要保护我，我恨死了这句话！"

"所谓分离性身份障碍是指人在创伤之下分裂出另外的人格来保护自身免于被伤害。"岑溪说，"你还不明白吗？你曾无力自保，是因为你的需要，她才会出现，你想想看，我说得对不对？"

麦禾咬住嘴唇，不作声。

纵使失去了大部分童年记忆，麦禾也还依稀存有对外公的坏印象，她和外公关系不好，外公总是因为她画不好画而骂她，因为这样的印象，很早之前，她就怀疑不是玩火而是纵火，她纵火是为泄愤，是青春期情绪失控造成的不可收拾的恶果。

可如今看来，火灾是个谜团，苗苗是个天才啊，他们所有人都那么喜欢她，她一定也是外公的宝贝，她有什么必要纵火泄愤呢？

"你兜这么大圈子，把我弄来这里，到底想干什么？"麦禾问。

"不要误会，我的目的不是让你去承担火灾的责任，"岑溪揣度麦禾的心理，冷静地说，"重点是真相。苗苗为什么要纵火？她绝对不会无缘无故这么做，我怀疑是有人利用了她。"

"也许，那只是一场意外。"

"不可能是意外。因为她拿的不是培训楼仓库里的小瓶松节油，而是厂家特供桶，每桶标量 10 升，她直接拿走两桶，你觉得这合理吗？刚刚从培训楼过来的路，你也走了，你觉得没人帮忙的话，她要怎么神不知鬼不觉地带走两大桶松节油？"

"你在怀疑谁？"

"你的美术老师谭艺华，大家叫他画家。你还记得他吗？后来还见过他吗？"

谭艺华……麦禾在心里默念几遍，这个名字确实有熟悉感，但也仅仅只是听起来耳熟而已。

"凭什么怀疑他？"麦禾追问。

"只是感觉，并没有证据，这三个多月，我一直在找他。"岑溪头一遭露出缺乏底气的样子，想了想，她补充道，"苗苗的社交圈很窄，除了我们和家人，谭艺华是陪伴她最多的人，我都见过他许多次。他酷爱金石，苗苗作画时，他就在一边玩印章。"

"荒谬！"麦禾冷哼着说，"在你们眼里，除了'圣洁'的苗苗，其余的人都是混蛋呗？"

麦禾的怒斥不仅仅针对岑溪，她的情绪翻涌，觉得自己也很荒谬，竟然对一个灵魂有了嫉妒心。

麦禾抓起热饮，咕嘟咕嘟又灌下几口，甜味的安抚让她平静下来，旋即，有了一个疑问。

她的不甘能如此轻易地被挑动，在那些被遗忘的时光里，她们究竟是如何相处的？

她对过去很好奇了，只是，她不敢信任这群"苗苗"的朋友。

"你不该那么随便就怀疑别人，或许，他是个好人。"

听到麦禾这么说，岑溪的眉心狠狠拧了一把，她垂下头，低沉地说："我只是怀疑，从没有下定结论，只是这样你就觉得残忍了？那苗苗呢？大火让她消失了，你的家人都认可她的存在，可是她存在的意义就是成为火灾的罪魁祸首。麦禾，你觉得这公平吗？"

麦禾怔住，她为岑溪的难过而动容，终于开始对那个承担了罪名的女孩有了同情心。

"火是从藏画室烧起来的？你确定吗？不是烧到了藏画室？"

"你外婆是这么说的，应该是警察调查后的结论。"

"可是，如果是他指使的，他为什么要去烧藏画室呢？趁乱敛财？风险太大了吧？还不如央求苗苗去帮他偷。"

正说着，麦禾突然想起八破图，那首曾经流利背出的诗句，如今仅在她的脑海里留下"毁""烬"这样的字眼。

麦禾倒吸凉气，紧紧盯住岑溪，说："他烧了藏画室，不是为了搞创作吧?!"

岑溪一开始不解，过了一会儿也悟出来了，她没对麦禾的想象力给出评价，良久才说："如果，你能把过去都想起来，或许比找到谭艺华更有用。"

麦禾看着岑溪，她的眼神是那样熟悉，那天，她把八破图朝自己盖过来的时候，留下的最后一个眼神，就是如此冷静、笃定。她明白了，岑溪把她弄来这里，是想刺激她恢复记忆，还有那些八破图……岑溪送她八破图，也是一样的目的。

见麦禾把手里的热饮杯捏变形了，岑溪怕吓坏麦禾，她咬住唇内侧的肉，以免吐露更多。

他们几个都答应过邱奶奶，不去打扰麦禾平静的生活，除非麦禾需要他们，她承诺了，但却不是守规矩的人。

她已经两次入侵麦禾的生活了。

上一次，她是一个人，这一次，她卖惨争取到朋友的支持——当她剃光了头发出现在视频里，没有人忍心阻止她索求真相。

岑溪动用人脉关系在幼儿园办公益讲座，在博物馆布展，那场金石拓印展会的一隅挂的全是曾经在艺联疗养基地展出过的作品，麦禾果然带着女儿去了，可是，却没有走进她精心布置的展厅，消息传来，她很是沮丧，然而，蝴蝶效应却发生了，谁都没能料到，麦禾的生活会因为同期展出的八破图而极速崩坏。

"你别忘了，"岑溪提醒麦禾，说，"是你自己提出要回来厝州的。其实，我们是一样的，我们都想要知道十六年前火灾的真相，我推你一把，也只是为了离真相更近一些。"

"别说了，"麦禾心乱如麻，她倦怠地说，"我想休息了。"

"好，我们回去吧，你是自由的。"

民宿东头那间空屋是岑溪给宿泽预订的，吃完饭，他们在民宿三楼的休闲区落座闲聊，麦禾牵着甜歌回了房间。

在童昕和她的丈夫程东的衬托下，岑溪和宿泽之间的氛围感几乎为零，关门时，麦禾瞥了眼他们，她是不相信男女之间有纯粹的友谊的，也不相信世界上有全然无私的爱情，总之，在她眼里，宿泽是个奇怪的存在，她会情不自禁地关注他，并且警惕着，防备着。

甜歌玩累了，没怎么哄就睡熟了。

麦禾关了灯，打开民宿房间的电脑，她的脸被蓝光照亮，搜索页面上一行行文字投射在她漆黑的眼眸里。

"分离性身份障碍以往被称为多重人格障碍，患者显示出两种或更多的不同身份或人格状态，他们交替以某种方式控制患者的行为，其中一个人格存在时，其他人格处于沉睡状态，人格之间的记忆并不会共享，患者主观自述会有失忆现象。"

"不同人格之间的切换是指一个分身被另一个分身替换，这种切换可以是双方同意的，也可以是被迫的或被触发的，它可以是缓慢的，也可以是瞬息完成的。"

麦禾滑动鼠标，一条条浏览，门外的热闹一点点消散，直至完全静下来。岑溪说得没错，她是为了真相而来的，她关心真相，但真相的复杂超出了她的想象。

黑暗里，甜歌在梦笑，她朝女儿看去，嘴角自然地跟随女儿的梦笑牵起弧度。

她的身体里真的还有一个人？可是女儿只是她一个人的呀……

麦禾放下鼠标，轻手轻脚走向女儿，她看着女儿的睡颜，轻轻把脸贴在女儿胶原蛋白饱满的脸上。

谎言将她包裹住了，但女儿是唯一的真实，甜歌出生在 2017 年 6 月，一开始没有名字，她纤细幼嫩的手腕上佩戴有粉色的腕带，上面写着"麦禾之女"，所以，麦禾是甜歌的妈妈，这是她必须去捍卫的身份。

03

麦禾想到给仇然打电话，如果她真的曾被苗苗"上身"，仇然应该见过。

民宿一楼大厅有座机，麦禾给女儿掖好被子，轻轻开门走了出去。一转身，她正对上在西阳台上抽烟的宿泽，麦禾以为他们已经散了，各自回房间休息了，宿泽也以为她会躲一晚上，这一照面打得两个人都愣住。

宿泽灭了手里的香烟，火光熄灭，他的眼睛成了黑暗里最亮的存在，麦禾慌忙收回视线，转身快走几步，她怕宿泽会跟上来，还好，下了两层楼，发现他没跟过来，她才重新找回安全感。

仇然的电话号码麦禾倒背如流，她担心外地的陌生号码仇然不会接，紧握听筒焦灼地等待。

终于，仇然含混的声音传过来，半梦半醒的样子，他反应了一会儿才说："是你啊……"

麦禾长舒一口气，无名怒火紧跟而来，她低声喊："女儿叫你来医院，你为什么不来?!"

电话那头，仇然好半天才吱声，他不回答麦禾，只是问她在哪里给他打的电话，怎么是这么个奇怪的号码。

算了……跟他还计较什么？她算是看透他了，夫妻、盟友……他这样自私，无论何种关系，他都是掉链子的那一个。

"我问你，那天到底怎么回事？你对我做什么了？"

"唉——你怎么这么讲话？我对你还能做什么？是你犯病了！谁都不认得，连饭都不做给女儿吃！"

她心疼女儿，怨恨自己，情绪低落地问："还有呢？我……我有没有什么奇怪的地方？"

她听见了，仇然在电话那头轻慢地笑，他说："咱们结婚六年，你藏得那么深，我到现在才明白，你的每一天都是怎么过来的。你很怕吧？说出来，你可能都不信，你犯病的时候硬说自己是苗苗。"

仇然的话像探入耳孔的一根针，一路穿刺下去，深深扎进麦禾的大脑，令她浑身发颤。

"我不去医院，是不想跟你妈发生正面冲突，她是你妈，医院里有什么事情是她解决不了的，还非得让我去签字？你妈简直是要吃人，我们不见面好些。算了，不提了，你身体怎么样了？听你说话，好像没什么事了，你好了，我就放心了……我想，要不然这样……"

"我再打电话给你。"

麦禾耳鸣得厉害，不想再听下去，她放下电话，好一会儿才恢复过来。

没什么好质疑的了，苗苗真的在她身体里。苗苗什么时候会再出来？显然，苗苗是无法应付她的生活的，她该怎么办？

麦禾垂着手，慢腾腾地走上楼梯，像行尸走肉，廊道里的灯被人打开了，余光里，她看到宿泽在不远处站着，有意朝她走来，她逃避着，急匆匆刷开房门，泥鳅似的溜了进去。

走进浴室，她对着镜子往脸上泼了几下凉水，让自己保持清醒。

镜子里的女人长着一张鹅蛋脸，一双杏核眼，过完三十岁生日后，她饱满的双颊在两个月内迅速瘦削，有了成熟女性的韵味，不再像个小女孩。

麦禾用食指在镜子上划过一道水痕，就画在脸颊的位置，微微向外膨的曲线——原本，她是长这样的，十六岁以前恐怕还会更膨一些。

麦禾对着镜子唤了一句："苗苗。"她直勾勾地盯着自己，盯得久了，她真的有了一种盯的人不是自己的感觉，她又往镜子上泼了一捧水，水痕让镜像模糊，看起来愈发恐怖，她赶紧拽下搭在圆环上的擦手巾，把水痕擦干净。

看到镜子重新映射自己的模样，麦禾想起了"切换"。

网上说，人格之间的切换可能是被动的，也可能是主动的，可能速度极快，也可能速度缓慢。

她什么时候会被切换掉？在什么样的情况下，她会被切换掉？

麦禾想得发冷，她把手插进外套口袋暖着，指头被一个尖尖的东西戳了一下。

口袋里有东西。

她把它掏出来，又是一只纸折的螃蟹，这一回，是乐园薯条店里的广告油纸折出来的，蟹钳很锋利。

麦禾揪住衣服，这件衣服下午给甜歌披上了，户外风大，她怕女儿受风。

折纸螃蟹的人是宿泽？

麦禾还记得那只用电影日历纸折出来的螃蟹，"不要回头，一直向前。——《千与千寻》"。

他想叫她不要回头？他和岑溪不是一路的吗？为什么一个拼命拉回她，一个要阻止呢？

麦禾觉得困惑，她想了想，选择把纸螃蟹揉成一团丢进了洗手池。

心里莫名其妙地烦躁，她也不知道为什么。

透明的洗漱用品盒里放了个小方盒。

是火柴吗？

麦禾向上揭开洗漱用品盒的盖子，果然，里面躺了一个窄窄的短短的长方体盒子，白色的包装，一条窄窄的红磷擦条把侧边分成了三等份，盒子里有十根火柴，火柴头是深紫色的，看起来很神秘很诱人。

她从中抽出一根来，擦亮了。

火光闪耀，红磷燃烧，空气中有好闻的味道。

麦禾闭上眼睛，深深呼吸，她的心被安抚了，可是，她还没来得及享受，惊恐披上后背。

她猛地睁开眼睛，大口吹气将火柴熄灭。

吓死了。

她脑海空白地凝视镜子，用力抽打脸颊，确认她的灵魂仍旧在这具躯壳之中后，才终于松了一口气。

不是划根火柴就能完成切换的，不可能这么容易就切换，否则的话，这副身体早就不是她的了。

上学时给同宿舍的室友庆生，陪伴外婆去上香祈福，甚至和仇然情深意浓时的一次次烛光晚餐……如果那时候苗苗就冒出头来，仇然恐怕根本不会跟她求婚。

跟火柴无关，应该是……烧画？

麦禾回忆起来，她烧掉了两幅画，然后两次从家中卫生间的镜子前坠入迷梦。

应该是了，烧画的话就会导致人格的主动切换，而且，必须烧掉她们亲手画下的画才行。

麦禾对火柴的喜爱似乎是刻在骨子里的，大概就像外面西阳台上那个烟民，摸到烟就要冒一支一样，她再一次划亮火柴，并且丢进水池，让火焰招惹上纸螃蟹。

燃烧的纸螃蟹颤动着，麦禾看得入迷，然而，疲倦感加深了，困意重得她眼晕，但和之前两次不同，她没有瞬间被夺取身体，而是清晰地察觉到半边身体的麻木，就好像有人在挤压她，令她逐渐失去身体的控制权。

苗苗要醒了？是被动切换吗？不行！她不能让她出来！

情急之中，麦禾想到了灭火，她不顾危险，猛地抓住燃烧的那团火焰。

好烫！

她徒手灭掉火，掌心留下一片带着灼烧痕迹的蟹钳，一个尖尖的三角形。

与此同时，麦禾翻起白眼往后一踉跄，又一个挺腰站稳了。

镜子里，她的神态完全变了，一下子年轻了许多岁，她抬起眉头，稍稍睁圆眼睛，下巴内收的动作让她看起来像不谙世事的小女孩。

她把手心里那片尖三角拣出来，小心放在台面上，然后打开水龙头，熟稔地冲洗手心的灼痛处。然后，她走出浴室，茫然四顾，选择坐在床边发起呆。

过了好一会儿，她突然挺起腰背，侧起耳朵。屋子里有喘气的声音，她听到了，声音在斜后方，她转过头去看，发现被子里裹了个孩子。

这个发现吓了她一跳，脑海传来锐利的疼痛，她双手抱头抵抗，冲向门口，打开门跑了出去。

她看到阳台上的人影，脚步趔趄地去求助。

宿泽有些诧异她会主动找他，仔细一看，发现她不对劲。

"阿泽……"她朝他走了过来，一只手扶住脑袋，另一只手朝他伸过来，"阿泽，我头疼。"

诧异在宿泽的脸上转变为惊骇，他扯住她的手，她吃痛地咝咝倒吸气，说他碰到她的伤处。

宿泽翻开她的手心看，没有看到伤口，仔细观察后才发现了一小块并不明显的红痕，他心里一紧，意识到她是被火烫了，脑海里那些无数次回忆过的细碎场景瞬间串联起来。

她是苗苗，苗苗回来了。

"你用火柴了？"宿泽攥住苗苗的手腕，问，"你用卫生间里面的安全火柴烧东西了对不对？"

宿泽很紧张，声音沙哑得像生了病。岑溪她们去买消夜，现在只有他一个人，可是她们就快回来了，他不再犹豫，用力箍紧她的手腕，从牙齿缝里用力挤出三个字。

"换回来！"

苗苗似乎很虚弱，她眼神迷离，困惑地看着眼前这张熟悉又明显改变了的脸。

楼下，汽车开进院子，轮胎摩擦地面的石子发出沙沙响声。

宿泽放开苗苗，从口袋里掏出打火机，找不到纸，他撕开了烟盒，烟盒里剩余的香烟簌簌掉落，在地上打起滚。

"你用打火机的是不是？"宿泽把打火机和撕开来的一片烟盒塞进苗苗手里，压低声音说，"快！换回来！"

"你要我烧它？"

"快！来不及了！"

苗苗拿着黑色的硬卡纸，在宿泽的催促下按下打火机，火苗蹿出来，她看着宿泽的眼睛，慢慢把纸片的尖角引燃。

火光闪烁在他们的眼眸里。

一双眸子静若深潭，一双眸子不安摇摆，他紧紧盯着她，等待着。

04

切换失败了。

火焰不仅没能将苗苗吓退，反而助长了她的生命力，她慢慢站直身体，不再叫头痛，她一点点成为身体的主宰，对周遭的环境、对围绕着她的三个人露出狐疑的表情。

"小粒……"

"你是……苗苗吗？"

"你后面的是……阿昕吗？"

朋友们不再是孩童的模样，白驹过隙，只是一瞬，她知道自己一定是睡了太久。

苗苗移开脚尖，鞋子边上是香烟盒子燃烧后的灰烬，她看看它，抬起头问宿泽，说："为什么让我烧这个？为什么要叫我换回来？"

宿泽向后倒退脚步，觉得双腿像灌了铅一样沉重。

岑溪拿出房卡交给童昕，让童昕带苗苗去她房间休息，然后叫宿泽跟她走。

宿泽意识到不对，宿译手机里的视频他看完后就删掉了，看童昕的表情，她们应该都不知道麦禾住院前发生过自称为苗苗的事情，如今，苗苗回来了，岑溪却并不讶异，她宁愿把时间花来审他，这说明岑溪早就改变了对麦禾的看法，她可能比他更早知道苗苗还存在着。

南方的冬天，夜风灌透身体是很冷的，他们站在民宿院子的葡萄架底下，塑料的葡萄藤蔓遮蔽月亮的寒光，岑溪看着宿泽，想起他们重逢在初夏，2013 年，她将要毕业的那一年。

"再也没能够替你收藏残留手心的勇气，转过头，你又将我留在入口，10 月 30 日的笑脸是你最想逃开的梦魇，原来蓝天总飘散灰白色雾气……"

那天，她背着书包，戴着耳机，优哉游哉地顺着爬山虎墙裙往报告厅走，耳机里的音乐带着淡淡的忧伤，她跟随中性嗓音的女歌者一同吟唱，正在"咿呀咿呀"，有人从背后拍了她的肩膀。

她转过身，看到一个长着秀气面庞的男孩，他的胸口激烈起伏，双手掐在腰间，明显是一路跑着追她而来。她没费多少力气，就将他记起来，是阿泽呀，他是教会她捉沙蟹的童年伙伴，他在浩瀚的网海里打捞出寻找苗苗的沉帖，留言想要见面，于是，她给了他学校的地址。

那时候，她有男朋友，可是，听到宿泽说他毕业后天南海北地寻找苗苗的过程，她再也看不上任何男孩。宿泽从来不说为什么要寻找苗苗，但在岑溪的眼里，那是真实世界里最极致的浪漫，从小到大，她只喜欢极致的东西，和男朋友分手以后，她把课业以外的所有时间都留给宿泽，陪他一起寻找苗苗。

"你变了。"岑溪说。

宿泽紧绷着脸，岑溪的眼神轻蔑，她审视他，像审视一个叛徒。

宿泽想起六年前，岑溪第一次入侵麦禾的生活，她不顾他们的劝阻，执意要亲自确定麦禾的情况，后来，她弄丢了工作。

当时，蔚蓝海岸的海港海鲜商行还在装修，她跑到宿泽和童昕面前大哭，说邱奶奶没说谎，苗苗已经死了，永远消失了，还说麦禾根本无法和苗苗相提并论，她滑头、平庸，还是头焐不热的白眼狼，完全不值得他们浪费时间去结交。她说到做到，这几年，因为苗苗的关系，她仍去探望邱奶奶，但却不曾回过海市一次。

宿泽凝视岑溪，问："我倒是想知道，你是什么时候变的？"

"我病了这一场，久病成医，现在，也算半个专家了。"

岑溪不打算再隐瞒，她病了半年，看了无数医生，每看一个医生，都会顺便咨询一下苗苗的情况，大部分医生并不回答她与病情无关的提问，但仍有个别医生告诉她，出现过的人格永远不会死亡和消失，只会沉睡，一旦被触发，就会苏醒。

她听了很激动，询问这是不是近期医学界的新发现，但医生却回答她，这是医学界早就有的共识。

"你看了那么多精神卫生和心理学的书，难道不知道人格永不消失论？"岑溪反问起宿泽，说，"可是，你却从未提过。"

人格永不消失论，宿泽确实多次从书里看到过，这也是他六年来一直留在麦禾身边观察她的一部分原因，可是，除了人格永不消失论还有人格合并论，看的书越多，反而越无知，不过，现在，他明白了一件事，岑溪早就不信任他了，他再度被当成了异类。

"你利用我对你生病的同情，让我违背对邱奶奶的承诺，介入麦禾的生活。你做那么多事，并不是为了帮助麦禾恢复记忆，而是为了唤醒苗苗。是你推动了这一切的发生。"

"你想多了，我没那么厉害，很多事情，我也只是试一试，但至少我在做正确的努力。你呢？你做了什么？你找了苗苗这多年，明明找到她了，却要她消失！你怎么了？为什么？"

"我有我的理由……"宿泽避开视线，他还想从口袋里摸烟，但只摸到了打火机。

"什么鬼理由，"岑溪冷哼着，说，"你就是在麦禾身边待太久了，对她有了移情反应。苗苗对你已经不重要了，而她却要离婚，你就是个叛徒！"

宿泽低垂眼眸，红了耳根，她们总以为他是绝无仅有的情种，这误解令他羞耻。

爱是最不稳定的情感啊，所谓的长情怎么可能只是因为爱呢？恨都比爱走得长。只有复杂的，才能长久。爱也可以很复杂，添上怜悯、同情、

250

尊重、悔恨、愧疚……添得越多，越是久长，越是久长，越是辨不出它原本的模样。

他明明是这个世界上最没有资格对苗苗谈"爱"的人，连想念都是在玷污，可是，他没办法争辩，痴情是最容易携带的面具，他恬不知耻地默认着。

现在，岑溪开始质疑他是在移情别恋，这简直是天大的笑话，宿泽觉得自己快要被家族的秘密彻底压垮。

"你密码箱的密码是1030，那首歌还是我推荐给你听的，你还记得那首歌唱的是什么吗？"

"记得。"

"那首歌是为朋友而唱，唱的是朋友之间放不下的牵绊，你不配用那首歌做密码锁住苗苗给你的回忆。你要是在乎苗苗，就不会六年都只做旁观者。麦禾一直安逸度日，苗苗就快被她彻底扼杀了！她凭什么占据苗苗的身体？苗苗比她更有资格支配她的身体！"

岑溪激越的表达叫宿泽不安，他思考了一会儿，在震惊中发出一连串的探问。

"你想做的不只是唤醒苗苗，你是想让苗苗成为主宰，对不对？怎么，你想让麦禾也陷入沉睡？这才是你带她回来曧州的目的？你打算让她睡多久？十六年？还是无限期？"

"我……如果我不告诉苗苗偷松节油的办法，她就不会因为那场灾难而消失，我觉得我有责任唤醒她，而且，也应该弥补她……"

岑溪越说声音越小，越说脸色越白，内心深处被团雾包裹的恶念被宿泽挑明了，她也是第一次看清它。

"别这么做，你会后悔的。"

宿泽感到庆幸，岑溪一向行动迅速，幸好这次他早她一步，还来得及阻止她。

岑溪问为什么，宿泽撇下她，往停车场走，再回来时，他的手里多了本手工装订的旧画册。

"这是什么？"

"邱奶奶去世以后，她在养老院的室友转交给我一本画册，是苗苗的画册。"宿泽把画册递给岑溪，继续说，"苗苗和小禾是伙伴，她们的关系比你以为的要亲密。你不知道，她们一直在想办法共处。"

岑溪好奇地翻看，映入眼帘的是一团表意不明的黑灰状的东西，她连着翻了四五页都是一样的黑墨涂鸦。

"草稿本？调墨色的废纸？"岑溪困惑地又翻回封面，空白的封面上一个字也没有，"确定是苗苗的？"

"确定，"宿泽把画册翻到最后一页，露出精细描绘的初中三年级语文书封面，说，"我的语文书封面烂了，她给我画了一张。"

《山庄雪霁图》，清初画圣王翚的作品，苗苗的临摹可以乱真。

除了国画主体，连同上半部分隐约透出的书法，还有郭沫若题写的"语文"两个字，甚至是各种印刷体文字，苗苗都用画笔完美复制下来，整体一看如同复印机印出来的。

"没想到，她也会这样画画，"岑溪团起拳头，捶了宿泽一下，说，"都是为了你！这么一丝不苟地复制可不是她的风格，这是特意为你画的。"

画纸上，宿泽的名字因为连笔的关系看起来像是宿译，苗苗甚至连这个细节都没有放过。

确认了是苗苗的画册，岑溪耐下心，重新将其翻开，跳过表意不明的黑乎乎的十几页，她终于看到了看得懂的部分。

黑色背景，白色文字，不规则的笔触表达出石头的粗糙、残缺和老旧。

"这是颖拓，用毛笔画拓片是绘制八破图的常用手法。"岑溪一边说，一边继续往后翻，越往后八破图的技法愈发明显，她喃喃说着，"我记得谭艺华酷爱金石，还以为他会教苗苗墨拓八破，原来，苗苗学习的是六舟之后的八破图风格，是孙鸣球那一类的八破图。"

"你继续往后翻。"宿泽说。

岑溪抬眼看看他，觉得他话里有话，于是快速跳过看起来明显是八破图的部分，慢慢又停下来。

画面又变得奇怪了。

一张画纸上散落着六七片被灼烧过的白纸，她细致描绘纸片的焦黄边缘，除此之外再无其他。

这不是八破图，没有内容，没有表达，甚至都不能被称为是画。岑溪不明白苗苗为什么画这些，也不理解这本画册和刚刚宿泽谈到的话题有何关联，她抬头看向宿泽，等待他的解释。

"苗苗有没有跟你提过'实验'？如果我没猜错的话，所谓的实验，应该是主动的人格切换实验。我最后一次见苗苗时，她说实验成功了，可以出去读书了，还说7月再聚的时候，会展示给我们看。我觉得，这本画册记录的就是'实验'的过程。"

岑溪震惊地瞪大眼睛，她对待画册的态度小心起来，仿佛捧着一本价值连城的古籍。

"你说具体点。"

"苗苗和小禾都有烧画的习惯，滩涂上结识的那天，你的画被烧掉了，我在岩石上捡到了火柴，可是，苗苗不用火柴，她随画家的习惯，一直都用打火机，我猜用火柴的那个是小禾。原本，我以为人格切换的法门是火柴和打火机，可是我让苗苗用打火机引燃纸片却没有切换回麦禾，刚刚我突然想起这本画册，我想，它可能是很关键的一环……"

"等等，"岑溪叫停宿泽，问，"你的意思是说，刚刚你不是在阻止苗苗回来，而是在验证实验？"

宿泽犹豫了一会儿，摇摇头，说不是。

"不是?!"岑溪又开始生气了，她追问，"那你为什么不让苗苗回来?!"

"因为甜歌。你把事情想得太简单，苗苗的出现，改变的不仅仅是麦禾本人，而是围绕着她的一切，尤其是她的小孩。"

岑溪茫然的表情印证了宿泽的判断，岑溪从来是想到什么就去做什么，她没有考虑过孩子的问题，他知道，像岑溪这样从小被长辈宠爱、无忧无虑长大的人，对孩子的脆弱是缺乏想象的，她不会想到孩子的翅膀有多么柔软脆弱，折断后又有多疼多难愈合。

"坦白说，我让她换回去，就是在躲避你。没人阻止你唤醒苗苗，但方式过于激进，会带来很多问题。"

岑溪的表情尴尬，确实，她完全将那个可爱的小姑娘忘记了。

"我也跟你说句实话吧，"岑溪缓缓开口，她的眼睛望着夜空，表情不自然地说，"虽然我一直将帮凶的矛头指向谭艺华，但其实心里有另一个残酷的猜测。我怀疑麦禾，怀疑她会因为嫉妒心而伤害苗苗。因为这个怀疑，我才会兜兜转转策划这一切，我怕麦禾在假装，怕她不是真的忘记了一切。"

宿泽微微张开嘴，想了想，他没说话，只是把手放在她后背上，拍了拍。

这应该就是岑溪藏得最深的秘密了，她肯说出来，说明她还是给他留了一丝信任，又或者，是他挑破她对麦禾的残酷，吓到她了。

宿泽感到心头酸软，他又拍了拍岑溪，给予安慰。

这个小姑娘，哪里见过真正的恶人？真正的恶人，不光有恶念，还会念出必行，绝不手软，毫不留情。更大的恶是对这样的恶人熟视无睹，不以为耻，反以为荣。她想进入恶人行伍，还差得远。

"相信我，苗苗和麦禾找到了共生共存的方法，她们是亲密无间的伙伴。"

"是吗？我很希望真相和你说的一样，那样的话，我也会多一个朋友。你不知道我有多怕，苗苗是麦禾创造出来的，我很担心啊，担心麦禾因为需要而创造她，又因为不再需要而毁灭她。"

"走吧，回去吧，苗苗还在等我们，如果你不信我，可以问问她。"

敲开房门，苗苗和衣躺在床上，已经睡着了。

"怎么睡了？"岑溪担心起来，问，"她没事吧？"

"好像就是累了，"童昕说，"应该没事，你听她的呼吸声，多平稳。"

"你们聊什么了吗？"岑溪问童昕，说，"你没问她为什么要纵火？"

"问了，她说头疼，想不起来，我就没敢再问，"童昕压低声音，神神秘秘地说，"不过，她说记得给你打电话要松节油的事。"

岑溪不满足地叹息，后悔把宝贵的时间花在审问宿泽身上，宿泽找到民宿老板娘，拿着新房卡，打开了隔壁房间的门。

甜歌睡得很香，微微发出鼾声，宿泽轻轻走到床边，替她把踢开的被子重新掖好，他看着她长大，她被她爷爷放在手臂上托着，在商业街上来回走着晒太阳去黄疸时，他就逗过她。成年人可以自保，只有孩子才真正需要被保护，不曾被好好保护的孩子长大了，会更明白这个道理。

卫生间的洗手盆里灰烬仍在，洗漱盒的盖子打开着，那盒火柴被拿了出来。

宿泽拾起洗手盆里燃烧后的火柴，确认自己想得没错，麦禾是用火柴来切换苗苗人格的，随后，他看到洗手台上放着焦黄的纸片，他认出来了，下午他给甜歌买了个热狗垫肚子，然后用热狗最外层的包装纸给甜歌折了一只纸螃蟹，这张焦黄的纸片，是螃蟹的一只钳子。

不需要燃烧特定的纸。

随便哪一张纸都可以。

这个发现给宿泽的看法纠了偏，他把焦黄的只有指甲盖那么大的螃蟹钳子捏在指尖看，琢磨它为何会被留下来。

洗手池里的灰烬提醒了宿泽，他猛然想起画册里前面几页看不懂的黑灰涂鸦，意识到它们原来是被画下的灰烬。

他好像终于猜到了，手里的残片是麦禾为苗苗留下的。

05

烧烤凉了，甜汤仍温，啤酒也开了，谁想喝自己拿。

他们坐在大厅说话，沙发正对着岑溪的房门。

民宿三年前装修过，墙上贴的是当年很流行的藤草编织元素的壁纸，有海岛度假的风情，一盏灯打在壁纸上，或横向或纵向延展的纹理交织在一起，像极了相遇的人们彼此走过相互纠缠的命运，墙上的钟时针快指向数字12，故事很长啊，好在，他们仍然年轻。

宿泽收回目光，把烧焦的纸螃蟹钳子放在红豆甜汤旁边，说这个应该是苗苗切换回麦禾的关键。

"我在蔚蓝海岸开店有五年半了，以我的观察来看，麦禾失忆，包括不记得苗苗这些事不是装的。八破图能同时触动到她和苗苗，只是这种艺术形式太小众，平时根本接触不到，所以这么多年苗苗得不到任何被触发的机会，一个人格沉睡了，麦禾就是唯一的，直到她去了博物馆，邂逅'抱残守缺'的非遗画展，情况才改变了，麦禾的人格开始进入不稳定状态，她开始感觉到苗苗的存在，甚至因此进了医院。"

"这是今天下午我给甜歌折的纸螃蟹，被麦禾烧了，只剩下一个角。"宿泽点了点放在桌上的未燃尽的残片，说，"之前，我以为不一样的工具或者特定的燃烧物是切换关键，现在看来，她们俩的切换过程是个整体，应该把她们当成一个整体去考虑。从麦禾切换成苗苗，再从苗苗切换成麦禾，从 A 到 B，再从 B 回到 A，才是一个完整的流程。"

"为什么？"童昕说，"你们不是一直说人格是独立的吗？"

"是的，但是如果她们正在尝试成为一个整体呢？"宿泽眯起眼睛，展开回忆，"我也是最近才想起来，苗苗身上总带着录音笔，以前不知道她在干什么，现在想想，她是在有意识地记录生活，也许是麦禾要求她这么做的。"

"录音笔？"岑溪问。

"有一次她拿出来被我看见了，"宿泽停顿了一下，说，"那天，她产生了一个危险的念头，她很隐晦地表达说想要杀死另外的人格，说这些时，她把录音笔拿出来按了暂停，我猜应该是不想被麦禾听见。"

宿泽的这句话和岑溪之前的揣测不谋而合，然而主角却做了更替，他留意观察岑溪的反应，发现她已经蒙了。

其实，他也曾有过和岑溪类似的揣测。

当初听到邱奶奶说车祸以后苗苗就彻底消失了，他就怀疑苗苗为了独占身体而折损了她自己。可是，他很快否定了那个想法，当邱奶奶彻底吐露真相，说起火灾细节后，他就越发笃定了。

他想，也许被岑溪摆上台面的猜测才是对的，火灾跟谭艺华有关，那些被他父亲贪图的钱财或许也来得不干净。

"好了，你们俩别胡思乱想了，"宿泽打破凝重的沉默，坚定地说，"她们不会做坏事，她们有了更好的选择。"

"人格切换实验……"岑溪盯着焦黄的螃蟹钳子，喃喃说，"难道她会把它画下来？"

画册里的画除去最后一页封面，余下的基本已有了分类，按照前后顺序，分别是绘制灰烬、绘制笔触幼稚的画作残片（但苗苗似乎不满意，画完后又涂抹掉了）、绘制大写意画作残片、绘制各种各样的被焚烧过的纸片，最后，则是只描绘焚烧边缘的白纸片。

从数量上看，类型越靠后的数量越多，而刚刚在麦禾房间里拿到的残片则属于倒数第二类残片，只不过，还没有画在纸上。

"我对录音笔事件的看法是，发生了一些事催促她产生了不好的想法，她因为信任我才会说出来，很多恶念一旦说出来，反而就破了，憋在心里憋成执念才真有问题。她想象各种可能性和可行性，而真正想做的是解决困境，我猜实验就是从那之后开始的。"

宿泽再一次拼凑脑海里碎片般的细节，他想该准备点烫伤药，她手心里的伤明天才会显出来。

"她的手是为了从火里抓出没有被烧光的残片才会被烫伤，这样的事，我以前见苗苗做过一次，她的反应分明是没被烫过，但我注意到她的手心里有陈旧未愈的伤痕。是了……麦禾不会画画，她只需用火柴随便烧点什么，然后用手抓灭火苗，留下残片，残片刺激她切换成苗苗人格，这是从 A 到 B，之后，苗苗在本子上画出残片，残片在纸上复原的样子会刺激麦禾人格复原，从 B 回到 A，应该是这样。"

"所以……"岑溪的手指头在苗苗的画册上弹动，说，"这本册子上有多少个碎片，她们就切换了多少次？"

"不，我不这么觉得。"宿泽说，"灰烬以及被涂抹过的部分应该只是在尝试，中间的我不是很确定，但我可以确定所有的空白残片，全都是。"

"为什么？"童昕困惑地说，"上面什么都没有啊。"

"因为快，"岑溪已经完全理解了宿泽的表达，她说，"只画边缘的话，可能只需要十几秒甚至几秒钟就够了。"

宿泽点点头，说就是这个意思。

"其实，麦禾也挺可怜的，"童昕回头看了看紧闭的房门，说，"你们不是说人格解离是大脑的防御机制，是精神对肉体的保护吗？她解离出一个绘画天才来保护自己，肯定因为不会画画吃过不少苦。你们说，她会不会被虐待了？现在想想，邱奶奶的心也是够大的，让一个成年男人每天跟着她。"

又是画家。

宿泽想画家身上确实有疑团，但他对孩子的爱是不该被怀疑的，他还没告诉岑溪和童昕，画家是苗苗的父亲，因为他曾经承诺过，不把她家庭的隐秘告诉旁人。

这一夜，很多人都没有熟睡，有人是生理性不习惯，有人是心理上不松弛。

岑溪几乎没睡，她辗转反侧，时不时看一眼熟睡的苗苗，等到困意来临时，天都快亮了。

蒙蒙眬眬地，房门被人拍响，岑溪爬起来，她做的第一件事就是去看苗苗。苗苗起床了，动作有点慢，她轻轻掀开被子，慢慢伸懒腰，然后给了岑溪一个眯起眼睛的微笑。

岑溪不确定她到底是谁，但听到门外传来孩童哭泣的声音，起床的人却置若罔闻地去上厕所，岑溪才敢肯定苗苗仍占据着她的身体。

岑溪趿着鞋，打开房门，看到哭得满脸通红的甜歌。

昨夜，童昕专门留下照顾甜歌，孩子从陌生环境中醒来，身边却不是妈妈，她吓坏了，一边哭，一边伸头往房间里看，想要见妈妈。

宿泽听到哭声，从楼层的另一边跑过来，甜歌对他有一定的安全感，见到他，孩子的哭声小了点。

到了此刻，岑溪才体会到宿泽所谓的麻烦具体是指什么，孩子需要母亲的安抚，但母亲不能及时出现，同样，十六岁的少女也担不起孩童叫她妈妈。

面对自己闯的祸，岑溪看向宿泽求救，宿泽把甜歌抱起来，哄着她从房间退出去。

"她是麦禾的小孩，叫甜歌。"

看到苗苗皱眉头，岑溪不知道该如何继续话题，然而，苗苗却问起松节油。

"我拿到松节油了吗？"

"嗯。谁让你打电话找我要松节油的？"

"我自己。我想要松节油。"

"你……你要那么多松节油干什么？"

"不能告诉你。"

这样的回答让岑溪哭笑不得，苗苗看着无奈的她，蜷起手指头敲敲脑门，说："对不起，这里乱成毛线球，还没理顺。那件事已经发生了，是吗？怎么样？是什么结果？"

"后果很严重。火烧毁了一整个屋子，你因为害怕而逃跑，结果出了车祸。"岑溪隐掉苗苗外公丧生火海的细节，追问道，"真的是你纵火的吗？你为什么要纵火呀？"

"我想不起来了，就是想要烧。"苗苗扬起手，露出伤处，孩子气地说，"我受伤了，手好痛，有药膏吗？"

岑溪翻开苗苗的手心，果然，有烫伤，床头柜上备了烫烧药，她挤了药膏帮苗苗擦。

"苗苗，你真的能切换人格吗？你的那个实验究竟是怎么做的？"

"切换吗？好像是啊，但我也想不起来了。"

那天，他们本来打算午餐后去往修葺一新的滩涂找回忆，可是，民宿内进入一台车，打断了他们的计划。

06

第二次被电话铃声吵醒，仇然发了脾气，但电话对面的人却不是麦禾，而是警察，那人问他是不是麦禾的丈夫，说他的岳母在警局报案寻女，请他过去一趟。

仇然的脸颊上有一道很明显的抓痕，结痂了，是在蔚蓝海岸被麦言秋抓出来的。警察请他去，他不敢不去，可是想起麦言秋，心里还是犯怵，于是，刷牙洗脸磨蹭了半天，蹲坑的时候才想通了，有警察在，麦言秋不敢再跟他动手，于是，穿衣服的动作才加快了。

天还没亮，路况前所未有地通畅，有那么一瞬，他觉得人生在飞驰。

为什么会有这种感觉？不过是出发比旁人早了一点点。他反省人到中年，处处受限，混得为了保住工作得跟比自己小五六岁的人点头哈腰，就是因为年轻时对自己太松懈，不论为了什么，他都不曾拼过，就好像当年和麦禾求婚，被拒后要不是麦禾找上门，他们不可能结婚。

他再也不想上班了，再也不想被小瘪三吆来喝去，他要翻身，就得有钱。眼前有机会捞一笔现成的，捞得少以后在银行吃定期利息，捞得多说不定就能开公司当老板，捞多捞少全在他自己，仇然感觉这可能也是他这辈子最后的翻身机会。

赶到警察局后，仇然一眼就看到了麦言秋，准确地说，是看见了她手腕上的翡翠镯子。这只镯子出现有两年了，自从见过这只镯子，观看各种开石直播占去了他绝大部分业余时间。

以前他不识货，不知道翡翠还有紫色的，被她们骗得团团转。什么"姑爷""女婿""孩子她爸"，一个个说得好像亲密无间，其实都把他当贼提防。好在，网上多的是"家人们"，红翡绿翠紫为贵——主播卖的同款镯子值七位数——如果麦言秋真把七位数都不当钱，他倒想看看她到底有多少钱。

"警察同志，你帮我查查这个电话号码吧，她昨晚用这个号码给我打了个电话。"

"这是外地的号码，蜃州的，昨晚给你打的？说什么了吗？"

"没说什么，就交流点家事。"

听到"蜃州"两个字，麦言秋动起来，她凑上来听消息，知道电话归属于一家民宿，也不纠缠警察帮忙找人了，而是拽住仇然，让他马上就去把麦禾接回来，仇然毫不犹豫，一口应下。

"妈，你真是误会我了，那天我是为了救麦禾，拦住她不让她跑，想送她去医院。你看，你把我抓的，再朝前一厘米，我这只眼就废了。"

"要不是你跟她闹离婚，怎么会弄成现在这样？"

"妈，我跟你说实话，我对麦禾还是有感情的，但是，我爸妈接受不了啊，吵来吵去，受伤的不还是麦禾吗？不过，你放心，我们毕竟还有女儿，离婚以后，我也会关照她们的。你对我有什么要求，尽管说，我一定竭尽所能做到。"

仇然时不时透过中央后视镜观察麦言秋的反应，麦言秋抱着胳膊，凝视窗外，不接话也不骂人，弄得他心里没底，只能愈发低姿态地讨好。他自己没吃早饭，在服务区给麦言秋买了豆浆、饭团，弯腰送进车后座，拉下后排杯架时，他再一次盯住镯子，浓紫的镯子从近处看宛若稀世珍宝。

早上10点，目的地到了。

隔着前挡风玻璃，仇然看到女儿跟一个面熟的男人在一起嬉戏，见甜歌笑得流口水，他猛踩一脚刹车，甩了个尾，把车子横在民宿院子里。

车子还未熄火，麦言秋就推开车门跑下去，她越过甜歌，直奔女儿而去，走着走着，突然停下脚步，扭身紧紧盯住宿泽，说："我见过你，在巴马的养老院，是不是？"

"是，有一次我去看邱奶奶，跟您打了个照面。"宿泽说。

麦言秋眼神变得更加锋利，问："你是谁？谁让你带走麦禾的？"

"我们是小禾的朋友，十几年前，她住在艺联疗养基地时，我们就认识了。"宿泽说。

麦言秋听到这句话脸色大变，她加快步伐冲向民宿，岑溪和童昕以为她要来抢夺苗苗，两人肩并肩把苗苗护在身后，可没想到的是，麦言秋径直越过她们，只有视线短暂地在她们身上停留了两秒。

麦言秋跑进民宿内部，没头苍蝇似的乱冲，民宿老板娘以为她要上厕所，好心把公共卫生间指给她看，可麦言秋却跑上三楼。仇然一路憋尿开车，顺着老板娘手指的方向，找到了卫生间。

过了好一会儿，麦言秋终于踩着咚咚的步子跑下楼，这回，她冲女儿奔去。

岑溪拦住麦言秋，说："阿姨，你冷静一点，她现在不是麦禾，是苗苗，我们都是朋友，会照顾好她的。"

麦言秋拉扯的手像触电一样弹开，她盯住岑溪口中的苗苗，嘴唇嗫嚅，犹豫着，惶惑着，好一会儿才恢复汹汹气势。

"你们让开，我是来带我女儿回家的！"麦言秋抓住了女儿，底气十足地警告岑溪，说，"小姑娘，你这样是要被抓起来的，再多管闲事，我就报警抓你。"

"阿姨，你要不就报警吧，反正我不能让你就这样把人带走，她现在的状态不稳定，你这样的话会吓到她。"

岑溪坚持着，高大壮硕的童昕也上前帮忙，麦言秋见自己就要陷入二打一的劣势，扭头冲从卫生间走出来的仇然喊："你是个死人哪！还不快来帮忙！"

听到麦言秋出言不逊的使唤，仇然觉得没面子，他忍得面红耳赤，到底还是走上前去。

民宿的男主人以为要闹出事，出面调停，叫他们两方都冷静，他从民宿里面搬出好几把塑料折叠椅，劝他们坐下，有话好说。

没有人要坐下，气氛剑拔弩张。

这时，造成混乱的"源头"说话了。

她走到麦言秋身边，轻轻翻动嘴皮，说了两个字，回家。

麦言秋挽住女儿的手狠狠瞪着岑溪一行人，然后，她高昂头颅，迈开步子往外走，眼底激动得湿润。仇然见状，抱起甜歌跟上，他把女儿放上安全座椅，给她系安全带，听到女儿和海鱼叔叔说再见，他扭头又看了男人一眼，终于想起他是在家门口卖鱼的。

回程的路，麦言秋亲自开车，仇然在副驾驶位坐着，想起麦禾每每光顾海鲜商行，跟那男人都不说话，仿佛不认识一样，这种刻意避嫌暗藏的猫腻把仇然的眼睛都气绿了，即便麦言秋在场，他也忍不住扭头对后座的人发难，说："麦禾，你过分了吧?!这种事都做得出来?"

"你认错人了，我是苗苗。"

"你少给我来这一套!"仇然气急了，吼完以后，才意识到她不对劲，眼神不对劲，口气不对劲，整个人都不对劲。

鬼里鬼气，阴森邪门。

仇然的手下意识在胳膊上来回揉搓，去平复泛起的鸡皮疙瘩。

他感到泄气，因为这一刻他脑子里只有马上去领离婚证这一个念头，他没办法趁她病要她命，他太怕把自己搭进去。

"麦禾，你被他们吓着了吧?没事了，我来了，你安全了，有妈在，谁也不能伤你。"

"妈妈，我真的是苗苗啊。"

"别装了!你不是她!干吗要装她!"

麦言秋声调高扬近乎嘶吼的一声喊，吓得甜歌和仇然同时一激灵，仇然后悔没坚持开车，回程全走高速，司机情绪不稳，是很容易出事的。

"妈，我真的是苗苗，我回来了，你没话跟我说吗?"

仇然明显觉觉到车辆在提速，他的心悬到嗓子眼，忧心今天自己要死在这辆车里。

"您已偏离导航，已为您重新规划路线，请您在合适的位置掉头，掉头——掉头——"

语音提醒从仇然的口袋里发出，他趁机说："妈，你靠边停下，我来开吧，你开错路了。"

麦言秋不说话，她死踩油门闯了个黄灯，然后强势变道，挤入一条新的车流，此时，一直出现在中央后视镜里的黑吉普消失了。

过了桥，车子开始往山里走，越开越深。这绝不是返程的路，仇然紧张地打量麦言秋的手机导航地图，发现目的地并非海市的蔚蓝海岸小区，剩余车程只有二十多公里。

"这是要去哪里？"仇然问。

"回家，妈妈要带苗苗回家。"

后方再次传来语调诡异的说话声，仇然怯怯地回头，他以为自己会看到一张失控的、阴森恐怖的脸，可是，她只是静静看着窗外，清瘦的脸仍然和初识时一样美丽动人。仇然不知道她在想什么，但感觉到她心里没有对未知的恐惧，似乎已经做好准备，什么都能够应对。

目的地是一处孤建的别墅，从外面看，房子上年纪了，墙砖用的还是老式的小块花砖，仇然觉得这楼很像三十年前村里第一批富起来的暴发户盖出来显摆的房子，当时瞧着无比奢华，现在再看只觉得土气落伍。

院子围墙上全是尖尖的碎玻璃碴，铁门生锈了，但锁住铁门的大号 U 形锁却是新的，下午的太阳很大，阳光虽然不烈，但足够驱散阴寒。

仇然透过窗户观察屋内的情况，内里竟是干净整洁的，一看就是常有人住，并非空置，他将视线放远，眼睛圆睁了一下。

最远的那面墙上挂的都是国画啊。

07

她看见斑猫了。

它站在沉重的红木案的一角，眯起眼睛，抬着一足，尾巴翘着，憨态可掬。黄杨木雕的小猫，可以握在手里，因为额头上点了三粒小白点，她一直叫它斑猫。

后来，她把这个名字让给了会隐形的玩伴，直到有人对她说："她有名字的，叫苗苗，小禾和苗苗一辈子在一起，相互帮助，相亲相爱，好不好？"

她点点头，盯着生日蛋糕上的六朵粉色奶油花，鼓起腮帮子吹熄十根螺旋状的生日蜡烛。

黑暗赋予对面的人以利落的剪影。

短发、宽肩，两腮微微向外膨出，是个男人的轮廓。

这一幕在昨夜突然钻入她的脑海，时间太过久远，她想知道是梦境、是幻觉，还是真实发生过的事。

"妈妈，我要那只猫猫。"

仇然听到甜歌的诉求，往桌面上一趴，取过斑猫。木雕精细，栩栩如生，他起了玩心，把斑猫抛向半空，又稳稳接住，这个动作逗得甜歌咯咯发笑。

她看着父亲与女儿的嬉戏，脑海里闪回更为真实的画面。

就是这间屋子，房门是锁上的，她像沉在水里，听不见声音，门噗噗掉落灰尘，大概是正在遭受力气极大的拍击。斑猫立着的这张桌子，笔墨纸砚齐备，上面放着纸本设色的中国画《红了樱桃，绿了芭蕉》，这张最适宜初学者临摹的画作被一堆揉成小团的废纸包围了。

她又开始头疼，脚步被神经痛牵引移动，她来到长长的矮柜旁，拉开柜门。

哗啦啦，许多幅古旧的卷轴爆炸般滚出来，仇然见了，立刻丢下斑猫，像嗜血的鬣狗扑向野牛尸体那样扑向矮柜，他拾起一幅画，兴奋得脸颊薄肉颤动。

"你们出去。"

麦言秋发话了，仇然牵起甜歌的手，要不要把画放下这个问题显然难住了他，最后，他选择把画塞进甜歌怀里，以让女儿抱住的方式解决掉难堪，把孩子和画一起带出房间。

这一切落在麦言秋眼里，但她没有发作，门被关上了，她弱柳扶风般站着，房间里门窗紧闭，没风，但她摇摇晃晃。

麦言秋说："我再问你一遍，你是谁？"

"你觉得我是谁？"

女儿冰冷的反问令麦言秋痛苦不堪地捂住胸口，心脏绞痛，她皱着眉头喘息，说："你不该回来，不该不听我的话。"

"我记得这个柜子，我好像总是从这个柜子里醒过来，一开始，还能直得起脖子，后来，柜子变得越来越小，要把身体折叠成三段才能待得住，怎么会有这样的怪事？你知道是怎么回事吗？"

麦言秋痛得身体向内蜷缩，她不说话，但手在摇摆拒绝。

"很简单啊，不是柜子变小了，是人长大了。"

她自言自语，自问自答，然后慢慢蹲下，把柜子里的卷轴全部掏出来，扔在地上。

"钻进柜子里的人是苗苗，爬出柜子的人才是我，"麦禾收敛笑容，悲伤地看着母亲，说，"你不该一眼就把我看穿，更不该把我带回这里。"

麦禾是装成苗苗的，但又不是全在装。

昨晚，她经历了极度的混乱，切换不时发生，最短促的时间可能只有几秒钟，她能感觉手被人捏痛，也记得宿泽塞给她碎烟盒和打火机，但想不起来自己是如何应对的。

身体失控了，它自发遴选主人，一会儿是她，一会儿是苗苗，前一秒她还在为该如何应付宿泽而苦恼，下一秒她就被童昕紧抱入怀。

她和苗苗都被折腾得精疲力竭，困倦无限丰盈，体能耗尽，她睡着前什么都没有祈祷，但幸运的是，天色将明时，麦禾第一个睁开眼睛。

她拿回了身体的控制权，看到睡在另一张床上的岑溪，当即决定将情况隐瞒，以不变应万变。

精神清明的她再度闭上眼睛，开始整理残留在脑海深处的梦境，并逐渐意识到它们可能不是梦，而是生命更早以前的记忆。

她想起了父亲。

"小禾，你出得来吗？倒退着爬出来，慢慢地爬哟，柜子太小、太挤了，你长大了，不能老是藏在这里了，会受伤的。"

父亲打开柜门，轻而温柔地同她说话，爬出来时，她没有留意到衣服被翘起的锁片钩住，扑向父亲怀抱的动作太急切，羽绒服布料崩裂，飞出来的短白绒缠住父亲的脸，令他皱起鼻子眼睛，连着打了两个喷嚏。

记忆深处的短白绒被吹开来，她看到他又瘦又长的脸，鼻梁像山脊一样，同时也想起了他的名字。

"就是在这张书案上，他握住我的手教我画樱桃和芭蕉。要先往调色盘里挤一点胭脂色，用胭脂调和曙红，才是樱桃的颜色。画的时候笔尖碰上纸，要下压着画出半个圆润的弧形，提笔，换个方向再画另外半个圆润的弧形，留白不填，就是一枚酸甜可口的樱桃。芭蕉叶比樱桃还简单，但要换支大号毛笔，调和藤黄与花青，用侧锋大胆刷上去，只要两笔就画完了。"

说话时，麦禾双手舞动，仿佛进行着无实物表演，她很投入，动作结束后，空白的红木书案上仿佛真的有一幅《红了樱桃，绿了芭蕉》。

"他叫谭艺华，他是我的父亲，"麦禾转过身，看着麦言秋，说，"他一直陪在我身边，是你赶走了他。而且……"

麦禾朝麦言秋走去，麦言秋的身体恐惧她，下意识躲避，可是眼睛却牢牢盯着她，不肯挪开一点。

见女儿朝自己伸出手，麦言秋欣喜地将其理解为某种示好的信号，她也伸出手，两只手在空中险些汇合，但终究错过。

见麦禾把手伸向自己身后，麦言秋先是不理解，然后她快速反应过来，她想要拦住女儿去开她身后博古架的抽屉，可是麦禾已经握住了抽屉上莲花形状的拉手，这一下，她连眼珠都开始慌了。

窄小的抽屉里一半为空，一半是双面磷片的老式火柴盒。

果然啊……麦禾的心怦怦地跳起来，她笑了，笑得咯咯作响。

麦言秋承受不了这样的笑声，她一直隐忍不发，但此时开始想要为自己申辩。

"这是个吃人的家，我做的每件事都是为了保护你，他们跟你说什么了？外婆跟他们说什么了？那都不是真的！他们全都不懂我的考量！你不会画画才能过得更好！"

"吃人的家？你把幼女留在吃人的家，然后独自逃出去？"麦禾收住笑，逼视麦言秋，说，"就是因为你没有保护好你的女儿，我才会出现的，是不是？"

"胡说！"麦言秋粗暴地否定，但眼泪飞速滑落，她抓住麦禾说，"你不可以这么讲，我只有你一个女儿！我一直都倾尽所能地在保护你呀！"

麦禾轻轻晃动头颅，推开麦言秋，一边倒退，一边说："可是，你也没有保护好我啊。"

话音落下，她突然踢掉脚上的鞋子，光着脚绕着母亲走圈，她走得一瘸一拐，一瘸一拐，麦言秋捂住脸，把呜咽闷在喉咙里。

"你就那么确定她已经死了？还是说你一直这么期盼着？"

"没有……我一直都在忏悔，只有忏悔……"

"为什么你能一眼就认出来我不是苗苗？连一点怀疑也没有？"

"不是我一眼认出苗苗，而是苗苗能一眼认出我。"

麦禾停下脚步，站在麦言秋身体左侧，与她面对面。

麦言秋慢慢放下手，眼泪湿润了整张脸。

"苗苗一见到我就会癫痫抽搐，因为这样，我才必须离开家。你……你替我跟她道歉吧……我是对不起她……"

麦禾也哭了，此时此刻，她愿意把身体的操控权完全还给这具身体最初的灵魂，他们的母亲亏欠她一个道歉。

"你知道吗？我可以换她出来。"

"不，不，不……"麦言秋怕了，她弯着身体，用接近下跪的姿势恳求着，"别这样，你别这样，我没脸见她，她也见不得我，我不能让她因为我再受伤了……"

麦禾极度失望，她冷冰冰地又问："你刚刚在民宿找什么？是找谭艺华？你们还有联系？"

"你对我失望了，以为他才是唯一爱你的那个人？"麦言秋的声音颤抖，她咬牙切齿地说，"你当他陪着你就是好人？告诉你，当初，我信任他，等着他拿钱来给你救命，结果他卷钱跑了！王八蛋！他就该死，我每天都诅咒他早点死，可是，他竟然还活着……前两年，他偷偷摸摸地往养老院送了一大笔钱和几幅破画，连个面也不露，他以为这样就能忏悔？呸，就是再给一百倍的钱财，我也不会原谅他！"

"那仇然手上的画是他给的？"麦禾问。

麦言秋一边流泪一边笑，笑得无声而癫狂。

"那幅画就是他画的！他们是不是跟你说他是个画家？实话告诉你吧，他就是个画假画的，你外公是卖假画的，他们合起伙来干的就是这种无耻的勾当！"

08

遇见谭艺华时，麦言秋是个不谙世事的少女，谭艺华比她大十几岁，他们认识两年后，她怀上了他的小孩。

他们从来没有单独外出过，所有的接触都只是在家里，麦言秋一直想不明白，在有家人监督的情况下，在她还在读书的情况下，他们之间怎么会有如此快速的发展？直到她在学校晕倒，被送进医务室，闹出丑闻，被邱平从学校接回家后，她才终于知道了，一切都是阴谋。

那天，车子刚过桥，天就下起了雨，浓云翻滚雨丝，雨降到半空就被狂风吹碎了，下车后的那几步路，邱平撑着伞左挡右挡，但她根本护不住女儿，麦言秋半边身体都被雨淋湿了。

门内传出麦伯修的怒喝，麦言秋不敢进门，小小的门廊抵御不了风雨，邱平只好又撑起伞，把伞柄搭在肩头，勉强护住她们俩的头脸。

"谭艺华，我这么看好你，有什么好事情都想到要带着你，我不敢说对你有提携之恩，但至少该给你的机会从来没有吝啬过，你现在反过来指责我阻碍了你的艺术追求，耽误了你的发展，这话你是怎么说得出来的？行业里的那些大人物，我没给你引荐过吗？你的作品，我没有拿给他们看过吗？你心太急，耐不住，我早就跟你说过，赚钱跟成名是两码事，你干吗老把它们混为一谈，自己跟自己过不去呢？"

"我不是心急，是迷失！你把我引到歪路上，我现在脑子静不下来了，我就是要走！你放我走，我们相安无事，前尘往事，我保证缄口不提。但你要是不放我，为难我，背后搞些小动作，你别怪我翻脸无情，要死大家一起死！"

"你想干什么？要跟我拼命吗？我告诉你，我还想跟你拼命嘞！秋儿学校老师打电话来了，说她怀孕了！我这么信任你，欣赏你的才华，她眼睛不行，我求你来教她书法篆刻，指点她进步，你就是这么帮她进步的？你这么看着我干什么？你敢说你没做过？"

一开始，麦言秋还听不懂，不知道他们在吵什么，突然话题就扯回来，她觉得羞耻，咬着嘴唇哭了，父亲的控诉还在持续不断地传出，许久之后才听到谭艺华闷声闷气的回应。

"我会负责的。我娶她。"

"你娶个屁！我女儿是结婚生孩子的岁数吗？她应该上学！你把她彻彻底底地毁了！"

"我不走了，我陪着她，我等她长大，好好赚钱，照顾她和孩子。"

"你说话算话吗?!"

"算。"

听到这里，被雨淋湿的麦言秋像鹌鹑一样闯进屋，扑通一下给父亲跪下了，她惊慌地拉住父亲的衣服下摆，声音发抖却语气坚定地拒绝生下孩子。

"我不能生孩子，你们带我去医院处理掉，好不好？帮我转学，好不好？求求你们了！我保证以后什么都听你们的！"

麦言秋说这些话的时候，没有注意谭艺华的表情，她只是感觉到谭艺华跟着她一起下跪，脱掉衣服裹在她身上，她痛哭哀求时，耳边传来谭艺华沉重的叹息，她这才想起孩子也是他的，回头看见谭艺华悲伤的凝视，她无措地垂下双手，坐在地上。

后来发生的事越来越奇怪，她被母亲搂抱着推去泡澡，父亲和谭艺华的争吵停歇了，她和谭艺华明明只有一个是孩子，却双双被当作不小心闯祸的无知孩童，被无限包容的大人分别安抚，麦言秋对自己命运的去向产生了巨大的困惑。

她足足在家等了一周，没有人来带她去医院，她不得不摁下羞耻心，忐忑地与双亲确认该怎么处理后续。

"生下来吧，孩子来了就是缘分啊。"麦伯修说。

麦言秋觉得头晕目眩，眼前一片黑，她的同学们都在上学，她以后可怎么办？在家里养孩子？她无法想象自己的生活变成那样，同时，她也无法理解父母的选择。家丑不可外扬，她宁愿相信父母把她拖去黑诊所，任由她死在黑诊所的手术台上，也不相信他们叫她把孩子生下来。

麦伯修似乎读懂了她的心思，抢在她哀求前，主动说："你考不上的，体检那关你就过不了，色弱到那种程度，哪个美院会要你呢？你又不听我的话，不愿意转书法。"

"我可以的，我可以把色盲本背下来，我有我的方法！"

"那有什么用呢？你画不出来的，一碰颜色，你就露馅了。"麦伯修摸着麦言秋的脑袋，说，"听我的，你的人生最好的归宿就是嫁给一个有潜力的天才，做大师的太太，为他生儿育女。我不会害你的，趁他现在还只是小荷才露尖尖角，你抓住他，将来就不愁了。"

麦伯修的说法让麦言秋觉得如五雷轰顶，她觉得父亲肯定是疯了，于是转而向母亲求助，尽管她知道母亲在家没多少话语权，可是她已经没有别的人可以指望了。

邱平到底还是心疼女儿的，她鼓足勇气开口和丈夫商量，说："他们俩感情蛮好的，彼此也是真心喜欢。只要真心喜欢，那过几年再说也没什么问题，现在就依了秋儿吧？秋儿太小了，她自己还是个小孩……"

不出意外地，麦伯修拍了桌子，怒斥邱平，叫她闭嘴。

"这个家里你是最没有资格说话的，"麦伯修指着麦言秋，对邱平说，"她为什么会这样你不知道吗？就是因为你。你不健康，携带了隐性基因，她才会跟我一样的。当初，你要是跟介绍人坦承家庭情况，讲清楚你爸是个色盲，我们就结不了婚，这种悲剧就不会有。"

邱平被骂得满脸通红，自从麦言秋被发现也有色觉障碍后，十几年来，她就一直在承受委屈与辱骂，明明有病的是麦伯修，她是健康的，可是承担愧疚的却是她，麦伯修说她不学无术，脑袋空空，连遗传学都不懂，她无法争辩，只能哽咽地说："我又不是故意的，我爸早就死了，谁知道他是什么情况啊，我也不想啊。"

"谭艺华是我亲自挑选的女婿，他有超强的色觉天赋，现在这种情况，只有他能给我们家带来真正意义上的改变，你们懂什么？鼠目寸光！"麦伯修用毋庸置疑的口吻宣布，"把孩子生下来，说不定是个天才。"

从一开始，麦言秋就不想要那个孩子，可是，她实在太过年轻，年轻到无法掌控自己的命运。

随着胎儿一起孕育的，还有她的怨怼与不甘，她的脾气越来越大，一开始所有人都让着她，但随着孩子的出生，她被边缘化了，希望之星从她的身体里被切割出去，而她成了负面物的集合体。他们给孩子算命起名，说要叫谭苗苗，她跟他们唱反调，偏要改叫麦禾，谭艺华没争，说都听她的。

那时候，她还不知道，任性赌气的她会残忍地撕碎女儿的人格，让女儿的身体里长出苗苗和小禾两个人。

自从谭艺华堂而皇之地住进家里，他的面目也变得更清晰了。

麦言秋发现谭艺华确实是个好人，也确实很喜欢她，但她觉得他似乎不像他们描述的那样能成大器。

他学艺精湛不假，书法、篆刻、工笔、写意没有一处短板，他当她面模仿倪瓒，淡淡几笔就得神韵，起初是很让她崇拜的。

可是慢慢地，她发现了，谭艺华的优势也正是他的劣势，她发现离开摹本，谭艺华好像就不会画画了，他可以画得与原作一模一样，却无法创作，他的创作总是不自觉地模拟某个名人大家的风格，被她指出来以后，他会下意识修正，结果就是一幅画中突兀地呈现出好几个画家的风格类型，但就是没有他自己的，他就像是被反复熬煮的清汤火锅，煮到最后，成了一锅乱炖。

有一天，麦言秋看见谭艺华在临《麓山寺碑》，忍不住问："你知道你在临摹谁的字吗？"

谭艺华抬头看看麦言秋，以为她是真心在跟他请教，耐心地说："《麓山寺碑》，李邕的代表作，算是唐代行书的一座高峰。"

"你以为我不知道？"麦言秋听了从鼻子里哼出讥讽声，说，"我看你才真的不知道。"

谭艺华停了笔，困惑地看着麦言秋。

"李邕说：'学我者病，似我者死。'这你都没听过？"

麦言秋眼神流露清高，不去上学唯一的好处，就是不必在那些她不感兴趣的科目上浪费精力，她没有玩伴，于是花了两年时间把书房里的书看了大半，她有了蜕变，再也不是当年那个懵懂稚嫩的学生妹。

被她那样说过以后，谭艺华就不在她面前工作了，麦伯修在家里专门隔出一块地方，给他修了个工作室。

工作室是上锁的，那代表有秘密，没有人能对眼皮底下的秘密熟视无睹，麦言秋耐心等待他们的疏漏，等到锁舌松动时，她的女儿都已经两岁了。

桌面上静置着《夏山高隐图》，已经画完了。

看起来与元代画家王蒙的原作别无二致，山峦以中锋运笔，线条屈曲密集，这种解索皴的画法正是王蒙本人在披麻皴的基础上创新出来的。

名人大家总在创立新技法，庸人只会模仿，麦言秋失望至极，紧接着，她看到了画上的印章。

那印不是谭艺华的，而是近现代最有名的大画家的。

09

没有仓皇逃离，麦言秋就立在桌边等着谭艺华回来，门被推开时，谭艺华诧异地望着她，她伸出尖尖的食指，剑一样指着"伪作"审问，说："你干这种事情多久了？"

麦言秋等待谭艺华的争辩，但他的身体里连愤怒都没有了，人像大肠一样软塌，耷拉脑袋说："我现在只能干这个。"

目睹谭艺华迅速萎靡，麦言秋心都凉了，她又急又慌，拾起桌上的印章朝他丢过去，谭艺华没有闪避，他被他亲手雕刻的假印砸中眉骨，木头刻出来的印章质轻光滑，没有见血。

"你为什么画这种东西?!"麦言秋嚷起来，"你画这种东西能有什么出息?!"

"我年纪大了，要立业成家，我想让你们过得好。"谭艺华说。

"我为什么要嫁给一个画假画的？我要嫁的是真正的画家！你以为让我生下小孩，就能控制我了？"麦言秋鄙夷地冷笑，说，"我看不起你。你住在我们家，我爸爸养着你，是看重你的才华，等待你一飞冲天，你干这种事，对得起我们家吗?!"

她知道话说得很重，任何男人听到都会受不了，但是她就是故意要刺激他，因为她看到被毛巾盖住的方盒子了，里头全是木头印，至少有十几方，这么多假印不是一朝一夕的功夫，她觉得他恐怕已经泥足深陷，得下重锤才能打醒。

可即便这样，谭艺华仍然咬紧牙关，憋得满脸通红，不回她一句重话，麦言秋急了，扑上去打他、咬他，他默默承受着，直到门再一次被人拉开。

谭艺华回头喊了一声"爸"，麦言秋正贴着谭艺华的胸口，她发现他在面对她父亲时，心跳没有突兀波动。

"画完了？"麦伯修没进来，只站在门口问。

"嗯。"谭艺华应着声。

"画完了就出来吧，"麦伯修转开身体，眼睛扫了扫麦言秋，说，"你又帮不上忙，以后不要进这间屋子。"

麦伯修说完话就走了，意识到谭艺华是在替父亲做事，麦言秋的脑海一片空白。

她无法相信这是真的。

父亲在民间各个文艺爱好者协会都身担要职，是个有头有脸的人，他做这样的事，一旦被发现就是身败名裂，她不明白这是为什么。

谭艺华告诉她，说经济形势变了，外面的市场很繁荣，过去那种统一收购、统一定价、统一销售的模式被打破了，她的父亲找到了站上财富之巅的最快路径。

"把仿画鉴定成真画，送去海外拍卖，卖掉一幅画就能管一辈子不愁。"

"假的就是假的，怎么可能成真的?!"

"只要爸找来的那些专家肯给我的画开鉴定证书就行。"

麦言秋愣住，脑海深处飘过一阵阵欢愉的笑声，她感到不寒而栗。

父亲跟母亲说，找到一个奇人来指导她从绘画转至书法，于是，她和谭艺华见面了，父亲曾对谭艺华有过这样的评价，他说："像谭艺华这样的人才少见，能写，会画，还能搞定印章，未来前途不可限量。"

麦言秋带着一线希望问谭艺华，说："你甘心吗?"

"不甘心，"谭艺华说，"可这是一条不能回头的路，都是我画的画，署自己的名字价值还不如别人的一个零头，你知道那种感觉吗? 回不去了……而且，我也画不出来了，我……我还是认了吧。"

"回不了头? 我现在抱着孩子从楼上跳下去，你还回得了头吗?"

麦言秋说话的神态和语气吓住了谭艺华，他不敢质疑她，他相信她干得出来。

听到麦言秋和谭艺华说要搬出去住，麦伯修一点也不着急，他甚至夸他们有骨气，不仅不拦着他们离开，还叮嘱邱平给他们准备点钱，别苦了小孩。

于是，他们感激涕零地离开了，怀揣着对未来生活的美好蓝图，麦言秋度过了人生中最快乐的一段时光，她学会了做木雕，用黄杨木精心雕了一只小猫送给女儿哄她开心。

因为有她做前车之鉴，麦禾早在一岁的时候就被送去医院确认了色觉正常，全家人都很高兴，麦言秋表面上装得无所谓，背地里激动得哭过好几次，黄杨木小猫头上的小白点，是她握着女儿的手抓着毛笔蘸取颜料点上去的，那一刻，她发誓要全力培养女儿，在女儿身上补足自己的遗憾。

不过，誓言并未付诸行动，在麦禾四岁时，麦言秋就改变了主意。

柴米油盐的生活一点也不浪漫，饥饿会让人站不直。

邱平塞给他们的大红包早就空了，吃饱饭成了问题，麦言秋开始盼着母亲来探望她，因为邱平每次来探望都会给他们带吃的，有酱菜，也有红烧肉，有了酱菜，粗糙的米饭也能勉强下咽，她不再吐肥肉了，还学会了舔碗。

看着麦言秋伸长舌头，像青蛙捕食蚊蝇那样卷走搪瓷缸子边沿的酱汁，谭艺华举手投降了。

麦言秋带着麦禾回到了花砖小洋楼，那天，也是下雨，邱平撑了一把伞拉住外孙女，递了另一把给女儿。

见她们三个进了家门，坐在客厅喝茶的麦伯修用雀跃的语调问："怎么只有你们三个女的呀？"

邱平收好伞，拿搭在椅背上的毛巾给瑟瑟发抖的外孙女擦身，她看到麦言秋脸色不好，连忙打圆场说："让小谭一个人在外面闯荡就好，他是不该拖着她们两个的。"

麦言秋看见了父亲咬茶壶嘴时唇边溢出的讥笑，她恼羞成怒，大声质问父亲为什么要故意为难他们，为什么不让谭艺华把他赚的钱带走？

这话一出口，麦言秋就后悔了，她紧紧攥住拳头等待，只要父亲开口嘲讽她吃了苦便不嫌弃钱脏，她就立刻抱起女儿冲回雨中，以行动挽回尊严。

但麦伯修却做出慈爱的样子，微笑着倒了杯热茶递给她，于是，她只能像长不大的孩子那样摔碎杯子，父亲确实不必说什么，因为她的女儿正在放声大哭，以孩子最为真挚的方式指责她的虚伪与无能。

那一天，麦言秋被兵不血刃地杀掉骨气，她知道必须爬起来，但好像一直在下坠，触不到底。

她把所有的希望都寄托在谭艺华身上，每天除了睡觉，就是坐在电话机旁边等谭艺华的好消息。

梦里面，电话机总是丁零零地响，谭艺华会兴奋地跟她汇报他的成功；现实里，电话机也总是丁零零地响，但电话里的人一律客气地请她帮忙让麦伯修听电话。好不容易盼来一通电话是谭艺华打来的，他的声音却没有一点激情，梦里提过的要开画展的事只是一场梦。

她很失望，失望之余还是会关心一句，问他吃得如何，等待回复的那几秒，她的心都是悬着的，会害怕他一边说吃得还行，一边顺坡下驴，借口哪里哪里需要开销，请她方便的时候打点钱过来，那样的话，就是自掘坟墓、自取其辱了。

她一个丑闻缠身、高中都没毕业的未婚妈妈，走不出家庭，也走不进社会，重获体面的最短路径就是嫁个人上人。

谭艺华是场豪赌，一开始，她以为是全家人一起赌，她是公主，他是青蛙，可是现在她明白了，一切都是父亲在变戏法。她一清高，把底揭了，肥皂泡的公主裙破裂，她看清楚自己只是旧社会人家里不值钱的丫头，被配给得力的伙计，笼络人卖命罢了。

也是从那一刻开始，麦言秋清楚地知道，谭艺华是她一个人的豪赌，是她剩余不多的希望。

可能是因为这份期冀太过雄壮，它沉得将她的心智都拖累了，过了很久，她才终于意识到父亲的繁忙有些不合情理，谭艺华都走了，还有谁能帮助父亲造伪？

她预感不妙，悄悄留心父亲的行动轨迹，找到谭艺华时，她差点没认出他来。见他不修边幅，不讲卫生，油腻腻、脏兮兮地待在破败的屋子里作伪画。她一下子晓得了，这就是谭艺华原本的面貌，在来到她面前之前，他或许一直陷在这样的困境中。

被现实狠狠抽了耳光的麦言秋，反手把耳光抽回在谭艺华脸上，宣告两人决裂。

即便这样，她还不解气，抬手将要完成的画撕碎了，撕的时候，眼泪大颗大颗地掉，因为她心里很清楚，画虽然是作假的，但一笔一画都是谭艺华的心血，尤其是看到谭艺华端手咬牙站着，眼眶深深凹陷，她突然想到他也曾挣扎过，或许那时候走了，还有机会全身而退，可是他选择了她和她肚子里的孩子，留了下来。

谭艺华已经妥协了，只要她也妥协，父亲的戏法就又能变下去，他会煞有介事地为她和谭艺华举行盛大的婚礼，邀请各路名流到场，只要她服软，就能被打造成"未来大师"的太太，至少在事情败露以前，她能顶着光环面对大众，不必再因为害怕被人指指点点而躲在家里。

半个月后的一天夜里，麦言秋熟睡时，谭艺华回来了。

她一直在等他回来，把响亮的耳光还给她，撕碎她虚伪的皮囊，露出软骨头，可是他递给她一幅画卷。

"什么东西？"

"你看看，快看看！"

谭艺华身上臭臭的，头发还是很脏，指甲黢黑，但眼珠子却闪闪发亮。麦言秋好奇地将画展开，发现他将她撕碎的画重新画了下来。

但不是完整的，而是撕碎的一团散乱，它们有的交叠在一起，有的被揉搓得尚未舒展，他用极致写实的手法将纸张撕扯的毛边描绘下来，他用这种方式让一堆见不得光的伪货真正重生。

"秋儿，你相信我，这一回我肯定能成功！我肯定不会再被你爸摆布了。我们一起走，好不好？我们去南方好不好？你看到没有？这是创新！你不是说了吗？大师从不模仿，始终创新。那画你撕得好，你要是不撕，我还得不到这样的灵感！"

谭艺华觉得他的创作能力被激活了，他兴奋、自信，完全变了模样。麦言秋替他高兴，但是，她拒绝了跟他一起离家。

她对他仍有隐隐的期冀，稀薄，但绝对存在，她相信并且渴望谭艺华获得成功，可是，她再也不想吃苦了。

谭艺华离开的半年后，麦言秋从一本冷门书上看到八破图的介绍便预见了一切都是镜中月、水中花，谭艺华所以为的独创早有先人为之，但她没空替他感慨可惜，因为，与此同时，她发现了另外一件更为棘手的事。

10

女儿开始展露她对色彩的天赋了，四岁两个月零三天的时候，她只用红、黄、蓝三原色的水粉颜料就调和出了暴雨将至前乌云的灰。

那天，邱平去山里礼佛，麦言秋带着女儿一同跟去。入山门，第一个进入的是天王殿，弥勒和善，大腹便便，笑口常开，小女孩乖巧地按照邱平的要求对佛像磕头跪拜，但起身看到大殿两侧的四大天王，她被吓哭了。

"你带她出去吧，"邱平双手合十，眼皮低垂，虔诚地说，"冲撞神佛了，就不该带她来的。"

麦言秋把孩子带出寺庙，见到有人愉快地从山上下来，她牵着女儿的手，带她往山上爬。

半山腰有个观景台，凉亭修得很大，两个背着画板写生的女学生说是感觉到了雨点，把画架搬进了凉亭里。

麦言秋羡慕地看着她们，忍不住跟她们搭话，她们是美院的学生，快要毕业了，趁假期结伴出行，计划周游五省一直辖市，为大学生涯画上圆满的句号。

麦言秋在心底揣算，她们与她应该是同龄人，可是，却活得像两代人，羡慕转化为嫉恨，嫉妒她们身体健康、心想事成，怨恨自己年少失足、轻信于人，她沉浸在对往事的悔恨和对未来的惆怅之中，没有注意她的女儿正在玩别人调色盘里的颜料，直到惊呼声此起彼伏地响起来。

"呀——小孩，你好厉害呀，你调出了乌云的颜色啊。"

"大姐，她也学画吗？她好小呀，几岁了？"

麦言秋有色觉障碍疾病，世界的缤纷色彩在她眼里与常人不同，三原色里，黄色和蓝色对她来说很难分辨，听她们说女儿用红黄蓝三色调出了很高级的灰色，她随口就说："凑巧吧，哪有那么容易的事。"

那两个学美术的女孩对孩子的好奇心比麦言秋还要重，她们俩逗引着，让小女孩又调了一次，从而确认了这不是偶然，而是天赋。

麦言秋起初也在惊叹，可是她们的欢呼声越来越刺耳，令她感觉到了危险，因为她想起麦伯修坚持要她生养小孩的理由就包括"说不定是个天才"。

天赋之才是最灿烂娇艳的鲜花，它不仅招惹保护者、爱慕者、崇拜者，更招惹掠夺者，麦言秋不顾礼貌，在女孩们对她的女儿展现友好和喜爱时，她粗暴地夺回女儿，抱着她跑下山。

邱平等了她们有一会儿了，见到麦言秋跑得气喘吁吁，她温和地说："慢一点，不要跑，我等一等不要紧的，小心摔跤。"

麦言秋站定，脱力地把孩子放下，邱平看到外孙女手指头上的红色，以为是哪里受伤了，检查了半天，才发现是颜料。

邱平见麦言秋神色不对，关心地问："怎么啦？碰到什么事了？"

麦言秋摇头，一言不发，她下定决心，要做最后一个知晓女儿天赋的人，她要在女儿的天赋被更多人知晓以前就扼杀掉它们。

生长在这样的家庭，禁止女儿学画是不现实的，于是，麦言秋反其道而行之，从寺庙回来后的每一天，她把女儿和自己关在一起，思考的不是如何让女儿爱上美术，而是如何让女儿憎恶它。

"墨分五色，焦、浓、重、淡、清，我画一遍给你看，看懂了吗？看懂了，用我教你的控笔方法，把这些纸全部画完，不画完不许吃饭。"

"手不要抖，笔立起来，身体不要动，坐直一点。"

"你哭什么？肚子饿了？再画一百粒葡萄，不画完不许吃饭。"

女儿太小了，要在凳子上加两个坐垫才能伏案作画。残酷对待女儿时，麦言秋大都空洞地看着窗外，常常会有斑鸠飞过来落在窗台上，斑鸠信步闲走，时不时歪头看她们。

窗户装了防盗窗，斑鸠的那一边是广阔天地，它隔着格栅看她们，显得特别讽刺。

女儿会被鸟儿吸引，十次有八次，麦言秋都会踹她的凳子，教训她要专心，偶尔也有那么一两次，她会凑到女儿耳边说："还想画画吗？不想出去玩吗？"

她等待着女儿摔笔号啕，抹泪放弃，可女儿表现得很坚韧，女儿会因委屈不解而流泪，却仍将笔握得稳稳的，在纸上画出圆润饱满的线条。

如此，麦言秋决定增加暴力手段，她不想钝刀子割肉了，而要快刀斩乱麻，麦伯修常常不在家，她观察时机，只要邱平外出了，她就开始对女儿无缘无故地嘶吼。

这一招效果很好，麦言秋一吼叫，女儿就停下笔大哭，从椅子上跳下去，想开门出去，但门被反锁了，她还不到五岁，不会开门锁的反锁扣，于是，她像受惊的老鼠一样东躲西藏。她拉开画室里矮柜的门，嗖的一下钻进去，爬到最深处，惊恐地抽噎。

麦言秋不去哄她，而是利用这个时间制造假现场。

她会把画纸揉得到处都是，把饱蘸墨汁的毛笔随意甩动，让红色的木板墙裙留下污迹，等邱平回来以后，她就满脸愁色地说麦禾有多调皮、多不配合她。她三番五次地这样折腾，终于把孩子折腾病了，深夜里突发高烧，邱平用三层被子裹住孩子发汗，结果，汗是捂出来了，但人也抽风了。

将女儿送往医院的路上，麦言秋胆战心惊，好在，情况得到了控制，陪女儿打点滴时，她进行了深刻的自我反省。

那段时间，麦言秋是个好妈妈，她常在女儿睡觉前和女儿一起翻翻书，会亲昵地贴着女儿的脸，温柔地跟女儿说话。

"宝宝，这就是爸爸会画的八破图，你看是不是很特别？妈妈教你背这幅画上面的诗，等下次爸爸回家，你背给他听啊——'毁烬残篇底蕴深，嬴秦惨酷不堪陈。当时古迹今难见，以此聊表旧精神'——难不难？难呀？多背几遍就会了，我们宝宝最聪明了。"

她从外面把画室的门锁上，带着女儿在院子里观察鸟与虫、花与树。她倾尽全力安抚女儿，有时候甚至会在地上翻身打滚，她驱动自己把情绪拉高，笑得两腮僵痛。

"哇——斑鸠！小禾，你看，有两只斑鸠欸，你想要斑鸠吗？妈妈把它们抓起来，关进笼子里给你玩好不好？"

两只斑鸠一前一后落在窗台上，它们还在透过格栅向内看，麦言秋蹑手蹑脚地靠近，两只斑鸠依偎着，没有防备，她轻轻脱下外套想要扑打，但身后突然传来孩子尖锐的哭声，斑鸠受惊，振翅飞离，她知道再也捉不住它们了，但还是把手里的外套固执地朝它们挥过去。

快过年了。

谭艺华回来时给麦言秋带了一条金项链，水波纹的，比头发丝粗不了多少，麦言秋扒开毛衣的高领，露出她白皙纤长的脖子，让谭艺华给她戴上，她感觉到谭艺华跷起的小指头触碰到她的碎发，微微颤动，她摸着锁骨上的链子，对镜子里的谭艺华假笑。她没问他在外挣了多少钱，发展得如何，甚至没有把八破图的起源与发展告诉他，因为她能感觉到捆住他们一家人的精神链条像这条纤细的金链子一样不堪受力。

她只想安稳地过个好年，也许，一年又一年，就这样耗下去。

但是，大年初三的下午，门锁紧闭的画室内传出大人与孩子说话的声音。

麦言秋刚从午睡中醒来，她困惑地靠近画室，走得比猫还轻，把耳朵贴在门上。

"看吧，画画简单吧？以后就像爸爸这样画，画画没那么多规矩，你只需要拿着笔就好，快乐地画下去。"

"妈妈不给画画。"

"妈妈不给你画画？不会的，不会的……"

麦言秋在外面叫开门，门一打开，她拨开挡路的谭艺华，快步走到桌子前，桌上放了笔墨纸砚和国画颜料，他们在画芭蕉叶和樱桃。

麦言秋大声嚷嚷，郑重警告谭艺华不许教女儿画画，她发怒时，谭艺华发现女儿不见了，他找了半天，才从柜子里找到女儿。

"谁让你教她画画的？"

"这孩子有天赋……"

"你安的什么心?! 你也要吸她的血?!"

"天赋"两个字像针一样扎进麦言秋的天灵盖，她凶狠地将谭艺华赶出画室，反手把门锁上，谭艺华在门外轻声劝她好好说话，别吓着孩子，麦言秋的怒火却越烧越旺。

她把桌上所有的画纸都揉成团，问女儿以后还画不画了。女儿沉默，她觉得女儿在恨她。

女儿恨她……

女儿凭什么恨她？

她的人生全因女儿才会变成现在这样，她为了保护女儿留在这个吃人的家，女儿竟然恨她?!

麦言秋的愤怒被推向高峰，她冲女儿的脸尖叫，从身后博古架的抽屉里拿出火柴盒，擦亮丢在桌上，她完全失控，不断擦亮火柴，不断丢落，火终于在桌上烧起来了。

门外的人闻到焦味，用尽力气撞门，门框松动，石灰簌簌地掉落。

麦言秋仍陷在疯狂里，她一把抓住女儿娇嫩的手往火焰里塞，咬牙切齿地说："我叫你画画，叫你画画……"

她以为女儿会挣扎，可是那只手纹丝不动，完全服从地叫她捏着。

火没有烧起来，谭艺华撞开门，用衣服把火扑灭了，地板上，他和麦言秋的女儿躺着抽搐。

两天之内，麦言秋和麦禾的手上先后浮出被火灼伤的水疱，谭艺华问她是怎么弄的，她说是救火时不小心烫的。

为了不让失控后的歹毒行径被人知道，麦言秋撒谎了，可是，有一个人，她不知该如何面对。

麦言秋以为女儿会恐惧她，没想到的是，麦禾反倒变得更加黏她，她细心地照料女儿，每天定时定点给女儿涂烫烧膏，亲自给女儿做饭，不让女儿碰一点酱油。两周后，麦禾的手养好了，细嫩如初，完全看不出曾被烫伤过。

11

斑鸠又落在窗台。

据说，斑鸠的寿命只有十年左右，那么，落在窗台上的这一只恐怕和麦言秋嘴里描述过的那些斑鸠间隔两代了。

麦禾轻触手上的烫伤，过了一夜，被烫得坏死的表皮变得粗糙而坚硬，摸起来木木的、麻麻的，不像是她的皮肉。

这感觉很奇妙，让她想起苗苗，身体记住这种痛，它的力量那么强大，一旦被触及，无论原生人格沉睡多久都能被唤醒。

"他们说，苗苗是来保护我的，没想到，一开始，是我在保护她，我才是那个后来者。"

四岁两个月零三天……她应该是在那以后被裂化出来的，是一个笨笨的、不会让妈妈不开心的平凡人格，四岁……实在太小了，虽然一走进这间老洋楼，麦禾的脑海里就开始不断闪回画面，但如果母亲不坦白，她可能永远也听不到画外音，她想，或许一开始她只是一个闪念，但母亲崩溃后的暴行使她健壮，她站了出来，把苗苗护在身体里。

麦禾的感叹是麦言秋最为痛苦的回忆。

女儿一次又一次地在她面前倒地抽搐，连母亲都看出门道来，拉着她去庙宇外的一间四合院，找大师父往她身上抽柳枝，柳枝沾上符水，打完她，余下的符水还要叫她一口闷光。

"你忍一下，为了孩子忍一下，"邱平将双手合在胸前，压低声音说，"你身上不对劲，带了东西，小禾一看到你就抽风，不是没有理由的。"

麦言秋闭着眼睛承受，叫大师父抽狠一点，她逃避着，不肯承认女儿生病是因为受了她的折磨，她宁愿相信自己是被不干净的东西缠身，被恶魔控制了。

啪的一声脆响，麦言秋抬手抽了她自己一个嘴巴，麦禾皱着眉，别开脸，她想起母亲是在她六岁左右离家的，十年间只回来过两次。

母亲第一次回家时表现得很风光，带回许多特产，有高档烟酒、特色茶饼、紫陶壶，还有纹样华丽的扎染衣物，她记得母亲承诺过，叫她再等两年，两年后，母亲就来接她走。她等了两年，但母亲食言了，母亲拖了整整一年才又回来了一次，就是那一次，她住进医院，被扎了很多针，吃了很多苦。

"为什么？我就是想不明白，为什么你都离开了，却要把我丢在家里？难道你就没想过，我这么平凡一个人，在外公眼皮子底下长大会承受怎样的压力吗？"

麦禾的提问很哀怨，母亲的苦肉计对她还是有用的，她的心已经软了。

话音一落，她就开始后悔，宣泄情绪是解决不了问题的，任何人的道歉、忏悔、反思都搓不成药，更何况沉疴痼疾本就没有特效药，她终究得自己解脱自己。

"我那时候要文凭没文凭，要见识没见识，什么都不会，在外面的辛苦我是尝过的，我想，你跟着外婆还有他，总不会吃大亏，我出去是拼命去的，只有自己站稳脚跟才能回来。我第一次回来的时候说了要带你走的，你还能想起来吗？"

麦言秋盯着女儿的侧脸，嘴张了张又闭上，她很为难，要怎么把自己糟糕的人生际遇说出口？那是一段充斥着混乱、钻营的不堪过去，事实证明，不是谭艺华无能，而是外面的路难闯。总而言之，她在外吃了败仗，遍体鳞伤，她认命了，想回家做个贤妻良母，可是却再也没机会了。

麦言秋抹掉眼泪，脸上神色一变，她两步跨到麦禾身边，伸手拉住她，说："孩子，妈妈现在能保护你了！小的时候，你跟我最亲了，最黏我了，你手上的伤好了之后，我们比任何母女都要相爱……"

"好了，别说了。"

麦禾打断母亲的话，望着她歇斯底里的眼神，她明白了，母亲是把她当成后悔药了，她咬咬牙，控制住自己不用言语对母亲捅刀子——这个世界上没有后悔药，她已经不是孩子了，无尽的悲凉在心底攀爬，爱不是索求，是包容与牺牲，想到自己恐怕从未被人爱过，她觉得很冷。

"孩子，你相信我，你再给妈妈一次机会，好不好？"

"别的都不要说了，"麦禾不想再奢望了，她看着母亲，问，"我现在只想知道一件事，火灾到底是怎么回事？"

话题转回来，麦言秋眼里的愁闷又再浮现，她慢慢松掉拉扯的手，说："是意外。"

"意外"这两个字，麦禾早就听倦了，可是，直到此刻，她才琢磨出滋味，谎言之所以真实，很有可能，它根本就不是谎言。

"说好了的，他来动手。"

"谁？你说的是……他？"

"谭艺华啊。"麦言秋看向窗外，仿佛窗外站着他本人一样，她叹息着说，"他其实是很温良的人，但兔子急了也是要咬人的，他跟我说想报复的时候，我一点也不惊讶。"

果然是报复，只是，想要报复的另有其人，终于，麦禾从母亲口中听到了真话，但是她却更困惑了。

"你们想要纵火烧家，为什么非得让苗苗去取松节油？"

"他说不是他叫你去的。"

明明是否认，麦言秋却说得格外心虚，麦禾心里咯噔一下，她突然想明白了，惊恐地问："那份精神鉴定报告是早就准备好了的？你们打从一开始就计划好了，要把事故责任推给孩子？"

麦言秋又开始慌了，她摇动双手解释，说："不是这样的，那份报告只是个保险，不一定会用上的……"

"你们到底想干什么？"麦禾对母亲的认知被一再挑战，不知母亲的底线在哪里，她是真怕了，仇然和女儿在外面，她怕他们听见，压低声音，悄悄问，"你们想杀人？"

外公在火灾里死了，仇然也说听到外婆和母亲对话，两人恶毒地诅咒外公"死得好"，她很难不怀疑外公之死有蹊跷。

然而，麦言秋否认了，她拼命摇头，说："只是钱！我们只是想要钱！"

"钱？钱跟纵火有什么关系？"

麦禾的追问让麦言秋又恍惚起来，她弯下腰，拾起地上的一幅卷轴捏在手里，想起她的父亲。

她的父亲最擅投机，艺术品市场混乱的时候，他作伪售假，艺术品市场有序的时候，他包装炒作，为了获利，他什么都敢想，什么都敢做。

"火是从你外公的藏画室烧起来的，当时，你外公的手上已经收藏了不少名人真迹了，不是古董，是刚刚崭露头角，或者处在上升期的中青年画家的画，那些画就放在藏画室里，"麦言秋慢慢环视整间屋子，缓缓说，"就在这间屋子，谭艺华啊，他用了三年时间一幅幅地画，一点点地把那些真画替换出来。"

麦禾愣住，她懂了，他们是要用火灾来掩盖调包！

"你们做这样的事，竟然还要绑上孩子？"她愤怒了，张口怒斥，厌恶至极地说，"你们这么做，跟外公有什么区别?!"

"不不不，你误会了，我们没有拖上你，"麦言秋满脸通红，顿了下，又说，"除了……那张鉴定书，你相信我，那真的只是备用的。"

"火都是苗苗放的！你还撒谎！"

"我真的不知道为什么会这样……"麦言秋痛苦地闭上眼睛，额上青筋暴起，愤愤地说，"着火那天，谭艺华还在赌博！我也恨他！我恨不得杀了他！"

麦言秋站不住了，摇晃着身体，寻找倚靠。

激愤地表达过后，她慢慢缓过来，再次念叨起谭艺华的名字。

"谭艺华啊，他这一辈子遇见我们这一家子，大概就是命吧。"

麦禾发现了，母亲习惯在他的名字后面加语气助词，这一声"啊"颤颤地诉说着他们之间剪不断的纠葛，她想起母亲今天在民宿里急匆匆找人的样子，她想，母亲并没有多恨他。

麦言秋又开始掏烟了，打火机的火焰照亮她左边太阳穴处那一块老年斑。麦禾没有阻止母亲抽烟，她静静地注视母亲点烟的动作，猜想母亲此时抽烟是为了消愁，还是借助烟雾带来的朦胧，去追忆半生错付的情感。

12

2002 年 2 月 19 日，雨水，农历正月初八。

那天，麦伯修的随意感慨成了压垮谭艺华精神穹顶的最后一片雪花，趁夜，谭艺华提起刀子，差点杀了麦伯修。

"前两天有人给我引荐了一个美院的教授，画油画的，姓岑，他说，艺术都是哲学延伸出来的，西方哲学研究外部世界，东方哲学研究内部世界，这一点决定了东西方艺术的不同。"

谭艺华放下笔，认真聆听麦伯修的教诲。他越来越服从于麦伯修，即使麦伯修践踏他的创作，说他把垃圾画在纸面上是哗众取宠、浪费时间，谭艺华听了也不反抗，因为麦伯修的影响力更大了，随便一个其结识的大人物对他的作品给予肯定，他就能走出死胡同，登顶高峰。

谭艺华虚心向麦伯修请教，说："那东西方绘画到底是怎么个不同法？"

"他说，西方绘画受西方哲学的影响，追求的是真和美，终极目的是让人获得审美的愉悦；中国画就不同了，中国画受中国哲学的影响是要教人做个灵魂纯净的好人。他说，中国的画家拼到最后拼的不是技艺，而是人格，是思想。有意思，这个人不管他画得怎么样，理论倒是一套一套的。"

见麦伯修口中有赞许的意思，谭艺华连忙附和说："有道理，确实是这么回事。"

"你赞成他？"麦伯修拍拍谭艺华的肩膀，凝视他刚刚画下来的一块被揉搓过的全形拓纸片，轻蔑地说，"你瞅瞅你画的这堆垃圾，照他这个讲法，你画垃圾，你岂不就是坨垃圾？"

谭艺华的脸皮抽动了一下。

"幼稚。画得好不好，到底谁说了算？"麦伯修哼了哼，他并没有注意谭艺华的眼睛里有什么东西正在粉碎，自顾自地说，"不过，等到下半年艺联疗养基地建好以后，我准备请他来讲学，谁得了他的好评，连人格都被肯定了，这年头要把人造成神不容易啊，借借他的力气，倒省了我不少事。"

那个深夜，谭艺华两次闯入厨房。

第一次进去，空着手出来，月色照亮他狰狞的面孔，他窄长的脸上翻腾血红的巨浪。他不甘心，扭身又钻进去，寂静中，寒光切割空间，他提着明晃晃的斩骨刀出来了。

麦伯修住在二楼，洋房的楼梯是转角楼梯，踏上第一层时，麦伯修那张叫人信服的真挚的脸在他的脑海里异化，踏上转角时，那张脸的皮肉已经迅速剥离干净露出森森白骨。

每登上一级台阶，谭艺华就要数一条麦伯修的罪状。

麦伯修骗他说赏识他，其实只是为了利用他作伪的能力敛财暴富。

麦伯修让他嗅到钱的味道，诱他心甘情愿被控制。

麦伯修甚至连女儿都利用，用骨血做链条将他死死困在此处。

…………

谭艺华攥紧手里的刀，迈着沉重的脚步，耳朵里听不见任何响动，他的灵魂臭了，活着腐烂，而造成这一切的恶人却像被浇了肥料一样越长越壮硕，越来越茂盛，他感觉怒火烧心。

谭艺华走得极慢，却呼哧带喘，他靠近麦伯修的卧房，心里只有一个念头——砍断蔽日毒藤，还天地以清白。

他伸出手，抓住门把手，在将要拧动的一瞬，隔壁画室突然升起了太阳——一片暖光从门缝钻出来，甚至有半缕飘到他的鞋上，谭艺华像是被灼痛了一样连退了好几步，目光呆滞地站了好一会儿，他偏移了路线，伸手拧开隔壁画室的门。

他的女儿在画室里烧画，他当她也是在泄愤，赶忙去扑火，然后，他从灰烬中捡回了一块残片。

残片上绘的是落日余晖，色彩惊艳，笔法潇洒，虽然只剩了一小块，但仍让谭艺华觉得惊喜。

他一直在教她画画，可是小禾并不感兴趣，教了几年，她还连笔都控不住，颜色更是调得乱七八糟，他只当自己看走了眼，女儿曾经的灵光一瞬八成只是他的想象，然而，这幅被烧得残缺的作品却很成熟，颇有大家风范。

女儿见有人闯入，吓坏了，身体发抖，嘴唇直哆嗦，谭艺华靠近了才听清她在喃喃自语。

"别烫我……已经烧了……别烫我……"

那把刀没能落下，谭艺华觉得，老天爷安排他的女儿救了他。

他发现了女儿身上有明显割裂的两面，酷爱绘画且出手即非凡的那一面被厌恶绘画的那一面裹住了，他说服了邱平，带女儿不远千里去北六院看病，那次就诊，推翻了家乡医院的诊断，他们第一次知晓多重人格症状的存在。

返程的路上，邱平发出感叹，说："这孩子，到底还是个没福的，平平凡凡的多好啊……"

谭艺华顺着邱平的视线看向睡在下铺的女儿，说："放心，我知道怎么做。"

从那之后，谭艺华花很多时间陪伴女儿，他耐心等待会画画的那个冒出来，一旦她来了，他就锁门关窗，倾囊相授。邱平发现过他们，但她不声张，默默给他们放哨。

谭艺华给这个天才般的女儿起了名字，叫苗苗，因为他一直记得，这是她原本该叫的名字。

苗苗的作品自成风格，谭艺华看着她的习作，爱不释手，但他不能留下它们，他要保护好女儿的天赋，使其不被麦伯修发现。

他每每烧掉苗苗的习作，都感到异常难过，他相信女儿也一定很难过，只是装得稀松平常而已。于是，他又教她画火堆里未烧完的残片，像八破图这样的画是可以保留下来的，因为它们在麦伯修眼里只是一团垃圾。

等麦言秋回来时，苗苗已经画得非常好了，谭艺华叫麦言秋藏起来等待收获惊喜，然而，令他想不到的是，苗苗见到麦言秋会当场倒地抽风。

医院住院部大楼外，麦言秋崩溃大哭，她承认了对女儿有虐待行为，言语和身体上都有，但她不肯承认心存恶念，说她只是想保护女儿，不想女儿因为天赋失去自由，谭艺华没法指责她，他内疚、自责，并且愤怒。

女儿出院时，麦言秋只敢隔着一条马路相送，谭艺华陪在她身边，突然说让她再给他三年时间，到时候，他要带着她们俩远走高飞。

"你照顾好女儿吧，出来又能做什么呢？你又不是不知道外面的生活是什么样子，我走就是了。"

"你放心，我不会再让你们跟着我吃苦了。"

"你到现在还不明白？他是不会捧你的。"

"我知道，我早就知道了。可我得感谢他呀，得好好谢谢他，多亏了他的悉心栽培，我才能有活路。"

"什么意思？你想干什么？"

谭艺华把换画的计划说了出来，麦言秋听后沉默了好一会儿，临上车时，她问谭艺华说："你真做得到？"

"有什么不能的呢？画他们的画，又不需要备特别的纸和墨，以前我画完的画，你爸还得拿出去找人做旧，画他们的画，我一个人就行了。"

车子开始动了，麦言秋从窗户探出身子，紧盯着谭艺华，说："你今天跟我说的话，不要跟我妈提一个字，你要做什么就去做，我等你的电话。"

一晃都快过去二十年了，麦言秋仍然记得当初她等待电话的心情，这个男人也是她的克星，断断续续地，她几乎用了大半生去等待他，她以为他总能做成一件事，没想到他是一件事也做不成。

那几年，谭艺华仿的画几乎都是同龄人的作品，有个别画者甚至相当年轻，他跟在麦伯修身边活动，看着同龄人一个个崭露头角，而他却只能像阴沟里的老鼠一样偷窃，心态失衡了。

他给那些人的画作伪，跟给一流画家作伪完全是两码事，他相当痛苦，靠赌博麻痹自己。

麦伯修吃惊于谭艺华会背着自己赌博，可能是感觉他已经突破底线，变得难以控制，麦伯修一次性给了谭艺华一笔封口费，将他从小红楼赶了出去。但邱平觉得有了谭艺华的陪伴，孩子的身体情况有好转，于是，她常常放谭艺华进出小红楼，也没把老洋房的钥匙收回去。

三年期限将至，麦言秋每天都在紧张，终于，那一天到了，那件事也发生了，只是，结果与她预想的天差地别。

事情失控到那种程度，父亲和女儿一死一伤，麦言秋往回赶的路上，联系上谭艺华质问，他竟然连火已经烧完了都不知道，一问，才知道是又赌钱去了。

麦言秋对谭艺华失望至极，可是，水深火热的时候，她找不到其他人倚仗，过去麦伯修贩售画作的通路只有谭艺华熟悉，她怎么也想不到谭艺华会跟她耍心眼。

麦言秋对人生绝望了，她想到过死，但邱平留住了她。

医院的催费单以及艺联疗养基地索要的惊人赔款，由邱平掏空家底缴付。

麦言秋被母亲默默收拾残局的状态震惊，母亲给她的印象始终是退却的，但那一刻，她感受到了母亲的力量。

慢慢地，新的生活秩序开始建立。

麦禾没再出现过异常，突然变样和突然癫痫都没有再发生，麦言秋因为出色的雕刻手艺，被兼做康养行业的老板赏识，她大手一挥，让麦言秋以极低的折扣签了养老院的十年养老协议，那时候巴马的名头还没起来，地方偏远，但也宁静，邱平去了觉得喜欢，于是留了下来。

她们默契地不提过去，祈祷生活会一直有序地推进下去，可是，惊吓还是来了。

邱平总说都是她的错，仿佛她不搞生日宴，不让仇然听到她们的对话，坏事就不会发生。

但麦言秋却很清楚，仇然不是关键，那个突然出现在养老院的包裹才是。

包裹里的金条和画卷，一看便知来处，那代表着往事并未结束，它又找上门来。

13

贪婪是万恶之源。

麦禾用这句话为她的家庭悲剧画下休止符，她将视线放远，看到仇然心不在焉地站在甜歌身边，对孩子爱搭不理，她决定跟母亲坦白一件事。

"仇然手里的那幅画……我动了心，是我不想交给你。"麦禾的表情羞赧，她说，"我错了。"

麦言秋摆摆手，肩膀往下一沉，她想，没有人会不贪，但她是天下最贪，不但贪名利、贪享受，还贪图感情，更可怕的是，像她这样对孩子犯了错的女人，还敢贪图天伦之乐。

想着想着，麦言秋的情绪突然激动，大颗眼泪掉出来，她抓紧麦禾，疯了一样嘶喊，说："我选了你！只有你是属于我的！我不能让苗苗回来，苗苗一旦回来，你也要离开我了，我只有你了！"

癫痫会对脑部造成不可逆的损伤，她不能再见苗苗，但麦禾是健康的，她只能做选择。

麦禾被母亲的话吓到，她不知道该怎么应对，这不算是爱吧，或许，只是占有欲在作祟，她感到害怕，母亲的爱太窒息。

麦言秋得不到回应，她哭得眼泪鼻涕一团混乱，痛不欲生地说："你们都恨我吧，就让我被天打雷劈吧。"

"妈，你为了留住我，宁愿一辈子把我困在精神病医院？"麦禾紧跟着问。

麦言秋松开手，脸色涨红，嘴唇嗫嚅无声，她怔怔发呆，然后拼命捶打脑袋，像是要阻止脑子里不断生成的恶念。

母亲的崩溃让麦禾又恐惧又心疼，她想上前阻止，拉住母亲的手，拥抱母亲，轻轻抚摸母亲的后背，告诉母亲，她都能理解。她也是妈妈，见过抽搐的恐怖，甜歌发烧到高热惊厥时，她以为甜歌要死掉，吓得大哭不止，她还想宽慰母亲，让母亲不要这么害怕，她和苗苗一直在想办法过好这一生，她们已经想出了办法。

但麦禾做不到，她感到难以克制的恐惧催促她逃离，她想到了苗苗，这种极度的不安全感是来自苗苗吗？是苗苗在害怕吗？

"对不起，"麦禾倒退着脚步，踩着地上的卷轴，惶恐地说，"我要走了……"

"你不许走！"

麦言秋伸手拉住麦禾，她的拇指凑巧压住了麦禾手心的烫伤处，那块表面麻木的皮肤的底层正在焕发新生，被麦言秋这么一搓一压，痛感十足。

但疼还是次要的，麦禾只觉得心慌得离奇，匀速行走的时间在她的眼里变慢了，这不符合试验过的切换流程，可是她感觉到苗苗的强势，意识到苗苗要出来，她的脚下又空了，光亮消失，她在坠落。

她听到有人在说话，声音停顿的时候，白噪声很大声，沙沙沙的。

"孩子，你太小了，你还不知道人的嫉妒心有多可怕。你的光芒越耀眼，她就越黯淡。她很嫉妒你呀，早就开始恨你了，上一次，在那么关键的时刻，她不肯离开你的身体，对不对？她让你在国画大师面前丢脸，要不是外公帮你，你哪里会有第二次机会？你听外公的话，必须想办法留下来，不要让她再夺走你的身体！她正在想办法杀掉你，你还傻乎乎地说什么想要保护她！"

"人的生命是有限的，她霸占你的身体，就是在杀掉你。你为什么要允许她占据你的身体？她不配啊！她是在白白消耗你的生命。你想啊，如果这具身体里只有你，你一睁开眼睛就可以画画，困了去睡觉，醒来还能继续画画，每一分每一秒都是独属于你的，这多好呀！外公可以让你拜名师入名门，外公可以让你成名成家，让天下所有人都看到你的画。"

"你的手在藏什么？还在录音吗？没事，我一直知道你在录音，不要关掉。我就是说给她那个蠢货听的，她就该去死！苗苗，没人能挡你的路，她也不行！她不走，那外公来给你剔骨削肉，杀她个片甲不留！外公会帮你名垂千古，你别哭啊，将来你会感谢我的，你只要记住，你是我成就的就行了。"

…………

那声音响在耳畔，但没有呼吸、没有热度，她听出来了，声音正从塞进耳道的耳机里传出。

慢慢地，刺耳的白噪声消失了，嘀嘟嘀嘟的鸣笛声起来了，等到能听到的一切都变成咕嘟咕嘟的气泡音，她觉得自己沉进水里了。

有那么一两个瞬间，她好像看见光了，一团会晃动的光晕，在远方朝她摇摆。她很努力地驱动四肢冲那光而去，她相信自己游动起来了，可是，她与光晕的距离似乎是恒定的，无论怎么努力，那团光就固定在那儿，摇晃、招引，但它很吝啬，仅仅只有短暂的几秒钟就消失了。

那团光是生命的信号灯吧，假如连它也消失，她就彻底不存在了吧？

她知道火灾的真相了。

她放任自己往黑暗里沉没。

不必担心，苗苗是为了保护她才做了十五六年的囚徒，苗苗知道被囚禁在此的滋味，不会让她承受这种痛苦太久的。

她得相信苗苗。

她必须相信苗苗。

这才是她们作为一个整体共同对抗命运的唯一筹码。

终于，她感觉到痛了。

首先，是手指，她感觉到有人拿着锐利的东西戳刺她的食指尖，她迅速意识到手的存在，继而是胳膊，然后是眼眶，有人抠着她的眼眶，她感觉到胀痛的瞬间，黑暗被撕开来，模模糊糊地，她看到穿着白大褂的女人的轮廓。

紧接着，有飘摇的声音传来，问："醒啦？叫什么名字呀？"

她张大嘴，努力发出声音，回答："……麦禾……我是麦禾。"

穿白大褂的女人紧盯着各个仪器屏幕上跳动的数字，她戴着口罩、眼镜，但麦禾知道她在笑，她问："现在是哪一年？"

"2021 年……12 月……"

麦禾感觉到肩膀了，医生在轻轻触碰她的肩膀，她感觉医生笑得更深了，眼角的鱼尾纹堆起来。

"你昏迷了二十几天，努力啊，争取回家过年。"医生放下手里记录的纸和笔，给她比了个加油的动作。

二十几天……那就已经是 2022 年了，麦禾闭上眼睛，整理思绪，努力跟上时间的脚步。

她想起癸未年的除夕，院子里堆着半人高的各种烟花礼炮，她的父亲一盒一盒地燃放给她看，烟花炸响，天际绚烂，美不胜收。

"耳朵捂起来，这个响，快捂起来，别吓着你。"

谭艺华的脸在缭绕的烟雾后面，他拿着打火机，点燃写着"81 发礼花弹"的红盒子，不一会儿，一束银光直冲夜空，呼啸着哨音飞到很高很高的地方炸开红、绿色的小花朵，紧跟着红、绿色的小花朵噼里啪啦碎成一粒粒的小金豆，小金豆像雨点一样落下，还没落地，下一束银光又跟着蹿上去。

谭艺华像孩子一样快乐，他走到女儿身后，捂住女儿的耳朵，但他的手被女儿拨开了。

"不响吗？"谭艺华笑着问她，"你不怕呀？"

"响，但是我不怕，"麦禾认真地说，"爸爸，你能让我害怕吗？我想害怕。"

"什么？"谭艺华又点燃了一组在地上燃烧的"三羊开泰"，声音太吵，他没听清，"你怕的话，我就不放大礼花了，这种小礼花也漂亮，好看吧？金灿灿的。"

麦禾拉拽谭艺华的衣服，令谭艺华把耳朵凑过去，她贴住他的耳朵说："烟花很漂亮，我想让苗苗也看一眼，可是我太高兴了，我一高兴苗苗就出不来了，爸爸，你能让我害怕吗？我一害怕，苗苗就会出来了。"

笑容在谭艺华的脸上凝固，他慢慢直起身，转身走回老洋楼，拿出一部手持摄影机，对准院子里尚未燃尽的烟花，他一边录像一边思考，摄影机太过昂贵，不适合交给女儿，那还有什么礼物适合馈赠、便于隐藏？

几天以后，麦禾收到了一份礼物，礼物用红色的纸包着，就放在她枕头边，她一睡醒就看见了。

拆开包装，里面是一支录音笔和一张写了留言的鎏金卡片。

"小禾，你是这个世界上最善良的人。用它记录你的生活，和苗苗分享吧。"

麦禾用那支录音笔第一次和苗苗打了招呼，打招呼好费力呀，她笑了好久，咯咯的笑声把谭艺华都感染了，他也跟着大笑，随后笑声收敛成叹息。

"应该给你买一个摄影机的，但是，摄影机太大了，不好藏。记住，除了我、妈妈还有外婆，不要让任何人知道你的身体里还有另外一个人。有了它，你的喜怒哀乐，她都能感受到，你听……"谭艺华按下回放，录音笔传出感染力极强的笑声，他把录音笔塞给女儿，说，"藏好它，这是你们的秘密，连爸爸也不必分享。"

拉钩、盖印，秘密守护仪式做足全套，然而，秘密还是被窃取了。

贼人不道德地偷听了她们所有的秘密，他心怀不轨、挑拨离间、煽动她被另一个放弃。

那时候，她还不到十六岁，两个她加在一起也斗不过六十岁的外公，她们害怕极了。

要是有时光机就好了。

麦禾想，要是有时光机的话，她一定穿梭回去告诉自己，不要怕，他的坟墓早就在那儿了，鱼因饵料丧命，贪婪者死于贪婪。

14

麦禾能说话以后，清醒得很快，两天后，她转出 ICU。

鲜花香气四溢的单人病房里，女儿、岑溪、童昕、宿泽围着她的病床，或坐或站，像守护一块珍宝，他们目不转睛地盯着她。

一个用羊毛围巾裹住头、面部的女人躲在他们身后，冬日的室内，她戴着墨镜，看起来很滑稽。

苗苗沉睡太久，苏醒后的她很不稳定，除了主动的人格切换指令会唤醒她，波动的情绪，尤其是突然被激发的恐惧感也会将她唤醒。

被动的切换通常来得快，去得也快，就像在民宿那晚，麦禾所体会过的频繁切换，那样的被动切换除了会大量消耗体能，没有别的坏处，可是，一旦被唤回的苗苗看见了麦言秋，情况就变得很糟糕。

苗苗的癫痫叫反射性癫痫，由于发作凶险且药物治疗效果有限，医嘱要求避开刺激物，减少发作次数，以免造成不可逆的神经元损伤。

因此，麦言秋不得不流浪在外。

经历二十二天的 ICU 生死劫，麦禾终于懂得了母亲有家不能回的痛苦，也理解了母亲为何会做出放弃苗苗的抉择，她瞥了眼套中人般的母亲，不敢叫母亲摘掉围巾、墨镜，她也害怕万一再次晕厥，会再也醒不过来。

家庭是社会的最小单位，有的家养人，养出坚韧花草、参天大树，有的家吃人，吃出妖魔鬼怪、衣冠禽兽。

很不幸，她的家属于后者。

床边坐着童年的旧相识，他们还不知道她的家是如何一代吞噬一代，一次又一次将她撕碎。

麦禾指着电视问："这个能打开吗？给我女儿找部她喜欢的动画片吧。"

岑溪忙碌起来，她找来遥控器，打开电视。

从民宿分开后，岑溪跟踪麦言秋失败，他们返回民宿，从座机上查到麦禾丈夫的电话，回拨过去。起初，仇然怎么也不肯接电话，等终于联络上时，麦禾已经住院了。

小时候，他们只是听闻苗苗抽搐着被救护车拉走，但没见过，亲眼见证凶险过程，岑溪又后悔又后怕，宿泽说得对，她做事太冲动，从不计较后果。

色彩鲜艳的动画片在播放，甜歌的笑声像天籁，麦禾压低声音，告诉所有人，火灾确实不是意外，而是蓄谋已久，但跟谭艺华无关。

过去的事，麦禾全都想起来了，很久以前，她和苗苗是用录音笔交流的。

录音笔不只记录欢声笑语，也记录困惑与恐惧，录音笔将她和苗苗连接在一起。

录音文件 2003 年 7 月 8 日。

"……小禾，对不起，这次我病了这么久，让你也吃苦头了。要是我们能在对方需要帮助的时候立刻出现就好了。你说，我们能想到办法呼唤对方吗？我好怕见到妈妈，我真的不想见到她，你说，她还会再回来吗？我都不敢再画画了……"

录音文件 2003 年 9 月 10 日。

"……苗苗，外公今天给我吃了一种奇怪的药，我不想吃，但是他盯着我吃，还掰开我嘴巴看，都怪我，上次在国画大师面前丢脸了，我好怕，你说，这个药吃下去，会不会让我们变成笨蛋？看来，我们真的得赶紧找到方法及时呼唤对方，你不想见妈妈，我也不想见外公呀……"

录音文件 2003 年 9 月 30 日。

"……小禾！外公知道我们的秘密了，他偷了我们的录音笔！你听着，从现在开始，录音笔要随身携带，贴身放，而且听完留言，就要立刻删掉！他……他还跟我说了你很多坏话！要是他也在你面前说我的坏话，你不要听，不要相信他……"

录音文件 2003 年 10 月 8 日。

"……小禾，我觉得你有危险，外公对你越来越不满意了，你最好不要出现在他面前。你得训练出一种条件反射，就像我一见到妈妈就会晕倒一样，你一见到某样东西，就会立刻睡着或者变成我。对了，用火柴烧东西的人是你吧？你要不要试试看，把用火柴烧东西训练成条件反射呢？不过，你要唤醒的是我，是不是要找能刺激我的东西才行呢？可是，除了妈妈，我好像也没有其他害怕的，你帮我想一想啊……"

录音文件 2003 年 10 月 10 日。

"……小禾，我看到你烧的一团灰了，你把灰烬留在笔洗里是什么意思？是要我画下来吗？我已经画下来了，可是，你好像没有出现吧？……我们可真够笨的，到现在也找不到切换的办法……"

录音文件 2004 年 1 月 22 日。

"……小禾！枕头底下放了爸爸画的八破年画，新年快乐！我突然想到，要是能用画八破的方式完成切换就太酷了！下次你再烧东西的时候，帮我保留一张残片吧……"

……………

复苏的记忆新鲜脆嫩，它们一点点地归来。

麦禾记得第一次从火里抓出残片时，苗苗几乎瞬间就被唤醒了，并且十分稳定地停留至夜幕深沉，一直到睡醒以后才又切换回她。

原来，能唤醒苗苗的是手心被烫的痛感，越痛她来得越快，不过，随着麦禾被烫的次数越来越多、越来越习惯，苗苗不再需要剧痛的刺激，灰烬里的余温便已足够了。

灰烬中的残片是一把钥匙，通过它，她们交换对身体的控制权。

残片被抓住，是麦禾打开通道让苗苗主宰身体；残片被画出，是苗苗打开通道将身体还给麦禾。

实验一次次重复，指令不断被加固，她们终于有了与被动切换对抗的能力，自由自在的生活就要开启。

然而，这样的胜利，有人不愿见到。

"外公一直当我是累赘，他打算演一出戏，让我以为自己被烧死了，从而消灭我，只留下苗苗一个人。"

听到这话，麦言秋一下转过身，她抬起的脸上唯一露出的五官只有眉毛，那两条纤细的眉毛拧得像蚯蚓，隔着黝黑的墨镜，麦禾仍能看到她眼睛里喷出的怒火。

那天，真是太恐怖了。

回忆让麦禾合上眼皮，惶惶不安，两大桶松节油……沉啊……

静默良久，麦禾呼唤岑溪的名字，她告诉岑溪，苗苗打电话问怎么拿到松节油的时候，那两个蓝色的大桶已经在家里了。

所有人都困惑着，麦禾的耳边再次响起苗苗的声音。

录音文件 2005 年 6 月 3 日。

"……小禾，外公把外婆支去山里了，让她明天去庙里还愿，他不让外婆带上我们……就是明天了，你信不信？我看到他把那两个蓝色塑料桶放进车里了……你听我说，明天早上如果是你先起床，你就去划火柴烧一片纸，把我唤醒，让我来处理这件事。你知道吗？这个家所有的悲剧，都是钱财造成的，钱是祸根苗，我想好了，要将它们一把火烧干净……"

15

2005 年 6 月 4 日，小禾从睡梦中苏醒，她从枕头底下摸出录音笔，打开，窄小的液晶屏显示有一条录音文件，她缩进薄毯子，蒙住头听完它。

果然，她是"先起床"的那一个。

小禾跳下床，认真叠好被子，再从衣柜里拿出妈妈寄来的新衣服。

换好衣服后，小禾发现这套衣服只有白色上衣有个浅浅的镶了彩虹花边的口袋，她尝试往口袋里放录音笔，可是一塞进去就能看出形状，跳一跳还会飞出去，小禾犹豫了一会儿，长按开机键，再按下录音红点，把嘴唇送到拾音麦克风孔旁边，说："苗苗，早上好，今天……我就不跟你换了，嘻嘻……"

小禾的笑声很快乐，哪怕是假装的，笑意也在她脸上多待了几秒钟。她把录音笔塞入枕头底下，在平整的铺好的床边呆呆坐了一会儿，她想，不管怎么样，苗苗总归会有朋友的，她已经有好多朋友了，阿泽、小粒，还有阿昕，就算没有她，她也不会孤单。

家里有皮蛋瘦肉粥的香气，油锅还在嗞啦作响，邱平在忙忙碌碌，看到她，笑眯眯的，但不打招呼，等待她自我介绍。

"外婆，我是小禾。"她说。

"哦，小禾啊，"邱平擦擦手，自言自语地说，"小禾不爱吃蜜瓜，小禾爱吃大樱桃，等等，外婆给洗几个大樱桃。"

小禾走去餐厅，她小心翼翼地伸着脖子，发现外公不在，才加快脚步走过去，桌上放着一盘切好的蜜瓜，身后有脚步声传来，她紧张地扭头去看，邱平端了一小碟子通红的大樱桃，放在她手边。

自从搬来19号小红楼，小禾就觉得自己的存在感越来越低，她能感觉到所有人都盼着见到苗苗，其实，每天早晨基本是小禾"先起床"的，但练好切换的本领后，她常常躲避，起床后划一根火柴，抓一块残片，躲进身体里再去睡，久而久之，外婆也习惯了先摆放切好的蜜瓜，然后再根据情况放上大樱桃。

邱平离开时，摸了一把她的胳膊，尽管外婆的手心留有水渍，但小禾很享受这样的触碰，她希望外婆留下来多跟她说说话，但邱平离开了，而且走向最让她感到不安的房间。

"早饭好了，吃粥，慢炖着，你什么时候想吃什么时候都能吃，我可能要下午三四点回来，小菜在冰箱，小禾起床了……"

外婆的声音突然低下来，小禾紧张地竖起耳朵，隐隐约约地，她听到外公问了一句："是小禾吗？"外婆应声，她温柔地恳求丈夫不要跟小禾起冲突，说她快去快回。

外婆走了以后，小禾往嘴里塞了几颗大樱桃就要跑，但还是被外公叫住了。

麦伯修剪修了胡子，花白的胡子蓬松地盖住脖子，他的面目是慈和的，眼神却像鹰一样，平时被一副深茶色眼镜片盖住的锐利今天全然释放，小禾不敢看他，她低头，手在身前绞成油赞子。

麦伯修不吃早饭，训练小禾摹古，他特意选了一幅徐渭的《鱼蟹图》，苗苗擅长写意，而且自成风格，笔触的细节是骗不了人的，哪怕是刻意假装，风格化的东西还是一眼就能被识破。苗苗轻松飘逸，小禾太笨拙，而且越认真越笨拙，麦伯修脸上堆笑，心里确定画画的确实是小禾。

"外公带你出去写生，"麦伯修把手放在女孩肩头，感觉到女孩身体一激灵，像是要跳起来，他双手摁住她，语气温和地说，"你看看有什么想吃的，拿袋子装一点，带在路上吃，外公去上个厕所，一会儿就出发。"

小禾畏缩地点头，她盯住外公的背影，见他进入卫生间——时候到了，就是今天，就是现在。

她要替苗苗完成这场拔除病根的最绚烂的燃烧！

外公的车就停在院子里，她打开后备厢，蓝色的手提塑料桶映入眼帘。

前阵子，苗苗在留言的时候哭了，因为她的存在，苗苗跟外公吵架，外公要她消失，没过几天，苗苗在藏画室里发现了盖着布的两桶松节油，她很困惑，不知道松节油这样的东西为什么会出现在家里。其中一个桶的身上被划出了显眼的十字纹，苗苗研究它，发现桶里装的竟然不是松节油，而是清水。

小禾看到了苗苗在录音里描述过的十字纹，微微泛白，手掌般大小，她没时间去验证桶里装的是什么，一手一个，费劲地拎起它们。

好沉。

她咬紧牙关，满脸涨红，瘦弱的胳膊被塑料桶笔直地抻向地面。

外公还在卫生间，没出来，苗苗告诉她，外公要做戏，他会策划火灾，然后把一桶清水浇到她身上，吓“死”她。

小禾脚步凌乱，趔趄地跑进画室。

恒温恒湿的藏画室被一道金属门挡住。

小禾好像出现幻觉了，这道暗红色的大门在搏动，和着她的心跳，一下一下地，收缩，膨胀。

它是外公的心脏啊，是他的命。

小禾嘴角下撇，嘴唇像受极了委屈那样噘起来，眼睛里汩汩涌出的不是眼泪，而是愤怒。

她把两个桶的盖子都拧开了，并用手指探试，果然，触感不一样，苗苗是对的。

她没有藏画室的钥匙，只能顺着门缝把油往里浇，松节油燃烧起来是什么样子的？她还没见过呢，苗苗见过吗？反正，外公是见过的。

两年前，基地来了一位年轻的从西方留学归来的艺术家，他上演行为艺术，脱掉上衣作画，最后将完作一把火烧光。

麦伯修在饭桌上感慨，说：“他们那个油画，起稿前就要刷油，刷松节油，明火一碰，火嗖的一下就蹿上去了，火有方向的，不乱烧，竖着烧，烧得烈啊，那个烟浓得嘞，有趣，还是年轻人会玩，还是留过洋的会玩。”

油桶倒空了，小禾直起腰，气喘吁吁地从抽屉里拿出火柴，划亮一根丢向门缝。

那一刻，她以为大火会迅速燃烧起来，烧得烈、烟雾浓，然而，火柴熄灭了。

小禾呆住，她不知道怎么回事，只能又划了一根火柴，扔过去，火柴还是熄灭了。

难道不是松节油吗？

她觉得喉咙干得像要裂开，脑海一片空白，她不知道为什么会这样，也不知道该怎么办，好一会儿后才想起来跑向储物柜，苗苗也说要去弄松节油的，她肯定做好了准备。

储物柜里放着鼓囊的背包，提到手里沉甸甸的，小禾拉开拉链，里面有一本画册、画具和四瓶"矿泉水"。

外公随时会从卫生间出来，就快没时间了……

小禾动作迅速地拧开瓶盖，把其中一瓶"矿泉水"泼上桌，然后往桌布上丢了根划亮的火柴。

这一次，火烧起来了，小禾捏紧手里的矿泉水瓶，瓶子里不是矿泉水，是苗苗弄回来的松节油。

剩下的三瓶，小禾在房间里到处泼洒，浓烟眯眼时，她听到外公的呼唤声，于是，她不顾危险，将点燃的矿泉水瓶丢向藏画室的大门，又扯着熊熊燃烧的毛毡也丢过去。

外公的惊呼声遥遥传来，她想，他一定是看到烟了。

一脸错愕的麦伯修想要闯入火焰狰狞的屋子，但小禾以蓝色塑料桶为武器逼退他。

"走开！别过来！！"

小禾卖力甩动胳膊泼洒液体的动作确实吓坏了麦伯修，他跳退着躲避，液体洒到他的手背，他像碰到了硫酸一样疯狂甩手，而后，他感到不对劲，搓动手指，没有油润感，意识到那是清水以后，他扑上前去，一个大耳刮子把小禾扇倒在地。

"去你妈的！你这个赔钱的贱货！"

身后的背囊提供了一点缓冲，小禾的后腰没有磕得太痛，但是，她浑身没有一丝力气，觉得天地旋转翻覆，恍惚看到外公钻入火势逐渐失控的屋子里，她站不起来，努力往外爬，扭头再看时，藏画室的门被外公打开了，不知是哪里带入的一股邪风，火苗像得了指令那样整齐倒向外公，她往门缝倾倒的确实是松节油啊，内外的火苗开始汇合了，她听见外公凄厉的惨叫，看到火苗从外公的脚开始燃烧，不一会儿就爬上他的胡子……

火球人。

这就是麦禾对外公的最后印象。

"火是被外公带进藏画室的，他踩中了火，地上又有油，那时候环境温度已经足够高了……外公变成火球人对我的刺激太大了，那一刻，我应该被动切换了，从楼里跑出去的不是我，而是苗苗，出车祸的也不是我，而是苗苗。之后，苗苗陷入沉睡，她或许是以为自己被撞死了吧，又或者，是车祸造成了脑部损伤，反正，是我苏醒过来了，是我获得新生。"

麦禾凝视着窗外，轻声说话，她悲凉的语调时常会被电视机里欢快的声音盖过，但除了孩童，所有人都觉得听到了震耳欲聋的回响。

麦禾的手被岑溪握住，两团冰冷触碰在一起，慢慢有了回暖，她转回视线，看到岑溪已泪流满面。

"谭艺华，"麦禾看着岑溪，说，"他不是火灾的谋划者，他是我的爸爸，至少，故事发展到这个阶段，他没有登场，这对我、对苗苗未尝不是一种安慰，是不是？"

"是。"

男性厚重的嗓音响起，麦禾和岑溪同时朝床尾看去，说话的是宿泽，他的脸好像蒙了一层霜，脆弱在冷厉之下若隐若现。

他说："画家一直都很关心你，直到死亡的那一刻，你都是他最牵挂的人。"

終章

01

2005 年 6 月 8 日，东海伏季休渔期第三十九天。

那天，画家带伤登上渔船，两天后，因伤情恶化死于船上，尸体被抛入大海，他留下的钱财被船上四人瓜分。十多年之后，宿泽的父亲把其中一部分归还至养老院。

说完后，宿泽掏出钱包，从里面拿出画家一家人的合影照，放在病床上。

那就是他的乌盆啊，他犹豫过、挣扎过，但最终还是代它说话了。

麦言秋抢先一步，她从人堆后钻进来，夺了照片，一脸震惊地看着。是麦禾的百日照啊，照片里的她还那么年轻，照片里的他正是人生最得意之时，麦言秋激动得嘴角抽搐，她怀疑自己的耳朵，再次和宿泽确认。

"你说他死了？"

"是。"

"十六年前就死了？"

"是。"

照片从麦言秋手里飘落，麦禾伸手拿到照片，看到照片，脑海里父亲的样貌完全清晰了，她耳朵里的嗡嗡声慢慢散去，心里冒出一个念头——她的父亲被一群贪婪的渔民谋杀了。

同样震惊的还有童昕和岑溪，童昕拉扯宿泽的袖子，茫然地问他说的难道是 118 号渔船，岑溪看到宿泽点头，忍不住说："原来你是因为这个才满世界找苗苗。我还以为……我还以为你是……"

宿泽没来得及为他隐瞒的行为道歉，麦禾开口了，她说，她会报警。

"你可以报警，如果警察来调查，我愿意对警察说出我知道的一切。"

他的面具掉落，露出一张犹豫不决的真面孔，麦禾鄙夷地望着他，他在亲亲相隐和大义灭亲之间徘徊不定，被动地等待命运的指引，她看不起他。

"滚出去。我不想看到你。"

宿泽早已无数次地预见过这一幕，可是当它实实在在发生在眼前时，他还是感觉心上被扎了一刀。

"对不起……"

离开病房前，宿泽朝麦言秋和麦禾深深鞠了一躬，反身快步走出病房，麦禾留给他最后的模样是一张充满恨意的脸。

众目睽睽之下，麦言秋追出去，她拦住宿泽，要他说清楚谭艺华是怎么死的，哪里受了伤。

"阿姨，麦禾说得没错，那是一场谋杀，什么车祸，什么内脏破裂，都是谎话！你们应该报警，我也应该报警！"

宿泽捏着拳头，艰难地诉说，他并非没有想过报警，可是，报警要讲证据，而故事不是证据。

他太高估自己了，以为靠自己一个人的力量能把故事变成证据，六年过去了，他仍然没能找到黄叔的下落，而真相却再也无法掩盖。他想让一切周全，却让所有人都失望了。

宿泽站着不动，乖顺地等待麦言秋发动狂风暴雨般的咒骂或者厮打，可是，麦言秋没有发作，她像是受到了极大的打击，脸上失去了血色。

宿泽担心麦言秋身体扛不住，伸手扶住她。

麦言秋揪住他的衣服，说："你有车吧？你送送我吧，送我回老房子。"

宿泽虽然觉得奇怪，但还是应下来。麦言秋漠然地坐在后座，人像丢了魂，她只在车子排队过桥时问了宿泽一个问题。

"你爸爸为什么要把金条和画交出来？都这么多年过去了，他们何必这么做？"

"我不知道。"宿泽红着脸，说，"对不起，我已经好多年没回过家了，跟他们断了联系。"

麦言秋轻轻点动下巴，又沉默了。

是谁往养老院寄了包裹？二叔？他因为罹患癌症而良心发现？还是爸爸？自己离家太久，态度太坚决，家人害怕了，为了挽回自己，这才往养老院寄去本就属于这个残破家庭的财物？

前两天，宿译也打电话来了，他差遣宿译回去打听八破图的事，给宿译带去了不小的压力。宿译说，他一问，二婶就跟他闹，让宿译去宿泽家吵架要钱。

这样的事情让宿泽觉得疲惫、绝望，贪婪是病，而且是癌细胞，人一旦被贪婪改造，或许一生都要被控制折磨。

老洋房到了，宿泽停稳车子，他问麦言秋是否还要再送她回去，麦言秋说不用了，她推门下车，走了几步路，又掉头走回来，对注视她的宿泽说："你回家吧，别在外面这样漂着了，谭艺华……是我撞了他。"

宿泽愣住了，他看着麦言秋步履蹒跚地走远，打开两重大门，消失不见，许久回不过神。

童昕不停地联络他，宿泽没接电话，他驱车前往青绿橙，买了一张票，坐在乐园里，待到夜间闭园。

不是谋杀？

是他想错了？

贪婪的人也能守住底线？

乐园安保拿着手电筒开始清场了，宿泽被请出了乐园，他坐回车内，思索下一个去处，后排座椅亮着灯，他看着后视镜，想到了麦言秋，心头冒出不安。

坏了……会出事吗？他赶紧给童昕回电话，询问麦言秋在不在医院。

"不在，她走了以后没再回来。哥，你在哪儿？没事吧？我有好多话问你……"

"你给她打电话，联系上告诉我。"

宿泽放下电话，脑海浮现麦言秋与他坦言时灰蒙蒙的脸，他发动车子，全速往回赶。

黢黑的山路，远光灯飘摇，老洋房外竟还停了一辆车，有人来拜访？宿泽把车停在那车的后面，海市的车牌，是仇然来了？宿泽下意识摸了一把车前盖，还是温热的，看来他也是刚来不久。

窗户透出暖洋洋的灯光，却听不到一点声音，宿泽警惕地走到门口，发现门上插着钥匙。

这把钥匙是麦言秋给仇然的，麦禾进ICU的第三天，仇然爆发了，他抱怨离婚冷静期的设置，抱怨麦禾拖拖拉拉办事不力，麦言秋冲他吼叫，说既然没离成，他就有责任照顾麦禾、照顾小孩，他们都看见麦言秋给了仇然这把钥匙，让他在家和医院两头奔波，处理事务。

不过，仇然还是跑了，麦禾进ICU的第七天，他离开蜃州，今天麦禾转出ICU，他才又露面。

宿泽转动钥匙，打开门，走进去。

家里静得离奇，宿泽一边走一边呼唤麦言秋，他发现一扇门半掩半开，加快脚步走过去。

那是麦言秋的卧室，睡在床上的她不仅没盖被子，还穿得整整齐齐，连鞋子都没脱。

麦言秋脸上化的妆在夜色里散发诡异的光芒，她的怀里抱着一幅捆起来的画卷，床头柜上放了一个药瓶和空水杯，水杯下面压了一张纸。

不用看纸的内容，显然，那是一封遗书，宿泽伸手试探麦言秋的鼻息，微弱，但存在，他尝试唤醒她，但麦言秋似乎陷入了深度昏迷。

地方太偏远，等不了救护车了，人必须马上送去医院。

宿泽下意识大声呼唤仇然，他需要帮助，才能把完全丧失自主能力的女人搬运到车上。

可是，他那么一喊，竟然从衣柜里炸出来一个人。

寂静里的杂乱声很有层次。

先是木头撞击木头的声音，然后是画轴掉在地上，轴头撞击地面的声音，最后是人撞开柜门跳出来的声音。

"不是我……"仇然惊慌地冲宿泽摆手，说，"不是我干的，她是自杀！我就是看一眼这是什么，我以为家里进贼了……我……"

他指向地面滚动的卷轴，再也编不下去，宿泽冲上去，揪住他的衣领，从下到上，给了他一记上勾拳。

这一拳发泄了宿泽积攒许久的愤怒，将仇然打得蒙圈，仇然直翻白眼，不等他回击，宿泽跟上去又是一拳，把仇然打翻在地。

"你疯了吗?! 她快死了! 你为什么不救人?! 为什么?! 你为什么不救人?!"

再一拳下去。

见血了。

宿泽的眼睛喷出火，理智逐渐丧失，紧跟着，又是一拳下去，他感觉到关节突出的地方触碰到湿滑的血。

贪婪者是没有底线的。

他高高举起拳头，奋力挥动，发出一声悲戚的嘶吼。

起初仇然还能挣扎，但宿泽像是要杀了他一样，反复的重击让仇然很快失去还手之力，尽管他更高大、更魁梧，但他只能轻飘飘地抓住宿泽哀求。

"别打了……你要把我打死了……"仇然嘴里、鼻子里都是血，眼睛好像也糊住了，他含混不清地哀求，"我错了，你别打了，我真知道错了……我上有老下有小啊……我女儿……我女儿……甜歌……她还等我带她回家……"

听到甜歌的名字，宿泽的理智终于回来了，他收住拳头，震惊于眼前看到的画面，仇然的半边脸像山丘一样鼓起来，鼻孔里时不时冒出血泡泡。

宿泽踉跄地站起来，把鲜血在衣服上擦掉，反身走向麦言秋，他费力地将麦言秋背起来，迈着沉重的脚步走出屋，把她放进车后座，放平，他的手上不干净，把麦言秋漂亮的蓝紫色旗袍给弄脏了。

宿泽喘着粗气，又回到屋内，仇然仍躺在地上，发出疼痛的呻吟，他连拉带拽地把仇然弄上副驾驶。

医为洗胃及时，麦言秋被救了回来，仇然的眉骨和鼻骨都骨折了，面部多处软组织挫伤，拍了片子仍要住院观察，检查脑震荡的严重程度。

宿泽替两人缴好费用，打电话给童昕告知情况，让她从店里安排几个人手到医院来照顾。

随后，他驱车前往最近的派出所，对值班的警察说："有人见死不救，还企图盗窃，我把人给打了，伤得不轻，我要自首。"

02

麦禾拿到离婚证的时候，人间已入四月天。

没有走法律流程，走的还是离婚冷静期的老路子，从再度提交申请、电话相约，到民政局门口见面，再到领证出来，麦禾和仇然离得平静且顺利。他们在离婚众生相中不算另类，代表着那一类彼此再无纠葛、心无波澜、只求速散的群体。

麦禾没有一眼将人看穿的本领，大半年混乱的经历让她重新认识了许多人，亲密无间、若即若离、点头之交……他们原本的标签在她心里完成了一轮调换。她确实失去了很多，但也得到了不少，找回过去的记忆，纠正当下的错误，合上这本离婚证，开启的是生活新的一页。

她不在海市生活了，岑溪帮她联络到新的幼儿园，甜歌已在北方生活了一个月有余。她准备打车赶去高铁站，改签一下车票的话，能赶得上和女儿、岑溪一起吃晚餐。

仇然叫住她。

麦禾不解地朝仇然看过去，他的伤完全好了之后，这是他们第一次见面，仇然的脸没有变形，他自己不主动说的话，没人看得出来三个月前他挨了一顿惨烈的打。

仇然从车里拿出长条状的缎面锦匣，递给麦禾，说："我早就想还给你，但它不是在我爸妈那儿嘛，我前阵子搞成那样，回不了家。"

父亲画的《夏山高隐图》，她没想到能亲眼看见它。

"谢谢，"麦禾接过来，顿了顿，又说，"谢谢你的不追究。"

宿泽的暴力伤人事件因为仇然的谅解被公安机关撤案，他得以免于被法律制裁，麦禾理解宿泽愤怒的由来，可是，每个人都得为自己的行为负责，哪怕他的本心良善，这便是社会法度存在的意义。

仇然摆摆手，钻进车子里，他惯常的故作大方的姿态，麦禾还挺熟悉的，她把锦匣夹在腋下，抬腿要走，这时，仇然落下车窗，冲她喊："我是怕了！真怕了！"

麦禾被他喊得一激灵，愣在原地，仇然凝重的表情隐藏着一丝不易察觉的激动，她目送他离去，突然明白，被这大半年的混乱彻底改造的不止她一个人。

上了高铁，麦禾给麦言秋发去信息，告知近况。

知晓谭艺华的死讯，对麦言秋的打击巨大，她留下遗书后求死，活下来后，她的遗书成为记录过去的一封信。

高铁离开都市，钻入山野，麦禾看着窗外，想象母亲写在纸上的那个清晨。

那天和此刻不同，太阳应该才刚刚露头，天色是朦胧的，山林的空气会弥漫淡淡的泥土气息。

成群的小鸟划过天空，小虫钻出草甸，袅袅炊烟也升起来了，生机盎然的时刻，万物都在复苏，只有她的父亲躺在地上，叉开腿，眼睛紧闭，一动不动，像死透了一样。

土路上歪歪扭扭的车辙记录下一场车祸的发生，肇事者逃逸了，现场未见血迹，看起来不像很严重的车祸。

麦禾想象她的父亲突然号啕大哭，眼泪从紧闭起皱的眼皮缝隙里渗出，他痛苦地蜷缩起来，膝盖顶向下巴，双手抱住脑袋，身体剧烈地抖动。

这过分滞后的哭泣，并不因躯体上的疼痛而爆发，更大的痛苦来自精神。

父亲痛苦于女儿出事的时候，他在牌桌上赌钱；痛苦于他承诺三天内带足钱财去医院救命，可事发五天了，仍身无分文；父亲还痛苦于爱人质疑他满口谎言，驾车撞来时的绝情，那一刻，他应该很想死，可是想到ICU里躺着的女儿，他还是爬了起来，继续奔走。

他肯定是没放弃的，否则的话，就不可能带着金条登船。

麦禾出院以后，主动唤醒过苗苗七次，她们通过摄影机交流对父亲的看法。她离开海市时，宿泽给了她一张银行卡，说里面有二十万，是替他父亲还的买渔船的钱。

父亲的画像被麦禾勾勒得越来越丰满。

父亲赌钱，求的不是钱财，而是堕落的快感。赌赢了，他把钱当粪土挥霍，遇到有人哭穷，手边有多少钱就给多少钱，他可能压根不知道当初到底给了宿泽父亲多少钱。赌输了，他就拿早期练手的名家仿画去抵，他的作假能力登峰造极，胆子也越来越大，抵画时附上的专家鉴定证书，当然也是出自他的手笔。

麦禾觉得父亲是要把他自己折腾成一团烂泥，可是，他又不甘心，巨大的虚无感驱使他不断前往渔村，靠听那些对艺术一窍不通的渔民叫他几声"画家"来苟延残喘。

苗苗说，她最后一次见到父亲，是在给宿泽画完语文书封面以后，父亲很不满意那张画，原本还是笑着的，突然就沉默了，走的时候说以后不来了，让她把他教过的一切都忘记。

苗苗不知道哪里做错了，但岑溪点明答案，她说，问题出在对宿泽签名的模仿上。

麦禾恍然大悟，看到苗苗像作伪者那样精细地描绘他人签名，父亲蒙了，那一刻他陷入深深的自我怀疑，他究竟是怀才不遇、明珠暗投，还是不自量力、自欺欺人？女儿那样好的一块材料，叫他刻坏了，他仓皇逃离时未曾想过落下女儿一人在吃人的家里，才是更可怕的事情。

"钱呢?! 钱呢?! 钱呢?! 赔款！医药费！到处都在催催催！！！钱呢?! 你不是说三天吗?! 今天第五天了！！！没钱了！女儿的命要救啊！！！"

"你听我说，再给我一点点时间，就快搞定了。一下子走那么多幅画，也要给别人时间准备钱啊。赔款先拖着，这种事谁不是拖个一年半载的，你别急呀。医药费你让妈垫一下，救命要紧，我这几天一直在为走画的事奔走，你相信我，好不好？很快了，就快拿到钱了，最多一周！"

"谭艺华！你就是个大骗子！从头骗到尾！就是你让女儿去放火的，就是你！你还在这里给我装！"

母亲说，她当时指着通往密林深处的小径同父亲对质，他们双双吼得声嘶力竭。

"你又去赌场干什么?! 这种时候,你还去赌?! 你他妈的是不是早把钱输光了?! 我麦言秋就是个蠢货,信了你这个卑鄙无耻的混蛋!"

"火要是我让女儿去放的,以后我走在路上被车撞死。我去赌场不是赌钱,是要钱,开赌场的陈老板,我们之前在私人拍卖局上见过好几次,他有钱的,也愿意买,你就再相信我一次,行不行? 不要一周了,我马上就再去催他,行不行?"

母亲说,她就是在父亲赌咒发誓的那一刻失控的,她说,别以后了,她现在就撞死他。

车子像箭一样冲出去,然而到最后一刻,母亲踩刹车减速,猛打方向盘,企图避让,可是晚了一点点,父亲还是被撞得飞出去,但他爬了起来,母亲说等他爬起来以后,她才开车走的。

母亲在纸上感慨,原来那就是最后一别。

信上还提到了外婆。

母亲说外婆临死前想说话,她一直把耳朵贴在外婆嘴上,但外婆终是一言未发地离开了这个世界,外婆那些未曾脱口的言说给了母亲充分的想象空间,她说自己一直幻想着外婆想要把父亲的下落告诉她。

那一晚,母亲决意自裁,是因为她觉得想通了一切。

过去,她一直觉得自己是悲剧的受害者,这个家里她只对不起苗苗,其他人都对不起她,可是,父亲的死亡让她认识到自己总是想得美、做得蠢,她不仅无力拯救任何人,还让悲剧愈悲、惨剧愈惨。她被救回来了,但还是想离开,如果不能去往另一个世界,那么,她主动选择远走他乡。

麦禾发出的消息,母亲回复了一个"好",她也没再多说什么,默默退出对话框。

四个小时的高铁,从南到北,麦禾抱着锦匣和在出站口接她的岑溪、甜歌打招呼。

"这是什么?"岑溪好奇地指着她带回的东西问。

"回家给你看。"麦禾说。

"那吃什么呀？"岑溪一脸苦恼地问。

"甜歌想吃什么呀？"麦禾摸摸女儿的头，笑着问。

"比萨。"甜歌毫不犹豫地回答。

现在，她们是真正的密友了。麦禾把新家安置在岑溪家附近，每周去医院报到一次，她尝试引入医学手段介入她与苗苗之间，但不完全依赖它。

医生建议她减少主动唤醒的频次，她问为什么。

"因为，手心被烫的痛觉唤醒苗苗，强化的是创伤记忆，她绘制残片唤回你，利用的是你对绘画的恐惧，你们这么切换，是不断回到过去，而我们治疗的目标是让过去成为过去。"

麦禾觉得医生说得有一定道理，但是，要让过去彻底成为过去，她的面前还有一座山。

宿泽离开蔚蓝海岸，去替她翻越那座山了，他从未这么说过，但麦禾如此认为。

回到家里，麦禾把《夏山高隐图》的仿作和父亲留给她的无题的八破图挂在一起。

岑溪指着整体呈现"奇石"造型的八破图，说："你爸爸留给你的八破图，是费了心思的，书籍、碑版、字帖、画片、拓本、版印、手迹，八破的主要内容都有涉及，也不知道他画了多久。"

"很久，他画得很慢，"麦禾说，"他好像画什么都很快，只有画八破图的时候最慢。"

《夏山高隐图》很美，而用八破图的方式绘制奇石，算丑上加丑，但麦禾却把《夏山高隐图》摘掉了。她能感觉到父亲很享受创作八破图的过程，他用心创造它，赋予它生命，活的，才是真的美。

叮咚叮咚的门铃声响了。

她们以为是送外卖的到了，但门外站着的人是童昕。

03

岑溪去开门,童昕的视线越过岑溪,落在麦禾身上,说:"山……翻过去了……"

这是暗语,岑溪听了糊涂,麦禾听了精神为之一凛。

童昕是"野"着养大的女孩,从小练武术,成年后开店当老板,她的个性大大咧咧,和谁都能做朋友,是天生的黏合剂。

宿泽离开蔚蓝海岸之后,有一阵子,没有人找得到宿泽,第一个得到消息的还是童昕。

宿译告诉童昕,说宿泽回家了,他还在打听渔船上的事,似乎对大家的说法仍然不满意,只待了不到半天就走了。

上周,童昕特意赶过来把宿泽的情况告诉她们,她们在一起涮火锅,童昕说等再有消息,就来告诉她们。临别时,童昕悄悄问麦禾,说:"我哥到底想干什么?你知道吗?"

因为处理仇然被打事件,麦禾改变了对宿泽的判断,她想他是个很柔软的人,但也是个眼睛里揉不下沙子的人,想了想,她说:"他一定要翻过那座山,不仅仅是为了帮我,他自己也需要。"

父亲是带着金条登船的,他明明拿到了钱,为什么不直接去医院,而要登上 118 号渔船?只有翻过这座山,才能见真相。

那艘渔船盛满了秘密,只有回到船上才能靠近那些秘密,船上一共四个人,两个已死,一个缄默,宿泽在寻找下落不明的那一个人。

"找到了?"麦禾问。

"不知道,但我哥找不找得到黄叔都无所谓了,"童昕很少板着脸,但此刻她特别严肃地对麦禾说,"我已经知道了,是我二伯,你爸爸是他害死的。"

"什么?"岑溪惊讶地问,"不是车祸吗?"

"是有车祸,是没错,但是……"童昕有一肚子话要说,但因为话太多,反而不知从何说起,"反正画家就是我二伯弄死的!"

岑溪看向麦禾，观察她的反应，麦禾是早有心理准备的，各种坏结果都想象过了，所以并不激动，她冲童昕招手，叫她进来慢慢说。

童昕的屁股刚碰到沙发垫，岑溪就迫不及待地问："你二伯叫什么来着？他不是死了吗？"

"是，他早死了，他叫童海友，从118号渔船上下来以后，没日没夜地赌钱，有一天夜里赌钱喝了酒，摔倒在鱼塘里，淹死了。"

童昕先回答了岑溪，然后看向麦禾，说："上次，你跟我说解决最后一个谜团必须得回到船上，那我想，我也能出一份力啊，我二伯也是渔船上的人啊。所以，从你这里一回去我就跟我爸打听情况，想看看他那里有没有什么线索。当时我爸就有点不对劲，他叫我少管闲事。本来，我只是随便打听一下，他挡着我，那我还偏就要管了。我转头又一想，你爸不是赌钱吗？我二伯也赌啊！说不定他们还真有什么关联。前几天，我找到你妈妈提到的赌场了，赌场撤了，改作酒庄，听说老板还是原来那个，只是常年在国外，不怎么回来。我爸看我不肯丢手，昨天晚上，他把我叫去，跟我摊牌了。他说，让我保守这个秘密，说家丑不可外扬。"

说到这里，童昕团起拳头，砸了茶几，愤愤地喊："什么家丑不可外扬?！那种烂事不挖出来丢出去，闷在家里生根发芽?！麦禾，我现在把我听到的，一字不落地告诉你，我对我说的话负责，就是警察来了，我也不会改一个字。"

2005年6月8日，东海伏季休渔期第三十九天。

那天上午发生在谭艺华身上的事情，被麦言秋在纸上记录，而后来发生的事则出现在童海友的醉言醉语之中。

童昕的父亲童海平见女儿找到了密林深处的老赌场，他有点慌张，因为许多年前，他二哥喝多了吹的牛就起始于那里。

童海平记得，那是2006年春节期间发生的事，当时，童海友在童家铺子宴请一帮赌友，酒喝多了，血战葡京、一牌改命的故事都不够他们吹的，童海友顶着一张又红又黑的脸，突然说："你们那些算个屁啊，老子杀过人，杀了个大富翁！"

酒桌上吹牛是常事,人喝多了,听了也不当真,全都哈哈大笑,但有个别人似乎还清醒,半打趣半试探地问:"童老二,你喝多了吧?把杀鱼当杀人了吧?杀的不会是美人鱼吧?"

"你们别扯淡!告诉你们,要不是老子,就118号上面那几个尿包蛋,能拿钱跑路?!"

哄笑声四起,童海平却听得胆战心惊,他赶紧端上两盘下酒菜去打圆场,把醉酒的二哥带离饭桌。

等酒桌上的人散了,童海平叫醒童海友,问他刚刚说的话是什么意思,童海友醉眼惺忪,但精神亢奋。

"没见过世面的……杀个人怎么了?他本来就快死了,我给他个痛快!老子要是不出手,不把他们都拖下水,就宿家那两个有贼心没贼胆的孬种,能上得了岸?"

童海友是醉了,但他之所以克制不住兴奋,忍不住分享,是因为得意——在童海友的口中,画家会死在船上,他们能得到画家的钱财,全是因为他的筹划。

"那天晚上,你爸去赌场提钱的时候,我二伯也在。他看到你爸提了半人高的行李箱鬼鬼祟祟的,就悄悄跟着他,看到了卖画交易的全过程。我二伯说,他们交易时还产生了分歧,你爸想要现金,但赌场老板只给金条,你爸当时特别想要现金,于是就用低于市值的价格用一部分金条换了一百万现金。

"其实,他会上船,全是我二伯忽悠的。你爸下山以后,我二伯假装刚赌完出来,故意问你爸是不是得罪赌场了,骗他说山上正派人下来捉他。我二伯把你爸说怕了,你爸求着他帮忙想想办法,找地方让自己躲躲,他反说自己帮不上忙,要赶去码头跟船老大出海。就这样,你爸入了他的圈套,你爸说要上船,我二伯还故意说做不了主,让你爸去求宿家兄弟。宿家人是受了你爸的好处的,怎么可能拒绝呢?"

在黑路上行走,就会怕黑手,她的父亲信错了人。

麦禾不知道他有没有给母亲打电话,大概没有吧,他还幻想着像骑士英雄那样，在爱人最艰难的时刻突然出现，拯救她。他肯定是天真的，不然也不会一直被外公摆布，他肯定想不到渔船不是他的安全屋，而是他的乱葬岗。

童昕还没有说完，麦禾不插话，静静地等待真相的抵临。

在童家铺子的后厨，童海友兴奋地把罪恶当壮举宣扬。

"原本能把他熬死的，结果宿国忠叫了返航，那个画家自己都觉得不行了，宿国良还给他药吃，真是生怕他活不下去啊。后来那人叫我捂死了，宿国忠过去看了半天，竟然说报警。这两兄弟，一个比一个虚伪，一个比一个尿。都不想做恶人是吧？那就我来做，反正老子光棍一个，怕个鸟啊！他们俩在那里叽叽咕咕，老子就说了，人是我杀的，大家兄弟一场，有福同享有难同当，是发财还是坐牢，他们自己选。"

捕捞大黄鱼的那个夜晚，也是童海友的猎杀时刻。

其他人为海里的软黄金而兴奋时，他为近在咫尺的真金白银而颤抖，他悄然离开，把挂在脖子上吸汗的毛巾摘下来，死死捂住已然奄奄一息的画家的脸，几分钟之后，画家停止了他虚弱的挣扎，死掉了。

"他动手杀人，断掉后路，让一船人捆在一起。他还大言不惭地说他功劳大，多分了两根大金条。"童昕指指读书角挂的两幅八破图，说，"幸亏他是个大老粗，没要它们，它们要是落到我二伯手里，肯定没了。"

麦禾的视线被童昕伸出的手臂吸引，飘向八破图。

奇石丑陋，披满残破，她凝视画面许久，脑海中的意象开始改变。

奇石与八破融为一体，化为身穿百衲衣的僧侣，他们一个打着双盘静坐，一个站着虔诚诵经，软风吹拂，百衲衣飘起……

麦禾眉头一松，轻轻叹息，终于啊，父亲的画与真相，原来是这样。

"我听到的就是这些，"童昕问，"你打算怎么办？"

"报警啊。"麦禾说。

"报警啊……"岑溪说，"不过，他已经死了啊。"

"是啊，"麦禾说，"可是我们都还活着。"

麦禾的视线始终定在画上，画上的僧侣改变姿势，一个起身，一个转身，站合十，佛说，万般皆苦，唯有自渡，它们是泥足深陷的父亲留下的修行印记。

生者为死者发声，是渡人也是渡己。

死亡不仅是一个人的一瞬，也是一群人的余生，它那样漫长，她希望，想起它时像感受一场温暖的雨，而不是刺入骨髓的寒意。

"我支持。"童昕说。

"我也支持，"岑溪问童昕，说，"你跟宿泽说了吗？"

"还没，他不接我电话。"童昕说。

"他也不接我电话，得把他叫回来。"岑溪说。

"我试试吧，"麦禾说，"晚一点我给他打电话。"

迄今为止，麦禾还没给宿泽打过电话，当她们都说找不到宿泽后，她给他发过一条微信，四个字，是她在心底为他更换的新标签。

"江湖再见。"

宿泽回复她一样的话："江湖再见。"

那天夜里，宿泽在火车卧铺上看到了麦禾的来电。

电话通了，简单的寒暄后，麦禾开始了平静、简洁的诉说。

火车正开往西北，宿泽在寻找船员黄叔的路上，为一个模糊、宽泛的线索，希望渺茫地奔走。夜路多有隧道，信号不好，人声时断时续，他听得很辛苦，听到麦禾问他归期，他还没开口，信号就彻底断了。

没有信号。一格也没有。

电话无法回拨，他打开她的微信，简短的对话再度映入眼帘。

是江湖再见哪。

江湖再见，就是，后会有期。

车窗外，探照灯一闪而过，他波光粼粼的眼球在轻轻震颤。

宿泽坐在靠窗的那一侧，捧着手机，慢慢等待信号的恢复。

蓝牙耳机快没电了，白色的指示灯一闪一闪的。

张别古念白：姓刘名世昌，被赵大所害，是不是？

刘世昌念白：正是。

张别古念白：如今晚儿你叫我替你鸣冤？

刘世昌念白：正是。

张别古念白：我这么大的岁数，没有打过官司，见官就说不出话来。

刘世昌念白：你告我诉。

张别古念白：这事不能够行方便。

刘世昌念白：行个方便。

张别古念白：不能方便。

刘世昌念白：拿你头疼。

张别古念白：慢着慢着，去了说错了话屁股疼，不去头疼，我告你诉。

刘世昌念白：是。

…………

这出《乌盆记》终于要唱完了。

待乌盆呈上公堂，便是落幕之时。

——全文完，2024.11。